Phil Lovesey

Kurz und schmerzlos

Kriminalroman

Aus dem Englischen
von Maggie Kilian

Ullstein

Ullstein Taschenbuchverlag 2000
Der Ullstein Taschenbuchverlag ist ein Unternehmen der
Econ Ullstein List Verlag GmbH & Co. KG, München
Deutsche Erstausgabe

Titel der englischen Originalausgabe: Death Duties
(HarperCollins Publishers Ltd., London)
Übersetzung: Maggie Kilian
Redaktion: Janka Panskus
Umschlagkonzept: Lohmüller Werbeagentur GmbH & Co. KG, Berlin
Umschlaggestaltung: Bauer + Möhring, Berlin
Titelabbildung: ZEFA/Esser
Gesetzt aus der Sabon, Linotype
Satz: Josefine Urban – KompetenzCenter, Düsseldorf
Druck und Bindearbeiten: Elsnerdruck, Berlin
Printed in Germany
ISBN 3-548-24854-3

1. Kapitel

August 1965

Sie kannte den Jungen, schließlich war er in ihrer Klasse. Einer ihrer Mitschüler, wenn auch ein unwichtiges Gesicht unter vierundzwanzig anderen, die eine zusammengewürfelte Zweckgemeinschaft bildeten. Sie hegte gegen ihn keine feindlichen Gefühle, aber auch keine freundschaftlichen. Allerdings besaß sie überhaupt keine engeren Freunde, doch diese Tatsache berührte sie nicht sonderlich.

Das Mädchen beobachtete interessiert, wie dem laut schluchzenden Jungen die Tränen über die Wangen rollten. »Warte nur, bis ich Miss Harris erzähle, daß du geheult hast«, sagte es gehässig.

»Wehe, wenn du es überhaupt jemandem erzählst«, stammelte er traurig und wischte sich mit dem Handrücken die Nase.

»Tu' ich aber!«

»Tust du nicht!«

»Tu' ich doch!«

Patt! Unentschieden. Die beiden Kinder, die sie sich in dem gelb tapezierten Zimmer im vorderen Bereich des Hauses gegenüber saßen, betrachteten einander argwöhnisch. Er versuchte immer wieder, sein Schluchzen zu unterdrücken.

Doch seine Schultern, die hin und wieder verräterisch zuckten, verrieten seine Verzweiflung.

Irgendwie war sie fasziniert von ihm und saß mucksmäuschenstill da. Sie hatte noch nie einen Jungen weinen sehen, zumindest nicht in ihrer Nähe. Oh, natürlich hatte es auf dem Schulhof viele aufgeschrammte Knie gegeben und weinende Kinder, die von tröstenden Freunden zu gelangweilten Lehrern gebracht wurden. Aber das hier war anders, irgendwie bedrückend. Es gab kein Blut und auch keine Beulen, dennoch hörte der Junge nicht auf zu jammern und zu schluchzen. Sie entschloß sich, ihn weiter zu piesacken.

»Dann erzähl' ich es Janet«, drohte sie ihm, »die liebt dich doch so«, fügte sie triumphierend hinzu.

»Tut sie gar nicht!«

»Tut sie wohl! Hat sie mir gestern erzählt. Mir und Maureen Hawkins.«

»So?« Er wandte sein Gesicht und sah hinaus in den Nebel, so als wolle er ihren spöttischen Bemerkungen entgehen. Aus dem Nebenzimmer war das Winseln eines Hundes zu hören. Sofort drehte der Junge seinen Kopf in diese Richtung.

»Sergeant ...?«

»Ist das dein Hund?« fragte sie freundlich.

Er nickte und baumelte dabei heftig mit den Beinen.

»Ich wette, er gehört in Wirklichkeit deiner Mum und deinem Dad.«

»Nein, er gehört mir!« gab er aufgeregt mit lauter Stimme zurück. »Und dein Dad ist, verdammt noch mal, gerade dabei, ihn zu töten!«

Sie erstarrte, konnte kaum glauben, was sie da eben gehört hatte. Ob alle siebenjährigen Jungen so redeten? Sie hatte ihre Mutter ein paarmal fluchen hören, aber er war doch ein kleiner Junge aus ihrer Klasse. Plötzlich überflog sie eine Welle der Sympathie, und sie fand den kleinen Kerl mit der zitternden Unterlippe und der Rotznase kühn und heldenhaft. Vielleicht sollte sie ihm ihre Liebe schenken und Janet am nächsten Morgen mitteilen, daß er jetzt ihr Freund war. Schließlich konnte er fluchen, war drei Monate älter als sie und hatte einen Hund. Was sprach also dagegen?

»Sollen wir das Kußspiel machen?« schlug sie vor, in der festen Überzeugung, daß er einstimmen würde.

»Du riechst so komisch«, warf er ihr an den Kopf und kniff angewidert die Augen zusammen. »Außerdem bist du verrückt – weiß doch jeder!«

Das hatte sie schon öfter gehört und empfand dabei nichts als Verachtung. »Dafür habe ich aber kein abscheuliches Mundwerk. Und außerdem bin ich keine Heulsuse.«

Plötzlich näherten sich feste Schritte. Das bedeutete – wenigstens zeitweise – Waffenstillstand. Eine Frau streckte ärgerlich den Kopf zur Tür herein.

»Werdet ihr wohl sofort still sein«, befahl sie zornig.

»Bitte, Mum«, flehte er, »ich will nach Hause. Und ich will Sergeant wiederhaben!«

Da merkte das kleine Mädchen, daß die Mutter ihres neuen Freundes ebenfalls mit den Tränen kämpfte. Offensichtlich hatte die gesamte Familie nahe am Wasser gebaut. Ob sie auch so heulen konnte? Sie hätte es am liebsten getan.

»Wenn ich noch einen Ton höre, bekommst du Ärger – und sonst gar nichts!« schimpfte die Frau. »Und nun spiel mit deiner Freundin. Es dauert nicht mehr lange, wir gehen in ein paar Minuten.«

»Sie ist aber gar nicht meine Freundin!« entgegnete der Kleine aufgebracht mit dünner schriller Stimme. »Keiner kann sie leiden! Ich will hier raus! Ich will Sergeant wiederhaben! Wo ist er?«

Die Frau warf ihm einen finsteren Blick zu und entschwand so schnell, wie sie gekommen war. Die unbeantwortete Frage hing im Raum wie ein Damoklesschwert. Der kleine Junge focht einen inneren Kampf, um seine Glaubwürdigkeit wiederherzustellen. »Ich werde einen neuen Hund bekommen, du wirst schon sehen. Einen richtig großen mit scharfen Zähnen, damit er Mrs. Harris fressen kann. Wirklich! Das verspreche ich dir. Und dann kann dein Dad ihn nicht mehr töten. Wenn er das nämlich nur einmal versucht, wird er aufgefressen.«

Das konnte die Kleine so nicht hinnehmen. Schließlich ging es gegen ihren Vater. Auf einmal mochte sie den Jungen doch nicht mehr so gut leiden. »Mein Dad tötet deinen Hund doch gar nicht!«

»Tut er wohl!«

»Nein!«

»Doch!«

»Nein!«

Diese Diskussion führte zu nichts. Wieder war er in eine Sackgasse geraten. Beweise mußten her, damit er sich aus dieser Situation wieder herausmanövrieren konnte. Er blickte sie durchdringend an und fuhr scin schwerstes Geschütz auf. »Meine Mutter hat gesagt, wenn Sergeant nicht gesund wird, wird dein Vater ihn einschläfern. Also bitte!«

»Das macht er immer so.«

Triumphierend streckte er ihr den Zeigefinger entgegen. »Einschläfern und Töten ist dasselbe, du dämliche Angeberin!«

»Ist es nicht!«

»Ist es wohl!«

»Ist es nicht!«

Der Disput fand ein jähes Ende, als sich langsame, schwere Schritte der Tür näherten. Die Tür wurde geöffnet, und das Mädchen sah sich plötzlich seinem Vater und der kleine Junge seiner Mutter gegenüber. Die beiden Erwachsenen erwähnten »Vereinbarungen« und waren sich darüber einig, daß es die beste Lösung unter den gegebenen Umständen gewesen war.

Das kleine Mädchen beobachtete die Mutter des Jungen, die traurig die Tränen wegtupfte, und streckte dann seinem Klassenkameraden die Zunge hinaus. Damit war die alte Ordnung, bevor es morgen wieder zur Schule ging, wiederhergestellt und die Grenzen klar gezogen. Und schließlich hatte sie doch recht gehabt, der Hund war eingeschläfert worden, er hatte sich geirrt. Und außerdem – das Allerschlimmste! – war er ein entsetzlicher Jammerlappen!

Sie schlich sich aus dem Zimmer und huschte über den dämmrigen Flur in die Praxis ihres Vaters.

Es war weniger der Anblick des toten Labradors auf dem ramponierten Resopaltisch, der sie schockierte, als die Möglichkeit, daß ihr Vater sie vielleicht getäuscht haben könnte. Die Erwachsenen hatten ihr immer wieder beigebracht, daß sie nie lügen dürfe. Warum hatte er es also getan?

Sie hörte, wie die anderen die Praxis verließen und die Haustür geschlossen wurde. Kurz darauf kehrte ihr Vater zurück in seinen sterilen Behandlungsraum, wo er erstaunt seine Tochter bemerkte.

»Was machst du denn hier? Du weißt doch genau, daß du in der Praxis nichts verloren hast, mein Schatz.«

»Billy Whittle hatte doch recht!« rief sie und zeigte aufgeregt auf die Zunge, die dem Labrador in merkwürdiger Weise aus der Schnauze hing. »Du hast ihn getötet!«

Der Tierarzt sah müde und abgespannt aus. Er trat neben seine Tochter und legte den Arm um ihre Schultern. »Er schläft, Liebling«, besänftigte er sie. »Es war das Beste für ihn. Er hatte schlimme Schmerzen.«

Sie musterte den Kadaver mit scharfem Blick, aber da war kein Lebenszeichen mehr zu entdecken.

Der Arzt deckte den toten Hund mit einem grünen Laken zu. Er hatte einen langen Tag hinter sich: Kätzchen, Enten, Meerschweinchen, Schafe, zwei Eidechsen, eine gestörte Eule und zum Schluß auch noch Sergeant. Und als wäre das alles noch nicht genug gewesen, wartete nun seine geliebte Tochter auf eine längst fällige Erklärung, die er schon immer gefürchtet und lange hinausgeschoben hatte. Jetzt war der richtige Zeitpunkt gekommen, ihr begreiflich zu machen, warum ihr Daddy auch manchmal Tiere tötete.

Er setzte sich auf einen Stuhl und zog seine Kleine auf den Schoß. »Also, was hat Billy denn gesagt, mein Schatz?«

»Daß du seinen Hund töten würdest.«

Er nickte langsam und überlegte bedrückt, wie er möglichst schonend beginnen könnte. Zärtlich strich er seiner Tochter übers Haar und betrachtete dabei ihr kleines Gesichtchen, aus dem ihn zwei große Augen vertrauensvoll ansahen. Er liebte sie über alles und hätte sie gern von den bösen Seiten des Lebens ferngehalten und sie behütet und abgeschottet. Ihre kindliche Unschuld rührte ihn, und der Gedanke, daß sie irgendwann dem grausamen Alltag geopfert werden würde, stimmte ihn traurig.

»Weißt du«, erklärte er ihr, »manchmal ist es besser, wenn man ein Tier einschläfert, statt es leiden zu lassen.«

»Hast du nun Billys Hund getötet?« bohrte sie.

»Ich denke, das hängt davon ab, wie man es sieht.«

Sie war still, als warte sie auf eine weitere Erklärung.

»Stell dir vor, du wärst ein Hund.« Bei dieser Vorstellung mußte sie kichern. »Und du hättest einen Unfall, oder es ginge dir sehr schlecht.«

»Vom Laster platt gemacht?«

Ihre kindliche Phantasie ließ ihn lächeln. »Dann kämest du zu mir.«

»Weiß ich doch«, seufzte sie, »schließlich bist du Tierarzt.«

»Und jetzt hör gut zu«, sagte er eindringlich und war ganz ängstlich darauf bedacht, daß sie ihn verstände. »Du bist vielleicht so schwer verletzt oder es geht dir so schlecht, daß ich nichts mehr für dich tun kann, damit du dich besser fühlst.«

»Dann bring mich eben zu einem vernünftigeren Tierarzt«, war ihre logische Schlußfolgerung. Das Spielchen schien ihr zu gefallen.

Doch er schüttelte nur traurig seinen Kopf. »Manchmal gibt es für niemanden von uns mehr eine Möglichkeit, irgend etwas zu tun.«

Nachdenklich betrachtete sie den zugedeckten Hund. »Und Katzen?«

»Ich fürchte, das betrifft alle Tiere.«

»Wie traurig!«

Er räusperte sich. »Aber etwas kann ich schon tun, damit sie sich besser fühlen. Auf diese Weise habe ich Sergeant geholfen.«

»Du hast ihn getötet?«

»Eingeschläfert!« Liebevoll drückte er ihre kleine Hand, die sich vertrauensvoll in seine geschoben hatte. »Nachdem er von mir eine besondere Medizin erhalten hat, schläft er nun einen langen, erholsamen Schlaf. Und wenn er wach wird, ist er im Himmel und hat überhaupt keine Schmerzen mehr.«

»Richtig im Himmel?« fragte sie mißtrauisch nach. »Mit Gott und Jesus und den Engeln?«

Er nickte zustimmend. »Wahrscheinlich hat der liebe Gott einen kleinen Extraplatz nur für Hunde.«

»Ein Hundehimmel!« rief sie plötzlich aus, als könnte sie sich diesen Ort lebhaft vorstellen. »Mit ganz vielen Knochen in den Wolken!«

Der Vater hob sein Töchterchen vom Schoß und stellte es auf seine beiden Füße. Er fand, daß er dieses heikle Thema diplomatisch angegangen war und seiner Tochter diese besondere Situation taktvoll erklärt hatte. »Jetzt verstehst du, daß ich die Tiere nicht wirklich umbringe. Sie in den Himmel zu führen ist nicht dasselbe wie Töten, stimmt's?«

Mit ernster Miene, die ihr unschuldiges Gesicht bewölkte, schien sie nachzugrübeln. »Wenn du es sagst ...«

»Es ist so, Liebling«, schloß der Tierarzt seine Erklärungen nun ab. »Und nun lauf zu Mummy und sieh nach, ob du ihr nicht beim Essen helfen kannst.«

Doch die Küche schien auf die Kleine keinerlei Anziehungskraft auszuüben. Sie glaubte ihrem Vater ja, aber sie mußte einfach mehr wissen. »Erzählst du ihnen Geschichten, bevor du sie einschläferst?«

»Wem?«

»Den Tieren.«

»Ganz so, wie du es dir vorstellst, ist es nicht.«

»Was machst du dann?«

»Wie ich dir schon gesagt habe, sie bekommen eine ganz bestimmte Medizin.«

»Mit einem Löffel, wie Mummy es immer macht?«

Er seufzte, bewunderte aber insgeheim ihre Beharrlichkeit. Nur wünschte er sich im Moment eine zündende Idee für ein geschicktes Ablenkungsmanöver. Aber der Vater wußte genau, daß der Wissensdurst seiner Tochter erst gestillt war, wenn sie auf ihre bohrenden Fragen auch ehrliche Antworten erhielt. Obwohl sie mit sieben Jahren eigentlich noch zu jung dafür war. Doch hatte er das Recht, ihr die Realität zu verschweigen? »Ich gebe ihnen eine kleine Spritze.«

Sie zuckte zusammen.

»Sie spüren absolut nichts, Liebling, bestimmt nicht.«

»Bei einer Spritze? Das glaube ich nicht.«

»Sie sind sehr krank. Diesen kleinen Einstich spüren sie gar nicht.«

»Und dann kommen sie in den Himmel?«

Er nickte und war froh, ihr reinen Wein eingeschenkt zu haben. Damit war das Thema wenigstens vorläufig – so hoffte er – beendet.

Aber sie ließ immer noch nicht locker. »Zeigst du es mir beim nächsten Mal, Daddy? Darf ich dabeisein?«

»Nein«, war seine strenge Antwort.

Sie überlegte einen Moment, wie sie aus Daddys »Nein« ein »Ja« machen konnte. Bereits in ihrem zarten Alter verstand sie es, Erwachsene mit ihrem Charme zu bezirzen und doch noch ans ersehnte Ziel zu gelangen, und besonders bei ihrem Vater hatte sie meist leichtes Spiel. Und wenn es schließlich den Tieren nichts ausmachte, warum sollte sie dann nicht zuschauen dürfen? »Kann ich die Nadel wenigstens sehen, Daddy?«

»Besser nicht, mein Schatz.«

»Ist es so eine wie die, die Mummy immer zum Nähen benutzt?«

»So ähnlich. Meinst du nicht, du solltest jetzt besser ...«

»Und wo geht die Medizin rein?«

Sorgenvoll studierte er ihr Gesicht. Aber was sollte es schon schaden, dachte er, als er zu einer Vitrine ging und eine kleine, in Leder gebundene Schachtel herausholte und öffnete. Unter ihrem faszinierten Blick holte er eine große Spritze heraus. »Das ist die Nadel, und so kommt die Medizin hinein«, erklärte er ihr und simulierte den Vorgang.

Endlich schien sie zufrieden. »Aber gibt es nicht einen anderen Weg in den Himmel?« wollte sie als letztes noch wissen. »Ohne diese große Spritze?«

»Sie spüren wirklich nichts«, wiederholte er und nahm sein Töchterchen in den Arm. »Aber jetzt lauf und hilf Mummy.« Er gab ihr einen Kuß auf die Stirn.

»Aber ich will viel lieber mit dir reden.«

»Raus!« brummte er und jagte sie mit gespieltem Zorn aus der Praxis. Kichernd nahm sie Reißaus in Richtung Küche. »Na bitte«, gratulierte er sich insgeheim erleichtert. »Das lief doch gar nicht so schlecht – im Gegenteil.«

Sie war froh, daß man ihre Mutter in ein anderes Zimmer gebracht hatte. Sie konnte es einfach nicht leiden, wenn sie ausgeschimpft wurde. Und ihre Mutter schrie sie im Moment nur an. Es war wirklich nicht gerecht.

Die Leute von der Polizei gefielen ihr hingegen, besonders die Frau. Jedenfalls sagte die wenigstens nicht »Dummkopf«, »Biest« oder »Miststück« zu ihr. Es stimmte schon, was Miss Harris in der Schule gesagt hatte, die Polizei war der Freund und Helfer der Kinder. Ob sie ihr wohl einen Lutscher schenken würden?

Die Polizistin wollte noch einmal mit ihr sprechen. »Kannst du uns erzählen, was passierte, als du in Daddys Sprechzimmer gegangen bist?«

Nur zu gern tat die Kleine der Frau den Gefallen, sie lächelte. »Ich ging an diese Schachtel mit der Spritze zum Einschläfern – die mit der Nadel, der Kanüle.«

»Wußte deine Mummy, was du machtest?«

»Nein, sie war ja mit Tante Jude in der Küche.«

»Und sie hatten nicht die geringste Ahnung, wo du warst?«

Das kleine Mädchen schüttelte ernst den Kopf. »Mummy schickt mich sowieso nur immer wieder raus, wenn ich mal da hineingehe. Aber ich war gar nicht ungezogen. Ehrlich. Daddy war doch krank.«

Die nette Frau von der Polizei reichte ihr ein blaues Baumwolltaschentuch. Sie wischte sich damit die Augen. »Darf ich es behalten?« fragte sie. »Dann kann ich den anderen in der Schule mal ein richtiges Polizeitaschentuch zeigen.«

Beruhigend lächelte die Polizistin ihr zu, während die anderen verlegen mit den Füßen scharrten oder sich zaghaft räusperten.

»Mummy ist sehr böse auf mich, nicht wahr?« Die Lippen zitterten wieder leicht, und das Gesicht zeigte bereits verräterische Züge.

Einer der jüngeren männlichen Polizeibeamten kniete sich neben sie und nahm ihre kleine Hand in seine. »Nachdem du die Schachtel mit der Spritze geholt hattest, gabst du sie dann deiner Mummy?«

Sie runzelte die Stirn. Hatten sie denn alle nicht kapiert? Das war ganz allein ihre Idee, ihre Mutter hatte damit nichts zu tun. »Daddy war krank«, erklärte sie jetzt noch einmal nachdrücklich. »Ich wollte ihm nur helfen, damit es ihm besser geht. Jetzt ist er im Himmel, mit Jesus und all den Engeln. Er hat mir selbst erzählt, daß es so ist, jawohl, genauso hat er es mir erzählt.«

Die Polizistin nickte zustimmend, sah das Kind aber dabei nicht an. »Also war deine Mummy gar nicht in der Nähe deines Daddys? Sie war nicht bei ihm?« fragte sie. »Du hast ihm die Spritze gegeben? Ganz allein?«

»Als er gerade schlief. Damit er in den Himmel kommt. Mit Billy Whittles Hund und den vielen anderen Tieren.«

»Und was geschah dann?«

Die Kleine versuchte, sich zu erinnern, hatte damit aber offensichtlich leichte Schwierigkeiten. »Also«, erwiderte sie zögernd. »Es war gar nicht so, wie Daddy es mir erzählt hat. Er sagte, daß man gar nichts spürt. Nur einen kleinen Stich, und dann ist man sofort im Himmel. Aber so war es nicht.«

»Wie war es denn?«

Tränen rollten über ihre geröteten Wangen. »Es war schrecklich! Er schrie mich an, da mußte ich weinen. Er hörte überhaupt nicht auf, es war grauenhaft, als hätte ich irgend etwas falsch gemacht – oder so ... Ich hatte so Angst, daß Mummy den Streit hören könnte. Tatsächlich passierte genau das – sie kam hinauf und dann ... schrie sie mich auch an. Da bin ich rausgelaufen und hinunter zu Tante Jude gerannt. Ich glaube, daß Mummy dann den Krankenwagen gerufen hat.« Das verzweifelte Gesicht des Kindes war eine einzige Anklage. »Er war krank – wie Sergeant.«

»Sergeant?«

»Billy Whittles Hund.«

Sie ließ nervös den Blick umherschweifen und beobachtete die anderen Leute, die sich eifrig Notizen zu machen schienen. Geflissentlich überhörte sie die Bemerkung »Armes Ding, wohl nicht ganz richtig im Kopf ...« Niemand schien sie zu verstehen – das konnte nur ihr Daddy. Warum kapierten die Leute das nicht? Hatte er ihr nicht gerade erst gestern erzählt, wie ihn diese verfluchte Grippe mitnahm? Ja, daß sie ihn fast umbrachte? Wenn jemand es verdiente, im Himmel aufzuwachen, dann war es ihr Daddy. Warum wollte das keiner verstehen? Was machte sie denn nur falsch? Warum war Mummy so böse auf sie? Sie begann heftig zu schluchzen.

Die nette Polizistin nahm sie in den Arm und strich ihr übers Haar. »Ist ja gut«, beruhigte sie das Kind, »ist ja gut.«

Das kleine Mädchen sah zu ihr auf. »Ich war doch nicht ungezogen, oder? Ich muß doch nicht ins Gefängnis, oder?«

Zwei weitere Erwachsene betraten das Zimmer und unterhielten sich mit den Polizeibeamten. Die zwei Fremden waren dem Kind nicht sonderlich sympathisch. Dann verließ einer der beiden wieder den Raum.

»Was ist Kripo?« fragte es.

»Das braucht dich nicht zu interessieren«, antwortete die Polizeibeamtin.

Jetzt trat ein dicker, gemütlicher Polizist ein und flüsterte mit der Beamtin. Er lächelte die Kleine an und war ihr daher gleich sympathisch. Vielleicht verstand er ja die Situation. »Mein Daddy hat mir gesagt, was ich tun soll«, schluchzte sie. »Er wird jetzt der beste Tierarzt im Himmel sein. Er hat mir erzählt, daß es dort einen ganz besonderen Platz nur für Hunde gibt. Da ist er doch jetzt, oder?«

Die Polizeibeamtin lächelte wieder, setzte sich auf einen Stuhl, hob das Kind auf ihren Schoß und drückte es an sich. »Ich hoffe«, war alles, was sie dazu sagte.

Die Kleine preßte das Taschentuch fest an sich. Es schien so, als würde man sie doch nicht ins Gefängnis stecken, also konnte sie auch nichts falsch gemacht haben. Überhaupt nichts. Mummy hatte das nur noch nicht begriffen. Sie gähnte. Langsam machten die vielen Menschen und die ganze Aufregung sie müde. Aber wenigstens ging es Daddy gut. Wieder gähnte sie und schlief in den Armen ihrer Beschützerin ein.

2. Kapitel

Ruth Jenkins betrachtete eingehend den winzigen zappelnden Vogel. Sie war unentschlossen. Wie konnte sie dem kleinen Tierchen nur helfen? Wollte sie es überhaupt?

Wäre ihr nur nicht so kalt und hätte sie bloß nicht vergessen, Handschuhe anzuziehen! So hatte sie die Hände tief in den warmen Manteltaschen vergraben, um dem frostigen Morgen die Stirn zu bieten. Nie hätte sie den Vogel mit ihren bloßen Händen berühren können. Schnell wand sie den Blick ab und ließ ihn umherschweifen. Im weißen Winterhimmel suchte sie nach einer Entschuldigung, die sie von ihren Gewissensbissen befreien konnte. Die Vernunft sagte ihr, daß das Vögelchen wahrscheinlich nur noch ein paar Minuten zu leben hatte ...

Sie ging weiter und wünschte sich sehnlichst, sie hätte den Mut, einen Ziegelstein zu nehmen und dem Drama ein Ende zu bereiten. Aber vielleicht würde ja auch eine Katze kurz entschlossen mit den Qualen Schluß machen, versuchte sie sich einzureden. Ja, es war bei weitem besser, der Natur ihren Lauf zu lassen.

Sekunden später stand sie auch schon in dem stickigen Pflegeheim, und alle Gedanken an das sterbende Vögelchen wichen sofort bei dem durchdringenden Geruch von Reinigungsmitteln, altem Urin und Bratkartoffeln vom Vortag.

»Weihnachten«, murmelte sie und warf einen kurzen Blick in den riesigen, ovalen Spiegel in der sterilen Halle. »Puh! Alles dummes Zeug! Mumpitz!« Das Spiegelbild zeigte ihr eine leicht übergewichtige Frau von einem Meter fünfundsechzig Größe in zweieinhalb Zentimeter hohen Absätzen, mit haselnußbraunen Augen und einem ersten Ansatz von Tränensäcken. Sie sah müde aus, total zerschlagen – eine potentielle Anwärterin auf immerwährende erholsame Ferien in diesem Haus.

Ihr Versuch, die Haare zu färben, sah auch nicht überaus gelungen aus. Die Idee dazu war aus einer Laune heraus entstanden – dem Wunsch, ihrem Aussehen etwas mehr Jugend und Schwung zu verleihen. Doug hatte ihr versichert, daß sie toll aussähe. Aber solchen faulen Komplimenten traute sie sowieso nicht.

Eine Krankenschwester in weißer Tracht kam auf sie zu. Sie hatte ein breites, künstliches Lächeln aufgesetzt, ohne jede Wärme und Herzlichkeit. »Mrs. Jenkins«, strahlte sie. »Kommen Sie doch durch. Rene wartet im Salon auf Sie.«

Ruth folgte der uniformierten Gestalt, die sie zu ihrer Mutter führte. Der penetrante Geruch wurde immer intensiver.

»Mr. Jenkins nicht da?«

Idiotische Frage! Stand er etwa neben ihr? Was dachte sich diese dämliche Frau eigentlich? Meinte sie etwa, er hätte sich verkleidet und wäre ungesehen durchgeschlüpft? »Er arbeitet!«

»Tja, jeder Pfennig zählt – gerade so kurz vor Weihnachten.«

»Stimmt«, pflichtete Ruth ihr bei und fragte sich, ob sie auch irgendwann an einem Platz wie diesem enden würde – umgeben und versorgt von Schwestern wie dieser hier, die dümmliches Geschwätz von sich gaben, während sie einem den Hintern abputzten.

»Dort am Fenster«, strahlte die Schwester wieder. »Keine besonderen Veränderungen. Ach ja, ehe ich es vergesse. Würden Sie bitte im Büro vorbeischauen, bevor Sie gehen? Mrs. Watkins möchte Sie noch gerne sprechen.«

Ruth nickte schnell, um diese gräßliche Frau endlich loszuwerden. Dann betrat sie den großen Raum. Eine Wand wurde von einer riesigen Tafel beherrscht, auf der für die dahinsiechenden Patienten mit weißer Kreide Tag, Monat und Jahr aufgeschrieben war. Unter »Wetter« stand die Eintragung »kalt«, wahrscheinlich schon seit September unverändert. In den Sesseln, die an die Wand geschoben worden waren, saßen zitternde alte Männer und Frauen, eingewickelt in Häkeldecken. Sie waren körperlich anwesend – so lange, bis die Natur ein Einsehen hatte und der Tod sie zu sich nahm.

Rene Golden saß an einem großen Erkerfenster, den Blick gerichtet auf Abfalleimer, Ligusterbüsche und eine kleine Mauer. Ruth ging hinüber zu ihr, zog sich einen Stuhl heran und setzte sich neben ihre Mutter. Ruth sah, daß der Fernseher lief, allerdings unbemerkt von den dahin vegetierenden Bewohnern, denen irgendwelche energiestrotzenden jungen Leute das Surfen beizubringen versuchten.

»Hallo, Mum.«

»Sie haben dich schon wieder von der Schule nach Hause geschickt, stimmt's? Dein Vater wird dich mit dem Gürtel windelweich prügeln.«

Ruth seufzte. Es fiel ihr schwer, das Bedürfnis nach einer Zigarette zu unterdrücken. Obwohl es von den Bewohnern sowieso niemanden gekümmert hätte, wenn sie tatsächlich geraucht hätte. Wahrscheinlich würden sie sogar nach einem Zug lechzen und darum betteln, die Packung herumgehen lassen zu dürfen. »Dad ist tot, Mum.«

»Sie sagen, ich darf ihn nicht sehen. Er ist hier, ich weiß, daß er hier ist.« Ihre Mutter zeigte auf einen großen Abfalleimer. »Darin wohnt er«, flüsterte sie geheimnisvoll. »Er kommt nur heraus, wenn ich allein hier bin.«

»Dad ist tot, Mum«, wiederholte sie leise. Die Schwestern hatten ihr geraten, immer aufrichtig zu sein. Im frühen Stadium, kurz nach dem Tod ihres Vaters, war Ruth noch auf das Geschwafel und die ausgedehnten, weitläufigen Phantastereien ihrer Mutter eingegangen. Sie nahm an, daß es ihr nichts schadete, wenn der Vater in ihrem Kopf weiterlebte. Ihre Mum schien dabei so glücklich und zufrieden, daß sie es nicht übers Herz brachte, ihr die Wahrheit zu sagen.

Als die Tochter sie das nächste Mal besuchte, wurde sie von der Pflegerin beiseite genommen, die ihr eine Menge über »Alterssenilität« erzählte. Sie beschrieb die bevorstehende Verkümmerung des Gehirns ihrer Mutter, erwähnte aber auch die gleichzeitig auftretenden klaren und lichten Momente, für die sie im Moment noch dankbar sein sollte. Auch sie würden sich jedoch mit der Zeit reduzieren, so daß ein langsamer Verfall in den Schwachsinn nicht aufzuhalten war.

»Reality Orientation«, Wirklichkeitsfindung, hieß das neueste Schlagwort aus Amerika, den Vereinigten Staaten, das sich in puncto Psychologie immer groß und wichtig hervortat. Die Grundidee war, daß sowohl Besucher als auch Personal immer versuchen sollten, die so schnell zerfallenden Gehirne zumindest in die Nähe der Realität zu bringen, wenn nicht sogar mit ihr zu konfrontieren. Wenn der Patient beispielsweise dachte, es wäre Dienstag, obwohl es in Wirklichkeit Mittwoch war, so mußte ihm das gesagt werden.

Ruth hatte höflich genickt. Heute wußte sie, daß ihrer Mutter die Wochentage ziemlich egal waren, solange der Gedanke, daß ihr Mann gleich aus dem Abfalleimer springen könnte, ihr schwaches Hirn beherrschte. Damals hatte sie den ganzen Nachhauseweg geweint.

»Liebt mich immer noch«, teilte Rene ihrer Tochter mit, »will wissen, wann ich nach Hause komme.«

»Das werden die Ärzte entscheiden, Mum. Nicht Dad.« Und fast hätte sie hinzugefügt »du arme, alte Irre.« Eines Tages, das wußte sie, würde sie das auch aussprechen, nein – sie würde ihren Ärger, ihre Wut hinausschreien. Was war ihre Mutter denn anderes? Eigentlich war sie schon so gut wie tot, ohne jede Möglichkeit zur normalen Konversation, eine wunderliche und groteske Kreatur in der Hülle ihrer Mutter. Ruth Jenkins hatte das Gefühl, eine geheimnisvolle Macht spielte ein grausames Spiel mit den Angehörigen, die die vergreisenden Menschen einmal so geliebt hatten.

Ihr Blick fiel auf die nur zur Hälfte geleerte Schüssel mit Haferbrei und Bananen. Warum, um alles in der Welt, mußten die Leute, deren Hirn langsam verfiel, auch noch diesen substanzlosen Brei zu sich nehmen? Konnten ihnen nicht knackige Äpfel, Orangentörtchen und dick geschnittenes, körniges Brot serviert werden?

Gerade begann im Fernsehen die Sesamstraße. Einer der Patienten klatschte freudig in die Hände, als Big-Bird auf dem Bildschirm erschien. Ruth starrte in die Flimmerkiste und versuchte mühsam, den Kloß, der sich in ihrem Hals bildete, hinunterzuschlucken. Alles schien so sinnlos. Wie sehr hatte sie sich gewünscht, ihre Mutter nach ganz bestimmten Dingen zu fragen und darauf auch einfache Antworten zu bekommen, sich einfach mit ihr zu unterhalten über Themen, die sie sich schon lange zurechtgelegt hatte. Aber für all das war es bereits zu spät.

»Bist du immer noch mit diesem Doug Jenkins zusammen?« wollte Rene plötzlich wissen.

»Wir sind seit sechsundzwanzig Jahren verheiratet«, seufzte Ruth.

»Ein Ganove – das ist er. Halt dich bloß fern von ihm, hörst du?«

»Er fährt inzwischen Taxi, Mum. Schon viele Jahre hat er sich nichts mehr zuschulden kommen lassen.«

Rene ergriff die Hand ihrer Tochter und drückte sie fest. »Er will doch nur das Eine!«

Ruth verzog den Mund zu einem winzigen Lächeln. Sex? Doug und sie? Aber wohl auch nur, wenn sie ausgiebig mit *Stella Artois*, seinem Lieblingsbier, duschte, sich anschließend von oben bis unten mit mehreren Ausgaben seiner geliebten Sportzeitung, *Sporting Life*, einwickelte und sich mit Aschenbecher und Chipstüten bewaffnete. Mit siebenundvierzig spielte Sex keine Rolle mehr, jedenfalls nicht mit Doug. »Ich passe schon auf, Mum.«

Plötzlich starrte Rene entsetzt auf Ruths Frisur. Ihr Blick schien völlig wirr. »Was macht denn das viele Blut auf deinem Haar? Du hast Blut auf dem Kopf!«

»Mum, ich habe doch bloß meine Haare rot gefärbt.«

Aber Rene wirkte zu Tode erschrocken. Speichel rann in einem dünnen Rinnsal aus ihren schlaffen Mundwinkeln, und sie fuchtelte mit ausgestrecktem Zeigefinger in der Luft herum. »Jemand hat meine Ruth ermordet!« schrie sie gellend. »Hat ihr mit einer Axt auf den Kopf geschlagen! Seht her, sie ist tot!«

»Mutter, beruhige dich doch«, redete Ruth leise auf Rene ein und blickte lächelnd um sich, um allen zu zeigen, daß sie noch lebte.

»Hat es sehr weh getan, Liebes? Soll ich dich wieder gesund küssen?«

Wie schon so oft in ähnlichen Situationen fragte Ruth sich ernsthaft nach dem Sinn und Zweck dieser Besuche bei ihrer Mutter. Allein der Weg dorthin war äußerst beschwerlich und umständlich. Zehn Minuten benötigte sie zu Fuß zum Bahnhof, wo sie oft auch noch eine Viertelstunde auf den Zug warten mußte. Siebzehn Minuten dauerte die Fahrt von Chelmsford nach Shenfield plus einem weiteren Zwölfminutenweg zum Heim und anschließender vierzigminütiger Besuchszeit bei ihrer verstörten Mutter – vierzehntägig.

Aber heute machte sie das nicht mit, entschied sie kurzerhand. Nach drei Minuten hatte Ruth genug. Sie stand auf. »Ich muß jetzt gehen«, sagte sie mit matter Stimme, »ich bin noch mit der Heimleiterin verabredet. Wir sehen uns ja an den Weihnachtstagen. Dann bringe ich auch Doug mit. Du freust dich doch, oder?«

»Sicher, Liebes«, antwortete Rene strahlend und wandte ihre Aufmerksamkeit wieder dem Fenster zu. »Komm nicht zu spät zur Schule.«

Ruth verabschiedete sich bedrückt von ihrer vergeßlichen Mutter und drückte ihr einen Kuß auf die gepuderte Wange. Dabei betete sie, daß Senilität nicht erblich war. Dann machte sie sich auf den Weg zum Büro. Sie mußte zweimal anklopfen, bevor eine weibliche Stimme sie in einen wohl aufgeräumten, fast schon sterilen, Raum bat.

Mrs. Watkins erhob sich und begrüßte Ruth mit einem laschen Händedruck und einem aufgesetzten, distanzierten Lächeln. Scheint hier wohl so üblich zu sein, dachte Ruth bei sich. »Mrs. Jenkins, es freut mich sehr, daß Sie es ermöglichen konnten, mir Ihre Zeit zu opfern.«

»Mrs. Watkins?«

Eine merkwürdige Pause entstand. »Und wie geht es unserer Rene heute?«

Unsere Rene? Verärgert nahm Ruth diese Frage der Heimleiterin zur Kenntnis. Was wollte sie damit andeuten? Daß ihre Mutter Gemeineigentum war? »Ziemlich daneben, würde ich sagen«, gab sie mit eisiger Stimme zurück. »Scheinbar wohnt jetzt mein verstorbener Vater in einem der Abfalleimer, und ich bin das lebende Opfer eines Axtmörders.«

Wieder lächelte Mrs. Watkins. »Setzen Sie sich doch, Mrs. Jenkins.«

Ruth nahm Platz.

»Es geht um Weihnachten, Mrs. Jenkins.«

»Und?«

»Haben Sie schon Pläne gemacht für die Feiertage?«

»Noch nichts Besonderes«, antwortete Ruth verwundert und fragte sich, ob diese alte Schrapnelle eventuell vorhatte, sie über Weihnachten zu Truthahn mit allem Drum und Dran einzuladen. »Ich werde natürlich meine Mutter besuchen, wahrscheinlich am zweiten Weihnachtstag. Dann bringe ich auch meine Familie mit – einen Teil wenigstens.«

»Das wäre ja wundervoll für die arme Rene.«

»Vielleicht …«, begann Ruth zögernd, hielt dann aber inne. Arme Rene? Was sollte das nun schon wieder heißen? Wer war denn hier verantwortlich für ihre Mutter? Doch wohl dieses verdammte Heim der ach so netten Lady, die ihre Mutter um zweihundert Pfund pro Woche schröpfte, um sie zwischen den uringeschwängerten Wänden dahinsiechen zu lassen.

»Weihnachten – bei Ihnen?« vollendete Mrs. Watkins Ruths Satz. »Und Rene im Kreise ihrer geliebten Familie. Das ist alles, was sie braucht, finden Sie nicht auch?«

Diese Frau wollte doch nicht etwa vorschlagen … »Sie meinen, meine Mutter soll Weihnachten zu uns nach Hause kommen?«

»Rene ist doch vollkommen unkompliziert, Mrs. Jenkins. Sie kann sich alleine anziehen, sie kann alleine zur Toilette gehen, und die Treppen bewältigt sie auch selbständig.«

»Sie ist doch nicht mehr zurechnungsfähig – eine potentielle Gefahr.«

»Nur für ein paar Tage, Mrs. Jenkins.«

»Machen Sie sich über mich lustig?«

Bedächtig setzte Mrs. Watkins sich gerade auf, legte die Unterarme auf den Schreibtisch und faltete die Hände. »Wissen Sie«, sagte sie ruhig, »für Sie alle wäre es eine tolle Erfahrung. Und der Grund, warum Ihre Mutter dann und wann phantasiert, liegt nur darin, daß sie sich schrecklich langweilt, Mrs. Jenkins. Ein Ortswechsel würde wahrscheinlich Wunder wirken. Also, wenn sie meine Mutter wäre ...«

Ruth merkte, daß die Zornesröte ihr ins Gesicht stieg. Ihr fehlten die Worte. Unmöglich. Lächerlich. Absurd.

»Sie wären überrascht«, fuhr Mrs. Watkins fort, »wie viele unserer Patienten nach solchen Feiertagen in der Familie aufblühen, wenn sie die Möglichkeit hatten, mit ihren Enkeln zu spielen und sie auf ihrem Schoß herumspringen lassen konnten.«

»Ihr jüngstes Enkelkind ist zweiundzwanzig«, erwiderte Ruth, der die volle Tragweite dieses ungeheuerlichen Vorschlages immer klarer wurde. »Sie würde wohl zusammenbrechen, wenn es auf ihrem Schoß herumhopste.«

»Selbstverständlich sorgen wir für die Beförderung zu Ihrem Haus und zurück, Vollkaskoversicherung und einen fünftägigen Kurs zwecks Unterweisung in medizinischer Behandlung.«

Ruth hatte das Gefühl, überfahren zu werden. Und dieses Gefühl paßte ihr ganz und gar nicht. Der Gedanke an Weihnachten war auch so schon ein Alptraum – auch ohne den Besuch ihrer Mutter. »Ich muß zuerst mit meinem Mann darüber sprechen.«

»Im letzten Jahr ist Mr. Gimblers Familie zusammen mit Mr. Gimbler auf die Kanarischen Inseln geflogen«, erzählte Mrs. Watkins begeistert. »Und stellen Sie sich vor, seine Zufriedenheit, sein freundliches Lächeln, ja sogar seine Bräune hielten bis zum Juni dieses Jahres an.«

»Wie ich schon sagte, ich muß ...«

»Für manche Patienten ist es schrecklich quälend, mit ansehen zu müssen, wie ihre Mitbewohner abgeholt werden und verreisen. Sie fragen sich natürlich, Mrs. Jenkins, ob ihre Familien sie auch noch so lieben.«

»Ich bitte Sie!«

»Wir haben ihr natürlich noch nichts erzählt, um in ihr nicht falsche Hoffnungen zu wecken. Es wäre doch furchtbar, sie zerstören zu müssen, wenn Sie Ihre Mutter nicht bei sich haben wollen.«

»Darum geht es doch gar nicht!« protestierte Ruth. »Wo und wie sollen wir sie unterbringen? Wir haben doch kaum Platz.«

»Wir stellen Feldbetten mit bequemen Matratzen zur Verfügung. Sie sind hygienisch und federleicht«, teilte Mrs. Watkins ihr sachlich mit und fuhr dann in fast vertraulichem Ton fort, »ich will Sie ja nicht beunruhigen, Mrs. Jenkins, aber – bei Patienten mit den Beschwerden Ihrer Mutter weiß man ja nie ...«

»Ich verstehe nicht ganz ...«

»Wie lange sie noch geistig dazu in der Lage sind, fröhlich Weihnachten zu feiern.«

Ruth starrte nachdenklich vor sich hin und gab sich fast schon dem Unausweichlichen geschlagen. Wenn ihr auch nicht gefiel, was die Frau ihr nahezubringen versuchte, sie hatte nicht unrecht. Vielleicht, aber eben auch nur vielleicht, zahlten sich die Bemühungen um ihre Mutter einmal aus. Außerdem waren die Schuldgefühle und Gewissensbisse manchmal jetzt schon übermächtig.

»Ich werde darüber nachdenken«, ließ sie die Heimleiterin wissen.

»Wir brauchen Ihre Antwort innerhalb der nächsten achtundvierzig Stunden, da wir viele Dinge für die kurze Abwesenheit organisieren müssen.«

»Ich sagte Ihnen doch bereits, daß ich darüber nachdenken werde«, wiederholte Ruth verärgert, als sie sich von dem ächzenden Stuhl erhob. Ihr schwindelte von diesem Gespräch. Wie sollte sie bloß Doug die Nachricht beibringen? Es war schon schwierig genug, ihn alle paar Monate hierherzuschleppen, und jetzt sollte seine Schwiegermutter bei ihnen wohnen? Ihr lief eine Gänsehaut über den Rükken.

Ruth verließ das Heim in niedergedrückter Stimmung. Ihre Schuhe knirschten auf dem vereisten Schotter, als sie ihre Schritte zur Hauptstraße lenkte, in Richtung der einsamen Bushaltestelle. Unterwegs hielt sie nach dem sterbenden Vögelchen Ausschau, konnte es aber nirgendwo entdekken.

An diesem Dezembermorgen, eine Woche vor Weihnachten, saß eine schwarze Katze unter einem Busch, leckte sich das Schnäuzchen, schnurrte zufrieden und spielte träge mit ein paar herumliegenden kleinen, dunklen Federn.

3. Kapitel

»Verkleinern?« rief Doug alarmiert aus und fuhr sich verwirrt durch sein kurzgeschorenes Haar. »Was hat das zu bedeuten?«

Margeret Simmons zündete sich noch eine Marlboro an und beschloß dann, die Fakten auf den Tisch zu legen. Dies war die einzige Besprechung, vor der sie sich schon seit Wochen gefürchtet und die sie in besonders angsterfüllten Momenten wieder und wieder durchgespielt hatte. Mit den anderen Fahrern hatte es keine Probleme gegeben, nur ein resigniertes Schulterzucken hier und da oder enttäuschtes Kopfschütteln. Aber sie wußte natürlich, daß die Situation mit Doug etwas anders lag. Er würde nicht akzeptieren, wie er nichts akzeptierte. »Ich bin dabei, das Geschäft aufzulösen, Doug.«

»Mich willst du liquidieren, sei doch ehrlich.«

Margeret stieß den Rauch in Richtung nikotinverfärbte Zimmerdecke. Oh, wie sie diesen schäbigen Container, so hatte sie ihr Büro einmal scherzhaft genannt, haßte. »Ich will nicht mehr, ich habe einfach genug – das ist alles.«

Aber Doug schien immer noch nicht zu begreifen. »Das mußt du mir schon näher erklären, Margeret.«

»Ich verkaufe, Doug. Hab' einfach keine Lust mehr. Will von Taxen, den Schwierigkeiten, den Leuten und von allem hier nichts mehr hören.«

Allmählich schien Doug den tieferen Sinn dieser Aussage zu begreifen. Seine stahlblauen Augen deuteten langsames Verstehen an. »Du meinst, ich verliere meinen verdammten Job? Noch vor Weihnachten?«

»Tut mir leid, Doug«, erwiderte sie sanft. Sie wollte ihn nicht quälen. Doch mit ihrer gemeinsamen Vorgeschichte kannte sie Doug besser, als die meisten Chefs ihn je gekannt hatten. Und tief drin in ihrem Herzen war sie härter im Nehmen als er, das wußte sie. Hätte sie es sonst ertragen, sich in diese Situation zu manövrieren? »Mich langweilt dieses Geschäft schon lange. Also löse ich es nach Weihnachten auf, verkaufe alles und gehe weg, solange ich noch den Mut dazu habe.«

Wie betäubt saß Doug vor ihr. »Warum?« war alles, was er hervorbrachte.

Margeret setzte sich lächelnd zurück. »Weil«, begann sie zögernd, »ich die letzten neun Jahre damit verbracht habe, Leute von A nach B zu bringen, während ich selbst nirgendwo gelandet bin. Wie gern hätte ich mich meinen Passagieren angeschlossen, statt dessen mußte ich bis in die frühen Morgenstunden in dieser blöden Karre aushalten. Ich will doch nur ein bißchen leben.«

»Jetzt hör aber auf«, höhnte Doug, »du kannst dich doch in deinem Alter nicht mehr herumtreiben wie ein Teenager.«

»Ich will doch nur, daß mir einmal jemand ein Taxi ruft, Doug. Unbekannte und aufregende Plätze kennenlernen, danach sehne ich mich. Meine eigene, ganz persönliche Reise, verstehst du?«

Zwischen den beiden breitete sich einen Moment lang eine ungewöhnliche Stille aus. »Es ist dir ernst damit, hab ich recht?«

Margeret nickte zustimmend. »Man lebt nur einmal.«

»Paß bloß auf«, sagte Doug mit grimmigem, fast drohendem Unterton. »Wahrscheinlich hast du zu viele versaute Filme gesehen. Wie heißen sie gleich? Shirley bumst Valentine oder wie?«

»Doug – bitte ...«

»Das ist es doch, was du magst, stimmt's? In Griechenland zu leben und dort von irgendeinem durchtriebenen Kellner in die Horizontale gebracht zu werden. Mein Gott, wie erbärmlich!«

»Ich will raus, mehr nicht!«

»Gut – nimm dir Urlaub. Flieg zwei Wochen nach Florida. Ich werde Ruth dazu bringen, etwas auszuhelfen. Erhol dich, Margeret. Aber verkauf doch nicht das verdammte Geschäft, Liebling. Du nimmst dadurch vielleicht vielen ihre Existenz, ihr Zuhause!«

Schuldbewußt blickte Margeret Doug an. »Ich mache mir die Entscheidung nicht leicht, Doug, glaub mir.«

»Dann zieh sie zurück – du wirst dich besser fühlen.«

»Es ist beschlossene Sache.«

»Oh, Margeret!« Es mußte noch einen anderen Weg geben, sie zu bewegen, ihre Entscheidung rückgängig zu machen. Es war einfach nicht richtig, konnte doch nicht wahr sein. Sie durfte nicht einfach ... Er stand auf und ging um den Schreibtisch herum zu ihr.

»Nicht, Doug«, wehrte sie ihn ab. »Es ist vorbei. Alles ist vorbei.«

Er ging langsam wieder zurück und setzte sich auf seinen Stuhl. Seine Miene wechselte von Erstaunen zu Ärger und Enttäuschung. »Bezüglich uns, nehme ich an?«

»Zwing mich nicht, Dinge zu sagen, die ich nicht sagen will. Bitte.«

»Bitte?« platzte er heraus. »Ich soll dir also auch noch einen lausigen Gefallen tun? Quatsch. Wenn du mir etwas zu sagen hast, dann heraus damit!«

»Hör auf, Doug.«

Grimmig schaute er ihr in die Augen, sein muskulöser Hals saß stramm zwischen den kräftigen Schultern. »Nun erzähl schon. Das bist du mir doch mindestens schuldig.«

»Okay«, ließ sie sich erweichen, mußte aber insgeheim zugeben, daß er recht hatte, auch wenn er sich ihre Aussage irgendwie erzwang. »Unsere ... Beziehung ... war für mich der absolute Tiefpunkt. Tut mir leid, aber das ist die Wahrheit.«

Doug nickte und reckte das Kinn als vergeblichen Versuch, sich ein letztes Stück Würde zu bewahren. »Soweit ich mich erinnere, warst du daran rege beteiligt.«

»Anfangs – vielleicht.«

»Also, was ist passiert? Du hast es doch genauso genossen – jedenfalls sah es so aus. Du meine Güte, wir haben doch nur etwas herumgespielt! Es war doch nie eine ernste Sache. Deswegen gibt man doch solch ein Geschäft nicht auf.«

Sie atmete tief durch. »Aber ich wollte mehr. Viel mehr, Doug. Nicht von dir. Vom Leben, von allen anderen Menschen und von mir. Immer, wenn wir ... du weißt schon ... hier ... in diesem gottverdammten Loch, deine Jacke irgendwo auf dem Fußboden, überall der Geruch von Benzin oder abgestandenem Rauch oder ekligen Essensgerüchen, fühlte ich mich so ... so schäbig. Ich wußte, da muß es noch etwas anderes geben, und ich wußte, daß ich es hier nicht finden würde.«

»Ich verstehe. Du beginnst dich zu langweilen, also verkaufst du und läufst fort.«

»Bitte?«

Doch er schüttelte den Kopf. »Es ist schlicht und ergreifend eigensüchtig und egoistisch.« Er legte den Kopf in den Nacken und dachte darüber nach, wie er das Unvermeidliche abwenden könnte. »Wissen es die anderen alle schon?«

Sie nickte und hielt seinem Blick trotzig stand. »Sie kennen die Lage. In Chelmsford gibt es eine Menge Taxiunternehmen mit niedrigeren Preisen und besseren Autos. Wir können mit ihnen nicht mehr konkurrieren, und ich will es auch gar nicht erst versuchen.«

»Dann fang doch an zu modernisieren, umzustrukturieren. Neue Autos, neue Räumlichkeiten, Anzeigen – einfach alles.«

»Übernimmst du die Hälfte?«

»Die Banken werden dir alle Kredite gewähren.«

»Die Banken«, gab Margeret leise mit verbittertem Unterton zurück, »die würden einem Ertrinkenden doch noch nicht einmal einen Rettungsring zuwerfen.«

»Hast du es denn versucht?«

Sie lehnte sich vor und faltete die Hände auf ihrem Schreibtisch. Ihr Blick wanderte über diesen empörten, verzweifelten Mann, dessen Gesicht rot war vor Wut und Ärger. Sie hatte ihn einmal äußerst attraktiv gefunden, aber jetzt fragte sie sich, warum. »Ende Januar ist Schluß, bis dahin hast du Zeit. Ich werde dir alle Empfehlungsschreiben ausstellen, die du haben willst, und versuchen, Vorstellungsgespräche mit den anderen Firmen zu arrangieren. Aber ich kann nichts versprechen. Wie gesagt, es gibt viele Taxen und niedrige Tarife. Vielleicht solltest du dich selbständig machen.«

»Das war's tatsächlich, nicht wahr? Margeret haut ab und läßt ihre Mitarbeiter in der Scheiße sitzen?« Er erhob sich plötzlich, stützte beide Hände auf dem Schreibtisch ab und lehnte sich drohend vor. »Was bildest du dir eigentlich ein? Was glaubst du eigentlich, wer du bist?«

Aber sie ließ sich nicht einschüchtern. »Ich weiß es nicht, Doug«, erwiderte sie ruhig. »Doch ich hoffe, es bald herauszufinden.«

»Bevor es zu spät ist?« gab er sarkastisch zurück, drehte sich um und ging zur Tür. »Du bist auch nicht mehr in den besten Jahren«, lächelte er triumphierend. »Irgendwie bin ich froh, sehr froh sogar. Nun kann ich wenigstens nicht mehr benutzt und ausgenutzt werden. Denn jetzt wird ja ein Kellner dieses Privileg genießen.«

»Es reicht!«

Er sah an ihrem Blick, daß sie verletzt war – und ergötzte sich daran. Ein schwacher Trost, aber es gab ihm das Gefühl, einen kleinen Sieg errungen zu haben. »Ich gehe jetzt wohl besser!« Doug riß einen Zettel von einem Block an der Wand. »Sind das meine Vorbestellungen?«

Margeret nickte, sichtlich erleichtert, daß das Gespräch beendet und er wieder auf dem Weg zum Auto war.

Doch Doug war offensichtlich noch nicht fertig. Er rollte das Stück Papier zusammen und hielt es auf sie wie einen Schlagstock. »Damit hast du mich kaputt gemacht, Margeret, und dafür hasse und verachte ich dich. Ich hoffe, du findest, wonach du suchst. Denn es wird einer Reihe von Menschen den Lebensunterhalt nehmen.«

»Firmen machen nun einmal pleite, das passiert täglich, du blöder Hornochse!« Ihr Kinn zitterte und ihre Lippen waren schneeweiß. Sie konnte ihren Zorn kaum unter Kontrolle halten. »Im Sommer wäre sowieso alles den Bach hinuntergegangen. Ich bin doch nicht für dein Leben verantwortlich. Jetzt hau endlich ab, und kümmere dich um deine Zukunft, so wie alle anderen auch, ich eingeschlossen!«

Doug klatschte höhnisch Beifall, öffnete die Tür und warf sie so heftig zu, daß die Wände zitterten. »Blöde Ziege«, murmelte er, als er in die kalte Nachtluft trat.

Immer noch fluchend stieg er in sein Taxi, öffnete das Handschuhfach und holte eine kleine Flasche Scotch heraus. Die braune Flüssigkeit rann behaglich durch seine Kehle, und er begrüßte sie wie einen alten Freund, einen guten Kumpel – anders als dieses selbstsüchtige Weib da drinnen!

Gefeuert, er war gefeuert! Egal, wie sie es formulierte, ein neuer Job war für ihn noch meilenweit entfernt. »Frohes Neues Jahr, Margeret«, flüsterte er mit drohendem Unterton. »Auf deine Reisen und darauf, daß du spurlos verschwindest!«

Nachdem er ein Drittel der Flasche geleert hatte, fuhr er ins Zentrum von Chelmsford, um seine Abendschicht anzutreten. Er sah Geschäftsleute, die lachend und scherzend nach Büroschluß die Pubs ansteuerten, und Fußgänger, die in den bunterleuchteten Straßen mit den weihnachtlich geschmückten Schaufenstern in die Geschäfte eilten, um Geschenke für die Familie und Freunde zu besorgen.

Aber Doug Jenkins war keineswegs festlich gestimmt. Entlassen, mit fünfundvierzig und geringen Zukunftschancen. Verdammt, es war ein Alptraum!

»Zum Teufel noch mal! Mit welchem Recht darfst du tun, was du willst?« Was Ruth wohl dazu sagte? Wie sollte er es ihr überhaupt beibringen? Einfach sagen, daß Margeret ihr Geschäft aufgab, weil sie ein bißchen herumgefummelt hatten? Ratlos schüttelte Doug den Kopf.

Er wartete gerade an einer roten Ampel, als die hintere Tür geöffnet wurde und ein junger Mann, Mitte zwanzig, mit schickem Anzug und gelockertem Schlips und Lippenstift auf der Wange, sich auf dem Rücksitz niederließ. Er hatte offensichtlich einen angenehmeren Abend hinter sich als Doug. »Little Waltham, bitte«, nannte er das Fahrtziel.

Wutentbrannt drehte Doug sich herum. »Raus hier, du Macker! Oder deine nächste Fahrt findet im Krankenwagen statt.«

»Tut mir leid, Kumpel. Ich wollte nicht ...«

»Raus! Sofort!«

Er machte sich an der Tür zu schaffen. »Aber das sind doch nur ein paar Kilometer! Nun machen Sie schon. Nach Little Waltham, bitte!«

»Raus! Oder dein Fahrtziel ist Broomfield Hospital! Raus, hau schon ab!«

Der verwirrte Mann stand bereits auf dem Bürgersteig. »Sie sind ja verrückt! Sie dürften überhaupt nicht fahren! Aber ich habe ja Ihre Nummer!«

Doug hob die Hand und zeigte ihm ein Zeichen, das in den offiziellen Taxicodes nicht existierte. Dann raste er mit quietschenden Reifen davon, jede Verkehrsregel außer acht lassend. Zwei, drei Fahrer hinter ihm hupten und blinkten auf, aber da er war schon fort und auf dem Weg zu seiner ersten vorbestellten Tour.

Es war zehn vor acht am Freitag, dem neunzehnten Dezember, und Mrs. Ida Sharansky aus der Nightingale Road in Chelmsford befand sich kurz davor, das Zeitliche zu segnen.

4. Kapitel

Danbury, Essex, 1971

Mrs. Wallaces Beerdigung. Wieder einmal saß sie inmitten dieser bedrückenden Stille und wunderte sich, daß so viele Tränen vergossen wurden.

Beerdigungen. Immer dasselbe. Immer wieder schwarze Anzüge, schwarze Kleider und rührselige, sentimentale und traurige Gesichter, die respektvoll auf den polierten, über und über mit Maiglöckchen geschmückten Sarg vor dem Altar blickten. Warum war bloß niemand fähig, die Situation mit der Klarheit religiöser Weitsicht zu erkennen? Gierten sie denn nicht alle nach den guten Dingen, die im Himmelreich auf sie warteten?

Der Tod sollte kein Grund zur Trauer, sondern ein Grund zum Feiern sein, denn er war das Ende eines qualvollen Lebenskampfes und der Beginn des ewigen Daseins im Himmel, frei von Kummer und Sorgen. In der Tat, warum den Tod überhaupt fürchten? Wenn man den sogenannten »Experten« – ihren Religionslehrern in der Schule, Vikaren, Priestern, Bischöfen und fast allen Erwachsenen, die sie kannte – Glauben schenken wollte, war das Leben auf Erden nur ein kleiner Abschnitt auf der großen Reise in das Paradies. Wenn das Leben es einmal nicht gut mit einem meinte, brauchte doch nur die sterbliche Hülle abgelegt zu werden, und schon konnte man sich eines besseren Lebens hoch oben im Himmel erfreuen.

Sie saß ganz vorne in der ersten Reihe und lauschte konzentriert – Tante Jude auf der einen Seite, Onkel William auf der anderen.

Dreizehn Jahre war sie jetzt alt und stand am Beginn ihrer Pubertät. Die Menstruation hatte bereits eingesetzt, und man hatte ihr erklärt, daß sie nun biologisch in der Lage sei, sich fortzupflanzen. Dabei war es doch sonnenklar – die Schöpfung am Ende des Lebens war von ebensolcher immensen Bedeutung wie am Anfang. Irgendwie war die Weltordnung durcheinander geraten. Sie hatte bei aufgeschnappten Gesprächen zwischen Erwachsenen erstaunt festgestellt, daß die Themen zunehmend um das Kinderkriegen kreisten. Sie sollten besser darüber nachdenken, wie sich ihr Leben nach dem Tode gestaltete, wenn sie dem alles verzeihenden Schöpfer gegenüber standen.

Dann wäre auch sie wieder zurück im Himmel. Bei Daddy. Geborgen und sicher in seinen Armen über den Wolken. Wenn es ihr einmal nicht so gut ging, dann mußte sie immer daran denken – ihr Lichtblick in dunklen Tagen. Es würde ihre Belohnung sein, nach einem Leben bedingungsloser selbstloser Ergebenheit. Dann säße sie wie Jesus an der Seite des Vaters, ihres Vaters. Er wäre so stolz auf sie, und alle kämen zu ihr, um sich bei ihr zu bedanken – dessen war sie sich ganz sicher.

Der Eintritt in das Leben und der Tod hatten viele seltsame Gemeinsamkeiten: Beide Geschehen wurden fast immer begleitet von Schmerzen, wenn nicht sogar quälendem Leid. Und bei beiden vergossen Verwandte Tränen der Erleichterung oder der Trauer. Und in beiden Fällen ruhte der Mensch in Behältern aus Holz, an denen Angehörige in stiller Bewunderung entlang prozessierten.

Der Geistliche begann aus einer großen Bibel vorzulesen, die von den Flügeln eines furchterregenden Adlers aus Messing umhüllt war. Oft hatte sie den scharfen Schnabel und die schlimmen Krallen betrachtet und sich gefragt, warum das Heilige Buch nicht in einem Elfenreigen verankert war. Wenn Gott wirklich ein so lieber Mann war, warum bauten sich dann diese schrecklichen Ungeheuer unter den Dächern seiner Kirche Nester? Und wenn er wirklich die Welt erschaffen hatte, warum gab es dann Donner, Schlangen, Kriege, Krankheiten, schlechte Menschen und Mütter, die immer sauer waren? Wäre er tatsächlich so klug und großartig, hätte er doch nie auf den Gedanken kommen können, gleichzeitig Lehrer und Makkaroni mit Käse zu erschaffen.

Außerdem stimmte auch nicht alles, was in der Bibel stand. Es war eine totale Lüge, daß jemand drei Tage nach seinem Tod aus seinem Grab steigen konnte. Sie konnte es schließlich beweisen, denn sie hatte das Experiment mehrere Male mit streunenden Katzen, die sie auf der Straße aufgelesen und deren leidvollem Leben sie ein Ende gesetzt hatte, durchgeführt. Sie hatte ihnen sogar nach der Illustration in ihrer Bibel eine eigene Grabstätte gebaut. Da hinein legte sie die Katzen, eingewickelt in Tante Judes Kopfkissenbezüge, und verschloß den Eingang mit einem dicken Stein. Dann wartete sie. Drei Tage und Nächte, die Ohren immer gespitzt, um nach dem kleinsten Lebenszeichen zu lauschen.

Aber es passierte nichts. Nichts – gar nichts, nicht ein einziges Mal. Also log die Bibel. Immer wieder las sie alle vier Evangelien, in denen das Wunder beschrieben wurde. Sie war schon drauf und dran, die gesamte Situation nachzuahmen und eine Katze vor dem Begräbnis ans Kreuz zu nageln, als sie erkannte, was sie übersehen hatte.

Jesus war der Sohn Gottes. Für ihn war nichts unmöglich. Aber sie war nur die Tochter eines kranken Tierarztes. Und so wie Jesus an die Aufgabe, die sein Vater ihm stellte, gebunden war, sollte sie sich an die ihres Vaters halten.

Die Gemeinde um sie herum weinte immer noch. Sture Dummköpfe!

Die Geschichte, die jetzt kam, gefiel ihr.

»Warum konzentrierst du dich auf den Flecken im Auge deines Bruders«, begann der Vikar seinen Singsang. »Aber erkennst den Balken im eigenen Auge nicht? Wie kannst du deinem Bruder sagen, ›Laß mich diesen Splitter entfernen‹, wenn du deinen eigenen Klotz nicht erkennst? Du Heuchler.«

Als meinte dieser Vikar mit seinem Wieselgesicht sie persönlich.

»Entferne ihn, dann wirst du den Splitter im Auge deines Bruders klar erkennen.«

Sie staunte über so viel Opferbereitschaft. Mit dreizehn Jahren wußte sie noch nicht, was ein Heuchler war. Aber wenn das der Name sein sollte, den Jesus denen gab, die das Wohlbefinden anderer über das eigene stellten, dann wollte sie einer sein. Aber war sie es nicht sowieso schon? Hatte sie nicht dasselbe auch für ihren Vater getan? Und für all die anderen ...?

Heuchler – das Wort gefiel ihr so gut, daß sie erwartete, die Sonne werde die bunten Kirchenfenster durchbrechen und sie in Helligkeit tauchen. Was konnte der Vikar ihr, der geborenen Heuchlerin, also jetzt noch beibringen?

Dann standen alle auf, um zu singen »Oh Jesus, ich habe versprochen, dir bis zum Ende zu dienen.«

Sie schaute nach allen Seiten und lächelte die anderen, die sie fast alle persönlich kannte, an. Es waren Patienten und Patientinnen aus Tante Judes Alters- und Pflegeheim, inzwischen auch ihr Zuhause. Sie fühlte sich dort sehr wohl. Ihre Mutter vermißte sie kaum noch und liebte mittlerweile

Onkel Williams »Shepherd's Pie«, einen Auflauf aus Hackfleisch und Kartoffelbrei.

Die alten Leute waren meist sehr nett zu ihr und drückten ihr hin und wieder etwas Geld in die Hand, damit sie ihnen Briefe laut vorlas oder frische Blumen für ihre Zimmer kaufte.

Manches in ihrem neuen Leben war zwar nicht so schön, aber damit konnte sie leben. Onkel William machte bei weitem nicht so viele Witze wie ihr Daddy und verbrachte die meiste Zeit mit einer Schürze um den Bauch in der Küche. Er kochte, machte den Abwasch und die Wäsche. Tante Jude kam nie auf die Idee, ihm diesen Platz streitig zu machen. Im Gegenteil, sie beklagte sich darüber, daß die Küchengerüche ihr Kopfschmerzen bereiteten. Und dagegen kannte sie immer nur ein Mittel – nach Maldon zum Kaffeetrinken zu fahren und auf ein kleines Schwätzchen in ihrer Lieblingsboutique vorbeizuschauen.

Diese Ausflüge liebte sie, und wenn sie neben Tante Jude in dem neuen weißen Ford Escort saß, kurbelte sie die Scheibe herunter und hielt ihr Gesicht in den sanften Sommerwind mit dem zarten salzigen Geruch, der aus der Flußmündung des Blackwater herüberwehte.

Ihre Mutter besuchte sie einmal im Monat und brachte jedes Mal einen fremden Mann mit, den sie Onkel Mick nennen mußte. Onkel Mick war sehr ruhig und erzählte nur wenig, aber er zauberte immer ein Brausepulver aus seiner Hosentasche, und das gefiel ihr gut. Er war schon in Ordnung. Tante Jude wollte wissen, was sie davon hielt, wenn Mummy wieder heiraten würde. Sie war völlig perplex. Daddy war doch im Himmel. Wie konnte sie ihn dann wieder heiraten?

Und eines Tages zog Onkel Mick zwei Brausepulver aus der Tasche, als ihre Mutter und er wieder einmal zu Besuch kamen. Sie hatten geheiratet, und es tat ihnen wirklich ganz außerordentlich leid, daß sie sie nicht mit nach Hause nehmen konnten, aber da sie jetzt ein Baby erwarteten, wäre es unmöglich. Sie hofften, es mache ihr nichts aus und sie könne es verstehen.

Später erfuhr sie, daß ihre Mutter das Baby verloren hatte und darüber schrecklich traurig war. Wie konnte so etwas nur passieren? Das war unachtsam und leichtsinnig. Sie hoffte nur, daß jemand es fände und bei der Polizei ablieferte. Die waren doch immer sehr nett gewesen, soweit sie sich erinnern konnte.

Danach besuchte ihre Mutter sie nicht mehr oft, angeblich, weil sie nicht mehr so viel Geld hatte. Auch Tante Jude und Onkel William sprachen häufig über finanzielle Probleme, wenn auch meist erst spät abends im Bett. Doch dann wurden sie oft so laut, daß sie nicht schlafen konnte. Sie hatten den Wagen verkauft und mußten jetzt mit dem Bus nach Maldon fahren. In der Boutique bekamen sie keinen Kaffee mehr, und oft trug Tante Jude dieselbe Kleidung zwei Tage hintereinander.

Jetzt machte der Klingelbeutel seine Runde in der betagten Gemeinde. Sie beobachtete, wie Tante Jude, die übrigens hervorragend aussah in ihrem Hut vom letzten Jahr, ein Fünfzigpencestück auf den silbernen Teller warf. In dem Moment fielen ihr die früheren Zeiten ein, als ihre Tante noch einen Schein von einem Pfund, den Onkel William ihr zugesteckt hatte, spendete. Mit dem Schein mußte sie natürlich vorher theatralisch herumwedeln, damit ihn auch jeder zur Kenntnis nahm. Danach hatte Tante Jude sie bei der Hand genommen und oft noch mit dem Vikar ein Schwätzchen gehalten, während Onkel William und ein paar Helfer sich um die alten Leute kümmerten. Heute hasteten beide so schnell wie möglich hinaus und entfernten sich eilig von der Kirche.

Auch die Alten zeigten sich irgendwie verändert. Sie

beschwerten sich ihr gegenüber oft über das Essen. Es sei langweilig und gar nicht mehr abwechslungsreich, klagten sie. Auch Tagestouren fanden immer weniger statt. Die Heizung wurde abends zu früh abgeschaltet und morgens zu spät wieder eingeschaltet. Der Fernsehapparat war noch immer nicht repariert, die Glühbirnen wurden selten ausgewechselt. Die Angehörigen der alten Menschen nahmen Tante Jude oft beiseite und redeten ernst mit ihr, beobachtete sie. Ihre Tante versprach immer Besserung, doch die Leute setzten sie unter Druck, indem sie ihr androhten, ihre Mutter oder ihren Vater aus dem Heim zu nehmen und woanders unterzubringen, wo die alten Leute es besser hätten.

Dann traf eines kalten Februarmorgens Mrs. Wallace ein, die Frau mit den Röntgenaugen. Im Alter von sechsundachtzig Jahren gelang es ihr, ein winziges Staubkörnchen aus ca. sechs Metern Entfernung zu erkennen. Dann zitierte sie Tante Jude zu ihrem Rollstuhl und forderte sie auf, den Schmutz zu entfernen. »Das sind alles Reste menschlicher Haut«, ließ sie sie lautstark wissen. »Und so etwas liegt hier in Ihrem Haus herum. Sie sollten sich schämen.«

Daher verbrachte Tante Jude mehr und mehr Zeit in ihren eigenen vier Wänden. Wenn sie es dennoch riskierte, sich herauszuwagen, wurde sie sofort von den Patienten mit Klagen überhäuft, angeführt von Mrs. Wallace, deren Geruchssinn genauso perfekt zu funktionieren schien wie ihre Sehkraft. Nun beschwerte sie sich darüber, daß der Geruch von Alkohol in der Luft läge.

»Bei meinem Victor konnte ich es immer riechen«, sagte sie. »Ich wußte es. Nicht, daß er ein Säufer war, o nein. Aber wenn er mittags manchmal für eine halbe Stunde nach Hause kam, konnte ich es schon riechen, wenn er nur einen Fuß über die Schwelle gesetzt hatte. Und darüber hat er auch nie mit mir diskutiert.«

Offensichtlich hatte auch hier niemand das Bedürfnis, mit Mrs. Wallace eine Diskussion anzufangen. Ihre Verwandten hatten nach ihrer Pfeife zu tanzen, wenn sie sie besuchten. Und die anderen Patienten lernten mit der Zeit, bei ihrem Anblick sofort in eine andere Richtung zu schlurfen, humpeln oder mit dem Rollstuhl zu fahren.

»Alter Drachen«, schimpfte Onkel William, wenn sie unter sich waren. »Kann eine Zigarette aus zehn Meilen Entfernung riechen, aber erkennt nicht, wenn sie sich voll gemacht hat. Je eher sie ...«

So nahm alles wieder seinen gewohnten Lauf, nachdem das junge Mädchen die Pros und Kontras gegeneinander abgewägt hatte. Die Versuche mit den herumlaufenden streunenden Katzen waren fast abgeschlossen. Sie fühlte sich nun verpflichtet, sich um wichtigere Dinge verdient zu machen.

Es stand außer Diskussion, daß sie alle ohne die alte Hexe wesentlich glücklicher dran wären, und doch mußte sie auch die Dinge aus Mrs. Wallaces Sicht betrachten. Nur weil alle sich sehnlichst wünschten, sie würde verschwinden, rechtfertigte das nicht ... Auf der anderen Seite säße eine derartig böse alte Frau wie sie bestimmt sofort in der Hölle, aber trotzdem brauchte sie ein paar Ratschläge zu ihrer Orientierung.

Sie ging zu Tante Judes Schlafzimmer, öffnete leise die Tür, setzte sich auf ihr Bett und fragte sich, warum die Tante ihre Augen mit Gurkenscheiben bedeckt hatte. Ein randvoller Aschenbecher stand auf dem verknüllten Bettuch und drohte umzukippen.

»Tante Jude?«

»Hmmmm?« Die Reaktion war schwach und matt.

»Was wäre, wenn Mrs. Wallace sterben würde?«

»Halleluja.«

»Käme sie in den Himmel?«

Ihre Tante begann so zu lachen, daß die Matratze in Erschütterung geriet und der Aschenbecher zu Boden kullerte. »Zweifellos, meine Kleine. Der Himmel birst von Mrs. Wallaces. Wie eine Armee fetter, störender alter Frauen, deren Haus so steril sauber war wie ihr Leben. Die Tore werden sich für sie von selbst öffnen, und Petrus wird auf die Knie fallen, wenn sie an ihm vorbeischreitet. Und dann erzählt sie ihm, daß sein Heiligenschein geputzt werden müsse und weiß Gott noch was alles.«

»Ich dachte immer, Leute wie sie landen in der Hölle«, entgegnete sie und versuchte, die Asche vom Teppich aufzuheben.

»Denk an meine Worte«, belehrte ihre Tante sie. »Mrs. Wallace ist eine Frau, die ihren Platz im Himmel wahrscheinlich schon bei der Geburt gebucht hat.«

»Wenn sie also tatsächlich irgendwann stirbt, ist jeder hier glücklicher?«

Jude Farrow entfernte die Gurken und zwinkerte, um ihre Nichte ansehen zu können. Doch sie war schon weg, und Jude fühlte sich zu schlapp, um sie zurückzurufen. Es war ja fast so wie ... oder doch nicht ...? Würde sie etwa ...?

Die Sache mit ihrem Vater – das lag doch schon sechs Jahre zurück. Es war einfach absurd, daß das Kind versuchte zu ... Sie war jetzt schließlich dreizehn Jahre alt, um Himmels willen! Die Zeit der Sandkastenspielchen war vorbei, und die Teddys saßen inzwischen in der Ecke.

Sie legte sich zurück. Es war einfach lächerlich, sie mochte nicht einmal darüber nachdenken. Was damals passierte, war aus und vorbei, ohne jede Auswirkungen. Und das war's.

Gegen Morgengrauen war Mrs. Wallace tot. Der Arzt stellte Tod durch Ersticken fest. Er schloß seine Untersuchung mit der Feststellung ab, daß loses Bettzeug von der Dahingeschiedenen irgendwie versehentlich im Mund aufgenommen worden war. Es hatte sich beim Einatmen in den Luftwegen verheddert und die Luftröhre irgendwann in der Nacht blockiert.

Das Mädchen lächelte zufrieden. Wenn sie geahnt hätten, wie lange es gedauert hatte, den Speichel aus ihrem geliebten Polizeitaschentuch herauszuwaschen ...

5. Kapitel

Dichter Nebel lag über der Nightingale Road.

Detective Chief Inspector Frank Davies stieg aus dem Streifenwagen und nickte finster den beiden Polizisten zu, die die geöffnete Tür des verklinkerten Reihenhauses bewachten. Ein Krankenwagen und zwei andere Polizeiautos parkten ebenfalls in dieser engen Straße und zogen natürlich unvermeidlich die Neugier und das Interesse der anderen Bewohner auf sich.

»Leichenschänder«, brummte er vor sich hin und zog fröstelnd die Schultern hoch. Er wünschte, er hätte einen dicken Pullover angezogen, bevor er sich seinen fünf Jahre alten Mantel von Marks and Spencer übergeworfen hatte. Je länger er seinen Dienst in Chelmsford zum Schutze der Öffentlichkeit versah, desto mehr verabscheute er die perversen Voyeure, diese Gaffer, für die jeder Unfall ein Ereignis war. Aber eigentlich konnte er das Verhalten dieser Menschen nicht verurteilen. Das Aufgebot so vieler Blaulichter kurz vor Weihnachten war für sie sicherlich ein genauso spektakuläres Schauspiel wie die Ankunft von Santa Claus durch den Kamin. »Parasiten.«

Detective Sergeant Alan Mason schlenderte gemächlich mit seinem Notizbuch zu seinem großen, silberhaarigen Vorgesetzten hinüber. Er hatte ein hageres Gesicht und war ärmlich und nachlässig gekleidet. Das hatte ihm unter seinen Kollegen den Spitznamen »Boot-sale« eingebracht. Mason sah immer so aus, als käme er geradewegs vom »Boot-sale«, dem Schlußverkauf am Ende des Sommers oder des Winters, bei dem er immer seine komplette Jahresgarderobe erstand.

Mit Abscheu bemerkte Davies, daß die Revers am beigefarbenen, zerdrückten Mantel seines Sergeants Reste von frischem Senf und Ketchup aufwiesen.

»Morgen, Chef«, strahlte Mason und ließ eine Reihe gelber Zähne sichtbar werden. »Das ist ein Ding, was?«

»Ding?«

»Am letzten Samstag vor Weihnachten«, erklärte Mason. »Brauch ich wenigstens nicht einzukaufen, das steht schon mal fest.«

»Wie schön für Sie, Boot-sale«, antwortete Davies. »Also, wie sieht es aus?«

Mason blätterte sein Notizbuch durch und unterdrückte dabei einen Rülpser. Er versuchte, seine Handschrift zu entziffern und las die Stichworte vor, die er sich hastig aufgekritzelt hatte. »Das alte Mädchen – Mrs. Ida Sharansky – ein Nachbar wollte heute morgen nach ihr sehen – niemand öffnete die Tür – Haustür, richtig – läuft nach hinten – blickt durch das Fenster – sieht die Frau zusammengesunken im Stuhl – ruft den Krankenwagen – die kommen um zehn Uhr zwanzig an – brechen die Tür auf – gucken sich schnell das Gerippe an ...«

»Boot-sale!« sagte Davies tadelnd. Er befürchtete, daß das Geschwätz seines Untergebenen womöglich schriftlich als Bericht festgehalten werden mußte, sollte dieser Todesfall zur Ermittlung anstehen. »Sie sehen sich zu viele dieser dämlichen Krimiserien im Satellitenprogramm an, stimmt's?«

Masons Gesicht wurde von einer verlegenen Röte überzogen. »Ähm – sind aber echt stark, wirklich«, stammelte er.

»Machen Sie weiter.«

»Die Sanitäter untersuchen die Leiche ...«

»Schon besser.«

»... entdecken dabei verschiedene Dinge, die auf T. D. F. U. hinweisen.«

»T. D. F. U?«

»Tod durch fragwürdige Umstände.«

»Mason, Mason«, seufzte Davies und zog den Mantel enger um seinen Körper, da er entsetzlich fror. »Irgendwann komme ich persönlich bei Ihnen vorbei und reiße Ihnen diese verdammte Schüssel von der Wand. Sprechen Sie doch endlich einmal vernünftiges Englisch, so wie es unsere Königin auch tut.«

»In Ordnung, Chef. Und? Wie sieht's aus? Gerippe angukken oder ...? Ähm ... Möchten Sie den Tatort inspizieren, Detective Chief Inspector?«

»Wenn Sie nicht bald Ihre Zunge hüten, werde ich dafür sorgen, daß Sie von Heiligabend bis Neujahr in Achtzehnstundenschichten arbeiten. Darauf verwette ich Ihren verdammten Arsch – diese Sprache haben Sie doch wohl verstanden, oder?« Davies ging durch die geöffnete Tür. »Sie sagten etwas von ›Dingen‹. Welchen ›Dingen‹?«

»Hier drin, Chef«, antwortete Mason und führte ihn durch einen dunklen Korridor in das Wohnzimmer auf der Rückseite des Hauses. Dort war ein Spezialistenteam damit beschäftigt, alles in dem Zimmer auf mögliche Spuren zu untersuchen, Fingerabdrücke zu sammeln und Fotos zu schießen. Es war sehr ruhig, das einzige Geräusch kam aus dem Fernseher, in dem die unzähligste Wiederholung irgendeiner Serie lief.

»Kann man das nicht abstellen?« Alle Köpfe, außer einem leblosen im Sessel, drehten sich überrascht in seine Richtung.

»Ist noch nicht untersucht, Chef«, klärte Mason ihn auf. »Wir halten es für möglich, daß der Fernseher erst eingeschaltet wurde, nachdem das alte Mädchen …«

»Nachdem?«

»Sie sehen sich das hier besser einmal an. Ist ein bißchen merkwürdig.«

Davies haßte diese Augenblicke, fürchtete sie, wenn er eine Leiche anschauen mußte. Er wußte nicht mehr, wie oft er schon gezwungenermaßen seiner Pflicht nachgekommen war und wie oft ihm dabei ein Kloß im Hals gesteckt hatte. Aber jedes Mal drehte sich ihm beim Anblick eines Toten der Magen um. Natürlich gab es Unterschiede – manche waren so übel zugerichtet, daß er es oft kaum bis zur Toilette schaffte, andere wiederum schauten einfach nur friedlich schlafend aus. Am schlimmsten waren die Selbstmorde – untrügliche Zeugnisse der Einsamkeit und Hoffnungslosigkeit.

Er stellte sich zwischen den Fernseher und seine ehemalige Besitzerin. Ein alberner Zeichentrickfilm flimmerte, respektlos von fröhlicher Musik untermalt, über den Bildschirm und gab der Situation einen grotesken Anstrich.

Mason hatte recht gehabt. Es wirkte wirklich alles ein wenig merkwürdig. Ida Sharanskys Kopf lag traurig auf ihrer Schulter, die Augen waren geschlossen, wie Davies mit prüfendem Blick feststellte. Ihre schlaffen Lippen waren mit Lippenstift in einer schreienden Farbe überpinselt. Rouge und zarter Puder waren auf ihrer Haut verteilt, um das blasse Gesicht aufzufrischen. »Als wäre sie für die Aufbahrung vor der Beerdigung zurechtgemacht worden«, flüsterte er bei dem makabren Anblick.

Mason stand neben ihm. »Sieht aus wie in einem Horrorfilm – mir wird ganz komisch.«

Davies zog Gummihandschuhe über und beugte sich über den Körper, um ihn aus der Nähe zu betrachten. Vorsichtig bewegte er den Kopf der Toten von links nach rechts und umgekehrt. Große lila und braune Druckstellen, wie Quetschungen, wurden unter dem ordinär dick aufgetragenen Puder sichtbar. Er trat zurück und betrachtete die gesamte Gestalt aus geringer Entfernung. Eine rote Rose war an Mrs. Sharanskys Kleid gesteckt worden, genau über dem Busen, und in ihrem Schoß lagen einige herabgefallene Blütenblätter.

»Du lieber Himmel«, sagte Davies leise und schüttelte den Kopf. »Was hat das alles zu bedeuten?« Er war mehr als schockiert. »Nachbarn?«

»Die Kollegen sind gerade unterwegs und befragen alle Leute in der Straße.«

»Verwandte?«

Mason blätterte in seinem Notizbuch. »Niemand in Chelmsford. Laut der Auskünfte der älteren Dame, die sie fand, eine Mrs. Jackson, ist Ida ... war Ida achtundsiebzig und seit vier Jahren verwitwet. Ihre Familie lebt in Ipswich und Cambridge. Sie wurde schon benachrichtigt.«

»Was wissen wir noch von ihr?« wollte Davies wissen, ohne den Blick von der grotesk hergerichteten Leiche zu nehmen.

»Wir lassen den Namen gerade durch den Computer laufen, Chef. Mrs. Jackson steht noch zu sehr unter Schock, als daß sie uns nähere Einzelheiten mitteilen könnte. Sie erzählte uns allerdings, daß sie noch am Spätnachmittag mit Mrs. Sharansky am Gartenzaun geredet hätte, das war so gegen fünf Uhr.«

»Hat sie da irgend etwas Verdächtiges bemerkt?«

Mason schüttelte den Kopf. »Null, sie sagte nur, daß die alte Dame ihre Schlüpfer von der Leine genommen hatte. Ist doch komisch, oder? Wenn ich sie mir so betrachte, sieht sie aus, als hätte sie sich mit der Königin persönlich verabredet.«

»Ist der Arzt schon hier?«

»Ja«, nickte Mason, »er möchte Mrs. Sharansky in das pathologische Labor bringen lassen, damit er sie dort genauer untersuchen kann. Soll ich ihn holen?«

»Ja, bitte«, antwortete Davies. »Seid ihr mit den Aufnahmen hier fertig?«

Mason sah sich um. Es waren inzwischen nur noch wenige Beamte anwesend. »Sie sind so gut wie fertig. Ein paar Polizisten werden gleich die Haustür versiegeln und zwei von ihnen vorsichtshalber vor dem Haus Posten beziehen.«

»Gibt es auch eine Hintertür?« erkundigte sich Davies.

»In der Küche, sie ist abgeschlossen, Chef. Der Garten endet an einem Tor, das auf eine kleine Allee führt, die Crumley Road, glaube ich.«

»Verriegelt?«

»Die Hintertür?«

Davies nickte.

»Es sind zumindest Riegel angebracht, oben und unten«, informierte ihn Mason. »Aber sie wurde nur mit einem Sicherheitsschlüssel verschlossen.«

»Gut. Prüfen Sie, ob einer der Riegel hinuntergefallen ist, okay? Und schicken Sie mir Dr. Cloth herein.«

»In Ordnung, Chef.« Mason schickte die übrigen Beamten aus dem Raum und verschwand, so daß Davies allein war mit der toten Ida Sharansky. Er schlenderte müßig umher, betrachtete die Fotografien auf dem Kaminsims und versucht die darauf lächelnde Frau mit dem grotesk geschminkten Leichnam in Einklang zu bringen.

»Detective Chief Inspector Davies, wie geht es Ihnen?«

Davies drehte sich zu dem älteren Pathologen um. »Doktor Cloth«, begrüßte er ihn. »Schauriger Fall und ausgerechnet jetzt, in einer Zeit der Besinnung, Liebe und Vorfreude auf das Weihnachtsfest. Eine Zeit, in der für alle Menschen Frieden einkehren sollte.«

»Aber wohl nicht für ältere jüdische Frauen, wie es aussieht«, erwiderte Cloth sachlich. »Man könnte fast annehmen, es sei die Strafe dafür, daß sie nicht an unser wundervolles Weihnachtsfest glaubte.«

»Wann ist der Tod eingetreten?«

Cloth ging gemächlich zu der Toten hinüber. »Ich bin mir noch nicht ganz sicher. Aber vermutlich starb sie gestern abend zwischen sieben Uhr und Mitternacht. Der Körper ist noch ganz weich und beweglich. Ein merkwürdiger Anblick, finden Sie nicht auch?«

Davies nickte zustimmend. »Erdrosselt, nehme ich an?«

Cloth, der hinter dem Stuhl stand, beugte sich über den Körper. »Sehr wahrscheinlich«, bestätigte Cloth und legte seine Hände um Idas Hals. Dabei versuchte er, seine Finger so genau wie möglich auf die Druckstellen zu legen. »Die Zunge ist dick und aufgequollen. Ihre Beamten fanden einen Pantoffel hinter dem Fernsehapparat, was auf einen Kampf hindeutet.«

»Sie hat ihn von sich gestoßen, als der Mörder sie erwürgte?«

»Vielleicht«, erklärte Cloth vage. »Um ganz sicher zu gehen, muß ich unbedingt noch einige Tests durchführen.«

»Aber die Tat hat doch hier stattgefunden, in diesem Stuhl, ist das richtig?«

»Mit neunundneunzigprozentiger Sicherheit. Die Druckstellen lassen keinen anderen Schluß als einen Überfall von oben und hinten zu.« Er zog ein Oberlid der Toten hoch. »Geplatzte Blutgefäße im linken Auge. Ein ganz klassisches Indiz für einen enormen Druck auf die Kehle.«

Davies wandte den Blick von den toten Augen ab. »Ich habe einmal ein Buch gelesen«, sagte er nachdenklich. »Darin ging es um Science Fiction, Bullen der Zukunft. Sie mußten nur die Augen der Opfer herausnehmen und sie mit einem

Draht an eine Art Computer anschließen. Der wertete dann die Daten aus und gab in perfekten Bildern wieder, was diese Augen zuletzt gesehen hatten.«

»Den Mörder wahrscheinlich?« Cloth schloß angewidert die Augen.

»In diesem Buch nicht«, informierte Davies ihn. »Der Mörder hatte nämlich einen Spiegel vor dem Gesicht. Und als die Polizisten den Computerausdruck sahen, schauten sie in das entsetzte Gesicht des Opfers, Sekunden vor dessen Tod.«

Die beiden Männer wandten sich wieder dem Leichnam zu. Cloth untersuchte die Nasenlöcher auf getrocknetes Blut hin. »Sie muß unbedingt in die Kühlkammer gebracht werden, bevor sie noch mehr Körperflüssigkeiten verliert.«

»Wird gemacht«, versprach Davies. »Können Sie mir sagen, ob sie nach dem Mord angekleidet wurde?«

Cloth grübelte. »Möglich. Eines kann ich Ihnen allerdings mit Sicherheit sagen, nämlich, daß sie erst nach ihrem gewaltsamen Ende geschminkt wurde. Die Blutergüsse sind völlig unter dem Make-up versteckt, und es gibt keine erkennbaren Abdrücke, weder von nackten oder behandschuhten Fingern.«

»Also hat der Mörder sie danach zurechtgemacht.«

Cloth drehte sich irritiert herum.

»Ich denke nur laut nach«, entschuldigte sich Davies.

»Ihr Fall, Kommissar«, bestätigte Cloth. »Sie starb, dann wurde sie geschminkt. Aber von wem, da bin ich überfragt. Es kommen Dutzende in Frage, die ...«

Abwehrend hielt Davies die Hände hoch. »Sie haben mir Ihre Ansicht mitgeteilt. Bringen Sie sie ins Labor und untersuchen Sie die Dame so detailliert wie möglich. Ich melde mich wieder bei Ihnen.«

Der Pathologe nickte zustimmend und verschwand. Sofort

steckte Mason seinen Kopf herein und winkte Davies aufgeregt zu. »Ich habe etwas für Sie, Chef.«

»Haben Sie die Hintertür überprüft?«

»Noch nicht. Hab gerade mit einem Polizisten ...«

»Dann tun Sie es endlich, Sergeant!« fuhr Davies ihn ärgerlich an. »Es ist schließlich möglich, daß Mrs. Sharanskys geisteskranke Avonberaterin das Haus auf diesem Weg verlassen hat, nachdem sie die alte Dame für die letzte Reise geschminkt hat.«

»Ein etwas voreiliger Schluß, Chef«, gab Mason zu bedenken. »Ein Kollege hat einen Typen von einem Haus gegenüber befragt, und der hat ausgesagt, er habe einen Taxifahrer gesehen, der etwa um halb acht gestern abend vor dem Haus vorgefahren ist und gehalten hat.«

»Weiter.«

»Er sagte, er hätte gehört, wie der Fahrer ein paar Mal gehupt hat, dann ist er ausgestiegen, hat durch das Fenster geguckt und ist hineingegangen.«

»Hier hinein?«

»Hat er jedenfalls gesagt. Aber jetzt will er keinen Ton mehr von sich geben, nicht, solange er nicht mit dem obersten Chef sprechen kann.«

Mit großen Schritten eilte Davies zur Tür. »Wo ist er?« Dann folgte er Mason durch den dämmrigen Flur hinaus auf die neblige Straße. Sofort kam jemand mit gezücktem Notizblock auf sie zu. Davies erkannte den Mann. Die Lokalpresse war also auch schon vor Ort, wahrscheinlich informiert von den netten Anwohnern der Nightingale Road.

»Detective Chief Inspector Davies?«, sprach der ernsthafte junge Reporter Davies an. »Können Sie mir sagen, was hier vor sich geht?«

»Ich überquere die Straße«, knurrte der Kriminalbeamte. »Und Sie behindern unsere Ermittlungen.«

»Gerüchte besagen, daß Mrs. Sharansky ermordet wurde. Wann können wir erste Angaben erwarten?«

»Gerüchte sind immer gefährlich«, belehrte Davies den jungen Mann. »Wenn wir den Zeitpunkt für richtig und angemessen halten, werden Sie Ihre Informationen schon bekommen.«

»Also leugnen Sie den Tatbestand nicht?« fragte der Reporter hartnäckig.

Mason nahm den Reporter am Arm und flüsterte ihm etwas ins Ohr. Darauf ging dieser zu Davies grenzenlosem Erstaunen eiligen Schrittes zu seinem Auto.

»Was ist passiert?« wollte Davies neugierig wissen.

»Ich hab' ihm nur erzählt«, grinste Mason, »daß es für uns hier nichts mehr zu tun gibt, aber dafür hätte ich gerade eine Meldung über einen bewaffneten Überfall in der High Street erhalten. Und nun fährt er wegen des Exklusivberichtes dahin.«

»Das war hinterhältig, gemein und respektlos«, rügte Davies seinen Sergeant und ging durch ein weißes Gartentor auf eine olivgrüne Haustür zu, an der ein Sticker mit dem Logo der »Nachbarschaftshilfe« klebte. Eine uniformierte Polizistin zeigte den beiden den Weg in ein aufgeräumtes, gemütliches Zimmer. Ein Mann in den mittleren Jahren, mit Kassenbrille und selbstgestrickter Jacke, erhob sich aus einem Sessel, der direkt an einem großen Fenster stand. Von dort aus konnte man gut die Straße überblicken.

»Inspector Davies?« fragte er neugierig und reichte ihm die Hand. »Brian Phelbs. Es freut mich sehr, daß ich Ihnen helfen kann.«

Obwohl es nicht Davies Art war, ein schnelles Urteil über Menschen abzugeben, hatte er den Eindruck, daß dieser Mann zu der Kategorie Menschen gehörte, die den ganzen Tag nichts anderes zu tun hatten, als sich über irgend etwas zu beschweren, und daher ständig bei Presse und Polizei anriefen.

»Ich bin Detective Chief Inspector Davies«, stellte er klar und schüttelte Phelps Hand. »Sie haben also gestern abend etwas gesehen?«

Phelps hatte sich bereits wieder gesetzt und rührte in seinem Tee. Er genoß diesen Augenblick. Damit könnte er die anderen Mitglieder des Rotary Clubs mächtig beeindrucken. »Stimmt, Detective Chief Inspector. Stimmt, das habe ich.«

Davies warf Mason einen verzweifelten Blick zu. »Irgendwann gestern abend«, half er nach, um ein wenig Druck zu machen. »Ein Taxi?«

Phelps nahm einen Schluck lauwarmen Tees und schlürfte dabei recht geräuschvoll. »Diese Nachbarschaftshilfe ist schon eine merkwürdige Angelegenheit«, war seine rätselhafte Bemerkung dazu.

»Stimmt«, pflichtete Davies ihm ungeduldig bei. »Aber Sie haben gestern abend doch etwas Bestimmtes gesehen?«

»Und jetzt ist es zu spät«, sagte er mit großer Genugtuung. »Gerade zu diesem Thema habe ich der Presse bereits jede Menge Briefe geschrieben. Ich finde«, er starrte Davies regungslos durch seine dicken Brillengläser an, »es ist, als schließe man die Stalltür, wenn der Gauner sie schon verriegelt hat.«

»Um auf gestern abend zurückzukommen ...«

»Sie verstehen doch, was ich meine?« Wieder sah Phelps durch das Fenster auf die Straße. »Zu spät, nicht wahr? Ihre Polizeiautos, Krankenwagen und Ihre ganzen Kommissare können sie nicht mehr zurückbringen, oder?«

Ratlos fuhr Davies sich mit dem Handrücken über die Stirn. »Mr. Phelps, ich habe Grund zu der Annahme, daß Sie etwas bemerkten, das für unsere Ermittlungen von enormer Wichtigkeit sein kann ...«

»Sie ist doch ermordet worden, oder nicht?« schien Phelps auszuweichen. »Muß ja, sonst gäbe es in unserer Straße heute nacht nicht so viel Tumult.«

»Ich bin nicht befugt, Ihnen darüber Auskunft zu geben, Sir.«

Phelps nahm noch einen Schluck Tee. »Und jetzt wollen Sie, daß ich Ihnen erzähle, wer es getan hat?«

»Ich möchte nur, daß Sie mir sagen, was Sie gesehen haben.«

»Wir werden behandelt wie niedere, unbezahlte Polizisten, ja wirklich.«

»Wie bitte?«

Phelps stand auf und zog die Gardine ein wenig zur Seite, damit er die Straße besser einsehen konnte. »Gäbe es mehr Streifenpolizisten in den Straßen, Detective Chief Inspector, würden solche Dinge nicht passieren.«

»Ich mache die Gesetze nicht, Mr. Phelps«, erwiderte Davies mit drohendem Unterton.

Doch Phelps schien davon nichts zu bemerken und wenn, überhörte er es geschickt. »Sie spenden Tausende, um uns mit Stickern zu versorgen, und raten uns, immer auf Einbrecher und anderes Gesindel zu achten. Aber in Wirklichkeit sollen wir eure Jobs erledigen.«

Mason konnte allmählich nicht mehr an sich halten. »Stehen Sie unter Drogen, Sir?«

»Das ist eine Beleidigung!« empörte sich Phelps.

»Beruhigen Sie sich, Mr. Phelps«, ging Davies beschwichtigend dazwischen. »Erzählen Sie uns doch einfach, was Sie gesehen haben.«

»Bekomme ich dafür eine Belohnung? Der Situation zufolge können Sie doch Ihre Ermittlungen noch bis zum Sankt Nimmerleinstag weiterführen. Ohne meine Hilfe sind Sie total aufgeschmissen.«

»Das kann ich nicht entscheiden, Sir«, antwortete Davies ärgerlich, der vermutete, daß dieser Kerl bis zum Obersten Gerichtshof ginge, um für seine Sache zu kämpfen. »Aber ich will sehen, was ich tun kann.«

Phelps setzte sich wieder hin. »Also gut. Um etwa fünfundzwanzig Minuten nach acht gestern abend hörte ich beim Fernsehen die Hupe eines Autos draußen auf der Straße. Ich war ziemlich sauer, weil ich kaum ein Wort mehr verstehen konnte. Da ich ja gut über das Programm der Nachbarschaftshilfe Bescheid weiß, schaute ich hinaus und beobachtete ein Taxi der Firma Whizzcabs direkt vor der Eingangstür von Mrs. Sharanskys Haus.«

Mason war schon hinausgegangen, um den Namen des Taxiunternehmens überprüfen zu lassen.

»Erzählen Sie weiter«, drängte Davies den Zeugen.

Phelps überlegte scharf. »Der Fahrer, auf dessen Hupen niemand reagiert hatte, stieg aus dem Wagen und ging zur Tür. Ich erinnere mich deutlich, daß er zunächst durch das Fenster schaute, denn es brannte drinnen ja Licht. Dann ging er zur Haustür und schlüpfte ein paar Sekunden später hinein.«

»Sind Sie sich ganz sicher? Und haben Sie gesehen, wie er das Grundstück wieder verließ?«

»Ich habe dann weiter ferngesehen, ein toller Dokumentarfilm. Ich hatte angenommen, Mrs. Sharansky hätte ihm die Haustür einen Spalt offengelassen. Dann hörte ich ein paar Minuten später, daß das Taxi wieder losfuhr. Bis zu der Aufregung heute morgen war ich die ganze Zeit im Glauben, Mrs. Sharansky wäre im Taxi fortgefahren.«

»Gut! Der Fahrer«, bohrte Davies, »würden Sie ihn wiedererkennen?«

»Ein großer Kerl«, überlegte Phelps. »Stämmig. Aber es war dunkel, mehr kann ich nicht sagen.«

Davies wandte sich an die Polizistin, die gerade genüßlich Tee trank. »Bringen Sie Mr. Phelps zur Wache und nehmen Sie ein Protokoll auf. Dann zeigen Sie ihm einige Fotos.«

»Jetzt?« protestierte Phelps entsetzt. »Aber ich muß doch noch ein paar Kleinigkeiten für Weihnachten kaufen.«

Gleichgültig zuckte Davies mit den Schultern. »Das wird sicher alles bei der Belohnung eine Rolle spielen, außerdem beeindruckt es die Geschworenen«, log Davies ihm vor, um ihn zur Aussage zu zwingen.

»Ich hole nur meinen Mantel«, beeilte sich Phelps zu sagen und trank schnell den letzten Tropfen Tee aus.

Als Davies das warme Zimmer verließ und hinaus in den eisigen Morgen trat, sah er Mason auf sich zukommen.

»Whizzcabs bestätigt, daß einer ihrer Fahrer die Tour zu Mrs. Sharansky gestern abend um zwanzig Uhr dreißig übernommen hat.«

»Und? Wer?«

»Ein Mann namens Jenkins«, informierte Mason ihn. »Doug Jenkins.«

Davies Blick wurde finster. »Doug Jenkins?«

»Ja, nach ihren Aussagen.«

»Ach du lieber Himmel! Verdammt! So ein Mist!«

»Wir haben auch die Adresse. Die Kollegen sind schon auf dem Weg.«

»Sagen Sie ihnen schnell, daß sie mindestens zu dritt oder besser zu viert hinfahren sollen«, mahnte Davies. »Ich kenne ihn von früher. Er ist groß und stark, ein Kerl wie ein Schrank.« Verzweifelt blickte er in den nebligen Himmel. »Doug Jenkins! Warum gerade du, verdammt noch mal?«

6. Kapitel

Southend, 1981

Die meisten wollten einfach nur ein paar aufregende, lustvolle Momente auf ihrem Zimmer erleben. Verheiratete Männer und Handelsvertreter, die sich ihrer auf der fleckigen Matratze hinter ausgeblichenen Gardinen bedienten. Genauso hatte sie es sich gewünscht, keine tiefen Gespräche, nur oberflächliches Geplänkel mit anschließender Barbezahlung. Das erste Mal erwies sich auch als das schlimmste. Sie, noch unerfahren, lag steif auf dem Bett und hielt die Augen geschlossen, um sich dem pfeifenden Keuchen zu entziehen.

Danach hatte sie fast eine Stunde im Badezimmer damit verbracht, jeden Zentimeter ihres Körpers zu schrubben und ihre langen Locken mit der Schere zu stutzen. Anschließend ging sie zum Einkaufen und besorgte sich von dem Geld Lebensmittel für eine Woche. Drei Tage später streifte sie erneut durch die Pubs am Strand und nahm wieder einen zahlenden Kunden mit nach Hause.

Sie fühlte keine Scham, kein Bedauern. Schließlich kamen etwa sechs Kunden regelmäßig zu ihr und weitere waren in Aussicht. Sie besaß Geld und hatte viel Freizeit. Das Leben meinte es gut mit ihr. Trotzdem vergaß sie die Menschen nicht, denen das Glück nicht hold war, die Einsamen und

Unglücklichen und diejenigen, die zu ihr kamen, weil sie bei ihr als letzte Zuflucht Trost und Hilfe suchten.

An den langen Sommerabenden besuchte sie die nahe gelegenen Kirchen und machte sich in Jugendgruppen nützlich. Schnell sagte man ihr nach, daß sie eine unermüdliche Arbeiterin war, die sich pausenlos für alle einsetzte, die auf Unterstützung angewiesen waren.

An einem Donnerstag wurde sie gebeten, bei dem Ausfahren des Essens auf Rädern an die Leute, die ans Haus gefesselt waren, in Southend behilflich zu sein. Sie nahm diese Arbeit gerne an, gab sie ihr doch eine zweiwöchige Pause von ihrem »normalen« Leben. Jedenfalls konnte sie nun auch den alten und gebrechlichen Menschen ihre Hilfe geben. Außerdem, so hatte sie es sich selbst versprochen, sollte die Herumhurerei sowieso nur ein Mittel zum Zweck sein. Auf diese Weise konnte sie jeder schmuddeligen Begegnung einen neuen Sinn geben.

Die Runde wurde von zwei Leuten gefahren – einem immer fröhlich pfeifenden Studenten, der den Sommer zu Hause verbrachte und ihr selbst, dem »Engel der Barmherzigkeit«, wie sie sich insgeheim nannte.

Nach der ersten Woche kannte sie die meisten, denen sie das Essen brachte. Manchmal blieb sie eine Weile und hielt mit ihnen ein Schwätzchen oder hörte ihren Erzählungen über ihre erwachsenen Kinder, die längst ihr eigenes Leben lebten, ihre verstorbenen Ehegatten, die für sie noch immer weiterlebten, zu. Meist aber beendete ein ungeduldiges Hupen ihr Gespräch, und sie mußte schnell zum Wagen zurücklaufen.

Auf halber Strecke ihrer Runde besuchte sie immer Mr. Fabian, einen siebenundfünfzigjährigen, lebhaften und munteren Mann, der seit einem Autounfall, bei dem seine Frau ums Leben kam, behindert war. Auf seinem Kaminsims stand eine ganze Sammlung von Fotografien, die das Leben seiner langen Ehe erzählte, von der Hochzeit bis zum letzten gemeinsamen Urlaub in Cleethorpes.

Verschiedene Male schon hatte er sie gebeten, ihn doch nach Dienstschluß zu besuchen. Gerne kam sie dieser Bitte nach und leistete ihm bei Kaffee und Kuchen Gesellschaft. Dabei erzählte er voller Schmerz vom Dahinscheiden seiner geliebten Frau, und sie hörte zu. So manches Mal bemerkte sie, daß sein Blick an ihren Knien hängenblieb. Unauffällig schob sie ihren Rock dann höher – sie hatte ihre Entscheidung bereits getroffen.

Sie wußte, wonach er sich tatsächlich sehnte. Daher sah sie es als einen Akt tiefer menschlicher Barmherzigkeit an, ihm seinen sehnlichsten Wunsch auch zu erfüllen. War es ihr nicht sowieso vorherbestimmt, war sie persönlich nicht dafür ausersehen, diese Menschen fortzuschicken in eine bessere Welt?

Mr. Fabian erzählte von seinem Sohn, der größten Enttäuschung seines Lebens. Er zeigte ihr Fotos seiner einst intakten Familie, von Picknicks im Park, von seinem Sohn in Uniform, frech in die Kamera lächelnd – und dann von den Schulden, die sein Sohn gemacht hatte. Er konnte das Geld nicht zurückzahlen, und jetzt suchten die Gläubiger den Vater auf, damit er sie auszahlte.

Und während er erzählte, rollten Mr. Fabian die Tränen über die Wangen. Sie konnte sagen, was sie wollte, er nahm keinerlei Trost an, sondern gab fortwährend sich selbst die Schuld an dem Dilemma, behauptete, seine Familie in den Abgrund getrieben zu haben.

Eines Nachmittags wollte Mr. Fabian nicht über die Vergangenheit sprechen. Er hatte sich mit billigem Aftershave besprüht und kunstvoll ein Tuch um den Hals geschlungen. Die ganze Zeit schon hatte sie geahnt, daß dieser Zeitpunkt irgendwann kommen würde. Seine leidenschaftlichen und anzüglichen Blicke waren nur allzu deutlich gewesen. So kamen sie zusammen, wenn auch unbeholfen und sogar etwas peinlich berührt. Er hielt sie eng umschlungen und weinte wie ein kleines Kind. Dem Foto seiner liebevoll lächelnden Frau wandte er den Rücken zu.

Geschickt befreite sie sich aus seiner Umklammerung und zog sich schnell an, während er seinen Kopf immer tiefer in den Kissen vergrub. Sie ging nach unten und suchte dort nach dem richtigen Werkzeug. Im Garten hinter dem Haus fand sie einen Ziegelstein voller Spinnweben, den sie zusammen mit einem Küchenmesser mit nach oben nahm. Das Kopfkissen lag auf seinem Kopf und mit innig empfundener Zärtlichkeit entwendete sie es seinem verschwitzten Griff und bemerkte, daß sein feuchtes Haar auf der Haut klebte.

Dann schlug sie den Stein mit solcher Kraft zu, daß das Blut bis an die Decke spritzte. Nur sein unheimliches Stöhnen und Röcheln war zu hören, dann herrschte Stille. Schnell rollte sie ihn auf den Rücken und schlitzte ihm blitzartig mit dem Messer die Kehle auf. Innerhalb von Sekunden wich der Lebenssaft aus dem bewußtlosen Körper. Seine Gliedmaßen erzitterten sporadisch, aber sie wußte genug über den Tod, um sicher zu sein, daß diese Muskelzuckungen völlig schmerzlos waren. Sie war sehr zufrieden mit sich, denn durch ihre Hand war Mr. Fabian genauso schnell und sicher ins Jenseits befördert worden wie durch den geschicktesten Metzger im Schlachthof.

Stolz und glücklich rannte sie zum Fenster, um nachzusehen, ob seine Seele gen Himmel schwebte, in die Arme seiner geliebten Frau. Aber sie konnte nichts erkennen. Tief im Herzen war sie sich jedoch sicher, daß die beiden nun auf immer und ewig im Paradies vereint und darüber voller Dank waren.

Doch da sie in einer einsamen und traurigen Welt lebte, würde sie ihren Triumph nicht voll auskosten können. Während sie auf das blutdurchtränkte Bett sah, erkannte sie klar, daß Fabians Tod nur als brutaler Mord gewertet werden würde. Aber war da nicht noch Fabians Sohn mit seinen Geldeintreibern, diesen brutalen Typen, die sicher zu einem Mord fähig waren? Sie konnte ja einen anonymen Hinweis geben. Die Polizei ermittelte schon auf ihre Weise. Und wenn sie die falschen Verbrecher einsperrten, wäre das auch egal. Auf diese Weise wurden zwei Fliegen mit einer Klappe geschlagen, die Bedürftigen wurden befreit, die Habgierigen bestraft.

Ein Sonnenstrahl brach sich an einem Gegenstand in dem geöffneten Kleiderschrank und schickte einen goldenen Schein durch das Zimmer. Sollte das ein Zeichen sein? Ihr Blick fiel auf einen Revolver, wahrscheinlich ein Überbleibsel aus Mr. Fabians Militärzeiten. Jetzt brauchte sie wenigstens nicht mehr nach Ziegelsteinen Ausschau zu halten.

Und während sie zufrieden vor sich hinsummte, zog sie sich aus und wusch sich gründlich. Dann schlich sie vorsichtig zur Hintertür hinaus – gekleidet in Kleid, Mantel und Schuhe der verstorbenen Mrs. Fabian, inzwischen sicher die glücklichste Frau im Himmel.

7. Kapitel

Argwöhnisch warf Frank Davies einen Blick auf die lauwarme Flüssigkeit. »Kaffee?«

Mason zuckte mit den Schultern. »Bin ich Detective, oder hab' ich 'ne Kneipe oder was?«

Davies nahm vorsichtig einen Schluck von dem bitteren Gebräu. »Und was haben Sie herausgefunden, Sergeant?«

Mason ließ sich in einen Stuhl fallen und rieb sich die Augen. Eines Tages, träumte er, gehörte hier alles ihm. Dabei dachte er nicht nur an das Büro, nein – auch Dienstgrad und damit Ansehen und Respekt würden sich ändern. Detective Chief Inspector Mason! Endlich besäße er den Rang, der ihm zustand. Er würde ein paar Personaländerungen vornehmen. Ja, eines Tages, da ... »Die Kollegen haben Jenkins festgenommen, ihn eingebuchtet, Fotos geschossen und Fingerabdrücke genommen. Er wartet unten.«

»Gab es Ärger?«

»Er hat um sich getreten, aber sie wurden mit ihm fertig. Tobte, brüllte herum, das Übliche, na, Sie wissen schon.«

Davies konnte sich die Situation lebhaft vorstellen. »Er ist ein gerissener Hund, Boot-sale. Kennt alle Tricks.«

Davies Blick wanderte zu den Fotografien an der Wand, die den Weg seiner Karriere darstellten. Police Constable Davies, frisch aus Hendon, Detective Constable Davies, der

der Kriminalpolizei von Chelmsford beitritt, und viele Aufnahmen mit Kollegen. Das letzte Foto zeigte Detective Chief Inspector Frank Davies, den Verfechter von Recht und Ordnung, mit siegessicherem Lächeln. »Ich kannte ihn schon, da war ich noch ein kleiner Sergeant, bestimmt schon dreißig Jahre her.« Er lachte kurz auf. »Hat sich für mächtig clever gehalten, aber es ging immer nur um Bagatellen und Schlägereien. Wie ein Wiesel konnte er über Leitern rauf und runter verschwinden.«

»Knast?«

»Ab und zu mal ein paar Monate. Hat eine von uns geheiratet.«

»Was?« Mason bekam den Mund nicht mehr zu.

»Eine Polizeibeamtin«, erklärte Davies und sah Ruth vor seinem geistigen Auge. »Eine idealistische und vehemente Verteidigerin des Gesetzes. Wir verließen Hendon damals gemeinsam. Aber was sie je an ihm gefunden hat, das frage ich mich heute noch.«

»Das ist doch typisch Frau, oder? Stellt sich immer den Saubermann vor, der den Abwasch macht, kocht und dem Baby den Popo abwischt, aber dann bleibt sie beim ersten Rabauken hängen.«

Davies wurde ärgerlich und warf Mason einen finsteren Blick zu. »Ich versichere Ihnen, Mr. Sergeant Neunmalklug, es war schon eine sehr ernste Angelegenheit. Also – haben Sie irgend etwas über das Taxiunternehmen herausgefunden?«

Mason wurde verlegen und setzte sich aufrecht hin. »Ja ... ähm ... tut mir leid, Chef«, stotterte er und blätterte nervös in seinem Notizblock. »Die Firma Whizzcabs gehört einer gewissen Margeret Simmons. Sie wurde schon vorab vernommen. Jetzt sitzt sie unten bei Detective Constable Hassloff und erzählt ihm die ganze Breitbandpalette.«

»Die was?«

»Na ja – erzählt ihm alles, jedes Detail, läßt nichts aus.«

Davies schüttelte den Kopf und seufzte. »Was ist mit der Presse?«

»Ein paar Leute von der Lokalzeitung schnüffeln hier herum. Unser Polizeisprecher hält sie mit dem Versprechen hin, daß später eine Verlautbarung verkündet wird. Aber sie haben sowieso mehr oder weniger herausgefunden, daß die alte Dame ermordet wurde.«

»Und mehr brauchen sie auch überhaupt nicht zu wissen, Boot-sale. Jedenfalls nicht zu diesem Zeitpunkt. Was ist mit den anderen? Sie sind doch in ständigem Kontakt mit ihnen. Haben die inzwischen etwas wegen des Make-ups herausgefunden?«

»Noch nicht, sie suchen noch«, Mason trank seinen Kaffee aus.

»Sie denken, da gibt es vielleicht ...?« fragte er nachdenklich.

»Ich denke gar nichts, Sergeant, das kann ich nicht und Sie ebenfalls nicht. Es ist reine Routine. Und in einem Fall wie diesem, bei dem jemand sich an einem toten Körper zu schaffen macht, sich an ihm vergreift oder ihn verstümmelt ...«

»›Face-cake‹ meinen Sie?«

Davies nickte. »Vielleicht ist es ja nicht zum ersten Mal passiert. Daher müssen wir uns auch mit allen Kollegen aus den anderen Revieren verständigen. Aber zunächst warten wir das Ergebnis der Obduktion ab. Bis dahin wird nichts unternommen. Und keine Spekulationen mehr, Sergeant.«

»Etwa wie einer von diesen ... Serienmördern?« Ein übereifriger Mason sah Davies erwartungsvoll an, so als hätte er seinem Chef nicht zugehört. »Sie glauben, daß dieser Jenkins, Ihr alter Kumpel, ein armer Irrer ist? Das ist ja gemein.«

»Wirklich, Boot-sale, ich weiß überhaupt nicht, warum ich mir immer wieder die Mühe gebe, Ihnen hier und da einen Tip zu geben.« Davies erhob sich, den Kaffee ließ er stehen. »Seit drei Jahren arbeiten wir nun zusammen, und Sie kennen mich noch immer so wenig, daß Sie gar nicht merken, wenn ich Ihnen einen Hinweis liefere«, ereiferte er sich.

»He?«

Davies beruhigte sich wieder und fuhr in sanfterem Ton fort. »Dies ist Ihr erster Mord, Alan. Also entspannen Sie sich, und beobachten Sie genau, was ich tue, okay? Ich will, verdammt noch mal, nicht, daß jemand sich mit einer unsinnigen Schlußfolgerung wichtig macht. So wie es aussieht, sitzt mir das Dezernat für Schwerverbrechen im Nacken. Das hier ist eine reine Routineangelegenheit. Es ist nichts Besonderes, nichts Aufregendes. Haben Sie jetzt verstanden?«

»Ich denke schon. Gehen wir hinunter, um Jenkins zu verhören?« fragte Alan Mason und hielt seinem Chef die Tür auf.

»Margeret Simmons«, entgegnete Davies. »Jenkins soll warten und in seinem eigenen Saft schmoren.«

Innerhalb von zwanzig Minuten hatten sie, dank der problemlosen Kooperation der Dame, alles, was sie brauchten. Mit der Kopie dieser Aussage gingen sie an den Zellen vorbei zu den Gesprächszimmern, als plötzlich ein aufgeregter junger Mann mit rötlich braunem Haarschopf hinter ihnen herrannte.

»Das ist gestern abend hereingekommen«, sagte der sommersprossige Detective Constable Hassloff atemlos. »Bisher hat sich noch niemand darum gekümmert, aber ich dachte, es wäre vielleicht wichtig.«

Davies las die Neuigkeit. »Das hat uns gerade noch gefehlt«, sagte er leise und zeigte Mason die Notiz. »Bleiben Sie am Ball, mein Junge. Wenn es etwas Neues gibt, lassen Sie es uns wissen.«

Hassloff grinste nur und zog ein zweites Blatt hervor. »Das sind die Ergebnisse der Untersuchung von Jenkins Wagen. Handschuhfach ist interessant.«

»Sehr aufschlußreich«, meinte Davies, nachdem er auch das zweite Blatt überflogen hatte. »Irgend etwas über die Verwandten?«

Hassloff schüttelte den Kopf. »Bis auf die komischen Besuche alle zwei Monate. Die Nachbarn beteuern, daß Mrs. Sharansky ihres Wissens keine Feinde hatte. Es sieht aus wie die berühmte Suche nach der Stecknadel im Heuhaufen.«

»Ist aber keine Stecknadel, hinter der wir her sind, Kleiner«, belehrte ihn Mason, der freudig erkannte, daß vor ihm jemand stand, der noch etwas unerfahrener war als er, »sondern ein ausgemachtes Arschloch. Und wie es aussieht, haben wir es schon hier. Übrigens ...« Mason beugte sich zu Hassloff, um ihm etwas ins Ohr zu flüstern, als Davies ihn unterbrach. »Jetzt lassen Sie ihn endlich in Ruhe, Boot-sale«, schimpfte er, und der junge Rotschopf, der sichtlich verlegen dastand, schien ihm unendlich dankbar.

»Wir sind nur hier, um mit dem Verdächtigen zu reden«, wies er seinen Untergebenen zurecht.

Da kam auch schon der diensthabende Untersuchungsbeamte über den Korridor. Der uniformierte Sergeant nickte Davies zu, schrieb eine Notiz in seine Untersuchungsakte und schloß die Tür zu Raum drei auf.

Davies sah auf die Uhr. »Zwölf Uhr siebenundvierzig«, sagte er. Dann folgte er Mason in den kahlen Raum und entließ den Beamten. Doug, der einen weißen Papieranzug trug, blickte den beiden erwartungsvoll entgegen. Davies nickte seinem alten Widersacher kaum merklich zu und wurde mit einem finsteren Blick begrüßt.

Wie wenig sie sich doch verändert hatten, dachte Davies, als er Doug gegenüber saß. Sie konnten verschiedener nicht sein. Gut, beide hatten einige Pfunde zugelegt, ein paar Haare verloren, eine höhere Stirn bekommen und einige Falten mehr. Doch damit hörten die Gemeinsamkeiten schon auf. Sie bestanden ohnehin nur aus Äußerlichkeiten. Denn sie standen beide auf der jeweils anderen Seite des Gesetzes. Es war, als spiegele sich die Vergangenheit in der blutrünstigen Gegenwart.

»Lange nicht gesehen«, bemerkte Doug und betrachtete Davies argwöhnisch. »Solltest du nicht zu mir sagen: ›Was bringt einen netten, alten Burschen wie dich in diese Lage?‹«

»Hallo, Doug«, sagte Davies freundlich, aber sachlich und distanziert. »Wir wollen anfangen, okay?«

Mason legte zwei Kassetten in den Rekorder mit dem Doppeldeck und sprach die notwendigen Einleitungsformalien. Das Gespräch konnte beginnen.

»Also, warum bist du hier, Doug?« fragte Davies und schaute Doug an.

»Das könntest du mir vielleicht einmal erklären«, entgegnete Doug ruhig. »Deine Jungs haben mich heute morgen aus dem Bett geholt und hierher gebracht. Haben meine Kleidung untersucht, mir die Autoschlüssel abgenommen und mich in diesen blöden Schneeanzug gesteckt. Ich kann nur sagen ›Fröhliche Weihnachten‹ – ein nettes Geschenk deiner Burschen.«

»Ida Sharansky.«

»Was?«

»Was kannst du über sie sagen?«

Doug blickte Davies verwirrt an. »Sie ist tot, stimmt's? Hab' ich jedenfalls so gehört vorhin. Schlimme Sache, ausgerechnet in dieser Zeit. Für ihre Familie, meine ich. Für sie natürlich auch ... Ehrlich ... Ich hab' davon heute morgen zum ersten Mal gehört, im Auto, als sie mich hierher brachten.«

»Du warst gestern abend bei ihr in der Nightingale Road.«

»Ich hatte den Auftrag, sie abzuholen. Es war eine Vorbestellung für eine Fahrt zur Bingohalle.«

»Erzähl uns ganz genau, was passiert ist, Doug.«

»Ich war ungefähr um acht Uhr bei ihr. Dann habe ich ein paar Mal gehupt, aber nichts rührte sich.«

»Bist du ausgestiegen?«

Doug schüttelte den Kopf. »Bist du verrückt? Es war eisigkalt. Ich hab' ein paar Minuten gewartet, vielleicht war sie ja nur im Bad ... hätte ja sein können ... dann habe ich in die Zentrale gefunkt, daß Mrs. Sharansky offensichtlich nicht mehr fahren wollte.«

Davies lehnte sich zurück, ohne Doug aus den Augen zu lassen. »Es ging doch um eine normale Tour, oder nicht? Mrs. Sharansky fuhr jeden Freitag abend zur Bingohalle.«

»Aber nicht mit mir«, stellte Doug klar. »Einer meiner Kollegen übernahm üblicherweise diese Fahrt. Aber es tauchten irgendwelche Schwierigkeiten auf, also habe ich mich ausnahmsweise zur Verfügung gestellt.«

Mason kaute gelangweilt auf einem Zahnstocher. »Wir haben uns bereits mit Margeret Simmons von Whizzcabs unterhalten, Doug. Sie hat uns über die Schwierigkeiten unterrichtet.«

Doug zeigte keine Regung. »Wie schön für euch. Dann wird sie euch hoffentlich auch erzählt haben, daß ich sie anrief und bat, mit der alten Dame zu telefonieren, nur für den Fall, daß sie vielleicht eingeschlafen war. Das tat sie dann auch und rief mich anschließend zurück. Aber auch sie hatte keine Antwort bekommen. Also fuhr ich wieder ab und stellte die Zähleruhr aus. Das war meine letzte Tour. Margeret ... Mrs. Simmons hatte mir ein paar schlechte Neuigkeiten mitgeteilt, und ich war nicht besonders in Stimmung.«

»In welcher Stimmung warst du denn, Doug?« wollte Davies wissen.

»Wie das so ist, wenn man schlechte Nachrichten erhält.« Nervös kratzte er seine stoppeligen Wangen. Er fühlte sich furchtbar unwohl, die Situation war ihm zuwider. Außerdem hatte er das Gefühl, daß die beiden, die sich wohl für unwahrscheinlich clever hielten, ihn festnageln wollten. Es stimmte wohl, was manche Leute behaupteten – man brauchte gar nichts verbrochen zu haben, auf der Wache fühlte man sich einfach schuldig.

»Ich würde sagen, verdammt wütend, ausfallend und beleidigend. Wie wär's damit, Doug?«

Dougs kläglicher Versuch zu lächeln mißlang völlig. »Wir haben Weihnachten, da ist doch jeder gestreßt, oder? Ihr doch auch, Frank.«

»Vielleicht, trotzdem versuchen wir jegliche Gewaltanwendung gegenüber Normalbürgern zu vermeiden!« Davies reichte ihm die schriftliche Zeugenaussage des unglücklichen Fahrgastes, der Doug nicht dazu bewegen konnte, ihn ins *The Bell* nach Little Waltham zu bringen. »Es sieht so aus, als wärst du an den Falschen geraten, Doug. Er hat inzwischen Anzeige erstattet und die Vermutung auf Trunkenheit am Steuer geäußert.«

»Alles Quatsch ...« Doug hielt das Blatt mit zitternden Fingern und las sich die Aussage durch. »Er ist einfach in den Wagen gesprungen, als ich gerade an der Ampel stand. Gut, ich hab' ihm gesagt, er soll schleunigst verschwinden. Ich war doch auf einer vorgebuchten Tour, Menschenskind.«

Davies schob ihm auch das zweite Blatt Papier hin. »Hattest du getrunken?«

»Nein.«

»Das ist interessant«, bemerkte Davies erstaunt. »Wir fanden nämlich zwei kleine Flaschen Scotch in deinem Handschuhfach.«

»Gesundheitliche Gründe.«

»Und was ist mit den Gummis, Doug?« warf Mason dazwischen und beugte sich langsam vor. »Auch gesundheitliche Gründe?«

»Gummis?«

»Kondome. Ihre und Mrs. Simmons Verhüterlis.«

Doug zuckte die Achseln. »Jemand muß sich einen Scherz erlaubt und sie darin versteckt haben.«

»Wie bitte? Eine Zwölferpackung, in der fünf fehlen? Komischer Scherz, Doug!«

»Manche Leute haben eben eine besondere Art von Humor.«

»Ruth weiß sicher alles, nicht wahr?« fragte Davies. »Ich meine, über deine außerehelichen Überstunden?«

Doug schaute seinen ehemaligen Gegner flehentlich an. »Das würdest du doch nicht tun, Frank? Bitte, Frank, ich habe gestern abend nichts gemacht, und ich habe dir alles gesagt, was ich weiß. Mir tut die alte Frau leid, wirklich. Aber sag ihr nichts. Margeret und ich ... das war ... wie soll ich sagen ... es war eben nichts Ernstes. Erzähl Ruth nichts. Bitte, Frank.«

»Wette, Ruth war heute morgen ganz schön sauer, als man dich abholte?«

»Sie weiß nichts davon.«

»Sie weiß es nicht?«

»Sie arbeitet morgens. Putzt in einem Büro, dreimal in der Woche. Kommt vor dem Mittagessen nicht nach Hause. Wenn ihr mich jetzt gehen laßt, erfährt sie kein Sterbenswörtchen.«

»Sie putzt im Büro?« fragte Davies ungläubig. Er konnte sich nicht vorstellen, daß seine ehemalige Kollegin mit der damals hoffnungsvollen Karriere ihren Lebensunterhalt jetzt mit Wassereimer, Kehrblech und Besen verdiente. »Du meine Güte. Da hat sie ja tatsächlich einen Karrieresprung gemacht, als sie dich kennenlernte, was?«

»Es ging uns bis jetzt ganz gut ...«, protestierte Doug, als es an die Tür klopfte.

»Detective Constable Hassloff betritt den Raum«, protokollierte Mason für die Bandaufnahme.

»Kann ich Sie kurz sprechen, Chef?« sagte Hassloff, der im Türrahmen stehengeblieben war.

Davies nickte und ging mit ihm nach draußen auf den Flur.

Mason blickte diensteifrig auf die Uhr. »Gespräch um zwölf Uhr neunundfünfzig unterbrochen.« Dann schaltete er den Kassettenrecorder aus.

»Und? Haben Sie einen Anwalt, Mr. Jenkins?« erkundigte er sich wie nebenbei.

»Wieso? Ich brauch' doch keinen, oder? Hab' doch nichts getan!«

»Ihre Entscheidung.«

»Genau. Meine Entscheidung.«

Bis Davies zurückkam, fiel zwischen den beiden kein Wort mehr. Davies bedeutete Mason, den Recorder wieder einzuschalten. Er nahm Platz und legte eine kleine durchsichtige Plastiktüte vor sich auf den Tisch. Darin konnte man ein glänzendes schwarzes Portemonnaie erkennen.

Doug rutschte unbehaglich auf seinem Stuhl hin und her.

»Erkennst du das?«

»Das ist eine Plastiktüte.«

»Komm mir nicht so, mein Lieber!«

»Sieht aus wie eine Geldbörse.«

»Mrs. Sharanskys Geldbörse.«

»Tatsächlich?« Auf Dougs Stirn bildete sich ein leichter Schweißfilm.

»Wurde gerade hereingebracht, Doug«, teilte Davies ihm weiter mit. »Einer unserer aufmerksamen Mitbürger fand sie im Gras. Ist doch nett, oder nicht? Es beruhigt mich immer wieder, daß es doch noch ehrliche Menschen unter uns gibt.«

»Wie schön.«

»Trotzdem bleibt ein bitterer Beigeschmack, das Ding ist nämlich leer.« Er hielt die Plastiktüte hoch. »Du hast sie fortgeworfen, stimmt's? Aus dem Taxi, als du weggefahren bist?«

»Ich hab' nix gemacht! Gar nix hab' ich gemacht!«

Davies grinste in sich hinein. Der alte Junge schien nicht begriffen zu haben, daß er sich mit seiner Beteuerung höchst verdächtig machte – nein, eher sogar seine Schuld eingestand. »Auf der Brieftasche sind drei verschiedene Fingerabdrücke, einer stammt von der Toten, einer gehört dem Finder dieser Brieftasche ...«

»Ich war am Haus, hab' gehupt ...«

»Und deine, Doug – deine Fingerabdrücke auf Mrs. Sharanskys Brieftasche. Wir haben sie gerade überprüft.«

»Dann eben nicht richtig! Einer von euch hat gepennt. Ich hab' das verdammte Ding niemals auch nur berührt! Das schwöre ich!« Im Raum herrschte plötzlich absolute Stille, keiner sagte auch nur ein Wort. Doug fühlte sich sichtlich unwohl. »Kannst du mir vielleicht mal erzählen, wie das meine Fingerabdrücke sein können, wenn ich dieses verdammte Teil noch nie in meinem Leben gesehen habe, Frank? Da kann doch wohl irgend etwas nicht stimmen. Hab' ich nicht recht? Wie?«

Davies stand auf und begann im Raum auf und ab zu wandern, während Mason Doug mit Adleraugen bewachte. »Tja, Doug, es gibt da ein Problem.«

Doug nickte mit ernstem Gesicht. »Stimmt genau, Frank.

Du und ich, wir beide haben ein Problem. Ich bin richtig durcheinander, das kannst du mir glauben.«

»Da gibt es eine ermordete alte Frau und ein paar Hinweise, die deine Version des Ablaufs der Ereignisse unglaubwürdig erscheinen lassen.« Davies setzte sich wieder und verschränkte die Hände hinter dem Kopf. Er sah Doug scharf an. »Hattest ein paar Bier getrunken gestern abend, oder?«

»Darf ich das nicht? Ist doch kein Verbrechen?«

»Nur wenn du mit Geld bezahlst, das dir nicht gehört.«

»Du lieber Gott, Frank! Hör mir doch mal zu! Ich habe ihren Geldbeutel nicht genommen! Das ist vorbei. Ich bin sauber. Du weißt das doch nur zu gut.«

Aber Davies schüttelte den Kopf, er spielte seinen letzten Trumpf aus. »Ich habe einen Augenzeugen, Doug. Er ist bereit, vor Gericht auszusagen, daß du dein Taxi verlassen, durch Mrs. Sharanskys Fenster geschaut hast und dann hineingegangen bist.«

Doug sah ihn ungläubig an. »Ei ... einen ... einen Augenzeugen?«

»Wir wissen genau, daß Sie Whizzcabs in ausgesprochen schlechter Stimmung verlassen haben«, schaltete sich Mason ein. Er musterte Doug mit eiskaltem Blick. »Mrs. Simmons hat uns alles über die Geschäftsaufgabe mitgeteilt. Außerdem ließ sie uns wissen, daß Ihre Beziehung dafür ein wesentlicher Grund war. Das muß Sie natürlich schwer mitgenommen haben.«

»Augenzeuge? Wer? Sie lügen oder haben sich vertan! Ich war im Wagen. Hab' ihn nie verlassen.«

»Möglicherweise hat sich alles folgendermaßen abgespielt, Doug«, sagte jetzt wieder Davies. »Du hast geschäumt vor Wut, warst gegen jedermann aggressiv, der es wagte, dein Taxi herbeizuwinken, wahrscheinlich hast du auch Scotch getrunken. Dann fuhrst du bei Ida vor. Das alte Mädchen kam aber nicht zur Tür. Daher gingst du zum Haus. Die Tür war offen ...«

»Nein, nein, nein.«

»... und du gingst hinein, angesäuselt, ärgerlich. Und dann kehrte die Erinnerung zurück, an die alten Tage. Kannst du dich noch erinnern, Doug? Kleiner Bruch hier, kleiner Bruch da? Diejenigen bestehlen, von denen du glaubtest, die hätten sowieso genug? Ich kann mich noch gut erinnern, Doug.«

»Seit sechsundzwanzig Jahren bin ich sauber, verdammt!«

»Hören Sie doch auf, Mr. Jenkins«, ging Mason zornig dazwischen. »Sie sind doch bloß nicht erwischt worden. Einmal ein Verbrecher, immer ein Verbrecher. Sie haben sie erledigt, Mr. Jenkins, niedergemacht wegen ein paar Pfund! Sie ekelhafter Mi ...«

»Genug, Sergeant!« rief Davies. Er hatte keine Lust, sich vielleicht noch wegen Beleidigung und Amtsmißbrauch rechtfertigen zu müssen.

»Er geht zu weit, Frank«, empörte sich Doug. »Ich will auf der Stelle juristischen Beistand.«

Davies tat, als ginge er darauf ein. »Hab' neulich eine Geschichte gehört, Doug. Ganz merkwürdig. Willst du sie hören?«

»Ich will einen Anwalt.«

Davies nickte und fuhr dann fort. »Hab' sie im Radio gehört, wird also stimmen. Ein französische Drachenflieger flog zum Spaß so herum, als er plötzlich mitten in Gewitterwolken geriet und wie eine Rakete nach oben schoß. Dabei trat er in den Jet-Stream ein, diesen starken Luftstrom in der Stratosphäre, erstickte, starb und sein Körper erstarrte zu Eis. Es wird immer konfuser, denn jetzt haben die Russen ihn auf dem Radar, wenn er die Erde umkreist. So konserviert, kann unser Franzose wohl für immer dort oben bleiben.«

Doug sah ihn an, als wäre er verrückt. »Ich verstehe nicht, was ...?«

Davies schlug mit der Faust so heftig auf den Tisch, daß sogar Mason zusammenzuckte. »Was ich dir damit sagen will, Doug, ist, daß ich diese Geschichte überzeugender finde als deine!« Damit richtete er sich auf. »Ich hoffe für dich, daß du einen guten Anwalt bekommst. Denn wenn ich mir die Sache so recht betrachte, werden wir gezwungen sein, dich wegen Mordes zu verhaften, Doug Jenkins.«

8. Kapitel

Ruth Jenkins saß auf der Toilette, was ihr bei den gelegentlich auftretenden Problemen mit ihren Hämorrhoiden Schwierigkeiten bereitete. Sie sinnierte über das Leben, die Power und Energie in jungen Jahren sowie die Gebrechlichkeit im hohen Alter. Und mit ihren vielen wichtigen und unwichtigen Zipperlein sah sie sich schon auf dem Weg dorthin, wo ihre Mutter jetzt war.

Scheiße, dachte sie, denk lieber an deine Weihnachtseinkäufe. Es war die letzte Gelegenheit, sich an diesem Samstag vor Weihnachten noch einmal unter die vielen Menschen zu mischen, die auch noch Geschenke und Lebensmittel brauchten.

Da klingelte es an der Tür. Verdammt noch mal. Konnte man ihr nicht einmal diese kurze Zeit der Entspannung gönnen, nachdem sie ihren Job gemacht hatte? Es klingelte wieder, dieses Mal mit mehr Nachdruck und viermal hintereinander. Fluchend stand sie auf, zog sich an, wusch ihre Hände und eilte dann zur Haustür hinunter. Ärgerlich riß sie die Tür auf.

»Frank?«

Davies versuchte ein Lächeln, was sich aber unter diesen Umständen als schwierig erwies. »Ich hoffe, ich habe dich nicht gestört, Ruth?«

Ruth war völlig verwirrt. Sie konnte sich kaum daran erinnern, wann sie ihren einstigen Kollegen zum letzten Mal gesehen hatte. »Es ist bald Weihnachten, da ist immer so viel zu tun. Wir haben uns ja lange nicht mehr gesehen, Frank. Ich bin ... ähm ... total überrascht.«

Er nickte mit unbeweglichem und ernstem Gesicht. »Kann ich hereinkommen?«

Nervös fuhr sie sich mit der Hand durchs Haar. »Du hast dir aber einen guten Zeitpunkt ausgesucht. Heute haben wir den hektischsten Tag im Jahr. Es gibt noch so viel zu tun. Ich freue mich wirklich sehr, dich zu sehen, aber können wir den Besuch nicht auf ein anderes Mal verschieben? Komm doch einfach an den Weihnachtsfeiertagen wieder vorbei.«

»Ruth, ich komme nicht privat.«

»Oh.«

»Tut mir leid.«

»Was?«

»Darf ich ...?«

Er kam einen Schritt näher.

»Natürlich.« Ruth führte Davies hinein. Sie hatte ein ungutes Gefühl in der Magengegend, versuchte aber, es zu ignorieren. »Tee?«

»Wenn es keine Umstände macht.«

Sie bereitete in der Küche gerade den Tee zu, als plötzlich Davies in der Tür stand.

»Und du gehst jetzt putzen?«

»Die Umstände zwingen mich dazu, Frank. Woher weißt du das?«

»Ich habe heute morgen mit Doug gesprochen.«

»Doug? Heute morgen?«

Davies stellte sich in die Mitte der winzigen Küche und beobachtete Ruth. »Ich mußte ihn ... ähm ... aufs Revier bitten, Ruth.«

Es war, als legte sich eine Faust um Ruths Herz. »Mein Gott, auf die Polizeiwache?« fragte sie leise.

Davies nickte kurz. »Es gibt da einen schwierigen Fall, Ruth. Eine kleine alte Dame ist in der Nightingale Road tot aufgefunden worden.« Hier unterbrach er sich, weil er nicht wußte, wie er weitererzählen sollte. »Doug ... ähm, Doug hilft uns ein wenig bei unseren Ermittlungen.«

Ruth zitterte, als sie das kochende Wasser über die Teebeutel goß. »Entschuldige, Frank, aber das verstehe ich nicht so ganz. Jemand wurde ermordet, und ihr behaltet Doug zwecks Befragungen bei euch?«

»So sieht es aus, Ruth.«

»Meinen Doug?«

Davies nahm die angebotene Tasse. Er fühlte sich offensichtlich in seiner Haut nicht wohl. »Ruth, wann ist er gestern abend nach Hause gekommen?«

Zorn und Wut überlagerten Ruths ersten Schock. »Moment, Frank. Du schneist hier herein und erzählst mir, daß mein Mann festgenommen wurde, und jetzt willst du mich ausquetschen! O nein! So nicht! Nicht, bevor ich ihn gesehen habe. Abgesehen davon, meinst du nicht, daß ich auch ein paar Fragen an dich habe? Was, zum Teufel, ist eigentlich los?«

»Er ist in Untersuchungshaft, Ruth. Es sieht nicht gut aus.«

»Was sieht nicht gut aus?«

Davies versuchte, sie mit einem Lächeln zu beruhigen. »Können wir uns nicht setzen?«

»Ich will erst wissen, was los ist. Warum hast du ihn festgenommen?«

»Bitte«, drängte Frank Davies. »Setzen wir uns doch einen Augenblick.«

Beide nahmen auf dem Sofa Platz und umklammerten ihre Tassen, als hielten sie sich daran fest. Er erklärte ihr die

Zusammenhänge und versuchte möglichst feinfühlig, ihr den Ernst der Lage begreiflich zu machen.

»So sieht es also aus, Ruth«, schloß er. »Wir haben seine Fingerabdrücke, und ich muß dir leider mitteilen, daß wir kurz davor stehen, ihn zu verhaften. Ich habe dich aufgesucht, weil ...«

»Weil ...?« unterbrach Ruth ihn leise, ihr schwirrte der Kopf.

»Seit unseren gemeinsamen Tagen sind schon so viele Jahre vergangen. Wir haben wohl alle mehr oder weniger den Kontakt zueinander verloren. Die gute alte Zeit mit ihren Barbecues, Hochzeiten – weißt du noch?«

»Nein«, sagte Ruth leise. »Ich weiß es nicht mehr. Wirklich nicht.«

Davies stellte seine Tasse auf dem Tisch ab. »Was ich damit sagen will, Ruth, ist, daß du diejenige bist, die ihn am besten kennt. Er könnte wirklich tief in der Sache drinstecken. Ich muß einfach wissen, wie er wirklich ist – wie er heute ist. Würdest du ihm zutrauen, daß er ... du weißt schon ...?«

»... jemanden tötet?« Ruth war entsetzt.

»Vielleicht ... ja.«

»Nein. Niemals.«

»Woher willst du das wissen?«

Nun wurde Ruth wütend. »Woher ich das wissen will? Schließlich bin ich seit sechsundzwanzig langen Jahren mit ihm verheiratet, Frank! Da kann ich mir doch wohl ein Urteil erlauben, oder?«

Davies wurde unruhig. Dieser Besuch war ihm zuwider. Ruth gehörte zu seinem ältesten Freundeskreis, aber in dieser Situation überlappte sich Privates mit Beruflichem. »Hat er dich jemals geschlagen, Ruth?«

Diese Frage raubte ihr offensichtlich alle Worte. Sie starrte ihn ungläubig an.

»Es tut mir leid, Ruth«, entschuldigte er sich vorsichtshalber. »Normalerweise würde ich dich das ja gar nicht fragen, aber ...«

»Verschwinde, Frank.«

»... aber eine alte Dame wurde ermordet, und ich will Doug doch ...«

»Ich sagte, du sollst verschwinden!« befahl Ruth. »Und behalte deine schwachsinnigen Anschuldigungen für dich. Natürlich hat er mich noch nie geschlagen. Verdammt noch mal, Frank, du hast Doug nie leiden können, schon damals nicht. Er läßt sich nichts mehr zuschulden kommen, er ist sauber. Das habe ich dir doch weiß Gott wie oft erzählt!«

Bei ihren Worten fühlte Davies auf der einen Seite Wut, auf der anderen Seite peinliche Verlegenheit aufgrund seines Wissens und grenzenlose Verwirrung. Irgendwie mußte er sich rechtfertigen, um seine Glaubwürdigkeit wiederzuerlangen. Und dann war es auch schon heraus. »Ich weiß Bescheid über Doug und Margeret Simmons, Ruth – von ihren kleinen Spielchen in ihrem Bürocontainer, die sie trieben, wenn sie glaubten, daß keiner sie bemerkte.«

Ruth war aufgesprungen und in den Flur gelaufen, wo sie ihm den Weg zur Tür wies. »Genug jetzt! Du hättest schon lange verschwinden sollen. Mach, daß du fortkommst! Sofort! Raus!«

Aber Davies rührte sich nicht von der Stelle. »Wir haben mit ihr gesprochen, sie hat uns alles erzählt. Danach haben wir Doug mit dem konfrontiert, was wir erfahren haben, und er stritt die Wahrheit nicht ab.«

Ruth hatte das Gefühl, ihr drehte sich alles. »Die Wahrheit?«

»Ihr Verhältnis.«

Ihr fiel nichts mehr ein. Sie wußte nicht, ob sie Davies eine schallende Ohrfeige versetzen oder ihm ihr Knie dorthin rammen sollte, wo es am meisten weh tat. Doch weder das eine noch das andere setzte sie in die Wirklichkeit um. Doug hatte also ein Verhältnis? Unglaublich! Und dann noch mit Margeret Simmons? Übergewichtig, blond gefärbte Haare, häßliche Zähne und Schweinsaugen. Ruth erschrak über sich selbst. Wie konnte sie sich nur so gehenlassen. Das war heimtückischer Verrat an einer guten Freundin. Oder sollte es am Ende Eifersucht sein? Abgesehen davon war schon der Gedanke an Doug und Margeret einfach absurd, widersinnig und nicht zuletzt geschmacklos und unappetitlich.

»Doug gehört nicht unbedingt zu den intelligentesten Menschen«, sagte sie trotzig. »Er ist leicht zu verführen.«

»Hier war es wohl eher umgekehrt«, stellte Davies richtig. »Sie erzählte uns, die ganze Sache hätte sie zum Schluß dermaßen angewidert, daß sie unter anderem deshalb beschloß, ihr Geschäft zu schließen.«

»Jetzt wird mir klar, daß deine Geschichte nur ein Märchen sein kann. Margeret will ihr Geschäft zumachen? Und das an Weihnachten?« Energisch schüttelte Ruth den Kopf. »Überleg doch mal, Frank. Über Weihnachten erarbeiten sie sechzig Prozent des gesamten Jahresumsatzes. Irgend jemand hat dir einen großen Bären aufgebunden.«

»Hm«, stimmte Davies ihr scheinbar zu. »Sie hat Doug gestern abend geraten, er und die anderen Fahrer sollten sich im neuen Jahr nach einem anderen Job umsehen. Doug hat die Sache offensichtlich arg mitgenommen.«

Ruth war wie vor den Kopf geschlagen. »Aber das kann sie doch nicht tun«, rief sie verzweifelt und ließ sich auf einen Stuhl fallen. »Hast du dich wirklich nicht verhört? Ich verstehe das alles nicht. Wie soll Doug an einen neuen Job kommen? Das Taxi gehört ihm nicht einmal.«

»Der Job ist nicht das eigentliche Problem, Ruth«, sagte Davies leise.

Verständnislos und verwirrt blickte Ruth ihn an. Was kam denn jetzt noch? dachte sie.

»Offensichtlich fuhr er von Whizzcabs in gereizter Stimmung weg. Er hatte getrunken. Außerdem wurde er gesehen, wie er das Haus betrat. Am nächsten Morgen fanden die Nachbarn die alte Frau tot in ihrem Haus.«

»Nein«, war Ruths Reaktion. »Nicht Doug.«

»Woher willst du das wissen, Ruth? Was macht dich so sicher? Wie kannst du das nur behaupten? Du wußtest ja nicht einmal von ihm und Mrs. Simmons, bis ich es dir sagte.«

Nervös zündete sie sich eine Zigarette an und preßte die Lippen zusammen. »Und ich sage es dir noch einmal, Detective Chief Inspector. Er ist nicht sonderlich klug. Er würde allem zustimmen, wenn er meint, daß es ihn aus irgendwelchen Schwierigkeiten herausbringt.«

Noch etwas wurmte Davies, seit er in dieses übermäßig geschminkte Gesicht der Toten geblickt hatte. »Ist dir in letzter Zeit irgend etwas ... ähm ... Ungewöhnliches an Doug ... aufgefallen?«

Die Frage kam für sie völlig überraschend. »Ungewöhnliches?«

»Ja.« Peinlich berührt, doch ins Detail gehen zu müssen, errötete er ein wenig. »Ich meine, ein bißchen ... verrückt ... pervers vielleicht?«

»Pervers? Meinst du – sexuell?«

»Bitte, Ruth«, flehte er sie an, »es ist wirklich sehr wichtig. Und es ist mir lieber, du sagst es mir hier als nachher auf der Polizeiwache.«

»Die alte Frau ist vergewaltigt worden, stimmt's, Frank?«

»Das darf ich dir nicht sagen, Ruth. Du kennst doch die Vorschriften.«

»Und du meinst, daß Doug ...?« Sie schlug die Hände vors Gesicht. Sie wußte nicht mehr weiter. »Ich will ihn sehen«, sagte sie.

»Ein Anwalt ist gerade bei ihm. Wie ich vorhin schon sagte, es sieht nicht gut aus. Alle Umstände sprechen gegen ihn. Ich hoffe nur, daß der Pflichtverteidiger an seine Vernunft apelliert.«

Ruth erhob sich, ging in den Flur und zog sich den Mantel über. »Bring mich zu ihm«, forderte sie Davies auf. »Ich will ihn sofort sehen.«

»Es ist schwierig, Ruth«, gab er zu bedenken.

Sie lachte höhnisch auf. »Das darf doch nicht wahr sein! Willst du mir etwa weismachen, daß es ausgerechnet dir, Detective Chief Inspector Davies, nicht möglich ist, mich meinen eigenen Ehemann sehen zu lassen?«

»Steht er auf Make-up, Ruth?«

»Make-up?«

»Lippenstift? Gesichtspuder?«

»Du glaubst doch wohl nicht, daß ich dir das erzählen!«

»Ruth, bitte«, bat er sie eindringlich. »Ich muß dich das fragen.«

»Und was erwartest du? Was willst du hören?« entgegnete sie enttäuscht und zornig zugleich. »Daß Doug nach der Arbeit nach Hause rast und sich jede Nacht in Schale wirft und sich zurechtmacht wie Danny La Rue, dieser Transvestit?« Sie drehte sich zu ihm und schaute in sein Gesicht. »Ich werde jetzt zu ihm gehen. Es wäre schön, wenn du mich mitnähmst.«

»Es geht nicht, jedenfalls jetzt noch nicht. Nicht, bevor wir nicht mit ihm fertig sind.«

»Na, wunderbar«, erwiderte sie eigensinnig. »Dann gehe ich eben allein.« Damit ließ sie Davies stehen und ging zur Tür.

Davies blieb nichts anderes übrig, als ihr zu folgen. Wenn er eines immer an Woman Police Constable Ruth Golden bewundert hatte, dann war es ihre Hartnäckigkeit. Wenn diese junge Polizistin mit den großen Augen einmal zu etwas entschlossen war, dann ... »Ich nehme dich mit«, gab er schließlich nach. »Aber ich kann nichts versprechen.«

»Wie nobel, Frank, sehr großzügig.«

9. Kapitel

Eigentlich hätte die Fahrt von Ruths Haus bis zur Polizeiwache nur fünf Minuten dauern sollen. Eigentlich! Aber das von außen beeindruckende Gebäude des Reviers lag an einer lebhaften Kreuzung nur ein paar hundert Meter vom pulsierenden Treiben des Stadtzentrums entfernt. Und an einem Wochenende wie diesem waren alle Straßen verstopft.

Ruth, die auf dem Beifahrersitz Platz genommen hatte, war unsagbar froh, daß Franks Wagen kein Streifenwagen, sondern ein Zivilfahrzeug war. Das hätte ihr gerade noch gefehlt, wenn ein Bekannter sie im Auto erkannt hätte. Bekannter – aber wer war das schon? Frank gehörte dazu. Er zählte zu den früheren Bekannten und war niemals ein richtiger Freund gewesen. Eher ein gelegentlicher Gast in einem anderen Teil ihres Lebens.

Wie viele Freunde besaß sie eigentlich wirklich? Mit wem konnte sie als vertrautem Verbündeten rechnen, wenn sie in echte, große Not geraten sollte? Seit achtzehn Jahren wohnten sie nun schon in Chelmsford, und es war jetzt achtzehn Jahre her, daß Doug und sie sich mit ihrer kleinen Tochter in der Reihenhaussiedlung niedergelassen hatten. Die Zeit war ihnen davongerannt.

Und wie sehr sie sich seitdem geändert hatte! Damals arbeitete Doug als Dreher bei Hoffmans, einer riesigen

Fabrik für die Herstellung von Kugellagern und Werkzeugmaschinen außerhalb der Stadt. Ruth lächelte in der Erinnerung an die netten Abende, die sie und Doug im Kreis seiner Kollegen und deren Familien verbracht hatten. Die Männer waren rauhe Kerle, stolz, mit nikotingefärbten Fingern und schwieligen, vernarbten Händen, denen man die körperliche Arbeit ansah.

Ja, damals hatten sie Freunde – inmitten dieser großen Gemeinschaft. Bei Hoffmans waren zu dessen Glanzzeiten über achttausend Menschen angestellt. Hoffmans stellte zusammen mit Marconi's und E. E. V. ein Triumvirat aus drei Geschäftsparteien dar und verschaffte damit der Grafschaft Essex den Grundstein für einen blühenden Aufschwung.

Bis irgendwann Tausende von Meilen entfernt eine japanische Firma Maschinen mit doppelter Effizienz zum halben Preis produzierte. Danach kamen die Aufträge nur noch schleppend herein. Englische Autofirmen importierten Massen aus dem Ausland, und Hoffmans ging zugrunde. So auch Ruths und Dougs Träume von einem kleinen Häuschen an der Küste bei Norfolk.

Sie suchte sich einen Job als Putzfrau, und Doug versuchte immer wieder, sich umschulen zu lassen. Doch es war hoffnungslos. Bis dann Margeret Simmons, eine Freundin aus jener guten alten Zeit, auf der Bildfläche erschien und Doug den Job als Taxifahrer verschaffte. Die Hypothekenrückstände waren inzwischen komplett zurückbezahlt und die Schulden beglichen. Allmählich konnten sie wieder Luft holen, und die ausweglose Hoffnungslosigkeit wich schrittweise neuem Mut, wenn ...

Aber davon konnte überhaupt nichts stimmen, jedes Wort war gelogen. Worin Doug auch immer verwickelt sein mochte, war höchstens unendlicher Dummheit zu verdanken, doch keineswegs vorsätzlicher Boshaftigkeit. Doug hatte diesen Zug gänzlich abgelegt. All die Jahre war er aufrichtig und ehrlich gewesen. Gut, da gab es ein paar Rückfälle. Aber niemals hatte Doug grausame Züge an den Tag gelegt. Ruth war sicher, daß sich dieses Mißverständnis in Kürze aufklärte. Dann konnten sie beide endlich ihren letzten Weihnachtseinkäufen nachgehen.

Frank kam in dem vorweihnachtlichen Gewühl in der Duke Street nur stockend vorwärts. Sie schlichen gerade am Anfang der High Street entlang, als sie wieder halten mußten. Frank betrachtete kopfschüttelnd die frierenden Leute, die von einem Geschäft zum nächsten liefen. »Wo sind nur die guten alten, über offenem Feuer gegarten Kastanien geblieben?« fragte er wehmütig.

»Das ist der Wandel der Zeit, Frank«, klärte Ruth ihn auf. »Er ist nicht aufzuhalten und nicht zu vermeiden. Seit die Fabriken geschlossen sind, hat sich alles geändert.«

»Ich frage mich nur, wieviel tausend Menschen heute diese Läden durchlaufen?«

»Genug, damit die Angestellten bezahlt werden und ihr Geld wiederum in anderen Geschäften ausgeben können. Was willst du denn in Chelmsford auch anderes machen? Schau dir doch die Kinder da vorne an, Frank.« Sie zeigte auf eine kleine Gruppe Jugendlicher, die Baseball spielten. »Welche Zukunft haben sie schon? Die Eltern haben nun mal kein Geld, damit ihre Kinder zur Universität gehen, heiraten oder sich vielleicht sogar ein Haus kaufen können. Manchmal bekommen sie für irgendeinen Aushilfsjob am Samstag ein bißchen Geld, das sie dann ihren Eltern geben, damit sie bei ihnen wohnen können.«

»Aber vielleicht sollten sie einmal versuchen, etwas Geld zu sparen und nicht alles für teure Sportschuhe oder ähnliches ausgeben. Dann ständen ihnen auch mehr Möglichkeiten offen. Wir mußten uns auch alles hart erarbeiten. Das ist ihr Problem, Ruth. Es muß immer alles ganz schnell und einfach gehen.«

»Typisch Polizist«, entgegnete Ruth. »Immer schnell mit Urteilen bei der Hand.

»Sie haben keine Moral mehr. Das ist alles.«

»Weil ihnen keine vernünftigen Jobs mehr angeboten werden. Sie leben nur für ihre Klamotten, weil das alles ist, was ihnen noch bleibt. Entweder das, oder sie müssen sich mindestens Sechzigtausend zusammensparen, um sich irgendwo ein Grundstück kaufen zu können. Die Zeiten haben sich nun einmal geändert, Frank. Das mußt sogar du einsehen.«

Schweigend fuhren sie die letzten knapp vierhundert Meter zum Revier, parkten im Keller, betraten das Gebäude durch den Eingang im Untergeschoß und gelangten über viele Flure schließlich in das Büro der Kriminalpolizei. Ruth war beherrscht, aber auch auf der Hut. Vor allem war sie auf alles gefaßt. Es konnte sich nur um ein großes Mißverständnis handeln.

Mason grinste sie beide an, als sie den Raum betraten. »Unser Jenkins hat es sich wohl doch anders überlegt«, ließ er seinen Vorgesetzten wissen. »Es scheint, als hätte er jetzt endlich die Wahrheit ausgespuckt. Offensichtlich hat dieser herzlose Schweinehund . . .«

»Sergeant Mason«, unterbrach ihn da Davies, um seinen undiplomatischen Partner zum Schweigen zu bringen. »Darf ich Ihnen Mrs. Jenkins vorstellen? Sie wird uns bei den Ermittlungen gegen ihren Mann behilflich sein.«

»Entschuldigung, Chef, entschuldigen Sie bitte, Mrs. Jenkins, hab' mich wohl ein wenig im Ton vergriffen.«

Mißbilligend musterte Ruth Jenkins den schlampig und unordentlich aussehenden Beamten von oben bis unten. »Ich möchte nur etwas klarstellen«, wies sie ihn zurecht. »Wenn sich irgend jemand erlauben darf, meinen Mann einen ›herzlosen Schweinehund‹ zu nennen, dann bin ich das und nur ich.« Dann wandte sie sich wieder an Davies. »Also, was ist nun? Kann ich ihn sehen? Oder muß ich allein losgehen und ihn suchen?«

Aller Augen ruhten auf Davies, der sich jedoch, nach gewohnter britischer Manier, geschickt mit einer Gegenfrage aus der Situation herauslavierte. »Gibt es etwas Neues aus dem Labor?«

Mason nickte zwar, sagte aber nichts. Er blickte seinen Chef zweifelnd an und warf verstohlen einen Blick auf Ruth. Er war unsicher, ob Details dieses Falles in Anwesenheit einer Bürgerin aus der Öffentlichkeit diskutiert werden konnten.

Davies verstand das Anliegen seines Beamten. »Das geht schon in Ordnung, Sergeant«, versicherte er ihm. »Mrs. Jenkins ist eine gute alte Freundin und absolut vertrauenswürdig. Also?«

»Chief Inspector Davies hat mir viel über Sie erzählt«, sagte Mason daraufhin zu Ruth. »Sie gehörten früher einmal zu uns. Das Ganze tut mir sehr leid für Sie.« Er sah Davies an. »Dr. Cloth hat sich die Leiche noch einmal angeschaut. Nicht ein einziges Teil der Kosmetika, mit denen Mrs. Sharansky geschminkt wurde, paßt mit dem Make-up zusammen, das man in ihrem Haus gefunden hat.«

»Nicht ihre Schminke?« überlegte Davies erstaunt. »Wessen dann?«

»Keine Ahnung. Ich habe ein Team losgeschickt, das von allen Kosmetikverkaufsstellen in der Stadt Proben nimmt. Ich hoffe, daß wir irgendwann auf die richtige Schminke stoßen.«

»Ach ja, Detective Chief Inspector«, sagte Ruth mit freundlicher Ironie, »ich vergaß völlig, dir zu erzählen, daß

Doug immer einen kleinen Kosmetikkoffer mit zur Arbeit nimmt.«

»Ich finde das nicht komisch, Ruth«, tadelte er sie und wandte sich wieder seinem Kollegen zu. »Was ist mit der Hintertür?«

»Der Sicherheitsdienst hat sie überprüft und von innen verschlossen, aber die Verriegelungen rasteten nicht ein. Sie waren oben und unten geöffnet.«

»Also hätte der Täter durch den Garten hinter dem Haus entkommen können.«

»Jenkins?« fragte stirnrunzelnd ein völlig verwirrter Mason. »Aber der ist doch weggefahren.«

»Ich meine ja nur, falls Jenkins nicht unser Mann ist«, sagte Davies leise. Allmählich wirkte er erschöpft.

»Sie sollten besser seine Aussage lesen, die gerade schriftlich festgehalten wurde«, empfahl Mason. »Der APSB nach spricht die Beweislage gegen den Schwei ... Verdächtigen.« Zerknirscht blickte er zu Ruth.

Sie gingen alle in Davies Büro und lasen Dougs Aussage.

»APSB?« fragte Ruth Mason, nachdem sie das Schriftstück gelesen hatte.

»Akte für polizeiliche und strafrechtliche Beweismittel – unsere verdammte Jobbibel mit neuen Anordnungen und Vorschriften. Lädt uns alle Entscheidungen auf«, ereiferte sich Mason. »Es tut mir wirklich leid – das mit Ihrem Mann.«

Ruth drehte sich wieder zu Davies. »Kann ich ihn jetzt sehen?«

Davies seufzte. »Es ist seine Entscheidung, fürchte ich. Aber das muß ich zuerst mit dem Untersuchungsbeamten klären.«

Entnervt verdrehte Ruth die Augen. »Dann tu es doch endlich, Frank, verdammt noch mal!«

»Tut mir leid, Vorschrift.«

»APSB?«

Er nickte nur.

»Verdammte APSB-Klitsche! Alle zusammen!«

Allein gelassen in Davies Büro, griff sie zu Dougs Aussage und las sie wieder und wieder. Ruth versuchte, sich dabei seine Stimme vorzustellen. Noch fühlte sie sich total gelassen und ruhig.

Nach zehn Minuten holte Davies sie ab und führte sie hinunter zu den Zellen des Untersuchungsgefängnisses. Ihre Gelassenheit war mittlerweile riesigem Ärger und großer Wut gewichen, obwohl sie nach wie vor den Kopf hoch trug und fest entschlossen war, keine Szene zu veranstalten. Diesen Gefallen würde sie niemandem tun.

»Er sagte, daß er zehn Minuten lang für ein Gespräch zur Verfügung steht«, sagte Frank Davies entschuldigend, als der Untersuchungsbeamte die schwere Eisentür aufschloß. Ruths Blick fiel auf eine kleine Tafel zu ihrer Linken, auf der mit Kreide geschrieben stand: ›*Jenkins, D. 150152. 20–12 Mörder*‹. Sie atmete tief durch und betrat dann die nackte Zelle.

»Daß wir uns an einem solchen Ort wiedersehen müssen.« Es tat ihr weh und machte sie wütend, ihren Mann in einer Zelle zu sehen.

Doug, der auf einer Bank, die als Bett ausgeklappt werden konnte, saß, versuchte ein schiefes Lächeln. »Was soll ich dazu sagen?«

»Gar nichts, Doug.«

Er ging zu ihr und schlang seine kräftigen Arme um ihren starren, abweisenden Körper.

»Hier stinkt es«, bemerkte sie und wich seinem Kuß auf ihre Wange aus.

Resignierend setzte er sich wieder. »Ruth«, flehte er. »Ich habe nichts getan.«

»Lüg mich nicht an. Ich habe gerade deine Aussage gelesen.«

Er schwieg. Hinter seiner Stirn arbeitete es. »Aber ich habe sie nicht getötet.«

»Aber du hast sie bestohlen, Doug – eine tote Frau bestohlen.«

»Trotzdem habe ich sie nicht getötet. Ich schwöre es.«

»Und das soll ich dir glauben? Von einem Mann, der schon zugegeben hat, in das Haus der alten Dame eingebrochen zu sein ...«

»Die Haustür war offen!«

»... dort feststellt, daß sie tot ist und der dann beschließt, ihr Portemonnaie zu stehlen, statt den Krankenwagen zu rufen?« Voller Verachtung versuchte sie, ihm in die Augen zu sehen. »Berichtige mich, wenn ich etwas Falsches erzähle, aber so lautet doch deine Geschichte, nicht wahr, Doug?«

»Ich habe sie nicht ermordet!«

»Warum?« fragte sie leise. »Nach all diesen Jahren, warum?«

Verzweifelt lehnte er sich an die kalte Mauerwand zurück. »Du hast doch meine Aussage gelesen, du mußt es doch wissen.«

Ruth schloß die Augen und versuchte, sich den Wortlaut seiner Aussage ins Gedächtnis zu rufen. »›Fast dreißig Jahre habe ich mir nichts zuschulden kommen lassen. Mir war gerade mitgeteilt worden, daß ich mir einen neuen Job suchen sollte – war soeben gefeuert worden. Danach habe ich mir einen zur Brust genommen, war leicht besäuselt. Ich konnte nicht mehr vernünftig denken. Da habe ich die Geldbörse auf dem Tisch bemerkt, und bevor ich wußte, wie mir geschah, war ich auch schon wieder draußen.‹«

»Genau so ist es passiert.«

»Fest entschlossen, die Geschworenen davon zu überzeugen, stimmt's, Doug?«

»Ich weiß, daß es falsch war, was ich getan habe«, sagte er reuevoll. »Aber als ich sie so in ihrem Sessel sitzen sah, geschminkt, als wolle sie zum Ball gehen, dachte ich einfach nur, daß sie schliefe. Und als ich sie anstupste, um sie zu wekken, sackte sie zusammen. Was sollte ich tun? Mir wurde plötzlich siedendheiß klar, daß ich mich überhaupt nicht im Haus hätte aufhalten dürfen. Ich bin in Panik geraten und abgehauen.«

»Aber erst, nachdem du ihre Geldbörse an dich genommen hattest. Verdammt noch mal, Doug, du hast einen toten Menschen bestohlen!«

»Wie ich schon sagte«, kam Dougs verzweifelte Antwort, »war ich nicht bei klarem Verstand. Ich wußte nur, daß irgend jemand sie schon irgendwann finden würde. Und so ist es ja auch gekommen. Sie haben sie gleich heute morgen entdeckt. Ich hatte doch recht, nicht wahr?«

»Und du und Margeret?« forschte Ruth weiter. Ihr Ton war eisig. »Da warst du aber offensichtlich bei klarem Verstand. So war es doch, oder?«

Er ließ den Kopf hängen. »Vermutlich nicht«, brummte er beschämt.

Ruth konnte nicht länger ihre totale Verachtung verbergen. »Du und Margeret!« schleuderte sie ihrem Mann entgegen.

»Es ist doch vorbei. Ich hatte niemals die Absicht, dich zu verletzen.«

Sie lachte höhnisch auf. »Die ganze Sache ist eine widerliche, schmuddelige Angelegenheit. An der Zurechnungsfähigkeit dieser Frau zweifle ich stark, wirklich.«

»Ich bin da dummerweise in etwas hineingeraten – eine schlimme Geschichte. Aber ich habe sie nicht ermordet, das mußt du mir einfach glauben.«

Ruth mochte ihm nicht länger in die Augen blicken. »Du

hast mir immer noch nicht erzählt, warum du es getan hast. Ich habe wieder und wieder darüber nachgedacht, aber ich verstehe es nicht. Hat es etwas mit mir zu tun?«

»Warum?« kam es gereizt zurück. »Guck mich doch bloß an, Ruth. In sieben Jahren werde ich sechzig. Was habe ich denn schon vorzuweisen? Ein eintöniges Leben in einem beschissenen, kleinen Reihenhaus in Chelmsford und eine kaputte Ehe. Und warum? Weil ich dir zuliebe ein anständiges, sauberes Leben geführt habe. Ich habe nichts erreicht, während alle anderen auf der Karriereleiter immer eine Stufe höher geklettert sind.« Erregt stand Doug auf. »Seit sechsundzwanzig Jahren sind wir jetzt verheiratet, und immer noch müssen wir uns krumm legen, damit wir die blöde Telefonrechnung bezahlen können!«

»Zumindest geht es dabei mit ehrlichen, anständigen Dingen zu.«

»Ach was!« dröhnte er. »Dieses Leben ist ein einziger Alptraum. Was habe ich denn davon? Was springt für mich dabei raus, wenn ich ehrlich und anständig bin? Andere schnappen sich die besten Kuchenstücke weg. So sieht es aus.« Er trommelte gegen seine Brust. »Ja, es stimmt, ich habe dem alten Mädchen den Geldbeutel fortgenommen. Na und? Hatte sie etwa noch Verwendung dafür? Ach ja, und es stimmt ebenfalls, daß ich das Geld in den Kneipen versoffen habe. Warum auch nicht? Ich habe keinen Job, und Aussicht auf einen neuen gibt es nicht. Ich bin mal wieder auf der Verliererstraße, und ich kann nichts, aber auch gar nichts dafür. Okay, dann war ich gestern eben besoffen, aber auch ich kann mir mal einen Aussetzer leisten!«

»Du bist erbärmlich«, sagte Ruth verächtlich. »Ein Jammerlappen! Warum soll ich dir auch nur ein Wort glauben? Vielleicht hast du sie ja tatsächlich ermordet? Dumm genug dazu bist du!« Sie hämmerte gegen die Zellentür.

»Dann hau doch ab!« schleuderte er ihr entgegen. »Verkriech dich doch in diesem Scheißloch, in dem wir so lange unser Sklavendasein gefristet haben, und lebe dein sauberes, tolles Leben. Aber komm mir nicht irgendwann angerannt, bloß weil jemand deinen Fernseher geklaut hat, während du mir Moralpredigten hieltest!«

Die Tür wurde geöffnet, und Ruth wankte in den Flur. Sie fühlte sich völlig erschöpft, und nur mit Mühe konnte sie die Tränen zurückhalten.

Davies wartete am Ende des Flures auf sie. »Soll ich dich nach Hause fahren?«

»Ich gehe zu Fuß«, antwortete sie und vermied den Blickkontakt.

»Es macht mir nichts aus, ich fahre dich gerne.«

»Ich werde zu Fuß gehen«, wiederholte sie und nahm sich vor, sobald sie zu Hause wäre, zwei Telefonate zu führen. Eines mit dem Heim ihrer Mutter und das andere mit Felix.

10. Kapitel

Ein angenehmer, herrlicher Tag lag hinter ihr. Sie fühlte sich leicht und war zufrieden mit sich selbst – wie immer, wenn sie mal wieder eine arme Seele auf die Reise in den Himmel geschickt hatte. Warum sollte sie sich auch nicht so wohl fühlen? Es war vorbei, und es war reibungslos über die Bühne gegangen. Die gute Vorbereitung hatte sich gelohnt. Aber sie mußte auch ihren Preis dafür zahlen – keine Freunde, denen sie vertrauen konnte, keine ständige Adresse, nur eine kontinuierlich wachsende Schlange an Kunden, die sie auf den gerechten Weg schicken mußte.

Und das Töten selbst? Das »Morden« oder »Metzeln«, wie die uniformierten Ignoranten es wohl nennen würden? Was gab es ihr, einige Menschen bereits vor ihrer abgelaufenen Zeit das Zeitliche segnen zu lassen? Befriedigung, Erleichterung – jede Menge. Aber sie war nicht wie eine dieser brutalen psychokranken Gestalten. Nein, sie war anders. Den kranken Schlächtern waren die Menschen völlig egal, sie bedeuteten ihnen nichts. Aber sie selbst, sie tötete sie aus reiner Liebe und Sorge um ihre gequälten Seelen.

Sie war schon eine Weile umhergelaufen und hatte eingekauft. Jetzt suchte sie eine Kleinigkeit für sich selbst an diesem Weihnachtsmorgen. Sie fand ein Plastikpuppenset zusammen mit Kämmen und Bürsten für zwei Pfund. Sie liebte Puppen. Diese würde sie Ida nennen und ein wenig schminken, damit sie etwas älter aussah.

Sie kaufte sich eine Tüte Chips und setzte sich in der überfüllten Einkaufspassage auf eine Bank. Von dort aus beobachtete sie beim Essen die Menschen. Die Leute waren so dumm, so kurzsichtig. Frustriert rannten Mütter und Väter mit ihren schreienden Gören von einem Geschäft zum nächsten. Wenn sie Weihnachten so sehr haßten, warum starben sie dann nicht einfach?

Ihrer Meinung nach wurden die Menschen immer deprimierter und lebensunlustiger, je länger sie lebten. Und das verdammte sie zu einem weiteren Leben in der Hölle. Also schien es doch vernünftiger, das irdische Leben dann zu verlassen, solange man glücklich und zufrieden war. Nur dieser Zustand garantierte den Platz im Himmel.

Sie fragte sich, ob es daher nicht besser war, nur die nettesten und freundlichsten Menschen zu töten. Aber darüber mußte sie erst nachdenken und in der Bibel nachlesen. Dort fand sie mit Sicherheit die Antworten auf all ihre Fragen.

Sie leerte ihre Tüte Chips und dachte schon über eine weitere nach, verwarf den Gedanken aber wieder. Davon nahm sie nur zu, und dann führte eines zum anderen. Wurde sie fett, blieben die Männer weg, und ohne Männer kein Geld, ohne Geld keine Rettung der Bedürftigen. Wie sehr doch der Tod mit der Prostitution zusammenhing, dachte sie ironisch. Es war wie ein Kreis, der sich schloß, mit ihr im Mittelpunkt.

Also kehrte sie zurück in ihr möbliertes Zimmer, beschäftigte sich mit ihrer neu erworbenen Puppe und schaltete den Fernseher ein. Es liefen gerade die Lokalnachrichten, und sie starrte wie gebannt auf einen Reporter, der mit einem Mikrofon draußen vor Idas Haus stand. Das konnte doch gar nicht möglich sein! Wie hatten sie Ida nur so schnell entdeckt?

»... auch wenn die Polizei von Essex noch nicht zur Verlautbarung von Einzelheiten gewillt ist, kann ich Ihnen auf jeden Fall schon so viel sagen, daß irgendwann gestern abend Ida Sharansky Besuch von ihrem Mörder erhielt, der sie dann erwürgte und anschließend mit ihrer Rente verschwand.

Ich konnte heute mit einigen Freunden und Nachbarn, die ebenfalls in dieser ruhigen und beschaulichen Straße leben, sprechen. Sie alle versicherten mir, daß die freundliche, zurückhaltende jüdische Frau ganz bestimmt keine Feinde hatte. Alle sind geschockt, entsetzt und unendlich traurig über diese ungeheuerliche und abscheuliche Missetat so kurz vor Weihnachten.«

Es folgten kurze Interviews mit Bewohnern der Nightingale Road, die nur in den höchsten Tönen von der Toten sprachen und die Sinnlosigkeit dieses Mordes einfach nicht begreifen konnten.

Wut kroch in ihr hoch. Jeder Nerv war angespannt. Mord? Hatten sie Mord gesagt? Wie konnten sie sich erlauben, von Mord zu sprechen? Und wie konnten sie sich anmaßen, ein Urteil über ihre selbstlose Tat zu fällen? Es passierte schon wieder. Wie in Southend, bei Fabian. Damals hatte sie die Polizei im Glauben gelassen, es wäre ein Mord verübt worden. Ein Fehler. Sie hatte die Lage nicht richtig eingeschätzt.

Die Zeitungen waren damals voll davon gewesen, und es gab reißerische Schlagzeilen. Der alte Mann wäre von einer brutalen Drogenbande überfallen worden, die die Rückzahlung eines Kredites seines labilen Sohnes forderte. Diese Bande beteuerte bis zum bitteren Ende immer wieder ihre Unschuld, verständlicherweise, aber allein das Wort Drogen hatte die Geschworenen von der Schuld überzeugt. Für sie war es genau das richtige Urteil gewesen – dachte sie jedenfalls. Aber in ihren Augen war der nette alte Herr natürlich eines würdigen Todes gestorben und kein Opfer dieser brutalen Drogenwelt geworden. Und nun machte man daraus sogar ein Medienspektakel. Es glich einer Entweihung ihrer edlen Tat.

Nein, dies würde niemals wieder passieren. In den dazwischenliegenden Jahren waren all die verzweifelten Seelen, die sie in ein besseres Leben geschickt hatte, nur von einer kurzen Notiz in der Presse bedacht worden. So sollte es auch sein. Schließlich geschahen diese Taten als Gesten der Nächstenliebe und menschlichen Würde.

Und jetzt das! Eine völlige Verdrehung der Tatsachen. Diebstahl? Welcher Diebstahl? Das waren doch nur Lügen! Es gab keinen Diebstahl. Sie hatte Mrs. Ida Sharanskys Sachen nicht angerührt. So eine Beleidigung! Man brauchte sich doch nur ihre heulenden Freunde anzusehen, die vor den Fernsehkameras Krokodilstränen vergossen. Wo waren sie denn all die Jahre gewesen, in denen Ida Sharansky sich tagsüber einsam und allein fühlte und sich nachts schlaflos in den Kissen wälzte, weil die andere Hälfte ihres Doppelbettes nach sechsunddreißigjähriger Ehe für immer leer blieb? Wahrscheinlich in ihren eigenen gemütlichen Wohnzimmern vor den Fernsehern, ohne auch nur einen Gedanken an die arme Ida zu verschwenden.

Ach Ida, was haben sie dir bloß angetan?

Sie erinnerte sich nur zu gut an ihre erste Begegnung. Es war im Bus nach Basildon gewesen. Die alte Dame zeigte typische Anzeichen von Furcht und Einsamkeit. Diese verräterischen Hinweise hatte sie sofort erkannt und Ida angelächelt. Eigentlich wollte sie nach der letzten hoffnungslosen Seele, einem krebskranken Mann, eine Pause einlegen, doch die Chancen standen einfach zu günstig. Daher stellte sie ihre eigenen Ansprüche zurück, hörte Ida zu, sprach mit ihr und wurde schließlich zu ihr nach Hause eingeladen. Es war der erste von vier Besuchen bei Tee und Kuchen. Während dieser Treffen hatte sie den vielen Geschichten Idas gelauscht und genau erwägt, ob der Zustand der alten Dame ihrem Vorhaben auch gerecht wurde.

Es war einfach perfekt gewesen, so perfekt, daß sie sich an jedes Detail erinnerte. Angefangen hatte es damit, daß sie das Haus, wie vereinbart, durch die angelehnte Vordertür betrat. Draußen war es so dunkel gewesen, daß sie die Hand kaum vor Augen erkennen konnte, für ihren Plan wie geschaffen.

Ida schaute im dunklen Wohnzimmer fern. »Sind Sie es, meine Liebe? Wie schön. In der Kanne ist noch Tee. Ich sehe mir gerade einen Naturfilm an.«

»Ist schon in Ordnung. Ich komme allein zurecht. Bleiben Sie ruhig sitzen.«

Dann schlich sie sich von hinten heran. Sie trug inzwischen Handschuhe und hielt ein Stück Paketklebestreifen. Sie hob die Hände über den Kopf der alten Dame, beugte sich leicht über sie und drückte ihr rasch den Klebestreifen auf den Mund. Dann preßte sie die Daumen auf den Adamsapfel und drückte die anderen Finger fest daneben in den Hals. Sie spürte die Bewegung der Rückenwirbel, aber nach zwei Minuten ließ der Kampf nach. Es war alles vorbei. Dad wäre stolz gewesen.

In der nächsten Viertelstunde hatte sie wieder etwas Farbe in Idas Gesicht gezaubert, den inzwischen bläulich verfärbten Lippen ein lebendiges Rot verpaßt und die Einsamkeit plus der schlaflosen Nächte aus den Wangen gepudert. Danach war sie durch die Hintertür in die kalte, dunkle Nacht entschwunden.

Und das sollte Mord gewesen sein? Sie hätte aufschreien können, doch die Hellhörigkeit ihres möblierten Zimmers inmitten von unzähligen anderen der gleichen Bauweise verbot ihr jeden lauten Ton. Unauffälligkeit war oberstes Gebot.

Der Reporter meldete sich zurück, um seine brandheiße Geschichte weiter auszuschlachten. »... die Polizei bestätigt nur, inzwischen einen Mann, der mit der Geschichte zu tun haben könnte, zu verhören, nachdem Mrs. Sharanskys Geldbörse inzwischen aufgefunden wurde. Mein Name ist Ben Browne, Eastern News, in der Nightingale Road, Chelmsford, wo heute die fröhliche Weihnachtsstimmung in klagende Trauer um eine ihrer ältesten Bewohnerinnen umgeschlagen ist.«

Das Programm sendete nun Sport. Die Nachrichten hatten sie verwirrt. Ein Mann? Welcher Mann? Und wo kam plötzlich das Portemonnaie her, das sie doch zuletzt beim Hinausgehen auf dem Tisch gesehen hatte?

Unruhig durchschritt sie immer wieder den Raum, ging jede Einzelheit durch.

Irgend jemand versuchte, ihr den Wind aus den Segeln zu nehmen.

Irgendein böser schlechter Mensch.

Genau! So mußte es gewesen sein! Ida war von diesem Menschen bestohlen worden. Die Vordertür hatte sie ja offen gelassen, schließlich war sie durch die Hintertür entschwunden. Und durch die geöffnete Haustür mußte er das Haus betreten haben.

Dieser Kerl war ein Monster. Hatte er nicht bemerkt, daß die alte Frau tot war? Warum rief er keinen Krankenwagen? Doch nur, weil ... das war's ... er wollte die ungeteilte Aufmerksamkeit der Öffentlichkeit.

Das war schon seinerzeit in der Schule so gewesen. Immer taten sich die Jungen hervor, jederzeit bereit, den Lohn für ihre Arbeit zu kassieren. Damals wurde ein Hund auf der Straße vor der Schule von einem Auto überfahren. Sein Jaulen hörte sich grausam an. Alle standen entsetzt herum und starrten auf den Hund, unternahmen aber nichts. Nur sie wußte auf der Stelle, was zu tun war. Sie rannte vom Schulhof herunter, suchte in der Nähe einen großen Stein und ließ ihn mit voller Wucht auf den blutüberströmten, mit Straßenstaub beschmutzten Schädel des Tieres krachen. Inzwischen hatte sich eine Menge Kinder um den verletzten, noch zukkenden Körper versammelt. Sie standen wie erstarrt beim Anblick dieses Lebewesens, das ihnen zeigte, wie klein oft der Schritt vom Leben zum Tod sein konnte. Heimlich schlich sie sich zurück zum Schulhof, wo gerade ein Lehrer zur Straße lief, um auch die restlichen Kinder zurückzuholen.

Bald schon machten Gerüchte die Runde, der Unfall bekam immer grausamere Züge, der Stein, der ihm schließlich den Tod brachte, immer mehr Größe und Gewicht, bis dann sogar der Erlöser des armen Tieres das Geschlecht wechselte. Nicht sie war die Retterin gewesen – nein, es war ... ein Junge! Simon Jessop prahlte und prahlte und hatte bald einen langen Schwarm netter Mädchen hinter sich, die seine Tat bewunderten.

Und die Kinder, die den Vorfall genau beobachtet hatten, schwiegen. Erstens wollten sie sich nicht mit Simon Jessop anlegen, und zweitens hätte es gleichzeitig bedeutet, für sie Partei zu ergreifen. Das wollte keiner. Sie war unbeliebt und hatte nach dem Schulwechsel nie richtig den Anschluß an die anderen gefunden. Ihre jetzige Klasse bestand bereits seit zwei Jahren in der gegenwärtigen Zusammensetzung. Sie wurde nicht integriert, sondern im Gegenteil eher gehänselt und gedemütigt. Sie galt als komisches Mädchen, das bei seiner Tante in so einem altmodischen Haus lebte, statt Comics die Bibel las und lieber die feuchte rosa Nase eines Kaninchens küßte, als mit Jungen herumzualbern.

Sie haßte Simon Jessop dafür, daß er ihren guten Ruf als Retterin in der Not gestohlen hatte, nur damit er von den

Mädchen als der große starke Held angehimmelt wurde. Das würde sie nie wieder mit sich machen lassen.

In ihrer Phantasie konnte sie sich gut die Situation auf dem Polizeirevier von Chelmsford vorstellen. Dieses Monster schilderte den Detectives wahrscheinlich in allen Einzelheiten den Hergang seiner Tat. Vielleicht erklärte er den Gelddiebstahl sogar noch als Gegenleistung für seine Dienste.

Dieser verdammte Kerl! Sie wußte genau, was die Polizei zu ihm sagen würde. Sie hatten es ihr ja auch erzählt, nachdem sie Daddy in den Himmel geschickt hatte. Immer wieder bestätigten sie ihr, nichts Falsches getan zu haben, nahmen sie in die Arme und schmusten mit ihr.

Sie hatte nichts Falsches getan, hatten sie gesagt.

Und wahrscheinlich bekam er das Gleiche zu hören. Sie saß auf der Bettkante, ihr Puls raste. Er war ein böser, ja ein teuflischer Mann. Seine Zeit war vorbei. Sie hoffte nur, daß Ida Sharansky nicht allzu sehr unter dem Ärger leiden mußte, den ihr Tod ausgelöst hatte.

Der nächste Schritt war jetzt klar. Sie mußte wieder jemanden nach oben schicken und zwar bald, solange dieses Ungeheuer noch in Untersuchungshaft saß. Damit konnte bewiesen werden, daß er für diesen Fall keine Lorbeeren verdient hatte.

Und sie würden erkennen, daß der »Engel der Barmherzigkeit« immer noch Flügel hatte!

11. Kapitel

Alan Masons Blick hakte sich lüstern an ein beschwipstes Mädchen in einem pinkfarbenen Top, während er den Schaum von seinem Bier schlürfte. In seinen Augen war der heutige Tag super gelaufen. Gleich bei seinem ersten Mord hatten sie den Mörder innerhalb von zehn Stunden dingfest machen können. Wahnsinn!

Ganz selten nur war er hier im *Wheatsheaf* anzutreffen, obwohl es genau gegenüber vom Revier lag. Doch Mason machte sich als reiner Biertrinker nichts aus den vielen Cocktailgetränken und den verschiedenen australischen Lagerbieren. Wohler fühlte er sich einfach in den etwas ruhigeren Kneipen auf dem Land.

Doch heute, am letzten Samstag vor Weihnachten, hatte er seiner Frau weisgemacht, daß er noch lange an diesem schwierigen Fall arbeiten müsse. Daher genoß er den Anblick der vielen netten, hübschen Mädchen und begaffte sie ungeniert. Außerdem wollte der Chef ihm ein paar Bier ausgeben, sobald er mit der Anklagebehörde fertig war.

Damit sah Mason allerdings keine Probleme, denn was konnten sie sich besseres wünschen als den Mörder, in diesem Falle Jenkins, auf dem Silbertablett präsentiert zu bekommen?

Und während er noch seinen Gedanken nachhing, sah er

ein bekanntes Gesicht, das sich geschickt an dem Mädchen und den sonstigen Gästen vorbeilavierte.

»Fühlt sich gut an, was?« zog er Davies auf, als dieser schließlich gegenüber von Mason an dem klebrigen Tisch Platz genommen hatte. »Könnte Ihre verdammte Tochter sein.«

»Boot-sale, benehmen Sie sich«, ranzte Davies ihn an und nahm einen großen Schluck des bereits abgestandenen Bieres, das Mason ihm schon vor zwanzig Minuten bestellt hatte. Dann warf er ihm einen vernichtenden, warnenden Blick zu. »Weiß Ihre Frau eigentlich, daß Sie hier mit kleinen Mädchen herumflirten?«

Aber Mason grinste nur und führte gestenreich ein Telefongespräch vor. »Harte Arbeit, dauert lange«, sagte er. »Muß sein!«

Davies seufzte gequält und schüttelte den Kopf. Dann lokkerte er erschöpft seine Krawatte. Ihm war es hier zu laut, zu voll, zu verraucht. Er fand das Lokal schlicht grauenhaft.

Sogar dem wenig sensiblen Mason fiel der düstere Gesichtsausdruck seines Chefs auf. Irgend etwas stimmte nicht. »Alles in Ordnung?« fragte er. »Sind die Jungs von der Anklage zufrieden mit Jenkins?«

Davies holte aus der Jackentasche sein Zigarrenetui hervor. Ein sicheres Zeichen dafür, daß etwas Ungewöhnliches passiert sein mußte. Er zündete sie an und machte einen langen Zug. »Sie sind überhaupt nicht zufrieden, sie finden, wir haben nicht genügend Beweismaterial.«

»Nicht genügend?« fragte Mason verwundert.

»Sie geben zu, daß wir wahrscheinlich sogar richtig handelten, ihn zu inhaftieren, glauben aber, daß wir damit nicht vor den Geschworenen durchkommen.«

»Quatsch!« ereiferte sich Mason. »Er hat ein Teilgeständnis abgelegt.«

Davies nahm wieder einen langen Zug von seiner Zigarre. »Ja, aber da ist die Sache mit dem Make-up. Sie verstehen nicht, warum er sie noch hätte schminken sollen, nachdem er ihre Geldbörse bereits entwendet hatte.«

»Sie machen Witze, oder?«

»Vielleicht haben sie ja recht.«

»Aber er ist schuldig, Chef.«

»Warum aber dann das Make-up?«

Mason beugte sich zu Davies und sprach mit leiser Stimme. »Weil er die blauen Flecken vertuschen wollte. Das ist doch offensichtlich, finden Sie nicht?«

»Tatsächlich?«

»Klar. Er gehört nicht zu klügsten Menschen, dieser wunderliche Kauz, oder?«

Darauf antwortete Davies nicht.

»Er kommt besoffen bei der alten Dame an und macht sich dann wieder aus dem Staub. Da sie ein Taxi erwartete, das sie zur Bingohalle bringen sollte, ließ sie die Haustür offen.«

»Gefährlich genug.«

Mason zuckte mit den Schultern. »Alte Leute tun oft die seltsamsten Dinge. Vielleicht hörte sie ja schlecht. Es ist gut möglich, daß sie für die Taxen immer die Haustür offen gelassen hat. Da sollten wir unbedingt bei den anderen Fahrern nachfragen. Jenkins sagte, daß er vorher noch nie bei ihr gewesen war.«

»Weiter.«

»Gut. Er ist also im Haus, entdeckt die Geldbörse und sieht, daß das alte Mädchen vor dem Fernseher eingeschlafen ist.«

»Möglich.«

»Er will gerade mit dem Geld abhauen, als sie wach wird. Er hat also keine andere Wahl, bringt sie um und stellt fest, daß sie fürchterlich aussieht. Also beschließt er, sie zu schminken. Er macht, daß er wegkommt, und hofft, daß sie innerhalb der nächsten Tage nicht gefunden wird. Danach würde sie eh zusammenfallen.«

Davies schien die Theorie zu gefallen. »Dann ruft er vorsichtshalber bei Whizzcabs an und erzählt seine Geschichte?«

»Genau, Chef«, Mason lehnte sich triumphierend zurück. »Er ist so schuldig wie die Sünde.«

Davies machte ein nachdenkliches Gesicht. »Und wo hat er das Make-up her? Es gehörte nicht ihr, hat das Labor bestätigt.«

»Darüber habe ich auch schon lange und viel nachgedacht«, meinte Mason mit wichtiger Miene.

»Ach, du lieber Gott.«

»Im Ernst, Chef«, beeilte sich Mason zu sagen. »Darf ich Ihnen noch ein Bier bestellen?«

»Nun schießen Sie schon los, Boot-sale!«

Mason trank sein Glas leer und leckte sich den Schaum von der Oberlippe. »Wir wissen doch, daß Jenkins am Abend eine Weile mit diesem fetten Weib von Whizzcabs zusammen war.«

»Margeret Simmons«, korrigierte ihn Davies und bedauerte, Masons Angebot abgelehnt zu haben. Nach diesem langen Tag und im Hinblick auf die hitzige Erzählung seines eifrigen Beamten hätte er gerne noch ein Bier getrunken. »Was ist mit ihr?«

»Ich bin kein Experte«, stammelte Mason und errötete. »Aber es hat etwas mit ... mit Bumsen zu tun.«

»Und das ist wichtig?«

»Und wie! Glauben Sie mir! Jedes Mal, wenn sie es miteinander getrieben hatten, mußte sie sich neu schminken, sonst hätte es ja jemand bemerkt.«

»Geht jetzt Ihre sexuelle Phantasie mit Ihnen durch, Mason?«

»Aber ist das denn nicht sonnenklar? Wenn sie es im Büro miteinander taten, dann vielleicht auch im Auto ...«

Davies war plötzlich hellwach. »Und Sie glauben ...?«

»Ihr Make-up«, fuhr Mason stolz fort. »Es ist doch möglich, daß es im Handschuhfach lag, genau wie die Kondome.«

Davies dachte nach. »Also läuft er hinaus, holt Margeret Simmons Make-up, rennt zurück und macht die alte Dame zurecht.«

Mason grinste selbstgefällig und lehnte sich zurück.

»Morgen früh schicken Sie gleich als erstes ein paar Jungs zu Whizzcabs. Ich will wissen, wer normalerweise die Sharansky-Tour übernahm, sprechen Sie mit den anderen Fahrern. Und finden Sie heraus, ob sie immer die Haustür aufließ, wenn sie das Taxi erwartete. Suchen Sie den gesamten Ort nach Kosmetika ab, und sprechen Sie ruhig Mrs. Simmons darauf an.

Fragen Sie sie, ob sie ...«

»... mit Jenkins im Auto gevögelt hat?«

»Vielleicht geht's ja etwas taktvoller.«

»Ob sie je sexuelle Beziehungen mit Mr. Jenkins in einem ihrer Besitztümer des Wagenfuhrparks gehabt hat?«

Nun mußte Davies doch lächeln. »So ähnlich, Boot-sale.« Eigentlich war Davies recht zufrieden. Diese Überlegungen boten plausible Erklärungen. Vielleicht hatte Mason ja recht? Jedenfalls hielt er Doug für dumm genug, so zu agieren. Jetzt brauchten sie nur noch den entsprechenden Beweis aus Margeret Simmons Make-up-Sammlung, und die Sache war abgeschlossen. Er sah auf die Uhr: Viertel nach zehn. Laut ihrer Arbeitsbibel, der APSB, konnten sie Doug noch vierundzwanzig Stunden da behalten. Zeit genug, um ihm über Weihnachten den Garaus zu machen.

Endlich einmal strahlte er Mason an. »Wenn ich mich

recht erinnere, hatten Sie mich doch auf einen Drink eingeladen oder habe ich das geträumt, Mason?«

»Noch einmal das gleiche?«

»Scotch«, erwiderte Davies. »Aber einen Doppelten.« Dann sah er zufrieden Mason nach, der sich mühsam zum Tresen durchkämpfte.

12. Kapitel

Ein eisiger, rauher Wind erhob sich, während langsam die Nacht entschwand.

Jude Farrow schlich vorsichtig durch einen dunklen Gang in Richtung der entfernten Schreie eines aufgeregten Kindes.

Das mußte sie sein, konnte nur sie sein.

Der Schauplatz war auf eine scheußliche, gräßliche Art vertraut. Sie suchte nach dem Lichtschalter, tastete mit den Händen über die kalten, feuchten Wände.

»Nein, Teddy. Du sollst doch vorsichtig sein.« Die kindliche Stimme nahm sie gefangen. »Will nicht, daß Teddy fällt. Teddy bricht sich sonst was.«

Judes Herz klopfte zum Zerspringen. Da flog plötzlich die Tür auf der linken Seite auf, und eine riesige Porzellanpuppe stand im Türrahmen und grinste sie dümmlich an. Sie war an den Gliedmaßen bandagiert und wies am Hals und im Gesicht Blutspuren und blaue Flecken auf. »Ich muß der Kleinen den Weg leuchten, Jude«, flüsterte sie geheimnisvoll. »Hat nicht so geklappt, wie du wolltest, was? Ich bin die Nächste auf dem Weg in den Himmel. Jetzt ist es zu spät für mich.«

Dann begann sie jämmerlich zu wehklagen, während sie versuchte, zum Ende des Korridors zu rennen. Und alle liefen sie hinter ihr her, die kaputten Püppchen und die zerfetzten Teddys, manche sogar noch mit einer Spritze im Nacken.

Jude versuchte zu schreien, aber aus ihrer Kehle drang kein Laut.

Auf einmal hörte sie es – genau um die Ecke. Wumm – wumm – wumm machte es, als ein Teddy, so groß und schwer wie ein lebendiges Bärenjunges, die Treppe hinunterfiel. Unwillkürlich blieb sie mit ausgebreiteten Armen stehen, um die stark blutende Gestalt am Fuß der Treppe aufzufangen. Aber zu spät, der Bär schlug auf dem kalten Steinfußboden auf. Das völlig in sich verdrehte Tier lag zu ihren nackten Füßen und wimmerte und kreischte in seinem Todeskampf.

Dahinter standen die anderen und klatschten in ihre Plastikhände und Samtpfoten.

»Jetzt bin ich dran!« rief die große Puppe, drängelte sich zur Treppe und kletterte hinauf. »Ich komme, warte auf mich!« Ein letztes Mal drehte sie sich zu Jude um. »Du weißt, was du zu tun hast, Jude?« Dann verschwand sie in der Finsternis.

»Muß dem Kind den Weg weisen«, murmelte sie, als stände sie im Banne der verschwindenden Puppe. »Bevor es wieder passiert.«

»Bis bald!«

»Bleib!« rief Jude und griff nach dem Baumwollkleid.

Aber die Puppe war fort, irgendwo dort oben in die Düsternis entwichen, wo das Kind in der entsetzlichen Stille wartete. Sie bemerkte nicht, daß der Bär zu ihren Füßen starb und sein Blut um ihre nackten Füße floß.

»Mummy ... Mummy ... Mummy ...«, ertönte plötzlich ein schauerlicher Singsang aus hundert gespenstischen Kehlen, ließ Jude erstarren und ihr Haar auf einen Schlag grau werden. Sie blickte sich um und sah lauter schwarze Spielzeugaugen und ausgestreckte Arme, die zu ihrem Entsetzen immer näher kamen. Unaufhaltsam. Gierig.

»Laßt mich in Ruhe!« schrie sie und versuchte, die Plastikarme und Porzellanbeine zurückzudrängen. »Laßt mich endlich allein.«

Aber es waren ihrer zu viele, die sie jetzt in ihrem Kreis einschlossen, sie überwältigten, an ihrem verschwitzten Nachthemd zerrten und ihre Brüste entblößten, um schnell daran saugen zu können.

Und es kamen immer mehr.

»Mummy ... Mummy ... Mummy ...«

William Farrow rüttelte seine Frau wach.

»Laßt mich!« schrie sie gellend und schlug um sich. »Laßt mich in Ruhe!«

Er knipste die Nachttischlampe an. »Jude?« versuchte er sie zu besänftigen. »Es ist alles in Ordnung. Du hast nur geträumt. Ein Alptraum.«

Draußen heulte der Wind um ihren kleinen Bungalow. Sie zog das Federbett bis zum Kinn und atmete tief durch.

»Wieder das Feuer?«

Sie nickte nur, die schrecklichen Bilder noch immer vor Augen.

Er streichelte ihre Wange. »Es war nur ein Alptraum, mal wieder. Ich hole dir ein Glas Wasser.«

»Nein«, hielt sie ihn zurück, nachdem sie endlich ihre Stimme wieder gefunden hatte. »Es geht mir schon wieder gut. Tut mir leid, daß ich dich geweckt habe.«

Er gähnte und lächelte sie an. »Wahrscheinlich war es das Chili con Carne. Stark gewürzte Speisen sollen ja bekanntlich schlechte Träume hervorrufen. Nächstes Mal werde ich etwas milder kochen.«

»Das Essen war großartig«, stellte sie richtig. »Jetzt brauche ich nur eine Tasse Tee.«

Er wollte aufspringen. »Ich hole dir eine.«

»Es geht schon, William. Schlaf nur wieder. Ich mache das schon.«

»Bestimmt?«

»Ganz sicher.«

Sofort nachdem er sich zurückgelegt hatte, schlief er auch schon ein. Sie kletterte aus dem Bett, schlüpfte in ihre Hausschuhe und warf sich den Morgenmantel über. In der Küche schaltete sie das Licht ein, das Williams akkuraten Arbeitsplatz mit den sorgfältig nach der Größe an einer Kupferstange aufgereihten Pfannen und Töpfen über dem Herd erhellte.

Die Abendkurse waren inzwischen sein Leben. Zweimal die Woche ging er zum College, beladen mit Lebensmitteln, um ein exotisches Mahl zuzubereiten. Ihr lieber William, der schon immer die Küche zu seiner ureigenen Domäne erklärt hatte.

Sie hängte einen Teebeutel in einen Becher und füllte ihn mit kochendem Wasser. Zur Zeit passierten schlimme Sachen, ging es ihr durch den Kopf. In den lokalen Abendnachrichten hatten sie von einer älteren Frau berichtet, die in Chelmsford erwürgt worden war – das konnte sie unmöglich gewesen sein. Oder doch? Die äußeren Anzeichen sprachen dafür; ein trauriger, einsamer Mensch mußte einer gleichgültigen Gesellschaft den Rücken kehren.

Sie zwang sich, sich die Einzelheiten ins Gedächtnis zu rufen, die in den Nachrichten bekanntgegeben worden waren. Ein Mann. Sie hatten einen Mann zu dem Fall interviewt, es ging um den Diebstahl ihrer Geldbörse, Weihnachtsgeld, einen verpatzten Raubüberfall. Aber es war von einem Mann die Rede. Also konnte es doch nicht ...

Aber da war die Karte, die sie wie alle anderen vor William versteckt hatte, eine unreife, primitive Angelegenheit – ein kindlich naiv aufgemalter Weihnachtsbaum wie von einem siebenjährigen Kind mit schlecht aufgeklebtem glänzendem

Weihnachtsschmuck, der abfiel, als sie den Umschlag öffnete.

Die Weihnachtskarte trug den Poststempel von Chelmsford – sie mußte sich also dort aufhalten.

Aber was bewies das schon? Nichts. Doch, es nahm ein wenig von der schmerzvollen Spannung, die sich in ihrem unfruchtbaren Leib breit machte.

Liebe Tante Jude, lieber Onkel William,
fröhliche Weihnachten!
Alles Liebe von Chloe

Zufall. Purer Zufall.

Nachdenklich nippte sie an ihrem Tee und beschloß, wie immer, William kein Sterbenswörtchen davon zu verraten. Niemals – nie – nie durfte er davon erfahren, auch nicht, wenn sie noch so verzweifelt und niedergeschlagen um die Wahrheit kämpfen müßte. Es fiel ihr schwer, mit dem Wissen um diese schrecklichen Dinge zu leben. Wie viele waren wohl schon gestorben? Sie mochte gar nicht daran denken und verdrängte die Gedanken an den tragischen Verlauf eines verpfuschten Lebens.

Sie dachte zurück an die Zeit vor vielen Jahren, als die Hormone in ihrem Körper verrückt spielten und sich in keiner Weise so entwickelten, wie es Mutter Natur normalerweise für Frauen vorgesehen hatte. Der Schmerz, den sie damals beim Anblick von Kinderwagen, schwangeren Frauen und kinderreichen Familien empfand, war schier unerträglich geworden, vor allem dann, wenn sie sich klar machte, daß die Zeit davonrannte und für sie mit den Jahren ablief.

Manchmal schauten sie erschöpfte, ausgelaugte Mutteraugen an, wenn im Supermarkt so nichts nach dem Willen der Frauen mit ihren kleinen Kindern lief.

Wie gerne hätte sie getauscht, wäre sie an ihrer Stelle erschöpft und ausgelaugt gewesen, in die so heiß ersehnte Mutterrolle geschlüpft.

Irgendwie mußte sie zu einem Kind kommen, auf normalem Wege oder anders, sie würde es den Ärzten, Skeptikern und allen mitleidvollen Menschen beweisen. Mit ihrem eigenen Kind.

Und dann war alles grauenhaft schief gelaufen, furchtbar und entsetzlich schiefgelaufen.

War da nicht heute abend der Fernsehbericht gewesen? Über diese jüdische Frau? Mein Gott, wie viele mochten es inzwischen sein?

Nun sei vernünftig, Jude, rief sie sich zur Ordnung, denk einmal realistisch. Die Polizei bestätigte, sie hätten den Mann. Aber da war doch die Karte mit dem Poststempel von …

Schreckliche Erinnerungen an den merkwürdigen und plötzlichen Tod der alten Frauen kehrten zurück. Und an das seltsam strahlende Gesicht, das sie am Fußende ihres Bettes erwartungsvoll anblickte. Keiner sagte etwas, aber beide wußten, worum es ging.

Endlich fand sie die Lösung. Das Mädchen mußte sterben. Dem Töten mußte Einhalt geboten und der Alptraum beendet werden.

So brach auf einmal spät in der Nacht ein Feuer aus, die Ursache Judes späterer Alpträume. Die Feuerwehrleute stellten als Brandursache einen Defekt in der Elektrik fest. Drei Menschen starben, doch sie war nicht dabei. Es war, als sollte sie ihr Leben noch nicht aushauchen. Als hätte eine unsichtbare Macht sie mit Schildern vor den Flammen bewahrt, ihr Fenster zerborsten und sie auf den Rasen unter ihrem Fenster geworfen.

Jude erinnerte sich noch lebhaft daran, wie sie mit kaltem

Entsetzen das junge Mädchen aus einer Wolke von Staub und Dreck aufstehen und auf sich zurennen sah, wie der leibhaftige Satan.

»Weine nicht, Tante Jude«, schrie sie ihr entgegen. »Sie sind jetzt alle im Himmel!«

Inzwischen hatte sich draußen der Wind etwas gelegt. Jude beschloß zu tun, was sie immer getan hatte, nämlich abzuwarten und weiterzusehen. Doch sie blieb ruhelos. Eine innere Stimme sagte ihr, daß in der nächsten Zeit etwas geschehen würde. Daß alles ein Ende fände. Sie stände jedenfalls bereit, wann immer ihre Hilfe benötigt würde.

Sie löschte das Licht und ging wieder ins Schlafzimmer zurück. Vorsichtshalber drehte sie sich nicht um, aus Angst, daß Hunderte von Augenpaaren zurückstarren könnten.

13. Kapitel

Mit Grauen und Entsetzen sah Ruth den grauen Hai in ihre Richtung schwimmen. Er öffnete sein Maul und legte ein paar lange Reihen rasierklingenscharfer Zähne frei. Dann drehte er wieder ab.

Ruth schüttelte sich angewidert und drehte dem Fenster den Rücken zu.

Wo Felix nur blieb, verdammt noch mal!

An einem Sonntag morgen nach Southend zu fahren, war allein schon ein Abenteuer für sich. Erst mußte sie über eine Stunde an der zugigen Bushaltestelle von Chelmsford warten, und dann brauchte dieser blöde Bummelzug noch eine Stunde bis zu diesem todlangweiligen Urlaubsort Wintered. Zu allem Überfluß besaß jetzt auch noch Felix die Frechheit, sie an ihrem Treffpunkt, dem größten Aquarium von Essex, warten zu lassen.

Wieder sah sie auf die Uhr. Er war jetzt schon fünfundzwanzig Minuten überfällig. Typisch! Unverschämter Kerl! Blöde Idee, sich hier zu treffen, dachte Ruth. Was hatte er am Abend zuvor am Telefon gesagt? Es wird dir gut tun, einmal aus Chelmsford herauszukommen, dann sieht man alles plötzlich mit anderen Augen.

Typisch, typisch Felix Pengelly!

Ein paar gelangweilte Touristen schlenderten zum Café,

dessen frischer Kaffeeduft die Menschen magnetisch anzog.

Ruths Gedanken wanderten zu Frank und seinen Jungs. Ob sie inzwischen mit dem Haus fertig waren? Ärgerlich dachte sie daran, daß sie kurz nach neun Uhr von Frank, einer ganzen Reihe von Polizisten und Kriminalbeamten geweckt worden war. Frank hatte mit einem Durchsuchungsbefehl in den Händen gewinkt. Sie wollten die Wohnung nach Kosmetika durchsuchen.

Endlich! Dreiunddreißig Minuten nach ihrem vereinbarten Termin hastete Felix Pengelly ihr strahlend entgegen. Erschreckt stellte sie fest, daß sein blondes Haar noch dünner geworden war.

»Ruthie!« dröhnte er und stürmte auf sie zu. »Hast du gut hierher gefunden? Wie geht es dir? Gut geschlafen?«

»Weißt du, ich finde, du hättest ruhig zu mir nach Hause kommen können. Ich habe die ganze Nacht wachgelegen, und meine Gedanken sind immer nur um Doug gekreist. Ich kann kaum noch geradeaus denken, zu Hause durchkämmt ein Heer von Polizisten mein Haus, meine Ehe liegt höchstwahrscheinlich in Scherben, und ich verplempere meine Zeit, indem ich in diesem blöden Aquarium auf dich warte. Mir gefällt das alles ganz und gar nicht, Felix!«

»Sieht ganz so aus.« Wieder setzte er sein gewinnendstes Lächeln auf und hauchte einen Kuß auf ihre Wange, um ihre Sorgenfalten zu vertreiben. »Tut mir leid, Ruth. Aber ist es nicht wie eine Ironie des Schicksals?«

»Ironie?«

Er nickte. »Vor mir steht Ruth Jenkins, die unter der Last ihres Lebens fast zusammenbricht, die bedrohlich von gefährlichen Haien eingekreist wird, da taucht plötzlich aus dem Nichts Felix Pengelly auf und entführt sie zu Kaffee und Kuchen.«

»Ach, hör doch auf, Felix.«

»Du fühlst dich doch nicht etwa bedroht oder verfolgt?«

»Du hast mich nicht richtig verstanden. Ich fühle mich nicht nur so, sondern es passiert mir tatsächlich. Oder wie soll ich Franks Aktionen sonst deuten?« Ruths Blick schweifte ab. Es bringt nichts, sich aufzuregen, dachte sie, also reiß dich zusammen. Da bemerkte sie seinen erstaunten, fragenden Blick. Sie betrachtete ihn neugierig von oben bis unten. Zufrieden stellte sie fest, daß er immer noch so knuddelig war wie eh und je. Etwas übergewichtig, leicht knitterig, mit Doppelkinn und weichen, speckigen Wangen war er der lebendige Beweis für das ungesunde Leben eines Junggesellen. »Du siehst ...« Ruth fehlten die Worte.

Verlegen errötete er. »Fett? Ich habe tatsächlich ein paar Pfund zugenommen.« Mühevoll versuchte er, seinen Bauch unter dem zwei Nummern zu klein geratenen Blazer einzuziehen. »In manchen Ländern ein Zeichen von Reichtum, Ruth. Laß uns einen Kaffee trinken, und du erzählst mir alles, in Ordnung?«

Liebevoll nahm Felix Ruths Arm und führte sie von der angsteinflößenden Unterwasserwelt zu dem ansprechend aufgemachten Sea-Life-Centre-Café. Sie wählten Kaffee und Sandwiches und setzten sich an einen Tisch vor einem der großen Fenster. Von dort aus hatten sie einen herrlichen Überblick über die Meeresbucht. Zu ihrer Rechten schauten sie auf den Hafendamm von Southend, auf dem man fast eine Meile in das salzige Wasser spazieren konnte. Und vor ihrem Fenster stritten sich zwei Möwen um alte Chips, jede wollte der anderen ihren Anteil wegstibitzen.

»Was gibt es Neues?« wollte Felix wissen. Reste seines Brotes mit Ei und Kresse hatten sich in seinen Mundwinkeln gesammelt. »Hat Davies Doug dazu bringen können, sich zu den Morden von Whitechapel zu bekennen?«

Ruth runzelte die Stirn. »Wenn du dich nur mit mir treffen willst, um dich über alles und jedes lustig zu machen, stehe ich auf und gehe nach Hause, Felix.« Sie war nicht nur verletzt, sondern auch maßlos enttäuscht über seinen Mangel an Sensibilität und Einfühlungsvermögen. Auf der anderen Seite hatte er aber fünfundzwanzig Jahre lang seine Freundschaft zu Ruth und auch Doug unter Beweis gestellt. Wie Ruth war er ein ehemaliger Polizist. Er mochte zwar nicht in allen Situationen der ideale Freund und Partner sein, aber im Moment war er der einzige. Er schien die Lage immerhin wesentlich unkomplizierter und leichter zu nehmen, als sie sich erhofft hatte, doch auch er machte sich natürlich Sorgen. Er war übrigens Patenonkel ihres einzigen Kindes, ihrer Tochter Marie.

Nun seufzte er schuldbewußt. Offensichtlich war ihm klar, daß er wohl nicht den richtigen Ton getroffen hatte. »Du hast irgend etwas mit deinen Haaren angestellt, stimmt's?«

»Hab' sie gefärbt.«

»Steht dir gut.«

»Hatte eben Lust darauf. Aber was soll dieses Geplänkel? Ich habe meine Haare gefärbt. Na und? Ich mache mir Sorgen, Felix. Große Sorgen. Was ich brauche, ist Unterstützung, keine albernen Komplimente.«

Felix ergriff Ruths Hand. »Ruth, wir wissen doch beide, daß Doug kein Mörder ist, richtig?«

Angetan von der unerwarteten Berührung, nickte Ruth, wenn auch widerwillig.

»Du weißt auch, Ruth«, fuhr Felix in sanftem Ton fort, »daß du mir erst gestern abend von dieser blödsinnigen Geschichte erzählt hast. Ich finde diese dämliche Angelegenheit unglaublich und unfaßbar, um nicht zu sagen, fast schon komisch. So bin ich nun einmal. Das heißt aber nicht, daß ich mir keine Sorgen mache oder daß ich dir nicht beistehen will.«

Sie blickte beschämt in seine liebevollen Augen.

»Nach allem, was du mir erzählt hast, sieht es so aus, als wäre Dougs Mannesehre angegriffen und beleidigt und ihm dann gekündigt worden. Anschließend soll er angeblich eine unschuldige alte Dame ermordet, sie ausgeraubt und ihr obendrein auch noch Schminke ins Gesicht geschmiert haben. Denk doch einmal nach, Ruthie«, sagte Felix eindringlich und drückte ihre Hand noch fester. »Das alles ist doch grotesk, einfach lächerlich. Du weißt das, ich weiß das, und früher oder später wird auch dieser Idiot Davies es erkennen.«

»Aber er gibt zu, die Geldbörse gestohlen und das Haus betreten zu haben. Und das Schlimmste ist – er bestreitet, soviel ich weiß, nicht einmal sein Verhältnis mit der Simmons.«

»Sei jetzt bitte ganz ehrlich zu mir«, bat Felix und hielt ihren Blick fest. »Hat dich das wirklich überrascht?«

»Natürlich war ich überrascht.«

»Sei ehrlich!«

Ruth zuckte leicht zusammen und blickte hinaus. Sie konnte seinen stechenden Blick nicht ertragen. »Wir haben tatsächlich keine perfekte Ehe geführt. Aber es lief zwischen uns nie hundertprozentig. Wenn er so ein beschissener Kerl ist, daß er zu einer Affäre imstande ist, wer sagt mir dann, daß er auch vor Mord nicht zurückschreckt, wenn sich ihm die Gelegenheit bietet?«

»Ich sage es.«

»Klar, hätte ich mir auch denken können«, schoß Ruth zurück. »Halte du nur zu ihm. Ihr Kerle haltet ja immer zusammen.«

Felix schüttelte den Kopf. »Doug ist nun mal Doug. Einfach gestrickt, nicht bereit, sich zu verändern. Was er sieht, will er haben, also nimmt er es sich. Das hat dir ja damals so an ihm gefallen. Aber es macht ihn noch lange nicht zu einem Mörder.«

»Ach, was macht dich denn auf einmal zum Experten?« Es war mehr eine Feststellung als eine Frage.

»Ich kenne euch beide nun schon so viele Jahre, Ruth«, antwortete er leise. »Solche Dinge passieren tagtäglich und überall.« Er trank seinen Kaffee aus und schnappte sich Ruths unberührtes Sandwich mit Käse und Tomaten. »Reine Verschwendung«, meinte er genüßlich kauend. »Daß es dich jetzt trifft, ist bedauerlich und tut mir furchtbar leid. Aber es läßt sich nicht mehr ändern.«

Ruth konnte plötzlich keinen klaren Gedanken mehr fassen. Sie wollte auch nicht weiter mit Felix über diese schlimme Sache sprechen. Trotz ihrer miserablen Stimmung versuchte sie ein Lächeln. »Felix, ich bin im Augenblick ganz auf mich allein gestellt. Ich habe keinen Menschen. Ich weiß, daß es nicht einfach ist, aber könntest du dir vorstellen, mit mir nach Chelmsford zu kommen, mir zu helfen, mich zu unterstützen? Einfach für mich da zu sein, wenn ich dich brauche?«

»Woran denkst du?«

»Ich muß mit Margeret sprechen. Vielleicht weiß sie ja etwas, irgend etwas. Egal, wie sehr ich diesen Mann auch verachte, egal, wie sehr ich ihn verabscheue – tief im Innern glaube ich nicht daran, daß er jemanden töten kann. Das paßt nicht zu ihm.«

Verwundert zog Felix die Augenbrauen hoch. »Heißt das, du nähmst ihn wieder auf? Und du möchtest, daß ich dir in deinem verzweifelten Kampf, seine Unschuld zu beweisen, zur Seite stehe?«

»Ich will nur ...« begann sie, und ihr Blick verlor sich am grauen Horizont, »... die Wahrheit herausfinden und mir beweisen, daß ich recht hatte. Sonst nichts.«

Felix ergriff liebevoll ihren Arm. »Natürlich bin ich für dich da, Ruthie.« Dann winkten sie die Kellnerin herbei, zahlten und verließen das Café.

Langsam gingen sie auf einen einsam geparkten, hellblauen Austin Morris zu, der verkehrswidrig auf der doppelten gelben Linie an der inzwischen wie ausgestorbenen Seeseite stand. Er nahm ein Schild von der Windschutzscheibe, auf dem in salopp dahingekritzelten Buchstaben zu lesen war: »Arzt im Dienst«, dann öffnete er Ruth die Beifahrertür.

»Wie praktisch! Hilft es denn?« fragte sie lachend.

»Zu neunzig Prozent. Kenne alle Tricks.«

Eines war sicher, dachte Ruth, als sie es sich mit einer Zigarette bequem gemacht hatte, Felix Pengelly wäre niemals zur Kriminalpolizei gegangen. Dafür war er, schon rein äußerlich, nicht der Typ. Zu unkorrekt, zu nachlässig, zu unseriös.

Doch so war es schon von jeher gewesen, schon damals, als die drei sich 1962 zum ersten Mal auf dem verschlafenen Polizeirevier in Maldon trafen. Ruth und Frank Davies, beide frisch aus Hendon, trafen schon zwanzig Minuten vor dem Termin ein, und sie sahen adrett aus in ihren korrekt gebügelten Uniformen mit den polierten Knöpfen und den auf Hochglanz gewienerten Schuhen. Der diensthabende Sergeant hatte mit den beiden gerade seinen Rundgang durchs Revier beendet, als schließlich Felix völlig zerzaust und unrasiert hereinschneite, eine Entschuldigung vor sich hin brabbelnd.

Davies kristallisierte sich mit der Zeit immer mehr als der pflichtbewußteste von den dreien heraus, der das Trio nicht nur anführte, sondern dessen Qualitäten und damit Aussichten auf eine glanzvolle Karriere bald in dem kleinen Ort in aller Munde waren. Schulschwänzende Kinder, die verbotenerweise Zigaretten pafften, waren ständig auf der Hut vor seinen unverkennbaren Schritten, aber oft machtlos, wenn er dann unerwartet in ihrer Nähe auftauchte, um sie zurück zur Schule zu bringen. Auch die Wirte hatten sehr bald spitz bekommen, welche Riesendummheit es war, Davies heimlich mit einer Flasche Scotch zu bestechen, damit er irgendein geheimes Pokerspiel nach der Polizeistunde geflissentlich übersah. Damit mußten sie schon warten, bis Felix Pengelly Dienst schob.

Ruth selbst bewunderte beide Männer. Davies verkörperte die Ambitionen, die sie selbst hegte und nahm sich oft die Zeit, ihr geduldig bis in das kleinste Detail die Arbeiten des Polizeilabors zu erklären. Aber dennoch war es lustiger, wenn sie mit Felix auf Streife ging.

Mit der Zeit wurde ihr klar, warum die Runden mit Felix nie mit sonderlich viel Ärger verbunden waren. Wenn sie mit Davies zu einer Kneipenschlägerei gerufen wurde, erreichten sie zusammen in Windeseile den Pub, nahmen die Missetäter fest, verhörten sie und brachten die Schuldigen oft aufs Revier und steckten sie in Untersuchungshaft.

Bei ähnlichen Vorfällen während Felix Patrouillen dauerte es erheblich länger, bis er sich auf den Weg zu besagtem Lokal machte. Wenn er dann endlich ankam, war die Raufe-rei in den meisten Fällen bereits wieder beendet, und die Beteiligten saßen einträchtig nebeneinander an der Theke und tranken friedlich ihr Bier. Dankbar gab der Wirt dann aus, was Felix sich wünschte.

Nach weiteren sechs Monaten wurde die Diskrepanz in Ruths Augen nur allzu deutlich: Davies richtete in seiner moralischen Art alle Energien darauf, die Kriminalität zu bekämpfen, während Felix' Gleichgültigkeit und Passivität eine solch verbissene Haltung erst gar nicht aufkommen ließen.

Ruth machte ihre Runde mit Felix in der Nacht, als ihr

Blick zum ersten Mal auf Dougs athletische Rückseite an einem Badezimmerfenster fiel. Sogar in dem gedämpften gelben Licht versprach sein Gesicht unterschwellige Gefahr. Hohe Wangenknochen unterstrichen die ausgeprägten Gesichtszüge, eine Mischung aus Jugend, Erlebnishunger und Abenteuer, gepaart mit rebellischer Leidenschaft. Sie fühlte sich auf unerklärliche Weise zu ihm hingezogen, war sich aber durchaus bewußt, daß dieser Eindruck bei Tageslicht schnell verblassen konnte.

Felix seinerseits tat alles, um diese eigenartige Beziehung zu forcieren und apellierte an Ruth, daß sie auf dem besten Wege sei, einen unbedeutenden Dieb vor dem Abrutschen in eine gefährliche Gangsterkarriere zu bewahren. Davies dagegen mißbilligte das Verhältnis zutiefst. In seinen Augen konnte eine Beziehung zwischen Gangster und Polizistin nie gutgehen. Aber je mehr er sich dagegen aussprach, desto mehr bestärkte er die beiden.

Ruth nahm 1970 ihren Abschied von der Polizei und heiratete Doug noch im September desselben Jahres. Die meisten seiner wenig gesetzestreuen Freunde lehnten seine Frau ab. Felix aber trat strahlend als Trauzeuge auf.

1972 wurde Maria Jenkins geboren, und beide Eltern schenkten ihrem einzigen Kind ihre volle Liebe und Aufmerksamkeit. Für den Partner blieb da nicht mehr viel übrig. Aber Doug war offensichtlich zur Ruhe gekommen, in seinen Augen blitzte nicht mehr die Bereitschaft für Gefahr und Abenteuer. Die Ehe hatte seinen freien Willen erheblich gedämpft und die neue Verantwortung den Rebellen in ihm besiegt. Doch obwohl er nach außen hin den perfekten Vater und Ehemann spielte, sah die Wahrheit erheblich trüber aus. Er langweilte sich. Er lebte zwar sauber und gesetzestreu, aber es ödete ihn an.

Sie veränderten sich, zunächst nur gefühlsmäßig, dann

auch räumlich und zogen nach Chelmsford in ihr jetziges Häuschen. Vor Maria bewahrten sie stets Haltung, benahmen sich freundlich und liebevoll. Aber nachdem die Kleine im Bett war, begann das große Gähnen. Doug fing an zu trinken. Zunächst nur in Gesellschaft mit den Kollegen aus der Fabrik, in der er Arbeit gefunden hatte, dann ließ er sich auch zu Hause vor dem Fernseher gehen.

Auch Felix fühlte sich während des langen Sommers im Jahre 1976 zunehmend desillusioniert und frustriert in seinem Beruf. Schließlich verließ er ebenfalls die Polizei und verbreitete, daß er sich nicht mehr mit seiner Rolle in diesem veralteten System identifizieren konnte. Niemanden wunderte dieser Entschluß, und keiner stellte Fragen. Danach folgten unglückliche Ehen ebenso wie erfolglose geschäftliche Unternehmungen. Aber zu Dougs Verärgerung betrachtete Felix jeden Mißerfolg als neue Herausforderung, er war und blieb Optimist.

Er sah Ruth an, als sie den Stadtrand von Chelmsford erreichten. »Hast du schon eine Ahnung, wie du anfangen willst?«

Sie wurde jäh in die Gegenwart zurückgeholt und atmete tief durch. »Ich muß zuerst Margeret treffen«, erklärte sie ihm.

»Dougs Chefin? Die Frau, die seine ...«

»... Geliebte war. Du kannst es ruhig aussprechen, Felix.«

»Meinst du, daß es klug ist? Glaubst du wirklich, daß das Gespräch unserem Doug helfen wird? Dir mag unter Umständen nicht gefallen, was sie dir sagen wird.«

»Das ist richtig. Aber vielleicht könnte es mich davon abhalten, diesen dämlichen Scheißkerl umzulegen, wenn ich ihn das nächste Mal sehe.«

14. Kapitel

»Also, Doug. Neuer Versuch?«

»Wie du willst.«

Davies gab Mason ein Zeichen, den Recorder wieder einzuschalten und die einleitende Ansage zu sprechen. »Gut geschlafen?«

»Wie immer.«

»Möchtest du, daß dein Anwalt dabei ist? Läßt sich machen, kein Problem.«

»Wie lange hast du denn vor, mich hier festzuhalten?«

»So lange, bis du uns erzählst, was tatsächlich passiert ist«, erklärte ihm Davies.

»Das weißt du doch bereits!« erwiderte Doug ungehalten. »Ich habe gestern den ganzen lieben, langen Tag von nichts anderem gesprochen.«

»Dann erzählen Sie es uns noch einmal, Mr. Jenkins«, bat Mason so höflich wie nur eben möglich. »Es gibt da ein, zwei Dinge, auf die wir uns keinen Reim machen können. Warum, zum Beispiel, haben Sie das alte Mädchen so aufgedonnert?«

Nervös fuhr Doug sich durch sein kurzes stoppeliges Haar. »Das war ich nicht. Ich habe sie doch so gefunden. Herrgott noch mal, das steht doch alles im Protokoll.«

Davies fixierte Doug und wippte auf seinem Stuhl vor und

zurück, bis er auf den hinteren zwei Beinen stehenblieb. »Margeret Simmons ist gerade zum Verhör bei uns gewesen, Doug.«

»Und?«

»Tja, du mußt wissen, daß Detectice Sergeant Mason und ich uns eine Menge Gedanken um das Make-up gemacht haben.«

»Viel wird sie euch auch nicht gesagt haben. Reine Zeitverschwendung vermutlich – und das auch noch an einem Sonntag morgen.«

»Nicht ganz, Doug. Fangen wir doch einmal damit an, daß sie uns mitgeteilt hat, ihr hättet manchmal Sex in deinem Taxi gehabt.«

»Ihrem Taxi«, stellte Doug richtig und schien etwas beunruhigt. »Na und?«

»Sie berichtete außerdem, daß sie immer ihre Handtasche bei sich trug und daß sie sich, nachdem ihr fertig wart, zurecht gemacht und geschminkt hat«, informierte ihn Davies.

»Kann sein. Und wenn schon?«

»Interessant ist«, mischte Mason sich ein, »daß Margeret Simmons zum Teil Kosmetika derselben Marken benutzt wie Ida Sharansky. Überrascht Sie das etwa, Mr. Jenkins?«

Doug hatte Mühe, Masons Logik zu folgen. »Meinen Sie etwa, ich ...?«

»Wahrscheinlich hattest du von ihrer Schminke noch etwas im Wagen«, klärte Davies Doug auf. »Als dir klar wurde, was du angerichtet hattest, bist du in Panik geraten, zum Wagen gerannt, hast die Schminke geholt und das Gesicht der alten Frau wieder aufgefrischt.«

Der große, starke Mann schüttelte jetzt traurig den Kopf. »Ich habe sie so gefunden. Das ist die Wahrheit.«

Aber Davies schien nicht überzeugt. »Und warum hast du

dann ihr Geld gestohlen? Ihr Portemonnaie, Doug? Warum hast du nicht einfach einen Krankenwagen gerufen? Wenn Mrs. Sharansky wirklich schon tot war, wie du sagst, warum hast du dann nicht das getan, was jeder vernünftige Mensch an deiner Stelle getan hätte? Mein Gott, Doug, wir haben schließlich Weihnachten.«

Doug grinste verlegen. »Ich sah nur das Geld, sonst nichts. Nur Geld. Natürlich war mir klar, daß sie krank sein mußte oder so etwas.«

»Krank?«

»Ich habe darüber nicht nachgedacht!«

»Du hast sie ermordet und bist dann mit ihrem Bingogeld abgehauen!«

»Nein!«

»Gib es endlich zu, du sparst dir damit eine Menge Ärger. Du sitzt ganz schön tief in der Scheiße, Doug. Leg ein Geständnis ab, und wir nehmen es in unseren Bericht auf. Mit ein bißchen Glück wird der Richter deine Ehrlichkeit berücksichtigen.«

Doug überlegte eine Weile. »Du mußt mich schrecklich hassen, was, Frank?«

»Ich mag Mörder nicht, Doug. Keinen!«

Da huschte plötzlich ein Grinsen über Dougs Gesicht. Warnend hob er den Zeigefinger. »Ich weiß jetzt, was hier gespielt wird.«

»Und was ist das?«

»Daß ihr mich wegen der alten Frau nicht drankriegen könnt. All dieser Mist mit dem Make-up. Das habt ihr euch doch bloß ausgedacht. Ihr habt nichts in der Hand. Ich bin zwar nicht der Klügste, aber meint ihr, ich merke nicht, was mit euch los ist? Ihr wollt mich doch nur hinter Schloß und Riegel setzen, deshalb hängt ihr mir all diesen Schwachsinn an!«

»Komm wieder auf den Boden, Doug. Wir haben Beweise.«

»Beweise? Daß ich nicht lache!« schleuderte Doug Davies ins Gesicht. »Du kannst es gar nicht erwarten, mich einzulochen. Ich habe bloß die Geldbörse gestohlen, sonst nichts.«

»Wir wollen nur die Wahrheit hören«, warf Mason dazwischen, der Doug gern so schnell wie möglich hinter Gitter zu gesetzt hätte, damit er dann endlich in Ruhe sein Feierabendbier genießen konnte.

»Die Wahrheit hebe ich mir auf«, sagte Doug plötzlich leise. »Und zwar für die verdammte Presse.«

Davies Miene versteinerte. »Du tust was?«

»Du hast mich genau verstanden«, antwortete Doug, der sich zusehends sicherer fühlte. »Zeitungen. Sie werden sich darauf stürzen. Gib es doch zu, Frank. Du hast mich die ganzen Jahre gehaßt. Weil ich dir dein Mädchen weggeschnappt habe. Und das konntest du nicht ertragen. Jeden Abend hast du damals versucht, sie zu beeindrucken. Und sie? Sie wollte eben nur einen Knacki wie mich, der ihr genau zeigt, wo es langgeht.«

»Ach, jetzt kommt die Mitleidstour?«

»Hab' wohl genau ins Schwarze getroffen, wie?« machte Doug sich lustig. »Was meinst du wohl, wie die Boulevardpresse die Geschichte aufbauschen wird? Spannend, was?«

Davies versuchte, sich nicht aus der Ruhe bringen zu lassen, und blieb bei der Sache. »Hast du Mrs. Ida Sharansky aus der Nightingale Road getötet und ...?«

»Große Schlagzeile: ›Detektiv hegt dreißig Jahre Groll gegen unschuldigen Taxifahrer!‹ rief Doug und breitete die Arme aus. »Oder wie wäre es damit: ›Jenkins von Bullen mit Liebeskummer hereingelegt.‹ Ich sehe sie alle vor mir, Frankie. Alle Titelseiten. Es ist unsere Geschichte, deine, meine und Ruths. Daß du dich nicht damit abfinden konntest und mich daher einlochen mußtest.«

»Du bist ein Mörder, Doug. Jeder Polizist kann das erkennen.«

Doug sprang auf. »Dann macht doch endlich klar Schiff«, forderte er die beiden Männer auf. »Aber wenn die Sache vor Gericht kommt, und mein Anwalt erwähnt deine Fehde gegen mich, bist du weg vom Fenster, Frankie. Du wirst froh sein, wenn man dich die Scheißhäuser bei den Polizistenbällen putzen läßt.«

»Gespräch vorläufig aufgeschoben!« fuhr Davies lautstark dazwischen und gab Mason das Zeichen, das Gerät abzustellen.

»Vermutlich springt ein dicker Batzen Geld für mich dabei heraus«, provozierte Doug weiter. »Vielleicht kann ich dann irgendwohin, wo es warm ist, kann ja Ronnie Biggs in Rio Gesellschaft leisten.« Er stützte sich mit beiden Händen auf der Tischplatte ab und lehnte sich zu Davies rüber. »Ich muß mich wirklich bei dir bedanken, Frankie. Das ist das beste Weihnachtsgeschenk seit Jahren.«

Davies hatte sich ebenfalls erhoben und wandte sich zur Tür. »Du weißt, wie lange es bis zum Gerichtstermin dauern kann, Doug?«

»Sechs Monate mindestens«, gab Mason statt seiner die Antwort. »Sechs Monate, Mr. Jenkins. In der Zeit werden Sie in der Untersuchungshaft von Chelmsford verrotten und die Arschlöcher verfluchen, die Ihre Geschichte mit einem Dummkopf wie Ihnen vermarkten wollen.«

Aber Doug blieb unbeeindruckt. »Ich weiß mir schon zu helfen. Hab' ich wenigstens Zeit für meine Autobiographie.«

»Was sollte das alles, Chef?« blaffte Mason, als die beiden

Polizisten den Raum verließen. »Erst hatten wir ihn fast soweit, und in der nächsten Minute ...«

»*Ich* hatte ihn fast soweit, Boot-sale!« Davies konnte seine aufsteigende Wut nur schwer zügeln. Er schaute auf die Uhr. Viertel nach zwölf. Er wußte genau, daß ihm nur noch zehn Stunden blieben. Zehn Stunden für handfeste Beweise – oder ein Geständnis. Aber das wäre unwahrscheinlich. Jenkins würde seine Unschuld immer wieder beteuern, besonders jetzt, da er hinter seiner Geschichte Geld im Überfluß witterte. Was sollte er bloß tun? Dieser gerissene Hund war ja im Recht. Vor Gericht hatte nur die Wahrheit Bestand, alles käme ans Tageslicht. Und in diesem Fall wäre das Gericht ganz sicher auf Seiten der Verteidigung. Vom Kopf her wußte Davies, es wäre besser, er gäbe den Fall ab. Doch Stolz, Rache, Ärger, Demütigung, Kränkung, die Vergangenheit und der Gedanke an die Gegenwart hielten ihn davon ab, rationell zu denken. Er würde nicht eher zur Ruhe kommen, bis er diesen Kriminellen wegen Mordes vor Gericht stellen konnte.

Dougs gespenstisches Lachen klang noch immer in seinen Ohren, als er über den schmalen Flur zur Treppe ging. In diesem Moment konnte er gut verstehen, wie ein unbescholtener Mensch plötzlich zum Mörder werden konnte.

15. Kapitel

Ruth atmete tief durch, gab sich einen Ruck und klopfte entschlossen an die Tür des Bürocontainers. Von irgendwoher durchbrach das Bellen eines Hundes die sonntägliche Nachmittagsstille in dem Industriegebiet am häßlichen, schmuddeligen Stadtrand von Chelmsford. Zu ihrer Linken standen drei klapprige Limousinen mit dem verwitterten Schriftzug von Whizzcabs, dem einstmals gut florierenden Taxiunternehmen von Chelmsford.

Sie klopfte noch einmal und widerstand dem dringenden Bedürfnis, durch das schmuddelige Fenster zu spähen. Felix schlug die Arme um seinen Körper, um sich warm zu halten.

»Findest du diese Idee wirklich gut?« fragte er.

»Ich muß es wissen.«

»Woher willst du überhaupt wissen, daß sie hier ist? Es ist Sonntag und kurz vor Weihnachten. Niemand ...«

Noch bevor er den Satz beenden konnte, in der Hoffnung, sich in das warme Auto zurückziehen zu können, wurde die Tür geöffnet. Margeret Simmons betrachtete die beiden, offensichtlich nicht im mindesten überrascht. »Na, Ruth? Bist du hergekommen, um mich fertig zu machen oder um mich zu verprügeln?«

»Können wir reden?«

Margeret zwang sich zu einem Lächeln. »Nur hereinspaziert in mein Boudoir. Tut mir leid, daß es unordentlich aussieht, aber inzwischen ist es mir völlig egal.«

»Eine Frau ganz nach meinem Geschmack«, murmelte Felix vor sich hin, als er Ruth folgte. Drinnen sahen sie einen schäbigen Schreibtisch, dahinter eine riesige Karte von Chelmsford und einen immensen Müllberg in gefährlicher Nähe eines Elektroofens. Unter ihnen krächzte bedrohlich der Fußboden unter ihrer aller Gewicht.

»Bitte«, Margeret bot ihnen zwei wackelige Stühle an. »Fühlt euch wie zu Hause.«

Ruth setzte sich, nachdem sie das Glas Rotwein abgelehnt hatte. Margeret selbst goß sich ein weiteres Glas ein und nahm dann ebenfalls Platz. »Ich nehme nicht an, daß du wegen eines Taxis gekommen bist, Ruth.«

»Deinetwegen bin ich inzwischen genug Achterbahn gefahren. Oder sehe ich das etwa falsch, Margeret?« meinte Ruth sarkastisch.

Diese trank bedächtig einen Schluck Wein und seufzte. »Eines Tages mußte es ja so kommen.«

»Du hattest ein Verhältnis mit ihm, Margeret«, sagte Ruth mit stoischer Ruhe, »wie die Kaninchen und hinter meinem Rücken.«

»Ja, ich weiß. Tut mir leid.«

»Ist das alles?«

»Was willst du denn von mir hören? Soll ich dir erzählen, wie toll er im Bett ist?«

»Warum nicht? Vielleicht hilft es ja.«

»Wieso?«

»Weil du mich hintergangen hast. Du als Freundin. Du, die in meinem Haus mit uns gegessen hat, die ihren liebenden Gatten mitbrachte, die mit mir in der Küche lachte und scherzte, während die ganze Zeit ...«

»Nicht die ganze Zeit.«

»Hast du es Harry schon erzählt?«

Margeret gönnte sich noch ein Glas, verzog die Mundwinkel und blickte Ruth verlegen an. »Heute morgen kam die Polizei in unser Haus und untersuchte meine Kosmetika. Ich war noch im Bett. Harry wußte, daß Doug sich in Schwierigkeiten befindet, ich hatte ihm erzählt, worum es geht. Aber als sie dann in meinen Sachen wühlten, mußte ich die Karten auf den Tisch legen.«

»Er war überrascht, nehme ich an?«

»Wie betäubt«, gab Margeret ehrlich zu. Vor ihrem inneren Auge lief noch einmal die morgendliche Situation ab. Das fassungslose Gesicht ihres seit vierundzwanzig Jahren angetrauten Ehemannes konnte sie einfach nicht aus dem Gedächtnis streichen. »Danach nahmen sie mich mit zum Revier und befragten mich dort über zwei Stunden, ob Doug und ich ... ähm ... ob wir ...«

»... ob ihr ein Verhältnis miteinander hattet«, ergänzte Ruth, »ob ihr miteinander geschlafen habt.«

Margeret zuckte erschöpft mit den Schultern und nickte.

Verlegen räusperte sich Ruth. »Bei mir waren sie heute morgen auch. Du kannst dir ja meine Überraschung vorstellen, als sie in meinem Haus nach deinem Make-up suchten.«

»Es tut mir leid.«

»Aber warum?«

Margeret fixierte einen unbestimmten Punkt an der Wand hinter Ruth. »Ich hatte Langeweile. Tag für Tag, Nacht für Nacht hockte ich in diesem Dreckloch, dieser Bruchbude, während mein Herr Gemahl sich mit seinem Bier gemütlich vor dem Fernseher lümmelte. Ich fühlte mich gefangen, Ruth, eingesperrt, einsam und gelangweilt. Er war da, als ich ihn brauchte. Vielleicht nicht besonders clever, etwas arrogant, und manchmal roch er ein wenig muffig. Aber er war da, und er wollte mich.«

»Aber er gehörte zu mir«, erinnerte Ruth sie mit scharfem Unterton.

»Was willst du damit sagen? Hätte ich dich etwa um Erlaubnis fragen sollen?«

»Ein bißchen mehr Fairneß und Ehrlichkeit hätte mir gut getan. Dann stände ich wenigstens jetzt nicht wie ein kompletter Idiot da.«

»Du – ausgerechnet du sollst der Idiot in diesem ganzen Trubel sein?«

»Ja«, kam es bitter. »Alle außer mir wußten es. Ich war die letzte, die es schließlich herausfand. Ich – die blöde Kuh, über die Doug und du mit Sicherheit eure Witze gerissen habt.«

»So war es nicht.«

»Tu mir einen Gefallen, Margeret, und sei aufrichtig zu mir. Sag mir ehrlich, wie lange wäre es noch so weitergegangen, hätte ich es nicht herausgefunden?«

Margeret fingerte nervös am Stiel des Glases herum. »Ich habe Freitag abend Schluß gemacht. Das ist die Wahrheit. Ich mochte einfach nicht mehr. Zuerst war alles für mich wie ein aufregendes Abenteuer, dann aber wurde es zur Gewohnheit und endete mit erdrückender, geisttötender Vögelei dreimal die Woche. Mir kam der Gedanke, das Geschäft aufzugeben. Ich wollte einfach hier raus.«

»Dreimal die Woche?« rief Ruth überrascht. Die Vorstellung fiel ihr schwer, zumal Doug zu Hause ja bereits bei einem Mal im Monat Schwierigkeiten machte. Es war schier unglaublich, wenn nicht sogar komisch. Aber sie riß sich zusammen. Der Sex an sich war für Ruth nicht der Verrat. Viel schlimmer wog die Zerstörung des absoluten Vertrauens zwischen Freunden. Und wenn Doug mit der gesamten Tanztruppe der Las Vegas Girls geschlafen hätte, wäre es ihr herzlich egal gewesen. Viel schlimmer traf sie der Vertrauensbruch zwischen Margeret und ihr.

Margeret, die von Ruths innerem Zwiespalt nichts bemerkte, fuhr mit ihrer Beichte fort. »Ich sagte ihm, daß es aus ist. Er war außer sich und wurde furchtbar böse. Dann fuhr er los, um Ida Sharansky abzuholen. Von da an weiß ich nichts mehr. Ich weiß nur, daß sie mich verhört haben und die alte Dame tot ist.«

»Sie glauben, daß er sie ermordet hat«, teilte Ruth ihr leise mit.

»Ich habe es gehört, und ich habe überhaupt keine Ahnung, was ich glauben soll und was nicht.«

»Und jetzt sitzt du hier herum und ertränkst deinen Kummer in billigem Rotwein?«

»Ich kann nicht nach Hause«, sagte Margeret fast devot. »Harry bringt mich um.«

Hilflos drehte sich Felix ab, er konnte Margeret nicht weinen sehen. Einerseits fühlte er Mitleid mit ihr und hätte am liebsten einen Arm um sie gelegt und sie an sich gedrückt, aber die Loyalität gegenüber Ruth verbot es.

Ruth dagegen fühlte nicht den leisesten Hauch von Mitleid. »Es geschieht dir ganz recht, Margeret. Wenn du dich deinen Verwandten und Freunden gegenüber so mies benimmst und auf alle Gefühle der anderen scheißt, dann mußt du dich nicht wundern, wenn du irgendwann als einsame, alte Frau endest.«

Nun blitzten plötzlich Margerets Augen durch den Tränenschleier auf. »Das würde dir so passen, was? Du siehst mich wohl schon besoffen in der Ecke liegen und meinen guten Männern nachtrauern? Da muß ich dich enttäuschen, Ruth. Es tut mir aufrichtig leid, daß ich dich so verletzt habe, aber Harry hätte ja auch einmal seinen fetten Arsch bewegen und mich aus diesem Schlamassel befreien können.« Sie schenkte sich den Rest Wein ein. »So schnell ich kann, lasse ich diese Bruchbude hinter mir. Verkaufe alles und haue ab. Es wird endlich Zeit, daß ich mir neue Freunde suche.«

»Wie kannst du nur, du Miststück!« explodierte Ruth nun. Sie konnte sich unmöglich länger beherrschen. »Das kommt dir alles sehr gelegen, was? Eine neues Leben willst du anfangen? Ein reicher Mann wär auch nicht schlecht, stimmt's? Und was denkst du über mich, der du die Trümmer ihres Lebens vor die Füße geworfen hast?«

Felix fühlte, wie die Lage eskalierte und suchte nach einer Möglichkeit zur Ablenkung. »Ist das Ihr Anrufbeantworter?« fragte er völlig naiv.

Irritiert sah Margeret ihn an. »Wer sind Sie eigentlich, zum Teufel?«

»Er ist ein Freund«, antwortete Ruth, bevor Felix etwas erwidern konnte. »Ein sehr guter Freund.«

Margeret blickte Felix flüchtig an. »Konntest du nichts Besseres aufreißen? Also wenn du hinter einem jungen ...«

»Halt die Klappe, Margeret!«

»Meine Damen, bitte«, versuchte Felix die Situation zu beruhigen, aber die beiden Frauen gerieten allmählich so in Fahrt, daß jeder andere Ton ungehört blieb. Doch Felix ließ nicht lokker. Ein letztes Mal ließ er sein »Meine Damen, biiiiitte!« wie einen Donnerschlag erschallen – selbst Pavarotti wäre stolz gewesen –, und beide Frauen verstummten. Atemlos blickten sie wegen der unerwarteten Störung Felix an.

Dieser zeigte auf den Anrufbeantworter. »Das Licht blinkt«, sagte er mit Blick auf den roten, leuchtenden Knopf. »Jemand hat eine Nachricht hinterlassen.«

Margeret starrte den fremden Mann ungläubig an. »Na und?«

»Sollten Sie die Nachricht nicht besser abhören?«

»Wann? Jetzt?«

Felix nickte, ängstlich bemüht, ruhig zu bleiben. Eine zweite Auseinandersetzung hätte die Atmosphäre total vergiftet. Eigentlich mochte er beide Frauen, und es wäre für beide besser, wenn sie ihre Differenzen vergessen und begraben könnten. Doug war es einfach nicht wert, daß sich dieser Keil zwischen die Frauen schob. Felix war sich sicher, die beiden vertrugen sich bald wieder. »Bestimmt geschäftlich«, bemerkte er. »Vielleicht ein reicher Araber auf der verzweifelten Suche nach einem Taxi nach Stanstead.«

Margeret sah Ruth an. »Was meint er?«

»Das ist Felix. So ist er nun einmal.«

Margeret zündete sich eine Marlboro an und zeigte damit auf den Anrufbeantworter. »Ich nehme keine Anrufe mehr entgegen, okay? Das Ding ist nur noch an, weil ich bisher nicht den Mut hatte, es abzuschalten. Geht schon seit Tagen so. Die Fahrer kriegen ihre Touren hauptsächlich auf der Straße, im Moment geht das sowieso ohne jedes Problem. Abgesehen davon, mögen sie es so am liebsten. Sie kriegen das Geld bar auf die Hand und brauchen nichts an mich abzugeben. Kapiert?«

»Warum sind Sie dann noch hier?« wollte Felix wissen.

»Das hab' ich doch schon gesagt. Weil ich nicht nach Hause kann. Ich vermittle noch einzelne Touren, ansonsten sitze ich herum und arbeite an meinen Plänen.«

»Touren wie die zu Ida Sharansky?« hakte Felix nach.

Sie nickte und ging zu Ruth. »Es tut mir wirklich leid, Ruth. Ganz bestimmt. Doug ist ein Stück Scheiße. Du hast etwas besseres als ihn verdient. Ehrlich.«

Ruth spürte, daß sie langsam wieder ruhiger wurde. Sie durfte Margeret nicht die ganze Schuld geben, wenn auch die Hauptschuld. Doch konnte sie ihre Beweggründe wie Abenteuer, Wechsel der alltäglichen Routine, nachvollziehen. Und dann mußte sie an einen solch unpassenden Partner wie Doug geraten.

In dem Moment ertönten verschiedene Stimmen auf dem Anrufbeantworter, den Felix lauter gestellt hatte. »Das waren Sie eben«, sagte er zu Margeret. »Der muß ja schon seit Tagen an sein.«

»Sie sind von dem Ding wohl besessen«, machte Margeret sich lustig.

Felix lauschte konzentriert. »Mir war gerade so, als ... Bingo!« Er spulte das Band zurück und drückte dann auf die Playtaste. »Freitag abend«, sagte er aufgeregt. »Der Abend, an dem Doug angeblich eine Frau ermordet haben soll ...«

»Angeblich? Haben Sie denn nicht im Fernsehen ...«

»Psst!« befahl Felix, was Ruth erstaunte. »Hört genau zu!«

Alle drei saßen mucksmäuschenstill vor dem Apparat und lauschten gespannt. Da war eine alte Stimme, die Frau war tot. Es war zu erkennen, daß sie nicht gewohnt war, mit neuer Technologie umzugehen.

»Hallo, Whizzcabs? Ist jemand da? Oh, wie ich diese Apparate hasse! Kann mich jemand hören?« Eine kleine Pause entstand. »Hier ist Ida Sharansky, ich will mein Taxi abbestellen. Ich bekomme Besuch, deshalb gehe ich nicht zum Bingo. Hoffentlich erreicht Sie diese Nachricht noch rechtzeitig. Vielen Dank.«

Dann erklang die automatische Stimme, die die genaue Zeit der Nachricht nannte. Viertel nach sechs am Freitag, den neunzehnten Dezember.

16. Kapitel

Maßloser Zorn und ohnmächtige Wut bemächtigten sich ihrer ohnehin empörten Seele. Wie nannten sie den Mann, diesen Scheißkerl, doch so höflich im Fernsehen? Den einheimischen Bürger, der der Polizei bei ihren Ermittlungen im »Mordfall« Ida Sharansky behilflich war?

Schmarotzer! Speichellecker! Heuchler! Spielverderber!

Mord – für die war es schlicht und einfach Mord!

Sie waren Idioten – alle zusammen, die Polizei, die Reporter, die Quatschtanten!

Mit ihrer blöden Logik wären sie vielleicht irgendwann einmal sogar fähig, ihr die Schuld am Tod ihres Vaters zu geben. Aber das hatten sie damals nicht getan und bis jetzt auch noch nicht. Seinerzeit hörten sie gar nicht auf zu beteuern, daß sie nichts Böses getan hatte und daß sie auf keinen Fall etwas dafür könnte, daß ihr Vater gestorben war.

Aber jetzt mußte sie unbedingt zu einer Entscheidung kommen. Nächtelang lag sie deshalb in ihrem Bett wach und konnte nicht schlafen. Schließlich hatte sie die Lösung gefunden. Es gab keinen anderen Weg, leider. Das Problem war nicht, daß sie im Moment keine verirrte Seele kannte, die sie gen Himmel schicken konnte. Davon gab es genug. Doch ihr blieb nur wenig Zeit, um das unvermeidbare Vorhaben in die Tat umzusetzen.

Sie mußte es tun, damit die Polizei endlich den Sinn des Todes, des sanften Hinscheidens von Ida Sharansky erkannte. Dann bekäme der Schleimer endlich einen Tritt, so daß er hinflöge, wo der Pfeffer wächst.

Es war an der Zeit zu handeln.

»So viel Sie essen können – für nur £ 3.95!« stand auf dem Plakat in der Fußgängerzone von Chelmsford. Sie merkte richtig, wie ihr das Wasser im Mund zusammenlief. Die Luft war eisig, und außer ein paar Cider trinkenden und Skateboard fahrenden Teenagern und Spaziergängern, die vor den Schaufenstern standen und die Auslagen betrachteten, blieben die Menschen, die sich hier gestern noch bei ihren letzten Weihnachtseinkäufen hektisch auf die Füße getreten hatten, heute in ihren warmen Häusern.

Pizza – sie liebte Pizza. Pizza war ihr Leibgericht, ebenso Bohnen und anschließend Eis. Eine verirrte Seele zu suchen, machte schließlich hungrig. Vier Stunden schon war sie auf den Beinen, hatte in den Parks nach Alkoholikern, in den Wartehäuschen an den Bushaltestellen nach Fixern und in stillen Nebenstraßen nach einsamen Menschen gesucht. Nichts.

Sie zählte ihr Geld, dann stieß sie die große Glastür auf und betrat *Pizza Hut*.

Ihren hungrigen Sinnen schlug sogleich der herrliche Duft von gebackenen Tomaten und Basilikum entgegen. Obwohl nur wenige Leute an den Tischen saßen, war es im Lokal warm und gemütlich. Der grüne Weihnachtsschmuck an den Wänden und an der Decke stand allerdings in krassem Gegensatz zu den südländischen leichten Sommermöbeln aus Korbgeflecht. Von irgendwoher ertönte leise Bing Crosbys »White Christmas«. Sie wurde zu einem Tisch geführt.

»Möchten Sie erst etwas trinken, bevor Sie bestellen?«

Sie war so mit dem Angebot des Tages, das auf dem Tisch

noch einmal auf einer Plastikkarte offeriert wurde, beschäftigt, daß sie für die Kellnerin weder Augen noch Ohren hatte. »Stimmt das wirklich? So viel, wie ich essen will?«

»Nur für das Salatbuffet müssen Sie gesondert zahlen. Zwei Pfund fünfundneunzig für eine große Schüssel, ein Pfund fünfzig für eine kleine. Die Offerte gilt nur für das Pizzabuffet am Fenster.«

Sie hatte sich bereits entschieden. »Nur das Angebot«, bestellte sie und blickte nun zum ersten Mal die Kellnerin an, eine schlanke, junge Asiatin. Sofort zog die junge Frau mit dem dunklen Teint und den samtenen Augen ihre Aufmerksamkeit auf sich.

Es war, als wären ihre Gebete endlich erhört worden. Am liebsten hätte sie vor Freude geheult und wäre dem armen Ding um den Hals gefallen. So schnell war es gegangen, eine einsame Seele stand vor ihr, sie war endlich da!

»Möchten Sie auch etwas trinken?«

Eine tiefe Traurigkeit verbarg sich hinter den dunkelbraunen Augen. »Japanerin?« fragte sie und las den Namen »Sulee Xang« auf dem Schild an dem obligatorischen roten T-Shirt.

»Vietnamesin«, antwortete das Mädchen zwar höflich, aber leicht verlegen.

»Aus Chelmsford?«

»Ich Studentin. Arbeite nicht hier den ganzen Tag.«

Sie plauderte ein wenig mit der Kellnerin und gab vor zu verstehen, welchen Schwierigkeiten diese in einem fremden Land ausgesetzt war. Das Mädchen nickte und biß sich auf die Lippen.

Sie ließ sie während des Essens keine Minute aus den Augen und stellte im gesamten Habitus der Kleinen eine gewisse Traurigkeit fest. Hin und wieder lächelte sie, wenn ihre Blicke sich kreuzten.

Nachdem sie bezahlt und das Lokal wieder verlassen hatte,

wartete sie in dem kleinen Durchgang des gegenüberliegenden Supermarktes darauf, daß Sulee Xang beim nächsten Schichtwechsel herauskam. Nach vierzig Minuten tauchte die Vietnamesin endlich alleine auf und steuerte direkt auf die Fußgängerzone zu. Zum Schutz gegen den beißenden Wind hielt sie den Kopf gesenkt.

Schnell gesellte sie sich an ihre Seite und begann ein Gespräch, als ob sich ihre Begegnung rein zufällig ergeben hätte. Sulee hatte offensichtlich nichts gegen ihre Gesellschaft einzuwenden, und es entwickelte sich eine nette Unterhaltung in teilweise gebrochenem Englisch.

Sulee war zum ersten Mal von zu Hause fort. Ihre Eltern hatten hart gearbeitet, um ihr ein Hochschulstudium an einer englischen Universität zu ermöglichen. Sie hatte sich ihren Wünschen gefügt, fühlte sich aber in Chelmsford einsam und allein. Sie wohnte im Studentenheim in der Rectory Lane, das allerdings im Moment fast wie ausgestorben war, da Sulees Kommilitonen und Kommilitoninnen alle über Weihnachten und Silvester nach Hause gefahren waren.

Wieder täuschte sie Interesse und Anteilnahme vor, um das Vertrauen der sanften Vietnamesin zu gewinnen.

»Es muß für Sie wirklich ziemlich hart sein.«

»Es geht. Nächstes Trimester fängt an in drei Wochen. Dann die anderen auch zurück. Vielleicht auch ein paar Freunde.«

Langsam mußte sie etwas riskieren. »Sind diese Studentenwohnungen nicht relativ neu? Müssen wirklich gemütlich sein.«

Sulee lachte schüchtern »Kommen Sie, ich zeige Ihnen. Wir trinken eine Tasse Tee.«

Zurückhaltung war geboten. »Ich weiß nicht, ob ...«

Aber Sulee strahlte sie an. »Bitte. Müssen unbedingt gukken, wie schön.«

Damit war die Sache entschieden. Minuten später saßen die beiden Frauen allein in der Küche des Wohnheims. Abgesehen von den Postern der gängigen Musikgruppen an den Wänden war alles karg, und in den Schränken herrschte gähnende Leere. Sulee entschuldigte sich dafür, sie selbst lebte hauptsächlich von frischem Obst und Gemüse, das sie auf dem Markt immer billig erstand.

Dann fragte sie nach dem Zimmer des Mädchens, und bald darauf betraten sie einen spärlich eingerichteten Raum mit einem gemütlichen, natürlich ordentlich gemachten Bett, einem Stuhl und einem Schreibtisch, auf dem sich Bücher stapelten. Auf einem Regal über dem Schreibtisch standen zahlreiche gerahmte Fotos von Asiaten, die freundlich und glücklich in der Sonne winkten.

Sulee nahm das Bild eines jungen Mannes auf einem Moped, offensichtlich ihr in der Heimat zurückgelassener Freund, in die Hand, und sie gratulierte ihr zu ihrem netten Partner, bedauerte aber gleichzeitig ihre fatale Situation. Dann kamen die Tränen, zunächst tropften sie nur vereinzelt über die Wangen und fielen vom Kinn. Danach aber strömten sie, und sie schluchzte laut. Sie tröstete das Mädchen und ermunterte es, alles rauszulassen, was sie bedrückte. Sulee beichtete, daß sie es in England nicht mehr aushielte, daß sie schreckliches Heimweh nach ihrer Familie, ihrem Freund und ihrem Land hätte. Sie wollte auf der Stelle zurück, hätte sie nur das Geld für den Flug. Aber den konnte sie im Moment nicht bezahlen. Sie sehnte sich so sehr nach den Menschen, die sie liebte, daß der Schmerz kaum zu ertragen war.

Jetzt, dachte sie. Jetzt war es Zeit zu handeln.

Sie setzte sich neben das Mädchen aufs Bett, strich beruhigend über sein dickes dunkles Haar und sprach besänftigend auf die junge Ausländerin ein. Dann hob sie mit leicht zitternder Hand den schweren Haarschopf hoch, die andere Hand legte sie ihr auf die Schulter. Sie zog beide Daumen zurück und legte sie sanft auf die weiche Haut ihres Halses.

Als nächstes drückte sie fest zu.

Sofort kämpfte Sulee, wand sich und zappelte. Sie geriet in Panik, als die Fremde ihren Griff verstärkte und sie mit ihrem Gewicht hinunter auf das Bett zwang. Sie spürte, daß diese Frau es ernst meinte, die sie irre lächelnd immer kräftiger würgte. Sie wollte sie tot sehen!

Der »Engel der Barmherzigkeit« sah nicht die Faust hochschnellen, die ihr ins Gesicht schlug. Was war mit dem Mädchen los? Wollte oder konnte sie nicht verstehen? Die Kleine zog jetzt das Knie an, dann fühlte sie die wieder die Fingerknöchel in ihrem Gesicht.

Der Schmerz war entsetzlich, und sie fühlte ihre Kräfte schwinden. Aber auf einmal erinnerte sie sich an die Hunde in der Praxis ihres Vaters, diese zähnefletschenden Ungeheuer, die nach der Hand ihres Vaters schnappten, wenn er ihnen eine Spritze in den Körper jagte.

Und sie schlug zurück. Einmal, zweimal dreimal, bis das Blut aus Sulees Nase auf die weißen Wände spritzte, als diese verzweifelt den Kopf hin und her schleuderte.

Wieder verließen die Kräfte sie. Dennoch setzte sie sich breitbeinig auf sie und versuchte, ihre Arme rechts und links aufs Bett zu drücken. Mein Gott! Jetzt fing die Frau auch noch an zu beißen. Diese undankbare ... freche ... Hexe! Diese ... dumme ... ausländische ... Schlampe!

Halt endlich still! Und ... stirb endlich!

Doch Sulee kämpfte, schrie und rammte ihr die knochigen Knie in den Rücken. Sie fielen auf den Boden. Irgend etwas knackte unter ihrem gemeinsamen Gewicht. Eine Rippe? Sie selbst fühlte keinen Schmerz, aber Sulee schrie. Noch immer drückte sie das Mädchen mit ihrem Gewicht zu Boden und suchte mit der freien Hand nach etwas, das ihr helfen könnte. Schließlich ertastete sie einen harten Gegenstand. Er war aus Stahl, fühlte sich an wie ein Nagel.

Sulee, die immer noch kämpfte, aber nicht mehr schrie, weil sie sich darauf konzentrieren mußte, sich zu befreien, war es endlich gelungen, sich unter ihr wegzurollen. Die Asiatin griff nach dem Fuß ihres Bettes, aber da wurde sie grob an den Haaren zurückgerissen. Sie spürte noch einen weiteren Ruck, sah aus den Augenwinkeln einen Arm und fühlte kaltes Metall auf ihrer Kehle entlangziehen. Schnell füllte sich ihr Mund mit Blut, und ihr Blick schwirrte wirr im Zimmer herum.

Die vietnamesische Familie schaute stolz auf ihre geliebte Tochter, die letztendlich ihren tapferen und mutigen Kampf um ihr Leben verloren hatte.

17. Kapitel

Sonntag nachmittag, vier Uhr. Es wurde schon dunkel, und die Straßenlaternen brannten bereits.

Felix Pengelly blies seinen warmen Atem in seine eisigen Hände, während er geduldig vor dem Polizeirevier von Chelmsford wartete.

Zum zweiten Mal innerhalb von zehn Minuten schoß jetzt ein Polizeiwagen mit Blaulicht und Sirene davon. Angewidert stellte Felix sich blutige Schlägereien oder andere Brutalitäten vor. Er haßte Gewalt.

Er war absichtlich nicht mit Ruth und Margeret aufs Revier gegangen. Keine zehn Pferde hätten ihn da hineingebracht, außer vielleicht einer ganzen Armee von Polizisten, aber auch nur dann, wenn sie bewaffnet gewesen wären. Schußwaffen flößten Felix Pengelly immer Angst ein.

Er zog seinen abgewetzten Mantel enger um seinen Körper. Gut, daß Sonntag war und er nicht seine geliebte Talkshow mit Oprah verpaßte. Vor Kälte zitternd trat er von einem Fuß auf den anderen, um sich warm zu halten, als ein dritter Streifenwagen aufheulend davonraste. Da schien etwas Ernsthaftes passiert zu sein.

Felix Pengelly fragte sich, wie lange Davies wohl Doug noch inhaftiert hielte, wenn er erst die Kassette gehört hätte. Eines war sonnenklar, die alte Dame hatte ihren Auftrag abgesagt, weil sie Besuch erwartete. Dieser Besucher nur konnte der Mörder sein. Das mußte sogar Davies erkennen, auch wenn er noch so viele Vorurteile gegen Doug hegte.

Gott sei Dank war das Treffen zwischen Ruth und Margeret doch noch friedlich beendet worden. Margeret hatte eine weitere Flasche Wein geöffnet und dann mit Ruth beschlossen, das Band aus dem Anrufbeantworter Frank Davies auszuhändigen. Auch wenn beide Frauen nicht gut auf Doug zu sprechen waren – verständlicherweise –, wünschten sie ihm doch keine fünfundzwanzig Jahre Haft, wenn er unschuldig war. Außerdem hieß das im Umkehrschluß, daß der echte Mörder weiterhin frei herumlief und seiner gerechten Strafe entkam.

Als sie sich schließlich auf den Weg zum Polizeirevier machten, schossen Ruth wirre Gedanken durch den Kopf. Sie geriet fast in Panik, wenn sie daran dachte, daß Doug vielleicht schon in wenigen Stunden zu Hause sein könnte, und immer wieder fragte sie Felix, was um Himmels willen sie denn tun solle. Aber er wußte auch keine Lösung, und so hörte er ihren Klagen nur stumm zu.

Wieder verließen zwei Wagen den Polizeiparkplatz. Es waren zivil gekleidete, grimmig dreinblickende Männer. Kriminalpolizei!

Felix zitterten die Knie. Nervös suchte er nach einer Bank, aber es gab keine, und so setzte er sich schließlich auf die Treppenstufen. Fieberhaft suchte er nach einer Zigarette in dem zerknitterten Päckchen und zündete sich eine an. Da war es wieder – dieses ohnmächtige Gefühl, das er immer wieder aus seinem Kopf zu verbannen suchte: Eine grinsende Erscheinung hielt ein Gewehr auf seine Brust gerichtet.

Siebzehn Jahre lag der Vorfall nun schon zurück, aber niemals vergaß er dieses gummiartige Gefühl in seinen Beinen, als er erkannte, daß nur das kleinste Fingerzucken dieses

Gangsters am Abzug sein Leben ausgehaucht hätte. Und dieser jugendliche Schweinehund hatte nur gelacht, sich offenkundig an der Angst seines Opfers geweidet und war dann in der Nacht verschwunden.

Detective Constable Pengelly trat zwei Monate später von seinem Posten zurück und kündigte, nachdem er erkannt hatte, daß er niemals in der Lage sein würde, ehrbare Bürger vor Abschaum wie diesem zu beschützen. Und mit der Zeit stellte er zu seinem Entsetzen fest, daß die Kriminalität immer mehr zunahm. Inzwischen hatte er aufgrund seiner Heidenangst fünf Schlösser an seiner Haustür installiert, aber noch immer wurde er in seinen Träumen von Verbrechern heimgesucht.

Felix erhob sich wieder von den Stufen. Die Panikattacke war vorüber. Gott sei Dank war sie dieses Mal ziemlich glimpflich abgelaufen. Sein Therapeut hatte ihm prophezeit, daß die Attacken völlig unterschiedlich verlaufen konnten. Manchmal traten sie so heftig auf, daß er sich überhaupt nicht mehr auf den Beinen zu halten vermochte. Auch konnte nicht vorhergesagt werden, wann sie auftraten.

Am liebsten wäre er nach Hause gegangen. Wo Ruth nur blieb? Irgend etwas mußte passiert sein, sonst wäre sie längst wieder hier. All die Blaulichter und Sirenen – ob irgendein Zusammenhang bestand? Beruhig dich wieder! Denk realistisch! ermahnte er sich. Vielleicht teilte Davies ganz einfach Ruths und Margerets Meinung nicht? Oder womöglich hatte Doug gestanden? Vielleicht war sogar er der nächtliche Besucher gewesen? Und falls ...?

Mitten in seinen Überlegungen hörte Felix Schritte hinter sich und drehte sich um. Er erwartete, Ruth, Margaret und Doug zu sehen, doch etwas war anscheinend schief gelaufen. Doug war nicht bei ihnen. Margeret zuckte nur mit den Schultern und ging langsam in Richtung Stadtzentrum, während Ruth mit ernster und sorgenvoller Miene auf ihn zukam.

»Verdammte Zeitverschwendung«, zischte sie. Ohne zu fragen, nahm sie Felix die halb gerauchte Zigarette aus der Hand und tat einen tiefen Zug. »Wir haben Frank das Band vorgespielt und anschließend eine geschlagene halbe Stunde über dessen Bedeutung und Wichtigkeit geredet. Ehrlich, Felix, sie taten so, als versuchten wir ihnen einzureden, der Papst wäre eine Frau.«

Felix nickte mitfühlend. »Ich kann schon verstehen, daß es auf ihn befremdlich wirken muß, wenn Dougs Geliebte gemeinsam mit seiner Frau ihm ein Band überreicht, das ihn entlasten und von seiner Schuld befreien soll.«

»Ach, was soll das! Er ist dazu verpflichtet, den Fall objektiv zu beurteilen!«

Erstaunt beobachtete Felix, wie Ruth wütend die halbe Zigarette auf dem Boden zertrampelte. »Du meinst, er wird das Band nicht als Beweisstück akzeptieren?«

Ruth zuckte mit den Schultern und hob hilflos die Arme.

Felix legte einen Arm um ihre Schulter und drückte sie sanft an sich. »Du bist im Moment viel zu aufgeregt, als daß du klar denken könntest. Weißt du was? Wir sollten etwas essen gehen.«

»Essen? Jetzt?«

»Ich habe Hunger, Ruth. Laß uns irgendwo gemütlich unter vielen Leuten sitzen und abschalten. Der Tag war hart genug.«

»Und du meinst, danach wird alles wieder gut?«

»Ich weiß es nicht. Vielleicht. Anschließend bringe ich dich nach Hause. Kann ja sein, daß Doug bereits dort ist, dann könnt ihr alles in Ruhe besprechen.«

Dankbar betrachtete sie sein freundliches Gesicht und versuchte zaghaft, sein Lächeln zu erwidern. »Mexikanisch?«

»Olé!« stimmte er fröhlich ein.

Schnell kehrten sie dem Revier den Rücken und begaben sich in Richtung Innenstadt. »Es war nicht ganz so schlimm«, gab Ruth zu. »Ich bin froh, daß du bei mir bist, Felix. Danke.«

»Okay! Okay! Schon gut! Und nun auf zum Mexikaner!« Felix hoffte, daß damit auch seinen bösen Gedanken Einhalt geboten werden konnte.

18. Kapitel

Davies sprang aus dem Wagen, gefolgt von Mason. »Um was geht's? Was ist passiert?«

Detective Constable Hassloff versuchte mit seinem Vorgesetzten Schritt zu halten, was sich als äußerst schwierig erwies. Dabei mußte er auch noch in seinen Notizen blättern und ihm berichten. Die fleißigen Aktivitäten der vielen Polizisten um sie herum störten ihn in seiner Konzentration und brachten ihn total durcheinander. »Also«, begann er nervös, »ausländische Studentin. Vor zirka zwanzig Minuten wurde durch den diensthabenden Aufseher Alarm ausgelöst. Laut erster Diagnose teilweise Ähnlichkeit mit der Vorgehensweise im Fall Sharansky.«

»Verdammt! Verdammt! Verdammt!«

»Was ist denn los?«

»Haben wir nun Weihnachten oder nicht?«

Die drei Polizisten schritten in der Dunkelheit zügig über den teils gepflasterten und teils mit Gras bewachsenen Hof des Studentenwohnheimes. Hier und da flammten ein paar Lichter in vereinzelten Zimmern des sonst verlassenen Gebäudes auf.

»Die Studenten sind alle über Weihnachten nach Hause gefahren, oder?«

»Schon vor etwa zweieinhalb Wochen«, bestätigte Hassloff. »Nur einige wenige ausländische Studenten sind noch hier.«

»Rufen Sie alle zusammen. Ich möchte von jedem einzelnen wissen, was er gehört oder gesehen hat.«

»Wird sofort erledigt.«

Davies Gedanken überschlugen sich. Wieder ein Mord! Zwei Morde in nur drei Tagen. Und das in Chelmsford? Vielleicht begangen von ein und derselben Person? Während er sich die ganze Zeit mit Jenkins herumschlug? Fast unglaublich! Sie kamen an drei Streifenwagen vorbei, deren Blaulichter das dreistöckige Haus mit seinen Wohnungen in ein gespenstisches Licht tauchten. »Wer war das Opfer?«

»Ihr Name ist Sulee Xang«, las Hassloff vor. »Vietnamesin. Die Kollegen haben den Aufseher bereits vernommen. Aber er weiß nicht viel. Jedenfalls sagt er, er hätte nichts gehört. Sein Büro liegt völlig entgegengesetzt zu ihrer Wohnung, am anderen Ende des Blocks. Außerdem war er gar nicht da, weil er gerade ein paar Weihnachtseinkäufe machte.«

»Am Sonntag?«

»Die meisten Geschäfte sind geöffnet, Chef.« Hassloff hielt die Tür auf, die von zwei uniformierten Beamten bewacht wurde. Oben, am Tatort, waren zahlreiche Beamte mit Untersuchungen und Gesprächen befaßt.

»Offenbar haben wir es hier mit einem Serienmörder zu tun«, flüsterte Mason Davies ins Ohr. »Und wir verschwenden unsere Zeit mit diesem Jenkins und ...«

»Halten Sie Ihren Mund, Sergeant!«

Sie kamen zu Sulees kleinem Zimmer. Selbst Mason erstarrte in entsetztem Schweigen, als sie im Türrahmen standen. Auf allen Wänden und am Fenster zog tiefrotes Blut seine Streifen und Kreise – Ergebnis eines aussichtslosen Kampfes, dem die zarte, geschundene Gestalt am Boden zum Opfer gefallen war. Dr. Cloth, der Polizeipathologe, kniete neben ihr und tat seine traurige Pflicht. Davies räusperte sich und zwang sich, die Tote zu inspizieren. Der grazile Hals war auf gräßliche Art aufgeschlitzt, eine klaffende Wunde mit zerschnittenen Sehnen und Muskelsträngen schamlos dem Anblick preisgegeben. Das Gesicht war ungeschickt mit Lippenstift bemalt worden. Auf jeder Wange prangten zwei Kreise, der Mund war umrahmt wie das Grinsen eines Clowns. »Welch grauenhaftes Gemetzel«, murmelte Davies erschüttert.

Cloth wies Davies wortlos auf sieben Worte hin, die links über dem Leichnam an die Wand geschmiert waren. Blutrinnsale liefen durch die Schrift:

IDA BEFREIT. SULEE BEFREIT.
NUN BEFREIT DEN HEUCHLER!

»Das hat mir gerade noch gefehlt«, seufzte Davies.

»Es geht das Gerücht«, sagte Dr. Cloth leise zu Davies, »daß Sie in den letzten achtundvierzig Stunden den falschen Mann eingelocht haben.«

»Sie wissen doch, wie das mit Gerüchten ist, Doktor.«

»Es sieht so aus, als wäre derselbe Lippenstift wie bei Ida Sharansky benutzt worden. Hier«, sagte er und warf Davies eine dunkle Plastiktüte zu. »Haarproben, mittellang, braun, männlich oder weiblich.«

»Und passen sie irgendwie mit denen aus der Nightingale Road zusammen?«

»Das weiß ich noch nicht«, war die vorsichtige Antwort. »Aber angesichts dieses Falles schlage ich vor, Tatort Nummer Eins noch einmal gründlich zu untersuchen, Detective Chief Inspector. Sollten wir etwas finden, dann ...«

»Wer, verdammt, wußte von dem Make-up?« herrschte Davies Mason an.

Mason begann verlegen zu hüsteln. Er war noch immer zutiefst geschockt. Kein Seminar und auch kein noch so harter Krimi im Fernsehen hatte ihn auf dieses blutige Inferno vorbereiten können. »Ich ... ich ... ähm ...«

»Reißen Sie sich zusammen, Sergeant!«

»Entschuldigung, Chef. Das Make-up. Bei der alten Frau?«

Davies nickte zustimmend.

»Nur wir. Und die Jungs am Tatort. Jenkins natürlich auch. Und seine Frau. Und die Frau dieses Taxiunternehmens. Aber das sind alle.«

»Ganz sicher? Sonst niemand?«

Mason schüttelte den Kopf, sein Gesicht lief allmählich grün an.

»Und jetzt raus, Sergeant! Trommeln Sie alle zusammen. Die Studenten, die hier geblieben sind, den Aufseher, einfach jeden. Und versuchen Sie, so viel wie möglich über ... diese Kleine zu erfahren.« Auch er suchte nun nach Worten. »Familie, Freundinnen und Freunde, Klubs, Jobs, Lokale, die sie besuchte. Einfach alles, was Sie ausgraben können. Dann schicken Sie einen Trupp zur Nightingale Road. Sie sollen dort nach Fingerabdrücken suchen, Haarproben nehmen, einfach alles kontrollieren. Ich suche nach irgend etwas, das sich mit diesem Mord in Verbindung bringen läßt. Fragen Sie die Studenten, die hier wohnen, was sie von Sulee Xang wissen und ob die beiden Frauen sich kannten. Vielleicht waren sie ja sogar befreundet, wer weiß.«

»In Ordnung, Chef«, antwortete Mason erleichtert und dankbar und verließ das Zimmer.

Davies ließ die Schultern hängen und wandte sich langsam wieder Dr. Cloth zu. »Sieht nach einem verzweifelten Kampf aus. Gibt es irgendwelche brauchbaren Fingerabdrücke?«

»An der Toten kann man jedenfalls nichts erkennen,

Inspector«, war Cloths Antwort. »Aber ich stimme Ihnen bezüglich des harten Kampfes zu. Dem Verlauf des Blutflusses nach zu urteilen, kommt das Blut nur aus einer Stelle, höchstwahrscheinlich der Wunde am Hals.«

»Messer?«

Cloth besah sich die häßliche Wunde noch einmal genauer. »Nein, sieht nicht so aus. Sehen Sie hier. Die Haut wurde an der Schilddrüsenarterie gedehnt und gerissen. Ein Messer hätte diese Stelle glatt durchtrennt.«

»Zeitpunkt des Todes?«

»Vor zwei, vielleicht drei Stunden. Die Leichenstarre setzt langsam ein. Ich würde sie gerne ins Labor bringen lassen, bevor sie so steif ist, daß sie nicht mehr durch die Tür paßt.«

»Okay. Aber geben Sie meinen Leuten noch zwanzig Minuten, damit sie in Ruhe ihre Fotos machen können. Danach gehört sie Ihnen. Ach ja, verdammt fröhliche Weihnachten!«

Cloth überhörte geflissentlich Davies gespielt lässig dahingeworfene Bemerkung. »Wir scheinen ein großes Problem zu bekommen, Inspector.«

»Tatsächlich? Was denn?« kam es ironisch zurück.

»Ich meine es ernst.« Er stand auf und streifte die blutverschmierten Plastikhandschuhe und die ebenfalls befleckte Schürze ab. »Wenn wir die beiden Morde miteinander vergleichen und von ein und demselben Mörder ausgehen, ist die Gewaltbereitschaft innerhalb von achtundvierzig Stunden stark angestiegen. Und falls sie noch mehr zunimmt ...!«

»Falls!« schnauzte Davies den Doktor unwirsch an. »Das ist doch auch schon alles. Falls!«

»Die alte Frau hätte sich niemals gewehrt, wie auch, sie hatte nicht so viel Kraft wie dieses junge Mädchen.«

»Und? Was wollen Sie mir damit eigentlich sagen?«

»Ich brauche etwas mehr Zeit, Inspector.« Nachdenklich betrachtete er den zarten Körper der Toten.

»In Ordnung, aber trotzdem muß es schnell gehen. Wenn ich nämlich den Fall vermassele, läuft da draußen ein Irrer herum, der sich wahllos seine Opfer greift, und mich würde es außerdem meinen Job kosten.«

Cloth las noch einmal die Nachricht an der Wand. »Der Heuchler«, sagte er. »Ich vermute, daß damit Ihr Verdächtiger gemeint ist. ›Befreit den Heuchler‹, dachte er laut nach. »Es scheint, als wäre der wahre Täter erbost, daß niemand ihn verdächtigt. Oder es soll eine Drohung sein – befreit den Heuchler, oder ich muß wieder töten.« Verständnislos schüttelte er den Kopf. »Verstehe einer diese Welt, komisches Volk läuft hier herum. Als ich noch ...«

Aber Davies war schon hinausgelaufen und verteilte Aufträge unter seinen Leuten. Zehn Minuten später beobachtete er, wie Mason etwa ein Dutzend ausländische Studenten zu überreden versuchte, in den Polizeibus einzusteigen.

»Boot-sale!«

»Chef?« schnell rannte er zu seinem Vorgesetzten.

»Ich fahre zurück zum Revier. Der Boß will über alles informiert werden.«

»Alles? Auch das mit Jenkins ...« Unbehaglich schob er die Hände in seine Manteltaschen. »... Ich meine ... ähm ... die Sache mit dieser Blutrache?«

Unruhig blickte Davies zurück zur Tür, die von den beiden Beamten bewacht wurde. »Ich kann immer noch nicht glauben, daß Jenkins nicht unser Mann ist, Boot-sale. Irgendwie hat er mit dem Fall zu tun.«

»Tja. Vielleicht arbeiten sie zu zweit. Einer macht die alte Lady alle, Jenkins klaut das Geld. Vielleicht Mrs. Simmons, die Frau mit den Taxen? Schließlich liebt sie Jenkins, dann tötet sie die Studentin, um Jenkins' Freilassung zu sichern.«

Davies dachte darüber nach. »Ein bißchen viel Aufwand für ein Portemonnaie, finden Sie nicht auch?«

Mason zuckte mit den Schultern. »War ja nur so ein Gedanke. Aber ich stimme natürlich mit Ihnen überein, wegen Jenkins, meine ich. Aber wenn er es doch nicht war, was ...?«

»Boot-sale, ein Verrückter läuft frei herum. Und das macht mir wahnsinnige Angst. Überprüfen Sie sämtliche Heime, die es hier oder in der Umgebung gibt, ebenso alle Unregelmäßigkeiten in bezug auf Make-up, Selbstmorde, verstehen Sie? Und schalten Sie die Presse ein. So schnell wie möglich. Aber keine Veröffentlichung ohne unsere Kontrolle. Kurze Pressekonferenz mit einem Appell an die Öffentlichkeit hinsichtlich möglicher Zeugen. Ich will morgen nicht schon wieder mit einem Fall dieses Kalibers konfrontiert werden.«

»Chelmsford wird einem Pulverfaß gleichen, wenn das alles herauskommt. Niemand wird sich mehr auf die Straße trauen. Es gibt Panikstimmung.«

»Irgend jemand wird etwas wissen. Uns bleiben nicht sehr viele Möglichkeiten. Unsere hohen Herren wollen das Dezernat für Schwerverbrechen einschalten. Ich darf gar nicht daran denken, was passiert, wenn wir uns weiter an Jenkins festhalten.«

Mason fiel nicht ein, wie er seinen Chef trösten konnte.

Als Davies zu dem auf ihn wartenden Wagen ging, schossen ihm viele ungeordnete Gedanken durch den Kopf. Er sah wieder das Mädchen vor sich – ermordet, mit blutender, aufgeschlitzter Kehle. Hatte er indirekt Schuld an diesem Mord? War er wirklich in seiner Wut auf Jenkins mit Blindheit geschlagen gewesen, und hatte dieser Zorn von den tatsächlichen Fakten abgelenkt? Nämlich, daß Jenkins die Wahrheit sprach?

Hatte seine Befangenheit, seine vorgefaßte Meinung mit dem Tod von Sulee Xang zu tun?

19. Kapitel

Sie lag bis zum Kinn in lauwarmem Wasser und schäumte vor Wut.

Wie hatte das verdammte Mädchen nur so undankbar sein können? Sie war doch diejenige, die sich ihre gelben Schlitzaugen über ihre verlorenen Freunde und Verwandten und ihr miserables Leben in England ausgeheult hatte! Und als sich ihr dann endlich die Chance einer Traumreise in ein besseres, hoffnungsvolles Leben bot, wollte sie plötzlich nicht mehr. Mußte um sich schlagen, mein Gott und wie! War ja in einen richtigen Kampf ausgeartet!

Dämliche Ausländerin! Glaubte wahrscheinlich an Elefantengötter oder Affengötter, Voodoo und den ganzen Quatsch. Besaß nicht einmal die Intelligenz zu erkennen, daß sich ihr eine Hand bot, die sie in den ewigen Frieden führte.

Sie blickte auf die Uhr und stellte erschreckt fest, daß sie fast eine Stunde das Bad, das ja allen Mietern zugänglich war, besetzt hatte. Jedenfalls hatte es die Schmerzen an ihren Beulen, Bißwunden und blauen Flecken gemildert. Sie lauschte auf das Sirenengeheul, aber alles blieb still.

Es war gar nicht so einfach gewesen, aus dem Gebäude zu verschwinden. Sie war über und über mit Blut verschmiert gewesen. Gut möglich, daß die Schreie und Hilferufe die Aufmerksamkeit anderer Mitbewohner erregt hatten. Daher mußte sie weit schneller handeln, als vorgesehen. Ursprünglich hatte sie vorgehabt, das Mädchen schön auf dem Bett zu drapieren. Nun aber mußte sie sich beeilen, ungesehen das Gebäude zu verlassen. Sie hätte Stunden gebraucht, das Zimmer zu säubern. Schnell richtete sie noch Sulee her, so gut sie konnte, doch das Ergebnis war eher komisch als erfolgreich. So blieb ihr nur noch, eine Nachricht zu hinterlassen. Dafür erschien ihr die Wand am besten geeignet, der Lippenstift diente ihr zum Schreiben. Damit wurden auch die letzten Zweifel beseitigt. Niemand konnte jetzt noch im Ernst daran glauben, daß ihr sogenannter Mitbürger in der Gemeinde sein Unwesen trieb.

Glücklicherweise schien ihr Opfer recht sportlich gewesen zu sein, denn im Kleiderschrank befanden sich verschiedene Trainingsanzüge. Sie zog sich schnell um und steckte ihre blutverschmierten Kleider in eine Abfalltüte. Erleichtert stellte sie fest, daß niemand Notiz von einer atemlosen Joggerin mit Plastiktüte nahm. Sie dankte dem Himmel für die stockdunkle Winternacht. Sonst wäre vielleicht doch jemand auf die vereinzelten Ungereimtheiten in ihrer Kleidung aufmerksam geworden.

Nach einer langen Stunde kam sie endlich zu Hause an. Für dieses Desaster gab sie zwei Menschen die Schuld, einmal dem Mädchen, das ein friedliches Angebot in ein blutiges Gemetzel verkehrt hatte, und zum anderen diesem Schwindler, ohne dessen Auftauchen und dämliche, verlogene Aussagen nichts passiert wäre.

Er war verantwortlich, er hatte das Mädchen in dem Moment zum Tode verurteilt, als er das erste Mal seinen Mund aufmachte. Und wie es aussah, hatte sich an seiner Aussage noch nichts geändert, denn nach den neuesten Tagesberichten am frühen Morgen saß er noch immer in Haft.

Sie stieg aus der Wanne und untersuchte ihren Körper auf letzte Spuren, aber es war kein Blut mehr zu sehen. Dann trocknete sie sich ab. Von unten hörte sie ein Stöhnen und Grunzen, das von einem Pornovideo zu kommen schien. Wieder eine arme Seele, die gerettet werden mußte, überlegte sie zynisch.

Beim Lauschen dachte sie, daß ihr Leben nicht leicht war. Sie dankte dem gütigen Gott für die Männer, denen sie zu Willen war, auch wenn sie sich oft davor ekelte. Aber schließlich verdiente sie damit das Geld für ihre Miete und hatte somit weiterhin die Möglichkeit, sich der armen und kranken Seelen zu widmen. Falsche Namen, falsche Adressen, falsche Referenzen – ihre gesamte Existenz war ein einziges Opfer, sie lebte nur, um den Schmerz und die Not anderer zu lindern.

Sie zog sich an und nahm sich vor, als erstes ihre und Sulees blutige Kleidung im Kamin, der sich glücklicherweise in ihrem Zimmer befand, zu verbrennen. Sulees Hinterlassenschaft bestand dann nur noch aus blauen Flecken, drei Bißabdrücken und natürlich der fatalen Erinnerung.

Aber wenigstens lebte das Mädchen jetzt in einer glücklicheren Welt. Ob ihr Dad sich wohl um Sulee kümmerte und ihr den Grund für ihren plötzlichen Tod erklärte? Er hatte ihr immer alles so wunderbar logisch darlegen können. Sie konnte sich noch genau daran erinnern, wie sie auf seinem Schoß saß und er ihr seine »Schlafmaschine« erläuterte.

Sie säuberte das Bad und nahm ihr Shampoo und die Seife an sich. Gleich wurden die Lokalnachrichten gesendet, hoffentlich endlich einmal mit etwas positiveren Nachrichten. Bestimmt hatten diese Idioten bei der Polizei endlich dieses Drecksschwein entlassen.

Und falls sie ihn tatsächlich entlassen hatten, würde sie sich ihn schnappen. Dieser Mann hatte sich in ihr Gedächtnis eingegraben. Sehr tief!

Zurück in ihrem Mansardenzimmer, stellte sie ihren Schwarzweißfernseher an. Cartoons! Wie herrlich! Sie liebte Cartoons, und für eine Weile ließ sie sich in diese Welt entführen, lachte und war glücklich.

Plötzlich spürte sie es, dieses Gefühl! Es schnürte ihr die Brust zu. Irgend etwas fehlte! Irgend etwas war falsch gelaufen! Panik überfiel sie, und sie konnte nicht mehr atmen. Ihr Herz klopfte so stark, daß ihr Kopf zu zerspringen drohte!

Das blaue Taschentuch! Wo war ihr Taschentuch?

20. Kapitel

Chief Superintendent Neil Butler kämpfte um seine Gelassenheit, aber je mehr ihm zu Ohren kam, desto ärgerlicher wurde er.

»Frank«, sagte er gefährlich ruhig. »Wollen Sie mir damit sagen, daß der Mann, den Sie im Zusammenhang mit dem Mord an Ida Sharansky festgenommen haben, sich nun doch als der Falsche herausgestellt hat? Habe ich Sie da richtig verstanden?«

Davies, dem die Angelegenheit höchst peinlich war, nickte zustimmend. »Ich weiß es einfach nicht. Ich habe das ungute Gefühl, daß er irgendwie in die Sache verwickelt ist, aber ich kann es nicht beweisen. Und im Moment ...«

»Das haben Sie mir alles schon einmal erzählt!« unterbrach Butler ihn rüde. »Sie wiederholen sich.«

»Tut mir leid, Sir, ich wollte bloß ...«

»Bloß was?«

Davies stützte seinen Kopf in die Hände und rieb mit den Fingerspitzen seine Stirn, hinter der es pochte und hämmerte. Vor etwa zwei Stunden war er zum Revier zurückgekehrt. Die Zeit war nur so dahingeflogen mit hektischen Zusammenkünften, Lagebesprechungen, Gesprächen mit der Anklagebehörde – und nun das hier. Wie nicht anders zu erwarten, stauchte der Boß ihn zusammen. »Wir tun, was wir können. Die gesamte Mordkommission ist im Einsatz, die Polizisten führen Befragungen durch ...«

»Dafür ist es inzwischen ein bißchen spät, nicht wahr?« wies Butler ihn ungehalten zurecht. »Der Pflichtverteidiger war zweimal bei mir. Er versuchte zu ergründen, was es mit Ihrer Besessenheit bezüglich Jenkins auf sich hat.«

»Keine Besessenheit, Sir ...«

»Was haben Sie sich eigentlich dabei gedacht, Frank? Gab es denn gar keine anderen Verdächtigen?«

»Wie ich schon sagte, er paßte perfekt ins Bild. Außerdem sind da seine Vorstrafen ...«

Butler blätterte flüchtig in dem Bericht über Dougs kriminelle Karriere. »Von Mord ist hier aber nie die Rede. Ein paar Einbrüche vor dreißig Jahren. Falschparken. Strafmandate wegen Geschwindigkeitsübertretungen. Das alles macht ihn noch lange nicht zum Mörder.«

»Aber er hat ihr Grundstück betreten! Das bestreitet er auch nicht! Und er hat ihre Geldbörse gestohlen, verflixt noch mal!«

»Ich fasse einmal zusammen, wie die Situation aussieht: Die Anklagebehörde erklärt, daß wir ihn nur wegen Diebstahls belangen können. Deshalb werden wir ihn gegen Kaution aus der Untersuchungshaft entlassen.«

»Dann ist er frei?« fragte Frank bestürzt.

»Menschenskind, Frank! Was soll das? Wer hat denn die Sache versiebt? Jenkins wird uns nicht mehr sagen, als wir schon wissen, solange er hier sitzt. Sie sollten einmal sehen, wie er ständig vor sich hin grinst und lauthals verkündet, als nächstes die Presse einzuschalten. Das ist das letzte, was wir jetzt brauchen können. Schikanierung durch die Polizei, das ist doch für die ein gefundenes Fressen.« Er blickte Davies ernst an. »Während der wahre Täter draußen in der Gemeinde Amok läuft, habe ich mit Jenkins einen Handel abgeschlossen.«

»Was haben Sie?«

»Nun tun Sie doch nicht so unschuldig, Frank. Sie wußten doch, daß es eines Tages so kommen würde. Jenkins hat zugestimmt, diese häßliche Fehde mit Ihnen zu vergessen und mit der Polizei eng zusammenzuarbeiten, vorausgesetzt, er verläßt das Friedens- und Schiedsgericht als freier Mann.«

Davies war entsetzt, bestürzt und fast sprachlos. »Sie können doch mit einem Scheißkerl wie Jenkins keinen Deal machen!«

»Habe ich doch gerade!«

»Verdammt!«

»Passen Sie auf, was Sie sagen, Frank. Irgend jemand mußte ja schließlich etwas tun. Die Situation hat sich langsam zu einer dummen Posse entwickelt. Nur so werden Ihr Name und der des Reviers aus allen Presseberichten herausgehalten, und er spielt den lieben Jungen, wenn wir ihn brauchen.«

Davies konnte es immer noch nicht fassen. Er schüttelte entschieden den Kopf. »Sie können ihm nicht vertrauen.«

»Das müssen wir aber, außerdem ist es bereits entschieden. Morgen früh öffnen sich für ihn die Tore. Und jetzt hören Sie endlich mit Ihrer Jammerei auf, Frank! Ich habe schließlich Ihren Arsch gerettet. Vergessen Sie das nicht.«

Davies erhob sich.

»Setzen Sie sich wieder! Das war noch nicht alles!«

Er nahm wieder Platz, enttäuscht, ernüchtert.

»Das Dezernat für Schwerverbrechen will mitmischen. Zwei Morde in drei Tagen, vielleicht stehen sie miteinander in Verbindung. Jedenfalls entwickelt sich der Fall, wie es nicht vorherzusehen war. Er wird eine Nummer zu groß.«

»Ich habe Ihnen schon gesagt, daß jeder Mann im Einsatz ist.«

»Daher bekommen Sie ja auch zusätzliche Hilfe. Philippa Rant, eine Gerichtspsychologin, wird morgen zu uns stoßen.

Schicken Sie alle Materialien, die Sie haben, zum Polizeipräsidium, damit sie sich noch heute abend informieren kann.«

Schon allein bei dem Gedanken sträubten sich Frank Davies die Haare. »Noch jemand soll seine Nase da reinstekken?«

»So wird es nun einmal gehandhabt. Außerdem, Frank, brauchen Sie wirklich jede nur mögliche Hilfe«, belehrte Butler seinen Untergebenen. »Setzen Sie auch kurz den Rest Ihres Teams in Kenntnis, bevor die Dame morgen eintrifft.« Er sah auf seine Uhr. »Es ist noch eine Stunde bis zur Pressekonferenz. Trommeln Sie alle zusammen, damit wir besprechen können, was wir denen da, verdammt noch mal, sagen.«

Davies setzte sich im großen Konferenzsaal des Chelmsford County Hotels, als sich der Pressesprecher der Polizei am anderen Ende des Tisches erhob.

So kurzfristig eine Pressekonferenz einzuberaumen war vielleicht doch keine so gute Idee gewesen. Was sollten sie ihnen sagen? Oder was konnten sie ihnen zeigen? Die Fotos des letzten Opfers durften ohne die Zustimmung der Verwandten nicht freigegeben werden. Und die vietnamesische Botschaft in London hatte ihnen mitgeteilt, daß eine Verbindung zur Familie mindestens zwei bis drei Tage dauern könnte. Jedenfalls war es Butler gelungen, seine Leute davon zu überzeugen, daß eine Pressekonferenz ein perfektes Forum war, der Öffentlichkeit den Ermittlungsstand nahezubringen.

Wie erwartet, hatte die eilig zusammengerufene Pressekonferenz zahlreiche eifrige Journalisten und Kamerateams angezogen, die hofften, ihre Titelseiten mit einer Exklusivstory füllen zu können. Was dann passieren würde, war

Davies sonnenklar. Sobald die Presseleute erfuhren, daß zwischen den beiden Morden eventuell ein Zusammenhang bestand, würden sie die Öffentlichkeit mit mutmaßlichen Theorien und dümmlichen Einfällen überschwemmen.

Direkt rechts neben ihm saß Superintendent Butler, den Blick stur geradeaus gerichtet, die Knöpfe an seiner frisch gebügelten Uniform extra für die Medien auf Hochglanz poliert. Neben ihm waren zwei Nachbarn von Ida Sharansky plaziert, die bereits unter dem endlosen Geklicke der Kameras und Blitzlichtgewitter ihre Aussagen gemacht hatten.

Der Pressesprecher räusperte sich und lächelte freundlich in die nervös wartende Menge der Reporter und Fotografen. »Meine Damen und Herren«, begann der erfahrene Redner. »Ich werde Ihnen im Namen der Polizei von Essex jetzt eine Erklärung betreffs der heutigen Ereignisse vorlesen. Danach haben Sie kurz die Möglichkeit, Superintendent Butler und Detective Chief Inspector Davies einige Fragen zu stellen.«

Augenblicklich richteten sich zahlreiche Mikrofone auf den Tisch. Davies fühlte sich fast erschlagen.

»Nach einem Notruf auf dem Polizeirevier in Chelmsford um drei Uhr fünfzig heute nachmittag wurden Untersuchungsbeamte zu dem Studentenwohnheim der Anglia Polytechnic University in der Rectory Lane gerufen. Hier entdeckten sie die Leiche einer ausländischen Studentin, die später als Miss Sulee Xang identifiziert wurde. Da der Tod durch Fremdeinwirkung eingetreten ist, befassen sich die Beamten mit der Untersuchung eines Mordes.«

Davies beobachtete, wie hektisch mitgeschrieben wurde. Es würde mit Sicherheit nicht lange dauern, bis der erste die Frage nach einem Sexualmord stellte.

Der Pressesprecher fuhr fort. »In diesem frühen Stadium unserer Ermittlungen appellieren wir an die Hilfe der Öffentlichkeit, Kommilitonen und Kommilitoninnen, Verwandten,

Bekannten oder Freunde, die uns Einzelheiten über das Leben von Sulee Xang geben können. Der Vorstand der Universität teilte uns mit, daß sie eine vielversprechende Studentin war und unglücklicherweise an diesem Weihnachtsfest nicht nach Vietnam fahren konnte.«

Er unterbrach sich kurz, um den Zuhörern Gelegenheit zu geben, das soeben Gehörte zu verarbeiten. Die Polizei war auf rasche Hilfe angewiesen. Dennoch wollte er niemanden unter Druck setzen, was zu überhasteten Informationen und Rückschlüssen führen konnte. »Es besteht die Möglichkeit, daß die Morde an Ida Sharansky und Sulee Xang in Zusammenhang stehen. Dennoch möchten wir nicht zu viele Einzelheiten preisgeben, um unsere Ermittlungen nicht zu gefährden ...«

Und während er vorsichtig weitersprach, betrachtete Davies die in seinen Augen blutrünstige Menge von Reportern, wie sie bereits im Geiste ihr rottriefendes Titelblatt gestalteten, denn die Nachricht schien angekommen zu sein: Ein Serienmörder ist unter uns!

»... daher bitten wir alle Menschen in dieser Stadt, an diesem Weihnachtsfest besonders umsichtig, aufmerksam und vorsichtig zu sein, besonders diejenigen, die allein stehen. Lassen Sie keine Besucher oder Fremden in ihre Wohnung, wenn sie sich nicht einwandfrei ausweisen können. Und sollten Sie jemanden kennen, der allein lebt, rufen Sie ihn oder sie doch kurzerhand an, um sicherzustellen, daß es ihm oder ihr gut geht.« Dann wandte er sich an Davies und Butler. »Der Superintendent und der Detective Chief Inspector stehen Ihnen nun für Ihre Fragen zur Verfügung.«

Sofort erhob sich aufgeregtes Getuschel, und Dutzende von Händen schossen in die Höhe. Butler nickte einer jungen Frau in der ersten Reihe zu.

»Mia Stevens«, stellte sie sich vor. »Von der *Sun*. Wollten

Sie uns nicht glauben machen, Sie hätten bereits einen Verdächtigen im Zusammenhang mit dem Mord an Ida Sharansky festgenommen?«

Butler nickte nur.

»Dann war das also der Falsche?«

»Nicht unbedingt.«

»Aber Sie sagten doch, daß die beiden Morde in Verbindung stehen?«

»Es gibt einige Gemeinsamkeiten.«

»Welche sind das?«

»Gäbe ich jetzt Einzelheiten bekannt, beeinflußte das nur negativ unsere Ermittlungen«, beantwortete er die Frage der jungen Frau und wandte sich dann an das erregte Publikum. »Ich kann Ihnen nur versichern, daß sich momentan die gesamte Polizei von Essex fast rund um die Uhr damit beschäftigt.«

»Aber Sie haben zunächst den falschen Mann festgenommen.«

Peinliches Schweigen. Butlers Gelassenheit begann zu schwinden, und er blickte auffordernd Davies an.

Da dieser wußte, daß er seinem Chef zu Dank verpflichtet war, ergriff er das Wort. »Wir wollten die Öffentlichkeit nicht in Panik versetzen und daher ...«

»In Chelmsford wütet ein Serienkiller, Inspector«, erhob sich eine weitere Stimme aus der Menge. »Was ist denn an der Geschichte dran, daß der bereits Inhaftierte Ihnen bei Ihren Nachforschungen helfen soll? Ist er vielleicht doch involviert? Oder steckt vielleicht eine Gang dahinter?«

»Sie müssen verstehen ... es handelt sich um einen komplizierten Fall. Und deshalb wollen wir ...«

Andere Stimmen meldeten sich. »Dieses asiatische Mädchen, war es nackt?«

»Wurde Mrs. Sharansky sexuell mißbraucht?«

»Handelt es sich um einen Serienmörder, ja oder nein?«

»Zwei Morde in drei Tagen, wieso konnten Sie das nicht verhindern?«

»Läuft in unserer Gemeinde ein Monster frei herum?«

»War sie jung? War sie attraktiv?«

»Wo wird der Mörder das nächste Mal zuschlagen?«

Die Situation drohte langsam außer Kontrolle zu geraten. Davies sprang zornig auf. »Genug!« brüllte er dem aufgebrachten Pulk entgegen.

Bis auf das Surren der Filmkameras und das ungehemmte Blitzlichtgewitter herrschte plötzlich Grabesstille.

Davies stand mit aufgestützten Händen am Tisch. Obwohl er innerlich noch kochte, hatte er sich äußerlich wieder in der Gewalt. Mit ruhiger Stimme begann er seine Erklärung. »Die ursprüngliche Mordanklage gegen unseren Verdächtigen wurde auf Anweisungen der Anklagebehörde fallen gelassen. Die Anklage wegen Diebstahls bleibt bestehen. Und er wird uns weiterhin bei unseren Recherchen zur Verfügung stehen.«

»Dann ist er also nicht der Weihnachtsmörder?« rief eine Stimme aus dem Hintergrund.

»Ich muß doch bitten. Dies ist wohl kaum der Anlaß, in Sensationshysterie zu verfallen.«

»Zwei Leichen in drei Tagen würden mich aber schon hysterisch machen, Detective Chief Inspector. Besonders wenn ich das Pech habe, ausgerechnet in der Stadt zu leben, in der die Polizei unfähig ist, den richtigen Mörder zu finden.«

»Moment, Sie verd ...«

In dem Moment sprang der Pressesprecher auf. »Die Konferenz ist beendet, meine Damen und Herren!« unterbrach er den wütenden Davies, dessen Nerven jetzt blank lagen. »Sie werden sicher verstehen, daß wir nun unserer Arbeit nachgehen müssen, es gibt viel zu tun.«

Allgemeiner Protest erscholl. »Aber Sie haben uns so gut wie nichts mitgeteilt!«

»Nennen Sie uns ein paar Namen!«

»Wir wollen Einzelheiten!«

»Die Öffentlichkeit hat ein Recht auf Informationen!«

Aber Butler und Davies verschwanden schon in Richtung Ausgang.

»Sie sind wohl nicht ganz bei Trost, Frank!« zischte Butler seinen Mitarbeiter an, als sie endlich draußen standen. »Sie können doch die Presse nicht anmachen, verdammt noch mal!«

»Und warum nicht, Sir? Aus welchem verdammten Grund nicht? Was sollte dieses ganze Theater? Wir können Ihnen doch gar nichts sagen, weil wir nämlich selbst nichts wissen. Wir haben damit nur erreicht, daß wir allen netten, alten Damen so kurz vor Weihnachten gehörig Angst eingejagt haben. Ab jetzt werden die Reporter uns auf die Pelle rücken, uns beobachten, bis wir mit dem Rücken zur Wand stehen, und die halbe Stadt saugt begierig auf, was sie in ihren verfluchten Blättern schreiben!«

»Und wessen Schuld ist das? Wer hat sich denn an jemandem festgebissen, während er besser anderen wichtigen Spuren hätte nachgehen sollen?«

Sprachlos starrte Davies seinen Boß wütend an, dann drehte er sich um und eilte aufs Polizeirevier.

21. Kapitel

»... Wir sind einfach nachts in unseren Betten nicht mehr sicher, hab' ich nicht recht? Besonders wir älteren Leute. Leichte Beute, sag' ich immer. Ich mein', da draußen laufen doch Dutzende rum, die an unserer Haustür klingeln, uns mißbrauchen könnten und dann mit unserem Geld verschwinden. Das sind bestimmt eine ganze Menge, wartet nur ab. Der Staat ist viel zu lasch. Also meiner Meinung nach ...«

Jude Farrow mußte sich gewaltig zusammenreißen, um Mrs. Wilson nicht bei den Schultern zu nehmen, kräftig zu schütteln und ihr anschließend das Sherryglas ins Gesicht zu werfen. Warum konnte diese Frau nicht ihr dämliches Mundwerk halten? Wie immer hatte die lautstark lamentierende Schrulle von Nummer sechsundzwanzig es fertig gebracht, ihr alljährliches, vorweihnachtliches, gemütliches Sherrytrinken in der Viererrunde in einen unerbittlichen Einzelkampf umzufunktionieren.

»... und dann die Polizei. Haben wir doch alle am Fernsehen gesehen, oder? Ist doch erst eine halbe Stunde her. Mein Gott, ist das ein Haufen, alle inkompetent. Und wofür zahlen wir unsere Steuern? Zwei Morde in drei Tagen, und die wissen noch nicht einmal, wo sie überhaupt anfangen sollen. Und außerdem ...«

Was denn jetzt noch? Jude schaute Mr. Wilson an, der selig in seinem Sessel eingeschlafen war. Wahrscheinlich war er dankbar, daß seine Frau, wenn auch nur für kurze Zeit, ein neues Opfer gefunden hatte. Bestimmt hatte er sich schon längere Zeit darauf gefreut, wenigstens dieses eine Mal im Jahr dem unerträglichen Gezeter entfliehen zu können.

William Farrow hatte sich außer Hörweite begeben, in die Küche zu seinen schmutzigen Tellern, Töpfen und Pfannen.

Es war immer dasselbe, Jahr um Jahr. Aber etwas war diesmal anders ...

Jude trank ihren Sherry aus, bevor sie sich ein neues Glas füllte. Er war es, da war sie sich ganz sicher. Auch wenn inzwischen viele Jahre vergangen waren. Da erschien er plötzlich in ihrem Wohnzimmer und stand der schrecklichen Wahrheit näher, als er ahnen konnte – der Mann in Zivil, Detective Chief Inspector, Melanies einst uniformierter Freund, der sich auf der Pressekonferenz hatte provozieren lassen und einen Zornesausbruch bekam, als die Lawine von teils aggressiven Fragen auf ihn niederprasselte.

Alle vier hatten sie die Pressekonferenz verfolgt und an ihrem Sherry genippt. Sogar Mrs. Wilson war in aufmerksames Schweigen verfallen. Danach war Mr. Wilson eingeschlafen, während William in seine Küche flüchtete und Jude mit der bissigen Rentnerin allein ließ.

»... wer ist der nächste? Das haben sie doch gefragt, oder? Und die hatten keine Ahnung. Hohlköpfe! Ich mein', da gibt es einen brutalen Mörder unter uns, und die wissen noch nicht einmal, was sie tun sollen! Ich mein', ...«

»Chelmsford«, sagte Jude plötzlich leise.

»Chelmsford?«

Gedankenverloren betrachtete Jude ihren geschmückten Tannenbaum mit den zarten goldenen Glaskugeln. Wie so viele andere wunderschöne Dinge barg er eine potientielle Gefahr, dachte sie, wie bei Kindern – kleinen Mädchen. »Es ist alles in Chelmsford passiert«, antwortete sie ruhig. »Sechzehn Kilometer entfernt.«

Mrs. Wilson war nicht aus der Ruhe zu bringen. »Na und? Das macht es auch nicht bequemer! Immer noch zwanzig Minuten mit dem Auto. Und heutzutage haben diese jungen Dinger doch alle Autos!«

»Aber sie kann nicht fahren.«

»Was meinen Sie, Mrs. Farrow?«

Erschrocken zuckte Jude Farrow zusammen. »Tut mir leid … ich war mit meinen Gedanken ganz woanders.« Daran war nur der Sherry schuld! Hatte sie schon zuviel gesagt? Hoffentlich nicht! Nicht nach all den Jahren des Schweigens. Sei vorsichtig, Jude, ganz, ganz vorsichtig, ermahnte sie sich im stillen.

»Wir sind aber nicht weit genug weg. Sage ich jedenfalls.«

Gott sei Dank, Jude atmete erleichtert auf. Die Alte hatte nichts gemerkt. Aber beinahe hätte sie sich verplappert. Beinahe.

Der Polizist, dieses Gesicht aus der Vergangenheit, der Geliebte ihrer kleinen Schwester. So eifrig, so energiegeladen, so beflissentlich darum bemüht, einen neuen Anfang zu wagen. Wie lange würden sie wohl noch brauchen? Der erste Verdächtige befand sich bereits wieder auf freiem Fuß, also suchten sie einen anderen.

Bestimmt fahndeten sie schon nach ihr und tauchten bald bei ihnen auf. Davon war Jude felsenfest überzeugt. Die kannten doch bestimmt inzwischen die ganze Geschichte. Möglicherweise benutzten sie das Fernsehen für ihre Zwekke, da sie davon überzeugt waren, sie würde die Pressekonferenz verfolgen. Vielleicht warteten sie auch schon in einem schwarzen Lieferwagen vor ihrer Tür und versuchten, mit Laserstrahlen ihre Stimmungen, Herzschläge oder Pulsfrequenzen zu messen.

Jude preßte ihre Finger an die Schläfen. In ihrem Kopf dröhnte und rauschte es plötzlich. Vielleicht war Mrs. Wilson ja eine von ihnen? Eine speziell ausgebildete, höchst intelligente Polizistin, die darauf trainiert war, mittels geschickter Gesprächsführung ihr jedes nur mögliche Detail zu entlocken. Wahrscheinlich war sie verkabelt, hatte ein verstecktes Mikrophon im Büstenhalter. Und er? Er schlief wahrscheinlich gar nicht, sondern nickte seinen Kollegen draußen heimlich zu und machte sie auf verschiedenste Dinge aufmerksam.

»... und Mrs. Jones von Nummer sechs hat doch tatsächlich neulich eine leere Bierdose in ihrem Blumenkasten vor dem Fenster gefunden. Können Sie sich das vorstellen? Wohin soll das noch ...«

Die waren nicht so harmlos. Die wußten alles. Die mußten alles wissen.

»... und Mr. Fletcher ist vor ein paar Tagen zu einer Gruppe Jugendlicher an der Bushaltestelle gegangen und ...«

»Halten Sie den Mund!« kreischte Jude plötzlich laut, so daß Mr. Wilson verstört aufwachte. »Was zum Teufel wollen Sie eigentlich von mir? Halten Sie endlich Ihre dämliche Klappe!«

Mrs. Wilson blieb vor Schreck der Mund offen stehen. William Farrow eilte aus der Küche zu seiner Frau, legte die Hände auf ihre Schultern und versuchte, sie zu beruhigen. »Jude, bitte ...«

»Laßt mich in Ruhe! Alle zusammen!«

»Jude, bitte! Es ist schon spät. Du bist müde.« Sanft nahm er seiner Frau das Glas aus ihrer zitternden Hand. »Zeit fürs Bett, was meinst du?«

Verständnislos sah sie ihn mit leerem Blick an. Ihre Unterlippe zitterte.

»Ich glaube«, ließ sich da Mr. Wilson unbeholfen vernehmen, »es ist jetzt vielleicht besser, wenn wir gehen. Komm mit, Ruby, Mäntel anziehen.«

Mrs. Wilson erhob sich ebenfalls langsam. »Der Sherry ist schuld«, sagte sie vorsichtig. »Hat bestimmt sechs große Gläser getrunken.«

»Tut mir leid«, entschuldigte sich William im Namen seiner Frau. »Aber es ist wirklich schon spät.«

Jude, die ihren Kopf an Williams breite Brust drückte, begann leise vor sich hin zu wimmern. Er strich ihr immer wieder beruhigend über das silbrig schimmernde Haar.

»Also, fröhliche Weihnachten«, wünschte Mr. Wilson freundlich. »Wir müssen das unbedingt wiederholen. Nächstes Jahr um dieselbe Zeit?«

William ergriff die ausgestreckte Hand. »Natürlich«, versprach er. Dann ließ er seine Frau los und begleitete seine etwas peinlich berührten Gäste zur Tür.

Die Glocken der Kathedrale von Chelmsford schlugen bereits Mitternacht, als Ruth und Felix endlich zu dem kleinen Reihenhaus der Jenkins zurückkehrten.

Ruth fluchte, als sie ihre Schlüssel nicht sofort fand und hielt ihre Handtasche unter die Laterne.

Felix trat von einem Fuß auf den anderen, um die grimmige Kälte wenigstens ein wenig abzuwehren. »Auch das ist falsch. Globale Erderwärmung. Als ob wir schon einmal warme Weihnachten erlebt hätten.«

»Und was ist das andere?«

Felix sah sie aufmerksam an und stellte fest, daß sie im fahlen Schein der Laterne sehr attraktiv ausschaute. Der orange Schein ließ ihre Falten und die übrigen Zeichen der Zeit einfach verschwinden und zauberte wieder die junge, forsche Polizistin von vor dreißig Jahren hervor. »Ich meinte nur ... du weißt schon ... die Sache mit Doug. Sie waren auf der völlig verkehrten Spur, nicht wahr? Scheint immer schlimmer zu werden in dieser Zeit.«

Endlich hatte sie ihre Schlüssel gefunden. »Und was machst du falsch, Felix?«

»Das erzähle ich dir vielleicht ein anderes Mal«, seufzte er mit einem charmanten Lächeln. »Es ist schon spät, und in meinem muffigen Zimmer sehnt sich sicher schon jemand danach, seinen Körper an mir zu reiben.«

»Auf dich wartet jemand?«

»Sophie.«

»Aha.«

»Du würdest sie mögen. Klein, große, grüne Augen, wunderschönes, herrliches, schwarzes Haar. Obwohl ich jede Menge Geld an Katzenfutter für sie ausgebe.«

Ruth schloß die Tür auf. »Kaffee?«

»Lieber nicht, Ruth.«

»Wirklich nicht?«

Felix betrachtete die funkelnden Sterne. »Nein, nein, nachher sitzt Doug dort drin und bringt mich um.« Kaum ausgesprochen, bereute er schon seine Ausdrucksweise. »So habe ich es nicht gemeint, Ruth. Nur bildlich ...«

Sie gab ihm einen Kuß auf die eiskalte Wange. »Schon gut, Felix. Geh jetzt nach Hause.«

»Soll ich nicht lieber mit hineinkommen und nachsehen, ob alles in Ordnung ist? Ich meine, es könnte ...«

»Ich komme schon klar. Sollte er da sein, liegt er mit Sicherheit besoffen auf dem Sofa, wo er die ganze Nacht bleiben wird. Danke, Felix, für alles.«

»Aber daß du mich auch bestimmt wieder anrufst, wenn dein Mann mal wieder unter Mordanklage steht.«

Sie lachte leise. Ihre Miene verriet eine Spur von Bedauern, als sie ihm hinterhersah, wie er zu seinem klapprigen Morris Minor ging. Schnell trat sie hinein, da ihr Abschiede verhaßt waren. Vielleicht kam es ja auch nur vom Wein, dachte sie, jedenfalls war ihr nun mollig warm.

Auf dem Anrufbeantworter blinkte das rote Licht. Zwei Nachrichten waren aufgezeichnet worden. Ruth zog den Mantel aus, schleuderte ihre Schuhe von den Füßen und ließ sich in den Sessel fallen. Sie genoß die wohltuende Dunkelheit. Der heutige Abend war ausgesprochen nett gewesen, und sie hatte ein wenig Abstand gewinnen können von all ihren Sorgen und Problemen, die tagsüber auf sie eingestürzt waren – Doug, Margeret, das gestohlene Portemonnaie, der Arbeitsplatzverlust und die Angst um die Zukunft. Wenigstens war Doug noch nicht zu Hause, und sie konnte sich entspannen.

Felix war wirklich ein guter Freund, aber auch der einzige. Hauptsache, es gab ihn, und er war für sie da.

Sie tastete in der Dunkelheit nach dem Anrufbeantworter und fummelte an der Tastatur herum. Schließlich fand sie den richtigen Knopf, und eine vertraute Stimme ertönte, die Ruths wohliges Gefühl sogleich in eine ungemütliche Stimmung verwandelte.

»Hallo, Mrs. Jenkins. Hier spricht Mrs. Watkins vom *Ewe Tree House*. Es betrifft Ihre Mutter.«

Ruth stöhnte und zog sich ein Kissen über den Kopf. Sie hatte sich überhaupt keine Gedanken mehr gemacht, ob sie ihre Mutter nun über Weihnachten zu sich nehmen sollte oder nicht. Natürlich hatte sie sich auch nicht mehr gemeldet.

»Ich hoffe sehr, daß Sie inzwischen eine Entscheidung getroffen haben. Bitte treten Sie so bald wie möglich mit uns in Kontakt, damit wir die entsprechenden Arrangements treffen können.«

Damit war der Anruf beendet. Es gab kein höfliches »Auf Wiedersehen« oder »Dankeschön«, gar nichts.

Aber so sehr dieser Anruf Ruth auch verärgerte, sie wußte, daß sie am nächsten Morgen im Heim anrufen mußte. Mit oder ohne Doug hatte sie die Pflicht, sich um ihre Mutter zu kümmern.

Der Anrufbeantworter klickte ein zweites Mal.

»Hier ist Doug. Ich rufe vom Knast aus an.« Die Stimme klang ruhig und gefaßt.

»Scheiße«, war ihre Reaktion, dann suchte sie in ihrer Handtasche nach einer Zigarette.

»Sieht so aus, als hätte sich alles zum Besten für deinen alten Kerl gewendet, Ruth. Der Bursche hat auch noch eine Studentin alle gemacht. Aber das weißt du ja sicher längst. Dein alter Kumpel Franky Wanky Davies rotiert ganz schön.«

Mit zitternden Händen zündete Ruth sich eine Zigarette an.

Dougs Stimme hatte einen unwilligen Ton angenommen. »Wir haben einen kleinen Handel abgeschlossen. Bekomme ein paar Privilegien. Und die Kaution. Weißt du, wer Weihnachten wieder draußen ist, Ruth? Keine Angst, ich komme nicht nach Hause. Ich kann nicht mit einer Frau zusammenleben, die denkt, ich wäre ein Mörder.«

Ruth atmete tief durch. »Dem Himmel sei Dank.«

»Morgen werde ich hier der Star sein, Ruth. Es läuft alles wunderbar für mich. Was meinst du, wie die Presse hinter mir her ist. Und wenn die erst einmal davon Wind kriegen, daß die Bullen den falschen Mann eingelocht haben, und dann noch von Franks ewigem Groll gegen mich erfahren – und das seit fünfundzwanzig Jahren –, springt für mich sicher eine ganze Menge raus. Er ist gerade in einer Pressekonferenz, will wohl seinen Kopf retten. Meine Story wird dann sein letzter Sargnagel sein.«

»Werd endlich erwachsen, Doug«, sagte Ruth ärgerlich.

»So, jetzt will ich dir nur noch eines sagen: Falls du vernünftig bist, gehst du morgen früh außer Haus. Wenn ich nämlich entlassen werde, komme ich sofort heim, packe meine Koffer und gehe zu einem meiner Freunde. Die glauben wenigstens nicht, daß ich ein Mörder bin! Ich komme nicht mehr nach Hause, Ruth. Jedenfalls nicht, bevor du nicht alles zurückgenommen hast, jedes einzelne, verdammte Wort. Dreißig Jahre war ich sauber, habe ich anständig gelebt und wo hat mich das ...«

Ruth schaltete mittendrin ab und drückte ärgerlich ihre Zigarette aus. Hatte sie Doug eigentlich wirklich gekannt? Oder sollten sich diese letzten fünfundzwanzig Jahre als grober Irrtum herausstellen? Und wieviel davon ging auf ihr Konto? Schließlich hatte sie ihn – mehr oder weniger – zu diesem Leben gezwungen, mit dem er total überfordert war, das ihn zur Strecke gebracht hatte.

Und sie? War ebenfalls gescheitert, hatte sich weit hinunter bis auf den Boden der Büros begeben, die sie schließlich putzen durfte, um für sich und diesen arbeitslosen Ehebrecher das Geld zu verdienen.

Wieder zündete sie sich eine Zigarette an.

»Und weißt du was, mein lieber Douglas?« sagte sie leise. »Es ist mir scheißegal.«

22. Kapitel

»Chef?«

Schläfrig hob Davies ein wenig den Kopf von seinem mit Papieren übersäten Schreibtisch und wischte sich etwas Speichel aus den Mundwinkeln. »Boot-sale?«

»Aufwachen!«

»Was? Ach, du meine Güte!«

Mason nahm mißbilligend die leere Whiskyflasche in die Hand. »Die verstecke ich am besten, bevor der Superintendent sie entdeckt.«

»Wie spät ist es?«

»Gerade acht Uhr.«

»Welches Datum?«

»Montag, der dreiundzwanzigste.«

»Bin ich auf der Wache?« Davies rieb sich die Augen.

»Nirgendwo anders, Chef.«

Eine Tür weiter betraten gerade ein paar Kriminalbeamte den Raum, um ihre gähnenden Kollegen von der Nachtschicht abzulösen.

Davies rieb sein Gesicht, als könne er dadurch die Müdigkeit abschütteln. Draußen war es immer noch dunkel. »Ich fühle mich beschissen.«

»Ich hole Ihnen schnell Kaffee. Gab es gestern abend noch etwas Neues?«

Davies gähnte und versuchte, sich an die Pressekonferenz zu erinnern, die so dramatisch geendet hatte. Er fühlte sich absolut unwohl, er haßte es, in zerknitterten, leicht verschwitzten Kleidern aufzuwachen, mit feuchten Achselhöhlen und eingeschlafenen Füßen. »*Pizza Hut* hat bestätigt, daß das Mädchen in den letzten vier Wochen dort gearbeitet hat. Es blieb meist für sich. Nur ein oder zwei Kommilitonen riefen während der Zeit für sie an. Und in der Nightingale Road kann sich nach wie vor niemand daran erinnern, jemanden bei Mrs. Sharansky in der Nacht ihres Todes gesehen zu haben.«

»Außer Jenkins?«

»Außer Jenkins.«

»Somit sind wir also kein Stückchen weiter?«

Davies blinzelte in das grelle Neonlicht. »Aber im Gegenteil, Sergeant«, entgegnete er sarkastisch. »Direkt nach den Fernsehnachrichten gab es innerhalb einer Stunde sechs Geständnisse. Zwei kamen gleich persönlich vorbei, um sich direkt der Polizei auszuliefern. Und ein anderer, so wurde mir glaubwürdig versichert, war als Nikolaus verkleidet und trug ein Hackbeil.«

»Mein Gott!«

»Das ist das Werk der Presse, Boot-sale. Erst präsentiert man ihnen einen Mord, schon haben sie für den Mörder einen Spitznamen. Und so geistert unser Weihnachtsmörder recht lebendig durch alle Gazetten.«

»Ich hole Ihnen jetzt erst einmal einen Kaffee.«

»Das ist gut.«

An der Tür drehte sich Mason noch mal um. »Wo wir gerade von der Presse sprechen, Chef. Die wird Sie heute brennend interessieren. Herzlichen Glückwunsch. Sie beherrschen die gesamte Titelseite.« Er ging zurück und warf drei Ausgaben von Boulevardblättern auf den Schreibtisch. »Meine Frau findet, Sie sehen sehr sympathisch aus.«

Endlich verließ Mason das Zimmer, und Davies widmete sich erschöpft den Sensationsblättern.

HÖRT! HÖRT!
POLIZEI GIBT SCHNITZER BEI JAGD
AUF WEIHNACHTSMÖRDER ZU!

SCHLECHTE WEIHNACHTSBOTSCHAFT!
WEIHNACHTSMÖRDER SCHLÄGT ZU, WÄHREND
POLIZEI DEN FALSCHEN VERHÖRT!

Unter jeder Überschrift waren wenig schmeichelhafte Aufnahmen abgedruckt, Fotos von einem wütenden Davies und Ida Sharansky sowie eine Skizze von Sulee Xang.

Da kehrte Mason schon mit zwei dampfenden Kaffeebechern zurück. »Was ist bloß mit dieser verfluchten Presse los? Warum geben sie uns an allem die Schuld?« Nachdenklich rieb er sich die Schläfen. »Und was machen wir jetzt, Chef?«

Davies stand in der Mitte des Raumes und streckte sich. Seine Kopfschmerzen machten ihn rasend. »Zuerst rufe ich meine Frau an und erkläre ihr, daß ich nicht die ganze Nacht unterwegs auf Sauftour war.«

»Viel Glück!«

»Danke. Und dann fahren wir zum Präsidium und treffen uns dort mit einer gewissen ... Moment«, langsam taperte er um seinen Schreibtisch und fand schließlich die gelbe Notiz, die er suchte, »... Philippa Rand.«

Mason starrte Davies verständnislos an. »Wer ist das?«

»Sie erstellt Persönlichkeitsprofile von Verbrechern.«

»Aha. Ist jetzt Psychogeschwätz angesagt?«

»Kommt nicht von mir, Boot-sale. Aber so wird die Sache heutzutage gehandhabt.«

»Reine Zeitverschwendung.«

Davies war der gleichen Meinung. Eigentlich wollte er nur ins Bett. Aber ihm blieb keine andere Wahl. Er wußte genau, setzte er nur einen Fuß auf die Stufen zum Präsidium, wären die Aasgeier wieder neben ihm. »Stimmt, Boot-sale. Aber wir haben nun einmal nichts, rein gar nichts in der Hand.«

Das Polizeipräsidium von Essex lag nur etwa fünf Minuten mit dem Auto vom Revier entfernt. In diesem riesigen Gebäudekomplex aus grauem Beton waren zahlreiche Nebeneinrichtungen der Polizei untergebracht, wie der Hangar mit den Polizeihubschraubern, die bewaffneten Kampfeinheiten, die Polizeifahrschule und umfassende Werkstätten.

Und natürlich auch die Fachleute, die Täterprofile erstellten.

»Schalten Sie den Heuler ein, Boot-sale«, forderte Davies seinen Beamten mit bleichen Lippen auf, als sie an der Ampel warten mußten.

»Notfall?«

Davies schluckte schwer. »Wollen mal so sagen, wenn ich nicht in zwei Sekunden auf der Toilette im Präsidium bin, kotz ich Ihr Auto voll.«

»Großer Gott!« Entsetzt schaltete Mason die Sirene und das Blaulicht ein, drückte den Gashebel durch und flog durch den Verkehr in der Springfield Road, am Gefängnis vorbei und dann nach rechts zum Präsidium.

Davies sprang bei der ersten sich bietenden Gelegenheit aus dem Wagen und rannte mit vor den Mund gehaltener Hand in das Gebäude hinein. Mason schüttelte nur den Kopf, stellte den Wagen aus und ging hinein. Dieser Whisky, es war doch immer wieder dasselbe. Aber er lernte nicht daraus, der Chef.

»Wir sind mit Philippa Rand verabredet«, teilte Mason der Dame an der Rezeption mit. »Sergeant Mason und Chief Inspector Davies.«

»War das da eben ...?« fragte sie zweifelnd und zeigte auf die immer noch hin und her schlagende Pendeltür.

Mason nickte. »Mein Chef. War 'ne lange Nacht.«

Da schlenderte eine bekannte Gestalt herein. Detective Chief Inspector Keith Knowles, ehemaliger Saufkumpan von Mason, bevor dieser den Sprung ins Präsidium geschafft hatte. »Boot-sale!«

»Keith!« antwortete Mason. Zwei Jahre war es jetzt bereits her, daß die beiden sich zu einem ihrer legendären Kneipentouren getroffen hatten. Danach hatte Keith keine Zeit mehr für seinen Freund aufbringen können. Er war ja leider so beschäftigt, mit sehr wichtigen Dingen. »Es ist meine Chance, den großen Sprung zu machen«, hatte er Mason erklärt. »Verstehst du?« Mason verstand. Knowles war der berühmte Schönwetterfreund gewesen, das war's dann auch. »Und? Geht's gut?«

Knowles nickte. »Ist das dein Chef da draußen?« fragte er und zeigte in Richtung Pendeltür.

»Hm. Er fühlt sich heute nicht besonders.«

Der allwissende Knowles gab sich verständnisvoll. »Jetzt hat er die Scheißerei, was? In die Zeitung geguckt und schon ging die Rennerei los, stimmt's?«

»Geht ihm halt schlecht, sonst nichts.«

»Haben ihn ganz schön fertig gemacht, die Jungs von der Presse, was? Aber was hat er sich bloß gedacht, als ...«

In dem Moment schlug ihm jemand eine Hand auf die Schulter. Der wieder genesene Davies stand hinter ihm. »Sagen Sie, Keith«, sagte er, »sollten Sie sich nicht besser um Ihren eigenen Mist kümmern, als andere in ihren Ermittlungen zu behindern?« Davies konnte Knowles nicht ausstehen.

Dieser schaute sich irritiert um, rot bis in die Haarwurzeln. »Tut mir leid, Frank. Weißt ja, wie das ist. Ich dachte nur, bei den vollen Titelseiten und so.«

»Ich bin jedenfalls hier, weil ich ein Treffen mit einer jungen Dame vereinbart habe«, gab ihm Davies barsch zu verstehen.

»Philippa Rand? Sie ist oben und erwartet euch.« Er ging vor, um sie zu ihr zu geleiten. Davies und Mason folgten ihm, nicht ohne vielsagende Blicke auszutauschen.

Im ersten Stockwerk betraten sie einen kleinen Raum, in dem eine junge blonde Frau mit Bubikopf vor einem Computer saß. Als die Besucher eintraten, erhob sie sich. Knowles stellte sie einander vor.

Davies nahm auf einem Stuhl neben der hübschen, gepflegten Dame Platz, während Mason und Knowles es vorzogen stehenzubleiben. Davies musterte Philippa Rand. Er schätzte sie auf Anfang dreißig und kam zu dem Schluß, daß diese attraktive Frau mit dem zarten Gesicht und der randlosen Brille in einem Kosmetikfachgeschäft besser aufgehoben wäre als hier. Doch er war heilfroh, daß es in diesem Raum wenigstens nicht so hell war. Und er schwor sich, in seinem ganzen Leben nie wieder Whisky zu trinken – jedenfalls heute nicht mehr.

»Also, Miss Rand. Was haben Sie für uns?« Davies Begeisterung und Interesse waren nach wie vor unterentwickelt, und er erinnerte sich an das zweitägige Seminar, das er damals bezüglich Täterprofilen besuchen mußte, zusammen mit einunddreißig ebenfalls mäßig motivierten Kollegen. Schon damals hatte er während des ersten Tages kaum sein Gähnen unterdrücken können.

»Bedenken Sie, daß ich erst seit gestern nachmittag Einsicht in die Akten nehmen konnte«, begann Philippa. »Außerdem wollen wir mögliche Verdächtige aus Essex ...«

»Was wollt ihr?«

»Nun hören Sie auf, Frank«, ließ sich Knowles hören.

»Geben Sie ihr doch eine Chance. Sie hat ein paar interessante Dinge herausgearbeitet.«

Davies sah ihn ungläubig an. »Das wissen Sie schon?«

»Frank, die meisten hier im Haus arbeiten an diesem Fall. Was haben Sie denn erwartet? Daß wir alle auf unserem Hintern sitzen, bis Sie auf der Bildfläche erscheinen?«

Davies ergab sich insgeheim ins Unvermeidliche. So so, der Fall war also zur Chefsache erklärt worden. Von jetzt an wären er und sein Team nur noch Handlanger, Zuträger von Informationen, Befehlsausführende. Er hatte verloren. Und warum? Er mochte der Wahrheit nicht ins Auge sehen, aber Jenkins war unschuldig. Sein Gefühl bezüglich dieses alten Knastbruders hatte ihn fürchterlich betrogen.

Jetzt mußte er aber seine Aufmerksamkeit wieder Philippa zuwenden. »Entschuldigung, Miss Rand. Bitte fahren Sie fort.«

Ihre Finger huschten über die Tastatur, und auf dem Bildschirm erschien ein Foto der Nachricht, die auf Sulee Xangs Zimmerwand geschrieben war. Und wieder erschütterten diese Worte Davies bis ins Herz.

IDA BEFREIT. SULEE BEFREIT.
NUN BEFREIT DEN HEUCHLER.

»Damit habe ich angefangen«, erklärte sie. »Das ist bis jetzt der einzige tatsächliche Bezug zum Mörder. Betrachten Sie das Wort ›befreit‹. Es gibt uns einen ersten Hinweis.«

Davies blieb skeptisch. Er fragte sich, welche Umstände diese Frau in diesen Beruf verschlagen hatten, warum sie sich freiwillig in einen dunklen Raum setzte, um wirre Mitteilungen von wirren Köpfen zu entschlüsseln. Und doch war er gespannt auf ihre weiteren Ausführungen.

»Das Wort wird dreimal benutzt, das heißt, es kann als

Basis für die Motivation des Mörders betrachtet werden, Detective Chief Inspector.«

»Frank, bitte.«

Sie lächelte ihn an. »Der zweite ausdrucksstarke Begriff ist ›Heuchler‹. Das Wort ist besonders aufschlußreich in bezug auf den Zeitpunkt des zweiten Mordes. Das führt uns zu der Vermutung, daß der Mörder erstens allein arbeitet und daher in seinem Stolz gekränkt ist, als ein anderer des Mordes beschuldigt wird. Und da mir erzählt wurde, Frank, daß Sie einen Falschen ...«

»Und zweitens?« Davies hatte keine Lust, seine Fehler mit allen und jedem zu analysieren.

»Der Mörder ist wahrscheinlich sehr ärgerlich darüber, daß diese Tat überhaupt als Mord betrachtet wird.«

»Warum das?«

»Weil das Opfer ›befreit‹ wird. Der Mörder nennt seine Opfer außerdem bei den Vornamen. Und im Falle Ida Sharansky wissen wir von dem Tonband des Taxiunternehmens, daß sie noch jemanden erwartete.«

Nachdenklich kaute Davies auf der Unterlippe. Sie arbeitete wirklich professionell, das mußte man ihr lassen. »Möglicherweise der Mörder. Aber es hätte jeder sein können, der auf einen Sprung bei ihr vorbeigeschaut hat.«

Philippa wurde zusehends lebendiger und aufgeregter. »Aber aus Ihren Akten geht doch hervor, daß Ida Sharansky bis zum letzten Freitag einmal im Monat immer freitags zur Bingohalle fuhr. Das bestätigen auch die Aussagen der Nachbarn. Sie war eine alte Frau, lebte nach einem bestimmten zeitlichen Ablauf. Und doch sagte sie dieses Mal ihre freitägliche Routine ab wegen eines Besuchs, für irgend jemanden, der sich ihr wohl während der letzten Wochen eng angeschlossen hatte.«

»Und sie dann ermordete? Warum?«

»›Befreit‹, Frank«, stellte Philippa sofort richtig. »Das ist der gravierende Unterschied und der springende Punkt. Befreit!«

»Wovon?« schaltete sich jetzt Mason ein. Er verstand gar nichts mehr. »Von einem Abend beim Bingo?«

Sie ignorierte seine Bemerkung und fuhr fort. »Beide Opfer könnten Einzelgänger sein, ohne viele Freunde oder Verwandte. Denken Sie immer daran, daß der Mörder seine Taten möglicherweise aus einer ganz anderen Perspektive betrachtet. Dann hört oder liest er plötzlich in den Medien, daß der Fall Ida Sharansky zu einer richtigen Jagd auf den Mörder ausartet. Zu allem Unglück wird auch noch ein Verdächtiger geschnappt. Daher hat er nicht mehr viel Zeit. Das Problem ist nur, schnell ein Opfer zu finden, damit dieser Schwindler so schnell wie möglich als solcher entlarvt wird.«

»Vielleicht«, bestätigte Frank. »Also sucht er sich die nächstbeste Person und bringt sie um?«

»Ja, aber erst muß er sich mit ihr anfreunden. Ihr Vertrauen gewinnen. Ich vermute sehr stark, daß die Vietnamesin ihren Mörder auf ihr Zimmer gelassen, wenn nicht sogar eingeladen hat.«

»Aber die Umstände, die ganze Umgebung, könnten unterschiedlicher nicht sein. Hier die alte Dame geschminkt im Sessel, dort die andere abgeschlachtet auf dem Boden. Und das ist derselbe Mörder?«

»Ja«, bekräftigte Philippa. »Beim zweiten Mal hatte der Mörder nur nicht so viel Zeit, das Vertrauen seines Opfers zu gewinnen.«

»Ich sag' Ihnen, was mir dabei nicht gefällt«, gab Davies zu bedenken. »Wir hatten Jenkins festgenommen, wollten ihn verurteilen. Der echte Mörder müßte doch froh und glücklich darüber sein, daß ein anderer dafür angeklagt wird.«

»Wie Philippa schon sagte«, mischte Knowles sich ein. »Purer Stolz. Der Mörder will die Anerkennung für sich allein.«

»Seit wann bist *du* der tolle Experte?« zischte Mason.

»Außerdem sollen alle wissen, daß die Opfer ›befreit‹ werden.«

»Wofür? Wohin?« fragte Davies.

»Wohin gehen wir, wenn wir sterben?«

Davies dachte nach. »In den Himmel?«

»Viele Menschen glauben daran.«

»Die Opfer werden in den Himmel geschickt?«

»Oder in ein anderes Leben nach dem Tod, hängt von der jeweiligen Religion ab. Aber der Himmel paßt zu einer Befreiung. Es gibt dort nicht einmal das Wort Haß, keine sexuelle Belästigung. Nur den Tod von zwei traurigen und einsamen Menschen.«

»Ein religiöser Spinner? Ist das unser Mann?« spottete Mason. »Ein von der Kirche verstoßener Pfarrer? Oder ein langhaariger Junkie, der die Bibel liest und sich jeden Freitag ans Kreuz nagelt?«

Philippa drehte sich mit eisigem Blick zu dem blöde grinsenden Sergeant um. »Wer hat von einem Mann gesprochen?« sagte sie frostig.

23. Kapitel

Zwei Tage vor Weihnachten waren die Neuigkeiten über die Morde in Chelmsford Tagesgespräch. Da die Öffentlichkeit bei der Suche nach dem Mörder um Mithilfe gebeten worden war und die Bürger ihre Pflichten sehr ernst nahmen, war es bald um die Ruhe auf dem Polizeirevier geschehen. Die Beamten wurden der zahlreichen Anrufe und Meldungen bald nicht mehr Herr. Viele Bürger gaben wilde Hinweise auf verdächtige Personen, ein paar Verrückte bekannten sich zu den Morden, und einige anonyme Anrufer behaupteten, den Mörder zu kennen, aber den Namen nur nach Auszahlung der Belohnung nennen zu wollen.

Die Stadt selbst wurde von Schwärmen aufgeregter Journalisten durchkämmt, die auf der Suche nach blutigen Neuigkeiten ihre Seiten füllen mußten. Überall auf den Straßen präsentierten sich zum Schutz der Bürger patrouillierende Streifenpolizisten, und Hubschrauber überflogen in gewissen Zeitabständen die Tatorte in der Nightingale Road und Rectory Lane.

Und in allen Köpfen schwirrten die bangen Fragen: »Wo wird der Weihnachtsmörder das nächste Mal zuschlagen? Wer wird das nächste Opfer sein?« Den Leuten schien es, als geriete die Situation in Chelmsford allmählich außer Kontrolle – ein Wahnsinniger war unterwegs, und die Polizei agierte lasch und hilflos.

Ruth saß in dem kleinen Gerichtssaal und unterdrückte ein Gähnen. Sie betrachtete Doug, der mit trotziger und herausfordernder Miene vor den Richtern stand.

Dougs Entlassung hatte für erheblichen Aufruhr gesorgt. Jeder wollte einen Blick auf den »Einheimischen« werfen, der öffentlich zugegeben hatte, die Geldbörse der Toten gestohlen zu haben. Ruth spürte die Feindseligkeit gegen diesen kleinen Dieb, der es einst fertig gebracht hatte, sich in ihr Herz zu schleichen.

Die meisten waren wohl Reporter, schätzte Ruth und beobachtete eine junge Frau zu ihrer Rechten, die gerade eine Karikatur von Doug zeichnete.

Als er hereingeführt wurde, wunderte sie sich, daß er einen Jogginganzug mit dem Emblem der Polizei von Essex trug. Dann aber wurde ihr klar, daß seine Kleidung, die er zur Zeit seiner Festnahme getragen hatte, wahrscheinlich noch immer im Labor untersucht wurde.

Ruth fühlte weder Mitleid mit ihrem Mann, noch sorgte sie sich um ihn. Wieder und wieder hatte sie sich seine Lage vor Augen gehalten und manche schlaflose Nacht verlebt. Sie hätte nie verhindern können, was er getan hatte. Es war nun einmal passiert, aus welchen Gründen auch immer – egal, ob er betrunken oder nüchtern gewesen war, habgierig, verbittert oder ärgerlich. Er hatte sich in das Haus geschlichen und einer toten, älteren Dame das Portemonnaie gestohlen, nachdem seine Geliebte Schluß mit ihm gemacht hatte. Da gab es nichts zu beschönigen. Sie mußte das hinnehmen und durfte sich keinesfalls für seine Dummheit verantwortlich fühlen. Doch genau das war ihr Problem.

Der ältere Richter blickte Doug mit offensichtlicher Abneigung an. »Douglas Jenkins«, ließ er seinen sonoren, autoritären Baß ertönen. »Sie sind eines wohl mehr als abscheulichen Vergehens angeklagt. Eines Vergehens, dessen Sie sich schuldig bekennen, wie ich widerwillig einräumen muß. Dieses Gericht, Douglas Jenkins, ist zutiefst entsetzt darüber, daß Sie am Abend des neunzehnten Dezember in das Haus von Ida Sharansky geschlichen sind und kaltschnäuzig die Geldbörse stahlen, obwohl Sie der Leiche ansichtig wurden. Diese Tat hat alle Bürger in Chelmsford angesichts Ihrer grenzenlosen Gier und brutalen Rücksichtslosigkeit äußerst schokkiert.«

Ruth musterte Dougs Gesicht und fragte sich, was schief gelaufen war. Sie erinnerte sich an die erste Zeit, als sie ihn kennengelernt hatte. Ihr war damals nichts anderes übrig geblieben, als ihn festnehmen zu lassen, nachdem sie einen wichtigen Hinweis bekommen hatte. Er wurde drei Monate in den Bau geschickt, und im Hinausgehen drehte er sich noch lächelnd zu ihr um, als wollte er sagen: »Mach dir nichts draus, mein Schatz, du hast nur deine Pflicht getan. Wir sehen uns ja bald wieder.«

Und jetzt? War er noch derselbe, der in den Vorgärten Blumen gerupft und sie auf dem Revier für sie abgegeben hatte? Inwieweit mußte sie sich an seiner Entwicklung die Schuld geben? Hätte sie nicht voraussehen können, daß er nur ihretwegen in der ersten Zeit so romantisch agierte und sich nichts zuschulden kommen ließ? Hätte er nicht alles getan, um ihre Zuneigung zu gewinnen?

Der Richter, der vor den Reportern eine prächtige Vorstellung gab, kam nun zum Schluß. »Gegen meine innerste Überzeugung bin ich gezwungen, den Worten des Beamten, der Sie festgenommen hat, Glauben zu schenken. Sie sollen ihm auf Wunsch bei den weiteren Ermittlungen im Mordfall Ida Sharansky zur Verfügung stehen und daher auf Kaution entlassen werden. Doch nur bis zu dem Tag, an dem Sie wieder vor dem Gericht stehen, um sich für Ihre widerliche, scheußliche Tat zu verantworten. Ich hoffe aus tiefstem Herzen, daß

Ihnen eine gerechte Strafe zuteil wird.« Er legte eine peinliche Schweigeminute ein. »Haben Sie noch etwas zu sagen, bevor ich Ihnen die Kautionsbedingungen vorlese?«

Doug drehte sich um und blickte in den überfüllten Gerichtssaal. Nun war sein großer Auftritt gekommen. »Ja, das habe ich tatsächlich!«

Ruth knetete nervös ihre Finger. Doug war nicht der Typ, der gern vor vielen Leuten redete, dafür hatte sein aggressives Verhalten ihn in zu viele Fettnäpfchen treten lassen.

Gespannt beobachtete die Menge Doug, der sich breitbeinig vor sein Publikum stellte. »Ihr alle sitzt da«, dröhnte er und breitete seine Arme aus, »und spielt die heilige Unschuld. Jeder von euch denkt, was ich doch für ein schlechter Kerl bin. Nun denn, sollt ihr. Also gut, ja, ich hab' dem alten Mädchen die Geldbörse geklaut. Aber – und jetzt paßt gut auf, das hab' ich nämlich auch schon der Polizei erzählt – sie war schon tot ...«

»Mr. Jenkins!« explodierte der wütende Richter. »Unterlassen Sie das auf der Stelle! Sie mögen sich für besonders schlau halten, aber mit diesem Auftritt ziehen Sie niemanden auf Ihre Seite.«

»Ja, ja, ich weiß, ich bin der absolute Abschaum, Euer Ehren«, grinste Doug, während jeder im Saal die Luft anhielt. Was für ein Spaß!

»Genug!« befahl der Richter, der offensichtlich befürchtete, sein Auftritt vor der Presse könnte durch diesen kleinen Dieb Schaden erleiden. »Ich werde nicht zulassen, daß dieser Saal zur Zirkusarena wird.«

Aber Doug war noch nicht fertig. Er wollte noch eine wichtige Sache loswerden. Außerdem wollte er versuchen, die Presse auf seine Seite zu bringen. Das war nämlich wichtig, wenn er erst einmal die wahren Gründe enthüllte, die zu seiner verhängnisvollen und falschen Festnahme geführt hatten.

»Meiner Meinung nach ist mein Verbrechen weniger schlimm, als wenn ich einen brutalen Raubüberfall gemacht hätte. Also, ich will mal sagen, es ist wie der Unterschied zwischen Vergewaltigung und Leichenschändung. Ich meine, es ist doch niemand verletzt worden.«

Jetzt brachen Aufruhr und Tumult im Publikum aus, und Doug stand sichtlich zufrieden vor der Menge. Für ihn war dieser Auftritt eine bravouröse Vorstellung gewesen, die vielleicht sogar Geld brachte.

Doch da erhob sich Dougs Verteidiger und flüsterte ihm etwas ins Ohr.

»Entschuldigung, Euer Ehren«, sagte Doug daraufhin fast bedauernd, »aber Sie hatten mich ja gefragt, ob ich etwas zu sagen wünschte.«

»Noch ein Wort«, der Richter kämpfte sichtlich mit seiner Geduld, »und ich stecke Sie wegen Mißachtung des Gerichts wieder in die Zelle.«

Doug nickte zustimmend. Schließlich hatte er ja erreicht, was er wollte. Bestimmt war die Presse nun neugierig geworden, standen die Reporter Schlange am Fuß der Treppe und hielten ihre Schecks gezückt, wild auf seine langjährige Fehde, die zu seiner Festnahme geführt hatte, und wild auf den Dreck, den sie über Davies auskippen konnten. Vielleicht war ihm ja jetzt doch das Glück hold.

»Wir fahren fort«, verkündete der Richter. Das Publikum lauschte wieder schweigend. »Die Bedingungen sind folgende: Erstens versichern Sie uns den Aufenthalt an Ihrem Wohnort, die Adresse haben wir ...«

»Ich werde bei einem Freund unterkommen«, sagte Doug und wollte schon eine Adresse im Westen der Stadt angeben, als sich sein Verteidiger erhob und dem Richter die verlangte Versicherung gab.

»Gut«, bestätigte der Richter knapp. »Jeden Morgen und

jeden Abend haben Sie sich jeweils um acht Uhr auf dem Polizeirevier von Chelmsford zu melden. Sollten Sie nicht erscheinen, führt dies zu sofortiger Inhaftierung.« Es folgten noch weitere Auflagen, so durfte er sich nicht aus der Stadt entfernen und mußte für die Ermittlungen jederzeit zur Verfügung stehen.

Am Rande des Gerichtssaales sprachen die Reporter aufgeregt in ihre Handys und gaben alle Informationen unmittelbar an die Redaktionen weiter. Ruth war aufgewühlt, jedoch nicht überrascht. Doug hatte ihr angekündigt, Geld aus der Geschichte machen zu wollen und die Gelegenheit genutzt. Frechheit siegte.

Nach der Verhandlung leerte sich der Saal rasch, und Ruth beobachtete, wie Doug zusammen mit seinem Verteidiger hinausging, gefolgt von einer Horde Reportern. Sie verschwand so unauffällig wie möglich, hielt Augen und Kopf gesenkt und in ihren Ohren das Zischen und Buhen um Doug herum. Doch in seiner Euphorie schien es ihn nicht aus der Ruhe zu bringen.

Die Polizei versuchte indes, die spottende Menge draußen auf der Treppe zu vertreiben. Sie war Musik in Dougs Ohren. Seiner Meinung nach war er endlich zu seinen Wurzeln zurückgekehrt. Der Al Capone von Chelmsford. Berühmter Knacki, der die Gesetze mißachtete und sich über die Justiz lustig machte. Morgen würden alle Gazetten voll sein mit seiner Geschichte, sein Konterfei auf jeder Titelseite prangen. Und alle, die Ahnung hatten, würden ihn verstehen, Achtung vor ihm haben und ihn dafür bewundern, daß er den Bullen, die ihn unterkriegen wollten, gezeigt hatte, was Sache war.

Außerdem sprangen dabei bestimmt auch noch ein paar Riesen raus.

24. Kapitel

»Eine Frau?« fragte Detective Constable Hassloff ungläubig und zeigte auf die grausigen Schwarzweißfotos der verstümmelten Leiche von Sulee Xang. Die Bilder hingen inzwischen an der Wand im Büro des Dezernates. »Das soll eine Frau fertiggebracht haben?«

Davies zuckte mit den Schultern und nickte. Er schaute in die zweifelnden Gesichter der Beamten im Polizeirevier in der New Street, während er sie über das Gespräch am Morgen im Präsidium unterrichtete. »Jedenfalls nach der Meinung der Eierköpfe da oben.«

»Du lieber Himmel. Wie sind die denn darauf gekommen?«

Davies verstand ihr Mißtrauen. Ihm war die Idee zuerst ja auch absurd vorgekommen. »Sie gehen davon aus«, erklärte er ihnen, »daß sie niemals einen Mann in ihre Wohnung gelassen hätte. Es gab keinen Freund, außerdem galt sie als zurückhaltend, ruhig und einsam. Sie blieb immer für sich. Versuchte, irgendwie zurande zu kommen. Wie Ida Sharansky. Allerdings war es bei der älteren Dame leichter, sich in ihr Vertrauen zu schleichen. Wie auch immer. Ein Mann hätte Sulee wahrscheinlich erwürgt und nicht solch ein Blutbad angerichtet. Die Autopsie ergab, daß der Körper der Vietnamesin über und über mit Blutergüssen übersät war. Die

Kleine muß bis zum Schluß wie wild um ihr Leben gekämpft haben. Es gab in beiden Fällen keine Anzeichen sexuellen Mißbrauchs.«

Doch einer der Beamtinnen war die Sache zu suspekt. »Entschuldigen Sie, Sir. Aber keine Frau, keine jedenfalls, die ich kenne, hätte diese Pfuscherei mit der Schminke in Ida Sharanskys Gesicht angestellt. Warum hätte eine Frau das überhaupt tun sollen? Eine Frau wäre außerdem gleich weggerannt. Galt diese Aufmachung denn nur dem Überschminken von Blutergüssen?«

Die Kollegen schauten sich noch einmal die Aufnahmen des Kopfes und der Schultern von Ida Sharansky an, deren Gesicht tatsächlich unbeholfen wie eine Maske geschminkt war. Dann sahen sie weiter zu Sulee Xang, die dagegen einer billigen importierten Puppe glich.

Mason blätterte in seinen Notizen. »Dafür gibt es ebenfalls eine Theorie«, erklärte er. »Man nennt es ... posttraumatisch ... seelisch verkümmert.«

Davies konnte seinen Mitarbeitern nachempfinden, was sie dachten. Alle hatten eine harte Zeit hinter sich, mit stundenlangen Hausdurchsuchungen, Laboruntersuchungen, Zeugenbefragungen, Patrouillen in den Straßen rund um die Tatorte und vieles mehr. Und jetzt kamen die Leute von oben daher, rissen den Fall an sich und stellten graue, lebensfremde Theorien auf, die nur an einem »grünen Tisch« entstanden sein konnten. Sie waren auf seiner Seite, glaubten immer noch, daß Jenkins doch irgendwie in den Fall verwickelt war. Und gerade dieser Punkt machte Davies zu schaffen. Nach dem morgendlichen Gespräch war er sich da nicht mehr so sicher.

Er saß auf der Schreibtischkante und stützte sich mit einem Fuß auf dem Boden ab. »Es scheint nichts gestohlen zu sein, an keinem der Tatorte. Die Täterin mordet nur und verschwindet anschließend. Sie glaubt, diese Leute zu ›befreien‹. Offenbar der einzige Grund für die Tat. Einsame Menschen sind ihr Ziel, sie freundet sich mit ihnen an, versucht das Vertrauen zu gewinnen, dann werden sie ermordet. Wer weiß, vielleicht flehen die Opfer sogar ihren Tod herbei? Vielleicht geschieht die Tat in gegenseitigem Einverständnis?«

»Beihilfe zum Selbstmord?« zweifelte Hassloff. »Und jetzt suchen wir eine verwirrte Frau mit diesem seelischen Knacks oder wie das auch heißt?«

»Was soll der ganze Mist, Chef?« ließ sich eine müde Stimme hören. »Kommt jetzt wieder die Leier mit den Verrückten?«

Davies hob die Hand und wartete höflich, bis das Hohngelächter verstummt war. »Das führt uns wieder zum Makeup. Sie betrachten es als das Werk eines Kindes.«

Hassloff schüttelte entschieden den Kopf. »Nein. Jetzt komme ich nicht mehr mit. Nun soll es ein Kind sein? Das einfach mordet, mir nichts, dir nichts tötet? Hören Sie doch auf, Chef. Zwei sinnlose Morde ohne erkennbares Motiv in knapp einer Woche. Wir suchen einen Geisteskranken, kein Kind.«

Mason blätterte wieder in seinen Notizen. »Im Präsidium sagen sie ja nicht, daß sie nicht verrückt ist. Aber sie handelt in ihrer geistigen Verwirrung wie ein Kind. Sieht den Tod nicht als endgültige Lösung, sondern als eine Art Neubeginn. Tötet diese armen Schweine, um ihnen eine Gnade zu erweisen. Aus ihrer Sicht.«

»Scheiße!« warf ein genervter Kollege ein. »Ich bin dafür, noch einmal die Klapsmühlen zu überprüfen. Bestimmt ist einer abgehauen.«

»Das haben wir schon tausendmal getan«, erwiderte Davies und stand auf. »Jeder Patient in der ganzen Grafschaft wurde genau unter die Lupe genommen. Abgesehen davon trifft die Gemütsverfassung unseres Täters auf keinen dieser Kranken zu.« Er hatte sie noch immer nicht überzeugt und versuchte es erneut. »Nun paßt einmal auf«, sagte er eindringlich. »Alle Überlegungen sind reine Theorie. Ich weiß doch auch, wie grotesk und absurd sich diese Erwägungen anhören. Aber wir haben nun mal nichts anderes.«

Er legte eine Pause ein, damit seine Leute Zeit hatten, den Fall neu zu betrachten. »Den Gerichtspsychologen ist diese mögliche Motivation nicht unbekannt. Sie nennen sie einen mentalen Schutzmechanismus, das heißt, daß bestimmte Bereiche im Gehirn sich nach einem besonders traumatischen Ereignis nicht weiterentwickeln. Das hat zur Folge, daß die Person diesem Ereignis als Erwachsener nie vernunftmäßig gegenüberstehen kann, sondern es immer so betrachten wird, wie sie es in dem bestimmten Alter erlebt hat.«

Hassloff schien sich inzwischen als Sprecher der Gruppe zu verstehen. »Deshalb sieht das Gesicht der alten Dame so aus, als wäre es von einem Kind geschminkt worden?«

»Wenn wir der Theorie Glauben schenken, möglicherweise.«

»Und was sollen wir jetzt machen?«

»Gehen Sie alle öffentlichen Register durch und suchen Sie nach irgendeinem Schlupfloch.«

»Warum?«

Davies blickte ihn nun seinerseits verständnislos an. Allmählich verlor er die Geduld und wünschte sich Miss Rand her, die alles so wunderbar gelassen, ruhig und plausibel erklären konnte. Noch vor kurzer Zeit war er beeindruckt gewesen, doch jetzt kamen ihm wieder Zweifel. »Weil wir nach ihrer Meinung eine Frau suchen müssen, die möglicherweise als Kind eine schreckliche Begegnung mit dem Tod gehabt hat. Vielleicht ist ihre Familie bei einem Autounfall ums Leben gekommen, und ihr wurde erzählt, daß sie jetzt alle im Himmel sind oder so.«

»Oder so?«

»Was zum Teufel ist eigentlich mit Ihnen los?« explodierte Davies. »Das ist doch nur ein Beispiel, verdammt noch mal!« brüllte er seinen schwerfälligen Mitarbeiter an.

»Entschuldigung, Chef.«

»Schon gut. Wo war ich stehengeblieben?«

»Autounfall.«

»Richtig. Danke.« Sehnsüchtig wünschte er sich etwas zu trinken. »Also, die Gedanken des Kindes umkreisen diesen Punkt. Es wird zum Mittelpunkt seines Denkens, und so kann es nicht mit dem Alter reifen und erkennen, daß Mummy und Daddy im Sarg auf dem Friedhof vor sich hinrotten. Seine Vorstellungen vom Tod sind komplett auf den Kopf gestellt, vielleicht erscheint der Tod sogar als etwas sehr Schönes.« Er setzte sich wieder auf den Schreibtisch und seufzte. »Heute morgen erschien mir die Sache noch sonnenklar, aber jetzt weiß ich es selbst nicht mehr!«

Hier und da ertönte zustimmendes Gemurmel, aber Davies kannte sein Team zu gut, als daß es ihm hätte etwas vormachen können. Er wußte genau, daß seinen Leuten die Ideen aus dem Präsidium vorkommen mußten wie der größte Mist, den sie je in ihrem Leben gehört hatten.

»Wir werden uns also die Akten vornehmen und bis ins kleinste Detail durchleuchten«, sagte er abschließend. »Unser besonderes Augenmerk gilt Waisenkindern, Autounfällen, Kindheitstragödien, was ihr finden könnt.«

»Und was macht das Präsidium in der Zwischenzeit?« fragte einer.

»Auch sie schlagen sich mit Akten rum«, stellte Mason klar. »Sie werden sich alle Selbstmorde vornehmen, die aktenkundig wurden. Denn sie nehmen an, daß der Mörder wahrscheinlich ein Experte darin ist, Obdachlose und ihresgleichen ins Jenseits zu befördern. Sie werden alle ›Von Haus zu Haus‹-Dienste miteinander vergleichen, außerdem haben sie sechs Undercover-Leute eingeschleust, die herumlungern und wie Penner aussehen. Sie spielen die Lockvögel. Und nun noch einmal zu euch«, kündigte er unheilvoll seine schlechten Nachrichten an. »Solltet ihr auch nur im entferntesten daran denken, euch über Weihnachten drei Tage freizunehmen, vergeßt es. Wir arbeiten rund um die Uhr in Acht-Stunden-Schichten, bis der Fall abgeschlossen ist.«

Sergeant Jones, bekannt als der Witzbold des Reviers, meldete sich zu Wort. »Im Präsidium lassen sie ihre Jungs als Penner rumlaufen? Da brauchen die sich doch gar nicht zu verkleiden, stimmt's?«

Und nach zweiundsiebzig Stunden erschien endlich einmal ein Lächeln auf Davies Lippen.

25. Kapitel

Weihnachtsmörder?

Weihnachtsmörder!

WEIHNACHTSMÖRDER!

Mit zitternden Fingern hielt sie das Boulevardblatt in der einen Hand und ballte die andere zur Faust.

Begriffen sie es denn immer noch nicht? Obwohl ihre Nachricht an der Wand prangte? Direkt unter ihren dämlichen Nasen? Sichtbar für jeden? Sie hatte niemanden ermordet!

Sie überflog die Lügengeschichten und entschied dann, daß es ihr egal sein konnte.

Aber nicht der Mann. Dieser schreckliche Mann. Der die Leute im Gerichtssaal zum Lachen gebracht hatte. Ein grauenhafter Kerl. Aber sie wußte genau, worauf er aus war. Ein Blick in sein Gesicht, und ihr war völlig klar, was er wollte.

Sie würde ihre Perücke tragen, die, die sie alle so liebten, wenn ihr kleines Ding dicker wurde und wie ein gegrilltes Würstchen in ihren verpißten Hosen hervorstand. Alle bezahlten sie, um ihr Ding zwischen ihre Schenkel zu bohren. Die Perücke gab ihr Sicherheit, machte es ihr leichter, Distanz zu wahren und sich innerlich nicht zu sehr mit der Sache zu identifizieren. Ja, auf jeden Fall würde sie die Perücke für ihn aufsetzen.

Sie hatte sich sehr vorsichtig verhalten müssen, als sie sich im Gerichtssaal unter die Menge mischte und einfach dazwischen setzte. Aber die große Angst vor Entdeckung hatte sich gelohnt, schließlich hatte sie den Heuchler persönlich gesehen. Und sie hatte seine Adresse erfahren, für sie natürlich überaus nützlich und höchst wichtig.

Er erinnerte sie an den niederträchtigen Mann aus der Bibel – Judas. Dieser Gedanke hatte sie so beherrscht, daß sie sich kaum noch auf den weiteren Verlauf der Verhandlung konzentrieren konnte. Douglas Judas Iskariot Jenkins. Die Geschichte wiederholte sich, ein Ungläubiger verkaufte seine Seele, in diesem Fall an die Journalisten. Sie hatte sehr wohl registriert, zu welchen Aussagen sich dieser Mann in seinem Schlußwort und nach der Verhandlung erniedrigte – außerdem gab es ja inzwischen viele Fotos. Ein nutzloser, lüsterner Kerl, der zu Größerem bestimmt war. Aber zu etwas anderem, als sich dieser Kleingeist vorstellte.

Er hatte sie verärgert, und das war gar nicht gut. Sie würde es ihn spüren lassen, wahrscheinlich früher, als ihm lieb war.

Der schwere Revolver des seligen Mr. Fabian brachte neue Aspekte in die Vollendung ihres Werkes. Doch vorher mußte die Tat gründlich durchdacht werden. Sie durfte jetzt nichts überstürzen, dafür war diese Aufgabe zu wichtig. Ein paar Tage würden allerdings reichen.

Warum nur begriffen die anderen nicht, was doch so offensichtlich war? Die ganze Welt, jedes Dorf, jede Stadt, alle Menschen sprachen doch immer wieder von ihrem Glauben an ein Leben nach dem Tode. Ganz in der Nähe des Gerichtssaales von Chelmsford befand sich die prächtige Kathedrale, ein sichtbares Monument für ihre Überzeugung. Gott war gut. Der Himmel war gut. Warum sollten die Betroffenen auf Erden Tag für Tag in ihrer persönlichen Hölle schmoren, wenn die Engel ihnen ein Leben ohne Schmerz und Leid bieten konnten – und zwar sofort?

Ihre Überzeugung war richtig. Wäre sie falsch, gäbe es keine Kirchen, keine Vikare, keine Priester, keine Bischöfe – nichts außer einem rein biologischen Leben, das nur gottlose, leere Hüllen zurückließ.

Das war ihre Botschaft, und dieser Jenkins würde ihr helfen. Alle modernen Medien, Fernsehen und Radio, würden ihre Weihnachtsbotschaft, eine Botschaft der Hoffnung in einer immer verzweifelteren und einsameren Welt, über den Äther bringen. Sie würde die Welt aus dem Wahnsinn führen. Auch Jesus war für die Sünden der Menschen gestorben. Aber das war schon zu lange her. Die Zeit war reif für einen neuen Messias, der den Menschen ein ähnliches Zeichen gab.

26. Kapitel

Ruths Telefon klingelte viermal.

»Ja, bitte?«

»Ruth?«

»Hm?«

»Hier ist Frank.«

»Oh!«

»Ruth, ich ...«

»Was?«

»Ich wollte dir nur sagen ... daß es mir leid tut. Ich bedaure wirklich, was geschehen ist, und entschuldige mich dafür.«

»Gut. Das hast du damit getan.« Was wollte er bloß von ihr?

»Ruth, ich wollte mich auch noch dafür entschuldigen, neulich so rücksichtslos dir gegenüber gewesen zu sein.«

»Was meinst du?«

»Du weißt schon. Doug und ... diese Frau aus dem Taxiunternehmen.«

Ruth versuchte, gelassen zu reagieren. »Ach, weißt du, früher oder später wäre es mir sowieso zu Ohren gekommen. Aber es ist immer dasselbe, die eigene Frau erfährt es als letzte.«

»Wenn das ein Trost für dich ist ...«

»Frank. Es ist Weihnachten. Meine altersschwache, senile Mutter guckt sich ein Uraltvideo im Wohnzimmer an, mein Ehemann, dieser Ehebrecher, hat sich auf und davon gemacht, und ich sitze hier und grübele, wie ich im nächsten Jahr finanziell über die Runden kommen soll – nein, für mich gibt es keinen Trost.«

»Schau. Ich bin ...«

»Seid ihr bald soweit?«

»Bald soweit?«

»Na ja, meinst du, daß ihr den Weihnachtsmörder bald schnappt?«

»Ich bin nicht mehr aktuell am Ball. Der Fall liegt jetzt im Präsidium und beim Dezernat für Schwerverbrechen. Du weißt ja, wie das ist. Die arbeiten alle mit Computern, überlegen sich alle möglichen Theorien und uns bleibt der ganze Papierkram.«

»Aber du mußt doch am Anfang richtig froh und glücklich gewesen sein, oder? Herauszufinden, daß Doug im Haus der alten Dame war? Du hast ihn doch nie gemocht. Hast uns nie auch nur die kleinste Chance eingeräumt.«

»Ach, hör doch auf, Ruth, du weißt genau, daß das nicht ...«

»Du konntest kaum abwarten, ihn anzuklagen, stimmt's?«

»Es hatte nichts mit ihm persönlich zu tun«, seufzte Davies. »Bei ihm paßte unglücklicherweise alles zusammen.« Er schwieg einen Moment. »Aber was das andere betrifft, da hast du recht. Ich mag ihn wirklich nicht besonders. Und ich kann niemanden leiden, der versucht, mich wegen einiger Dinge, die schon lange der Vergangenheit angehören, zu erpressen. Du würdest ohne ihn besser klarkommen, Ruth.«

»Nein, Frank, ich hätte mit ihm besser klarkommen müssen. Das ist der große Unterschied. Aber warum rufst du eigentlich an?«

»Um mich zu entschuldigen. Bei einer alten Freundin.«

»Blödsinn.«

»Außerdem ... frage ich mich ... ob er sich schon bei dir gemeldet hat?«

»Jetzt verstehe ich«, sagte sie nach kurzem Nachdenken. »Du willst wissen, ob er bei mir schon damit geprahlt hat, seine Geschichte an die Presse zu verkaufen. Nur deshalb rufst du an. Du hast Angst davor, daß alles herauskommt. Polizist jagt alten Widersacher. Er hat seine Pläne. Nennt es seine große Chance, an viel Geld zu kommen.«

»Du weißt doch, wie die Journalisten sind. Die drucken doch jeden Mist.«

Ruth lachte. »Du mußt ja schlaflose Nächte hinter dir haben, Frank. Hast du denn die Gazetten von heute noch nicht gelesen? Zu viel Angst?«

»Doch, ich habe sie gelesen. Aber es steht nichts drin. Jedenfalls nichts über ihn und mich. Nur, daß er gestern im Gerichtssaal einen kompletten Idioten aus sich gemacht hat.«

»Ich vermute, daß du dich demnach entspannen kannst.«

»Im Moment.«

»Was heißt das?«

»Manchmal halten sie auch Material zurück. Das wird dann als die große Story veröffentlicht, wenn der Fall erst einmal abgeschlossen ist. Ich wollte nur wissen, ob er ...«

»Er hat mit mir nicht darüber gesprochen, Frank. Ich bin gestern erst spät nach Hause gekommen, in der Zeit muß er hier gewesen sein und sich seine Sachen abgeholt haben. Aber er würde mir sowieso nichts erzählen. Wir sprechen ja kaum miteinander. Tut mir leid, daß ich dir nicht helfen kann.« Doch in Wirklichkeit war sie froh, ihm nicht helfen zu können. »Du bist wirklich in einer fatalen Situation.«

»Wie soll ich das verstehen, Ruth?«

»Nun, im Moment ist es doch besser für dich, wenn der Weihnachtsmörder weiter tötet. Denn in dem Augenblick, in dem er geschnappt und der Fall abgeschlossen wird, mußt du damit rechnen, daß die Presse Dougs Story veröffentlichen wird. Ist es nicht so?«

»Ich habe deine Ironie verstanden«, erklärte Davies, dem es ein paar Sekunden die Sprache verschlagen hatte. »Du wirst ihm also, falls er anruft, nicht ausrichten, daß er sich bei mir melden soll? Oder doch?«

»Du weißt genau, wo er ist. Loch ihn ein, wenn du Fragen hast.« Aber sie wußte, daß er das nie riskieren würde. Frank wollte nur ein paar Worte mit Doug wechseln, Schwierigkeiten beseitigen und ihn, wenn nötig, mit Schmiergeld zum Schweigen bringen, bevor Doug seine Geschichte veröffentlichen konnte.

»Na gut, Ruth. Ich muß jetzt Schluß machen.«

»Weihnachtsmörder fangen?«

»Genau.«

»Und ich kümmere mich besser wieder um meine Mutter.«

»Bis dann, Ruth.«

»Wiedersehen.«

Sie legte den Hörer auf und spürte ein zufriedenes Gefühl. Es gab also noch jemanden, der sich so mies fühlte wie sie selbst. Da saß Frank in seinem Büro, nur drei Kilometer entfernt, und machte sich Sorgen um einen unberechenbaren Mörder und die Gier ihres Mannes nach Geld.

Ruth ging zu ihrer Mutter ins Wohnzimmer, wo diese sich ein Video anschaute, in dem sich Handpuppen gegenseitig mit Wasserpistolen bespritzten. Ruth war von den Pflegern, die ihre Mutter vor zwei Stunden bei ihr abgeliefert hatten, angewiesen worden, Rene dieses Video unmittelbar nach der

Ankunft zu zeigen, damit sie sich sofort heimisch fühlte. Die fremde Umgebung wirkte eventuell beängstigend auf die verwirrte alte Dame. Und tatsächlich brach ihre Mutter jedes Mal, wenn sie das Video zurückspulte, in Tränen aus, die erst dann versiegten, wenn das Video wieder von neuem begann.

Inzwischen war das Band zum dritten Mal durchgelaufen. »Okay, Mum«, versuchte Ruth ihre Mutter abzulenken, während sie den Rückspulknopf drückte, »es dauert nicht mehr lange. Nicht weinen. Nur noch einen kleinen Augenblick.« Wie oft noch? Es war zum Verzweifeln. »Hast du Hunger, Mum?«

Aber es flossen nur noch mehr Tränen. Vielleicht war es besser, das Heim anzurufen und darum zu bitten, ihre Mutter abzuholen, damit sie professionelle Hilfe bekam. Die Schwestern hielten Distanz zu den älteren Leuten, investierten nicht ihre Gefühle. Die meisten übten den Beruf sowieso nur wegen des Geldes aus und hielten die Alten so lange wie möglich am Leben. Bis der Tod ihnen dann wieder einen Strich durch die Rechnung machte. Ruth atmete tief durch. Warum nur dieser Zynismus? fragte sie sich. Mußten die Nerven sein. Anders konnte sie es sich nicht erklären.

Inzwischen strahlte Rene wieder, winkte ins Fernsehen und freute sich. Ruth bemerkte es zufrieden und ließ ihre Mutter wieder allein.

Irgend etwas mußte sie unternehmen. Zum Einkaufen war es zu spät. Aber sie mußte mit jemandem reden. Sie setzte sich ans Telefon und wählte Felix' Nummer.

»Felix?«

»Ruthie?« Seine Stimme klang leise und etwas rauh wie vom Schlaf.

»Ich hoffe, ich störe nicht?«

»Im Gegenteil.« Lautes Gähnen. »Du hast mich gerettet.«

»Wieso gerettet?«

»Ich muß beim Film eingeschlafen sein. Hättest du nicht angerufen, hätte ich den besten Teil verpaßt. Jetzt kommt er, mach zu Stevie, komm schon! Hol raus, was du kannst! Du schaffst es! Schneller, Steve, schneller!«

»Felix. Guckst du *Gesprengte Ketten*?«

»Schsch.«

Stille. Schweigen in der Leitung. Um der Ehre eines längst verstorbenen Hollywoodstars willen.

»Oh, verdammt.«

»Er wird es nie schaffen, Felix.«

»Eines Tages, Ruthie. Eines Tages.«

»Warum müssen Männer so sein? Warum guckst du dir diese alten Schinken wieder und wieder an? Doug ist genauso. Jeder Mist von Bogart, Edward G. Robinson ...«

»Wie geht's ihm?«

»Doug? Weiß nicht. Hab' nichts gehört.«

»Hab' die Zeitung gelesen. Was spielt er eigentlich für ein Spiel? Was soll der Mist mit der Leichenschändung? Merkt er denn nicht, daß er sich zum Narren macht, daß er damit die Menschen gegen sich einstellt?«

Ruth fühlte sich einsam. Sie wünschte sich Felix an ihrer Seite, nicht nur ein kaltes, hartes Stück Plastik, in das sie hineinsprach. »Ich glaube, das ist Doug ziemlich egal. Ihm geht es nur darum, um jeden Preis aufzufallen, weil er meint, damit seinen Marktwert in die Höhe treiben zu können.«

»Und das heißt?«

»Daß er seine Geschichte verkaufen will, warum Frank ihn verhaftet hat, der alte Streit zwischen ihnen damals, den ganzen alten Mist«, sagte sie aufgebracht.

Aber Felix lachte nur. »Dann sieht Frank aber ziemlich alt aus, was?«

»Felix?«

»Ja?«

»Was soll ich nur tun?«

»Ich weiß es nicht, Ruthie.«

»Ich möchte nicht allein sein.«

»Du gewöhnst dich schon dran.«

»Mit Doug habe ich falsch gelegen, oder, Felix? Vielleicht waren meine Erwartungen zu hoch? Für ihn unerreichbar? Ich wollte ihn immer bekehren, er sollte es für mich tun. Ich hoffte, daß er, nachdem er mich kennengelernt hatte, nur noch sauber leben wollte, aber ...«

»So etwas passiert eben, Ruthie, und du mußt damit leben. Und jetzt? Du willst, daß er zurückkommt, stimmt's?«

Tränen stiegen ihr in die Augen, und ihre Stimme brach. »Ich weiß es nicht. Er treibt sich irgendwo herum, und dafür hasse ich ihn. Ich will einfach wissen, wo er ist. Dreißig Jahre Ehe kann ich nicht einfach über Nacht vergessen. Aber er offensichtlich. Und es macht mich ganz krank, daß er dazu in der Lage ist.«

Felix ließ sie eine Weile weinen. »Soll ich zu dir kommen?«

Sie zog die Nase hoch. »Nein ... Es geht schon ... Ich bin nur ...«

»Müde.«

»Ja. Jedenfalls vielen Dank, Felix.«

»Nichts zu danken, Ruthie. Willst du meinen Rat hören?«

»Und welchen willst du mir geben?«

»Halt die Augen auf. Gib die Hoffnung nicht auf.«

Sie lächelte und legte den Hörer auf.

27. Kapitel

Am Morgen des ersten Weihnachtsfeiertages wachte Ruth früh auf und nahm sich fest vor, den Tag zu genießen – sollte kommen, was wollte. Sie summte Weihnachtslieder vor sich hin, wusch sich rasch und machte sich fertig. Genüßlich sog sie das duftende Aroma des Truthahnes ein, das sich allmählich im ganzen Haus ausbreitete. Sie hatte ihn bereits am Vorabend in den Ofen geschoben und den Backofen auf kleine Hitze eingestellt, so daß er langsam vor sich hin brutzeln konnte und nun schon fast fertig gegart war.

Sie hörte ihre Mutter rufen, aber nach den Erfahrungen vom Vortag ignorierte sie das penetrante weinerliche Gequengel, das sie nur daran erinnern sollte, rechtzeitig zur Schule zu gehen. Nichts und niemand würde ihr das Weihnachtsfest vermiesen. Sie mußte wieder zurück zur Normalität finden, heraus aus dem Wahnsinn und Abstand gewinnen.

Ruth legte etwas Make-up, Rouge und Lipgloss auf, strich ihr leuchtend rotes Kleid glatt, drehte sich ein letztes Mal im Spiegel und ging dann ins Erdgeschoß hinunter.

Rene wartete an der untersten Treppenstufe auf sie. Wirr hing ihr das graue Haar in das von Medikamenten aufgequollene Gesicht. »Mr. McNiel wird dir den Hintern versohlen, wenn du wieder zu spät kommst, Ruth Golden.«

»Mutter«, mahnte Ruth geduldig, noch immer fest entschlossen, sich das Weihnachtsfest nicht verderben zu lassen. »Mr. McNiel ist schon vor über zwanzig Jahren gestorben. Ich bin siebenundvierzig Jahre alt. Heute ist Weihnachten, und ich werde nicht zur Schule gehen. Verstehst du? Ich gehe nicht zur Schule.«

»Sind denn schon Ferien? Wann fängt denn die Schule wieder an? Du wirst bestimmt an allen Blusen neue Knöpfe brauchen.«

Ruth blieb gelassen und lächelte. »Komm mit, wir werden dich jetzt anziehen, ja?« Dann nahm sie ihre Mutter am Arm und geleitete sie in das abgedunkelte Wohnzimmer, wo sie die Wolldecke vor dem Fenster abhängte und das Campingbett zusammenklappte, das ihr die Pfleger aus dem Heim bereitgestellt hatten. Gerade wollte sie die verwirrte Rene ankleiden, ganz nach den Anweisungen des Heimpersonals, als das Telefon klingelte.

Ruths Tochter Marie rief aus Bury St. Edmunds an, die Verbindung war hervorragend. Marie machte sich große Sorgen wegen der Ereignisse der letzten Tage.

»Mum.«

»Marie, wie geht es dir? Fröhliche Weihnachten. Wie geht es meinen süßen Enkelkindern?«

»Was ist eigentlich bei euch los?«

»Das hängt wohl davon ab, welche Zeitung du liest.«

»Also ist es tatsächlich Dad?«

»So ist es!«

»Vor Gericht? Weil er einer toten alten Frau die Geldbörse gestohlen hat?«

»Das sind die Fakten.«

»Hat er wirklich dieses dumme Zeugs erzählt? Ich kann es überhaupt nicht fassen. Es ist unglaublich. Warum hast du mich bloß nicht angerufen? Ich habe die ganze Zeit voller

Sorge auf deinen Anruf gewartet. Dad wurde sogar des Mordes verdächtigt, und du rufst mich noch nicht einmal an?«

Ruth mußte lächeln. Wie die Natur es doch wunderbar einrichtete, daß sich irgendwann die Rollen umdrehten! Sie erinnerte sich noch gut an die Zeit, als sie abends oft stundenlang wachgelegen hatte, um ja nicht die vorsichtigen Schritte eines halbwüchsigen Kindes zu später Stunde zu verpassen. »Marie, mein Schatz, könntest du in etwa zwanzig Minuten noch einmal anrufen? Ich versuche gerade, deine Großmutter anzuziehen, ein nicht gerade einfaches Unterfangen.«

»Oma Rene ist bei dir?« sagte Marie überrascht nach einer längeren Pause.

»Ja, leibhaftig, verrückt und verdreht.«

»Mum! Sag nicht so etwas! Kann ich Dad mal sprechen?«

»Er ist nicht hier, Marie.«

»Was?«

»Er wohnt zur Zeit bei einem Freund, bis dieser ganze Spuk vorbei ist.«

»Nicht bei dir? Und das an Weihnachten?«

»Marie, ich muß jetzt wirklich ...«

»Wir kommen sofort zu dir. Jetzt sofort.«

»Nein, bitte tu das nicht, Marie. Ich komme schon klar. Außerdem halte ich es für besser, wenn man mich einfach für eine Weile in Ruhe läßt.«

»Was wird eigentlich gespielt, Mum?«

»Wie das Leben eben so spielt.«

So ging es eine Weile hin und her, bis Ruth ihrer Tochter ausgeredet hatte, vor dem zweiten Weihnachtsfeiertag zu kommen. Marie erschien die Lage von Minute zu Minute diffuser, und schließlich einigten sie sich auf den Kompromiß, daß Ruth sich später wieder melden wollte.

Kaum hatte sie aufgelegt, klingelte es erneut. Dieses Mal

war es ein Journalist, der sich zunächst für die Störung entschuldigte und ihr dann dreihundert Pfund für ihre Darstellung der Geschichte bot. Als Treffpunkt schlug er ein Hotel ihrer Wahl vor.

Das Angebot führte sie sehr in Versuchung, denn von dem Weihnachtsgeld der Putzfrauen konnte sie gewiß keine großen Sprünge machen. Lächerliche sieben Pfund und zwanzig Pence hatte sie in ihrem letzten Gehaltsumschlag vor Weihnachten gefunden. Ihr Arbeitgeber wirkte ein wenig betreten, als er erklärte, daß seine Mitarbeiter ein paar Mal für die Putzfrauen den Hut hatten herumgehen lassen. Und dieser Betrag wäre übrig geblieben, nachdem die volle Summe zwischen elf Damen hatte aufgeteilt werden müssen.

Doch als der Journalist sie dann um genaue Gründe für das Zusammenbrechen ihrer Ehe bat, war die Sache für sie gelaufen. Doug hatte schon aus sich einen Narren gemacht, sie mußte nicht dasselbe tun. Außerdem war die Sache dreihundert lausige Pfund nicht wert. Sie legte den Hörer auf und zog den Stecker heraus.

Dann kehrte sie zu ihrer Mutter zurück.

»Und was schenkst du mir zu Weihnachten?« fragte Rene, als Ruth das immer dünner werdende Haar der alten Frau bürstete.

»Später, Mutter. Wir haben doch noch nicht einmal gegessen.«

»Für euch hab' ich nur das Allerbeste«, zwinkerte die Mutter der Tochter zu. »Für dich und deinen Gauner.«

»Das ist schön, Mutter,«

»Wo ist er überhaupt? Überfällt wieder alte Leute, was?«

»Mum, bitte!«

»Ich hab ihn gestern abend gesehen«, flüsterte Rene plötzlich, sie war sich ihrer Sache sehr sicher. »Hinter dem Fernseher.«

»Das ist die Zeitung von gestern, Mum.«

»Er wohnt da.«

»Das ist nur ein Foto.« Sie ging zum Fernseher, neben dem eines der Boulevardblätter lag, Dougs Gesicht auf dessen Titelseite. »Siehst du? Und weißt du, was er sagt? Das Berauben alter Frauen ist wie Sex mit Leichen. Die seltsamen Äußerungen des Mordverdächtigen während des aufsehenerregenden Gerichtsdebakels.«

Ruth seufzte und warf die Zeitung in den Müll. Dann schaltete sie den Fernseher ein und beobachtete erschreckt, wie ihre einst so feurige und lebhafte Mutter von den blödsinnigen Cartoons völlig in den Bann gezogen wurde.

Sie ging in die Küche, um das Essen zuzubereiten, und genehmigte sich beim Gemüseschneiden ein Glas Wein. Dann noch eins. Und noch eins. Und noch eins.

Später – viel später – zwei Flaschen Rotwein, ein verbranntes Weihnachtsessen, drei Toilettengänge mit Rene, vier Wiederholungen des gräßlichen Videos, eine halbe Schachtel Pralinen, ein paar dämlich alberne Telefonanrufe und einige Fernsehfilme später saß Ruth allein mit ihrer Mutter im Wohnzimmer und goß sich, wie sie sich versprach, das letzte Glas Wein ein.

»Gib mir bitte meine Tasche, Liebes.«

Ruth erhob sich langsam und gab ihrer Mutter die gewünschte Lederhandtasche. Sie beobachtete, wie die alte Dame in der Tasche herumwühlte und schließlich einen Briefumschlag herauszog.

»Hatte keine Zeit, es einzuwickeln. Die Finger wollen nicht mehr so recht. Ein junges Mädchen aus dem Heim hat mir geholfen«, zwinkerte sie ihrer Tochter zu. »Wollte erst nicht. Meinte, ich sei dumm. Aber ich weiß, wie gut du das Geld gebrauchen kannst.«

»Mum, das sollst du doch nicht«, widersprach Ruth, die

hin und her gerissen war, ob sie das Geschenk annehmen oder höflich zurückweisen sollte. Geld – vielleicht sogar bares.

»Na, siehst du«, sagte die Mutter leise und zeigte auf ihren Kopf. »Ich bin nicht immer verrückt.«

Ruth öffnete den Briefumschlag, und auf ihren Schoß fielen jede Menge Lotteriequittungen. »Oh«, sagte sie leise und enttäuscht.

»Das sind zweihundert«, grinste Rene. »Sind alle für dich. Jedes Los hat dieselbe Nummer.«

»Dieselbe Nummer?«

»Ich habe gut nachgedacht, weißt du? Hab' mir überlegt, wenn du mit nur einem Ticket eine Million verdienst, kannst du mit allen zusammen zweihundert Millionen bekommen.«

»Du hast zweihundert Pfund für die Lotterietickets bezahlt?« Ruth konnte es kaum glauben. »Das haben sie dir erlaubt?«

»Wie ich dir schon sagte. Das Mädchen wollte erst nicht, und ich mußte es ganz geheimhalten.«

Ruth steckte die nutzlosen Abschnitte wieder in den Umschlag und den Umschlag zurück in die Tasche. »Das war sehr lieb«, sagte sie leise. »Danke.«

»Und ich freue mich erst! Jetzt hast du dein Lebtag genug.«

»Stimmt«, bekräftigte Ruth und gab Rene einen Kuß.

Die alte Dame hielt ihre Tochter plötzlich fest und zog Ruths Kopf an ihre schlaffe Wange. »Hilf mir, Schatz«, flüsterte sie drängend. »Ich möchte gehen.«

Ruth lehnte sich zurück und schaute ihre Mutter an. Schon wieder zur Toilette? Es war doch erst eine Stunde vergangen, seit sie ...! Aber Rene schien etwas anderes zu meinen. Ruth vermutete, daß ihr vielleicht die gewohnte Umgebung fehlte und sie sich danach zurücksehnte. »Es geht aber jetzt noch nicht, Mum. Du wirst noch ein paar Tage bei mir bleiben. Wir machen es uns gemütlich. Wir ...«

»Das meine ich nicht. Ich will gehen – fort – für immer.«

»Fort?«

»Ich möchte zu Dad.«

Ruths Herz begann heftig zu pochen. »Sag nicht so etwas, Mum.«

»Ruth«, bat Rene flehentlich. »In meinem Kopf stimmt nicht mehr alles. Manchmal merke ich das. Es ist wie ein Erwachen aus einem Alptraum. Ich will nicht mehr, Ruth.«

Ruth konnte ihre Mutter nicht länger ansehen. »Du fühlst dich im Moment nicht so gut. Das geht wieder vorbei.«

»Ich habe mein Leben gelebt, meine Zeit ist vorbei. Du bist jetzt mit Geld versorgt. Ich bin bereit, Ruth. Tu es bitte, jetzt sofort. Bevor ich es mir wieder anders überlege.«

»Es tun?«

»Mich nach oben schicken, Liebes, in den Himmel. Ich spüre die Nähe deines Vaters. Er wartet schon auf mich, will mich ganz in seiner Nähe wissen. Er will seine Rene ...«

»Bitte«, flehte nun Ruth. »Laß uns ins Bett gehen, ja?«

»Will seine Rene.«

»Mutter!«

»Töte mich, Ruth!«

»Sei still!«

»Ich bin hier unten fertig.«

»Nein!«

»Das ist dein Weihnachtsgeschenk für deine alte Mutter. Laß mich nicht so jämmerlich zugrunde gehen wie die anderen im Heim. Ich weiß doch, wie es weitergehen wird, Ruth. Ich sehe sie in ihrem Elend jeden Tag ...«

»Soll ich dir wieder dein Video einlegen?« fragte Ruth mit

tränenüberströmtem Gesicht. Ihr Körper begann zu zittern, als plötzlich ein unheimlicher Drang von ihr Besitz ergriff. Ein böser, verruchter, unerklärbarer Drang, der immer stärker wurde, je mehr Rene schwadronierte. Wie sehr sie ihm nachgeben wollte! Greif dir den nächsten Gegenstand und laß ihn auf ihrem wirren Kopf zerschmettern und bring diese krächzende Stimme zum Schweigen, sagte ihre innere Stimme.

»Ich halte es nicht mehr länger aus, Ruth. Ich kann nicht mehr.«

Nervös machte Ruth sich am Video zu schaffen. »Laß uns jetzt einen Blick ins Video werfen, okay?«

»Ich würd' dich ja gar nicht darum bitten«, fuhr sie fort. »Aber ich bin dafür zu schwach. Ein Kopfkissen tut es doch schon, Ruth. Bitte!« Sie hielt Ruths Handgelenk fest.

Ruths Kopf drohte zu explodieren. »Hör auf!« brüllte sie und riß sich aus der Umklammerung. »Halt doch endlich einmal deinen Mund!«

Der Rotwein zeigte plötzlich Wirkung, als Ruth sich wie auf wogender See fühlte und der Raum sich um sie drehte. Sie begann zu singen, als ihre Mutter sich auf sie zu bewegte.

»Bitte, Ruth!« bettelte Rene und trat einen großen Schritt auf Ruth zu. Diese verlor das Gleichgewicht, fiel gegen ihre Mutter und beide sanken zu Boden. Auf Ruth lagen etwa einhundert Pfund lebensmüdes Gewicht.

Ruth begann zu kreischen und um sich zu schlagen, als läge sie unter einer riesigen Spinne. Zu allem Unglück fiel auch noch eine Haarsträhne ihrer Mutter in ihren geöffneten Mund. »Geh weg von mir! Laß mich in Ruhe!«

Dann sprang sie auf die Füße und rannte aus dem Zimmer, lief aus dem Haus, hastete auf die frostige Straße, bis ihre Lunge fast zerbarst von der ungewohnten Anstrengung.

In Windeseile hatte sie bald einhundertundfünfzig Meter

zurückgelegt, war auf dem Weg ins Stadtzentrum durch stille Straßen gelaufen, vorbei an geparkten Wagen und erleuchteten Fenstern. In allen Häusern erstrahlten unechte Bäume in künstlichem Licht.

Je weiter sie rannte, desto größer wurde ihr Zorn. Wie konnte ihre Mutter ihr das nur antun? Wie konnte sie das bloß von ihr verlangen? Sie war ihre Tochter, ihr eigenes Fleisch und Blut und nicht ihr Henker!

Das Heim! Das Heim war seiner Aufgabe nicht gewachsen! Verdammt noch einmal! Es hatte die Verantwortung, dafür bestand diese Einrichtung schließlich! Ihre Mutter lebte dort, bis sie starb. Und bis dahin mußte für sie gesorgt werden. Dafür waren sie da. Dafür bezahlten sie viel Geld, hatten sie Renes Haus verkauft, die Versicherung zu Bargeld gemacht. Ihr eigenes Erbe war dahin. Und anstelle des Eigentums war sterile, sanitäre, professionelle Hilfe getreten!

Und dabei sollte es auch bleiben. Nichts würde in ihrem Haus passieren! Nicht mittels ihrer Hände! Nicht mittels ihrer Kopfkissen!

Ruth verlangsamte jetzt die Schritte und fühlte heftiges Seitenstechen, als sie schließlich luftschnappend vor den Geschäften im Zentrum stehenblieb. Sie kannte den Pub und das chinesische Restaurant recht gut, ebenso die wenigen Fachgeschäfte. Nur die Tierhandlung war ihr nicht so vertraut.

Sie fühlte sich plötzlich merkwürdig, wie in Trance, als hätte ihr jemand unter Hypnose einen Auftrag erteilt. Unsicher ging sie auf das Schaufenster zu und versuchte, in die bläulich schimmernde Finsternis zu blicken, als auf einmal vereinzelte helle Punkte aufflackerten – wie eine nervöse Reaktion auf ihre Anwesenheit. Sie nickte und winkte den gefangenen Bewohnern zu, gleichzeitig fühlte sie in ihrem Bauch ein befreiendes Glucksen aufsteigen.

Siebenundvierzig Jahre eines normalen Lebens waren innerhalb einer Woche aus der Bahn geworfen worden. Und plötzlich kristallisierte sich in ihrem noch immer ziemlich alkoholumnebelten Geist zunehmend eine Idee heraus.

Und diese hieß: »Schick sie alle zum Teufel!«

Das tat sie dann auch.

28. Kapitel

»Diese Art Bravourstück hätte ich eigentlich eher Ihrem Mann zugetraut.«

Vorsichtig versuchte Ruth, ein Auge zu öffnen. Eine innere Stimme riet ihr, es dabei auch zu belassen. Hätte sie doch nur auf die Stimme gehört und nicht den Kopf gehoben, weil sie den Besitzer dieser lauten, unangenehmen Stimme sehen wollte. »Bitte?« fragte sie leise unter Schmerzen.

»Ich meine den alten ›Stein-ins-Fenster-werfen-Streich‹. Werfen, hineingreifen, zugreifen. Ihr Mann hätte allerdings bestimmt keine Tierhandlung gewählt. Da wäre ihm ein Schnapsladen wohl gelegener gewesen.«

»Sergeant Mason?« fragte Ruth und drehte langsam den Kopf. Sie konnte sich nicht im geringsten vorstellen, was Davies Partner in ihrem Schlafzimmer zu suchen hatte und warum er im Türrahmen stand. Oder warum ihr Schlafzimmer plötzlich so verändert wirkte, es sah ja aus wie eine Polizeizelle – ohne ihre Schränke und Möbel.

Hatte er Tierhandlung gesagt? Sie stöhnte laut auf, als sie sich schwach an den Stein in ihrer Hand erinnerte, der dann auf das Fenster zugeflogen war. Hatte sie das wirklich fertiggebracht? Unmöglich!

»Glauben Sie mir, Mrs. Jenkins, wir haben selten so gelacht. Schade, daß der Chef das nicht sehen konnte. Aber keine Sorge, wir haben ja das Band. Es wird für ihn wie ein Weihnachtsgeschenk sein.«

»Band?«

»Videoüberwachung, Mrs. Jenkins, installiert für den Preis von mehreren hunderttausend Pfund, um die Stadt und ihre Umgebung vor nächtlichen Randalierern und Steinewerfern zu schützen, die die Polizei auf diese Weise schnell dingfest machen kann.«

Sie plumpste zurück auf die harte Bank und starrte an die Decke. Bruchstückhaft blitzten ein paar Bilder vor ihrem geistigen Auge auf. Der Ziegelstein ... der Knall ... der Alarm ... der Streifenwagen ... das Polizeirevier ... die Anklage wegen Verwüstung und ungehörigen Benehmens ... die Abnahme der Fingerabdrücke ... das Telefonat ... das Zuschlagen der Zellentür. »Meine Mutter«, brachte sie schwach hervor und schloß die Augen.

»Machen Sie sich um sie keine Sorgen, Mrs. Jenkins«, beruhigte Mason sie gnädig. »Die Leute vom Sozialdienst haben sie gestern abend aufgegriffen, nachdem sich die Nachbarn beschwert hatten.«

»Beschwert?«

»Sieht ganz so aus, als wollte sich die alte Dame in Ihrem Vorgarten selbst beerdigen. Die Kollegen von der Streife fanden sie dort nackt mit einem Spaten, als sie ihr eigenes Grab grub.« Er schlürfte laut seinen Kaffee. »Sie steckte bis zu den Knien im Matsch, ein Wunder, daß sie nicht an ihrem hohen Fieber gestorben ist, anscheinend haben sie darüber im Krankenwagen bereits Wetten abgeschlossen.«

»Bitte, Sergeant. Ich habe einen schrecklichen Kater, so viel auf einmal kann ich im Moment nicht ertragen.«

»Ist Ihre Mutter Ihnen denn egal?«

Vorsichtig setzte sich Ruth schmerzerfüllt auf und stützte sich auf den Ellbogen. Ihre Hände und Gelenke waren von zahllosen Schrammen überzogen. Ihre nächtliche Begegnung mit dem Stein und dem Fenster ließ ihre Unterarme aussehen, als hätte sie hungrige Löwenjungen gefüttert. »Ihren provozierenden Äußerungen zufolge nehme ich an, daß meine Mutter lebt, es ihr gut geht und sie wahrscheinlich im Broomfield Krankenhaus untergebracht ist. Wäre sie gestorben, hätten Sie mich wohl wegen Mordes verhaftet. Ist es nicht so?« Herausfordernd blickte sie dem selbstgefälligen, blasierten Detective in die Augen. »Das ist doch hier so üblich, oder täusche ich mich?«

Offensichtlich gefiel ihm dieser Scherz, denn er prostete ihr mit dem Kaffeebecher zu und lächelte. »Falls Sie auf die Heldentaten Ihres törichten Ehemannes ansprechen, wäre ich an Ihrer Stelle sehr vorsichtig.«

Ruth schwang die Beine herum und stellte die Füße auf den Boden.

»Kann ich jetzt gehen?«

Mason überdachte das Gesuch und nickte dann langsam. »Sofort. Sie werden sich freuen, daß Ihr Bürge eingetroffen ist und draußen auf Sie wartet.«

»Felix«, stöhnte sie, und wieder fielen ihr Bruchstücke aus dem Ablauf des gestrigen Abends ein. Sie erinnerte sich vage an den Telefonanruf, den sie führen durfte.

»Offensichtlich noch einer von Davies alten Kumpeln«, bemerkte Mason und trank seinen Kaffee aus. »Sie sind auch unzertrennlich, was?«

»War eine harte Woche.«

»Mögen Sie Pizza?«

Diese Frage traf sie völlig unerwartet. »Bestimmt nicht zum Frühstück.«

»Ich meine *Pizza Hut*, in der High Street. Gehen Sie oft dorthin?«

»Sie fragen mich doch nicht etwa aus?«

Er wandte sich zur Tür und änderte plötzlich seinen Ton. »Wenn Sie mir dann bitte folgen möchten, Mrs. Jenkins«, bat er sie höflich in offiziellem Ton.

»Erst muß ich Ihre Toilette benutzen.«

Er führte sie aus der Zelle durch ein Labyrinth von Fluren und Treppen zu der gewünschten Toilette, anschließend in ein riesiges Großraumbüro. Etwa ein Dutzend Beamte ohne Uniform beugten sich emsig über Straßen- und Landkarten, Telefone und natürlich die Kaffeemaschine. Sie steuerten geradewegs auf ein abgeschlossenes Büro am Ende des Raumes zu, dessen abgedunkelte Fenster auf die ausgestorbene Straße blickten. Die Uhr an der Wand zeigte acht Uhr.

Acht Uhr morgens – kein Wunder, daß sie sich miserabel fühlte. Und Felix wartete schon unten. Um welche Zeit er wohl aufgestanden war?

Sie ließ sich auf einen Stuhl fallen, während Mason es ihr gegenüber hinter dem Schreibtisch gleichtat. Auf dem Tisch bemerkte Ruth viele Fotos von Frank und seinen Kindern. »Franks Büro, nehme ich an?«

»Ja«, antwortete Mason, stand wieder auf und schloß die Tür, bevor er sich erneut setzte. »Für meinen Chef würde ich im Moment jede Schicht schieben.«

»Ist das ein Eingeständnis? Eine Beichte?« fragte sie und wünschte sich nichts sehnlicher als eine Tasse Kaffee.

»Er hat sich in der Sharansky-Sache ziemlich blamiert.«

»Stimmt«, pflichtete Ruth ihm bei, »er hat den falschen Mann festgenommen.«

»Ihren Mann.«

»Den falschen Mann«, stellte Ruth richtig und fragte sich, worauf er hinaus wollte.

Mason lehnte sich in dem Ledersessel zurück und verschränkte die Arme hinter dem Kopf. »Und die Woche war anstrengend, sagten Sie?«

»Ich verstehe Sie nicht.«

»Haben Sie doch gerade gesagt, unten in der Zelle. Die Woche war hart, haben Sie mir erzählt.«

»Das kann wohl niemand abstreiten, Sergeant.« Sie würde ihr letztes Hemd für einen Kaffee und eine Zigarette geben.

Mason breitete die Arme aus und wies in Richtung des großen Büros. »Ich hätte nie gedacht, daß ich das einmal erleben würde. Fast das ganze Revier ist heute hier.«

»Vielleicht brauchen sie die Überstunden.«

»Das hat nichts mit Geld zu tun«, erwiderte er mit ärgerlichem Unterton. »Sondern Stolz.«

»Dauert es noch lange, ich meine ...?«

»Die Leute im Präsidium haben Davies den Fall entzogen. Sie meinen, sie wären besser imstande, den oder die Mörder zu finden. Wir alle fühlen uns degradiert, denn wir dürfen nur noch Nachforschungen anstellen und einige Untersuchungen durchführen.«

»Und? Ist doch nur gerecht, nach allem, was passiert ist.«

Mason machte eine sarkastische Verbeugung, erhob sich und ging hinüber zu der Wandtafel, an der die Fotos der Leichen von Ida Sharansky und Sulee Xang hingen. »Zwei Morde, Mrs. Jenkins. Zwei Morde an einem Wochenende in einer verschlafenen Stadt, deren größtes Ereignis meist nur das Wettsaufen einiger Jugendlicher ist.«

Ruth zwang sich, einen Blick auf die grauenhaften Fotos zu werfen. Den Kaffee brauchte sie nicht mehr, jetzt gelüstete es sie nach einem Brandy und einer Zigarette.

»Ich bin kein brillanter Polizist, Mrs. Jenkins«, fuhr Mason fort. »Aber ich bin auch kein Blödmann. Und ich bin immer auf der Suche nach den Gliedern einer Kette und dem richtigen Verbindungsstück, so wie ich es gelernt habe.«

»Das nehme ich Ihnen sogar ab.«

»Und ich sehe eines direkt vor mir.«

»Meinen Sie mich?«

»Ja, Sie, Mrs. Jenkins.«

Sprachlos starrte sie ihn an.

»Wissen Sie«, erklärte Mason ihr, »ich frage mich schon eine Weile nach dem ›Warum?‹, nicht nach dem ›Wer?‹. Warum mußte die Studentin sterben? Wer könnte möglicherweise von dieser brutalen und sinnlosen Tat profitieren?«

»Ich?« platzte es empört aus ihr heraus, und ihr wurde schlecht.

»Wäre Ihnen doch sehr gelegen gekommen, nicht wahr, meine Liebe? Als Sulee Xang starb, waren wir mehr oder weniger gezwungen, die Anklage gegen Ihren Mann wegen des Mordes an Ida Sharansky fallen zu lassen.«

Ruth konnte nur verständnislos den Kopf schütteln.

»Die junge Vietnamesin wäre kein Problem gewesen. Sie arbeitete bei *Pizza Hut*. Hier und da ein kleines Gespräch, um sich näherzukommen, hier und da ein kleiner Besuch, um sich mit ihrer Wohnung vertraut zu machen. Sie kannten bereits eine Menge Einzelheiten aus dem ersten Mord, die nicht für die Öffentlichkeit bestimmt waren.«

»Sie meinen, daß ich ...?« Ruth fehlten die Worte, es war zu unglaublich. Ihre Augen wanderten zu den grausigen Fotos von Sulee Xang.

»Ganz im Vertrauen, Mrs. Jenkins«, sagte er leise, während er sich neben ihr mit beiden Händen auf dem Schreibtisch abstützte und sie von der Seite ansah, »die hohen Tiere, die Verrückten von drüben, Sie wissen schon, aus dem Präsidium, haben eine sehr merkwürdige Hypothese. Für meinen Geschmack etwas zu weit hergeholt.«

»Kann ich jetzt nach Hause gehen?«

Mason schien sie nicht zu hören. »Aber ein, zwei Dinge lassen mir keine Ruhe.«

»Bitte! Ich muß zu meiner Mutter.«

»Zum Beispiel das hier«, fuhr er ungerührt fort, griff in eine schwarze Schachtel auf dem Schreibtisch und holte eine durchsichtige kleine Plastiktüte hervor. »Haben wir im Zimmer der Studentin gefunden. Kommt Ihnen bekannt vor?«

Ruths Blick glitt von der Tüte zu seinen unergründlichen Augen.

»Ich will Ihnen helfen«, sagte er entgegenkommend. »Aber nur ein wenig. Gestern abend habe ich ein wenig nachgeforscht, am Computer, über Sie. Ich konnte einfach nicht verstehen, warum eine solch respektable und ehrenhafte Frau wie Sie Steine in Schaufenster wirft. Deshalb kam ich ins Grübeln und wollte mehr wissen.«

»Das habe ich doch schon zu erklären versucht«, wiederholte Ruth, die mit den Nerven fast am Ende war. »Ich hatte eine anstrengende Woche hinter mir und außerdem viel zuviel getrunken und ...«

»Was noch, Mrs. Jenkins?«

Verlegen kaute Ruth auf der Unterlippe herum. »Nun ... einfach die Kontrolle verloren.«

»So sieht's auch aus. ›Kontrolle verloren‹, hört sich gut an.«

»Kann ich jetzt nach Hause?«

Aber wieder ignorierte Mason ihre Bitte, streifte sich pinkfarbene Gummihandschuhe über und hob die Plastiktüte hoch. »Ich konnte erst gar nicht erkennen, was es ist. Wir dachten zunächst, es gehörte ihr, der Vietnamesin.« Er öffnete vorsichtig den Beutel und zog ein blaßblaues Stück Stoff mit rostroten Flecken heraus. Dabei schaute er Ruth an und lächelte freundlich. »Nur ein altes Taschentuch.«

Er faltete es auseinander und legte es auf den Tisch. »Die Laboruntersuchungen daran sind beendet, und man hat es uns zurückgeschickt, damit wir es mit den anderen Beweismitteln aufheben. Die brauchten Blutproben, sehen Sie?«

Und wie zur Erklärung hielt er ihr das blutbefleckte Taschentuch unter die Nase, Ruth betrachtete es entsetzt.

»Und als ich gestern meine Nachforschungen über Sie anstellte«, berichtete Mason weiter, »machte ich eine sehr interessante Entdeckung.« Er hielt einen Moment inne, um seinen Worten Nachdruck zu verleihen.

»Sergeant, falls Sie mich nicht festnehmen, muß ich wirklich gehen ...«

»Ruth Golden. Woman Police Constable Ruth Golden, stand im Bericht. Arbeiteten Mitte der Sechziger eine kurze Zeit mit meinem Chef zusammen, stimmt's?«

»Ach ja?« Ein unangenehmes Gefühl machte sich in ihrer Magengegend breit.

Wieder hielt Mason ihr das Tuch vor die Nase und zeigte auf die untere linke Ecke.

Ruth fühlte sich, als hätte man ihr einen Schlag in den Magen versetzt. Obwohl mit der Zeit ein bißchen verschossen, war noch immer klar und deutlich in der Handschrift ihrer Mutter zu lesen:

R. G. – August 1964.

»Sehen Sie, worauf ich hinaus will, Mrs. Jenkins? R. G. Ruth Golden. Sie.«

Ruth suchte verzweifelt nach irgendeiner Ausrede zu ihrer Verteidigung. Es gehörte tatsächlich ihr. Das Taschentuch lag jetzt vor ihr, wie ein sorgsam gehüteter Schatz aus der Vergangenheit. Und plötzlich konnte sie sich daran erinnern, wie ihre Mutter ihr das frisch gebügelte Stück schnell noch zugesteckt hatte, bevor sie sich auf den Weg zur Schulabschlußfeier in Hendon begab. Aber wie zum Teufel war es hierher gekommen? Und wieder zogen die grausamen Fotos des Gemetzels wie magisch ihren Blick an sich.

»Sie erkennen es, nicht wahr, Mrs. Jenkins?«

»Ich ... ähm ... nein. Natürlich nicht.« Ihr Selbstvertrauen kehrte allmählich zurück. Nur gut, daß sie nicht an einen Lügendetektor angeschlossen war. »Hab' ich noch nie in meinem Leben gesehen. Könnte außerdem jedem gehören ... Roger Green, Richard Grantham, Rita ...«

»Ruth Golden?«

»Nein! Außerdem muß ich jetzt nach Hause.«

»Ihr Taschentuch«, zischte er ärgerlich, »wurde am Tatort gefunden. Anschließend durfte Ihr Mann das Gefängnis verlassen. Also? Gut möglich, finden Sie nicht auch? Ich würde sagen, Sie sitzen ganz schön tief in der Scheiße, Mrs. Jenkins.«

»Das ist doch lächerlich«, protestierte Ruth. Da tauchte zu allem Unglück vor ihrem geistigen Auge ein Bild aus der Vergangenheit auf. Es war, als verspotte sie ein unschuldiges kleines Lächeln in einem verheulten Gesicht, nachdem es dem Tod begegnet war. »Es ist absolut verrückt! Grotesk! Absurd! Wie Sie wissen, habe ich ein wasserdichtes Alibi für Sonntag nachmittag. Fragen Sie Felix Pengelly! Fragen Sie Margeret Simmons! Ich war mit ihnen zusammen! Gehen Sie zu ihnen. Fragen Sie sie selbst!«

»Das werde ich auch, Mrs. Jenkins. Darauf können Sie sich verlassen. Mit zwei Leichen und nur sehr wenigen Beweisen gehen wir natürlich jeder Spur nach.«

»Ich schwöre, daß ...«

Mason ging zur Tür. »Den Weg finden Sie wohl alleine hinaus. Ich würde Sie ja herzlich gerne hinausbegleiten, aber ich habe leider noch unheimlich viel zu tun.«

Doch Ruth wollte es Mason heimzahlen. »Wissen Sie, was dabei herauskäme, wenn ich das Mädchen getötet hätte? Sie meinen, dann hätte ich dafür meinen Mann zurückbekommen? Meinen idiotischen, dummen Mann? Der seine Chefin vögelte, während ich ihm sein bescheuertes Abendessen zubereitete? Sie glauben doch wohl nicht im Ernst, daß ich auch nur einen Strafzettel für ihn riskieren würde?«

»Beziehungskisten muß ich nicht begreifen, Mrs. Jenkins. Gehört nicht zu meinem Job. Aber lassen Sie mich Ihnen eins sagen. Wären Sie bei der Polizei geblieben, statt sich unter Wert zu verkaufen und diesen Nichtsnutz zu heiraten, hätten Sie bei diesen Beweismitteln ebenfalls gestutzt. Vielleicht halten Sie mich für voreingenommen, aber das ist mir egal.«

Ruth mußte sich sehr zusammenreißen, um nicht die Beherrschung zu verlieren. »Ich halte Sie nur für engstirnig und verdammt dumm.« Damit ging sie zur Tür, wo sie noch einmal stehenzublieb. »Kein Wunder, daß Ihre Chefs die Fachleute zu Rate ziehen. Sie sind ja nicht einmal in der Lage, einen Überfall auf einen Kindergarten zu untersuchen.«

Mason verzog nur das Gesicht zu einem gequälten Grinsen. »Bis später, Mrs. Jenkins.« Er reichte ihr zum Abschied die Hand.

Doch Ruth schubste seinen verschwitzten Körper zur Seite. »Sie können mich mal!«

29. Kapitel

»Ruthie«, versuchte Felix sie zu beruhigen. »Es geht doch nur um ein dämliches Taschentuch. Wie kannst du so sicher sein, daß es dir gehört?«

»Weil ich das blöde Ding erkannt habe, Felix. Und sie haben es schließlich im Zimmer der Kleinen gefunden.«

»Und du irrst dich keinesfalls?«

»Nein«, sagte sie leise. »Mason gräbt alles Mögliche aus. Wie ich dir schon sagte, er deutete ja sogar an, ich könnte den Mord begangen haben.«

»Nun ja, das ist ohne Hand und Fuß.«

»Eigentlich hatte ich gehofft, der häßliche Alptraum hätte endlich ein Ende«, seufzte sie. »Und dann taucht dieses Taschentuch auf, und ich stecke wieder mittendrin. Wie ist es bloß dahingekommen, Felix?« Sie schaute ihrem Freund in die Augen.

Er nahm ihren Arm, und sie spazierten über die gefrorene Wiese. Für beide war es ein langer Morgen gewesen. Erst hatte er sie abgeholt, anschließend waren sie bei ihrer Mutter im Broomfield-Krankenhaus gewesen. Danach mußten sie vierzig lange Minuten zum Altenheim in Shenfield fahren, wo Ruth sich bei dem indignierten und mißgestimmten Pflegepersonal in aller Form für das Debakel vom vorigen Abend entschuldigte.

Und jetzt war da auch noch diese dumme Sache mit dem Taschentuch, und Ruth bestand mit einer penetranten Hartnäckigkeit darauf, daß es ihr gehört hatte.

Es war Felix' Vorschlag gewesen, an die frische Luft zu gehen, damit ihre Sinne wieder klar wurden. Ruth hatte den Wunsch geäußert, nach Hylands, einem wunderschönen Park auf dem Land, zu fahren. Hier mischten sie sich nun unter junge Paare, Familien und Hundebesitzer, die ebenfalls den herrlichen Park an diesem zweiten Weihnachtsfeiertag für ihre Spaziergänge nutzten.

»Nun gut«, akzeptierte Felix im Moment vorerst Ruths Theorie, die er absonderlich fand. »Angenommen, es ist deines und du hast recht. Vielleicht ist alles nur Zufall. Vielleicht hat die Vietnamesin es nur gefunden. Und das war's.«

»Wie?«

Felix zuckte mit den Schultern. »Beim Schlußverkauf vielleicht oder auf dem Flohmarkt – Studenten machen sowas doch gerne.«

Aber Ruth konnte ihm nicht folgen. »Verstehst du denn nicht, worum es geht, Felix? Vorausgesetzt, es gehörte gar nicht ihr, sondern dem Mörder? Das ist es doch, was Mason andeutet!«

»Kommt auf dasselbe heraus«, erklärte er. »In den letzten dreißig Jahren kann alles Mögliche damit passiert sein. Du sagst doch, daß deine Mutter es dir vor dem Schulabschluß gegeben hat. Das ist dreißig Jahre her, Ruth. Du könntest es verloren oder verlegt haben. Jemand könnte es aus Versehen eingesteckt haben, oder du hast es verliehen oder ...«

An einer Bank blieben sie stehen und setzten sich. Ihr Blick fiel auf das mit Säulen geschmückte herrschaftliche Gebäude und das hügelige Gelände. Keiner sagte ein Wort, jeder hing seinen eigenen wirren Gedanken nach, nicht bereit, auch nur eine Handbreit nachzugeben.

»Letzter Versuch«, lenkte Felix ein und nahm Ruths eisige Hand in seine. »Kannst du dich daran erinnern, wann du es zum letzten Mal gesehen hast?«

»Vor zwei Stunden«, sagte sie resigniert, »Genau vor meiner Nase.«

»Davor, Ruthie.«

»Ich weiß es nicht«, rief sie verzweifelt. Aber plötzlich schoß ihr wieder etwas durch den Kopf – abermals dieses Gesicht.

»Hast du es immer mit auf Streife genommen, damals in Maldon?«

»Ich nehme es an.« Sie spürte ein zartes Gewicht auf ihrem Schoß, hörte laute Stimmen um sich herum, darunter eine anklagende. Sie fühlte weiches Haar ihr Kinn kitzeln. »Ich glaube ...«

»Was?«

Aber das Gefühl verschwand so schnell, wie es gekommen war, und hinterließ keinerlei konkrete Hinweise. »Irgend etwas ist passiert«, sagte sie leise, »damals.«

»In Maldon?«

Sie nickte. »Es könnte mit einem Kind zu tun haben.«

»Einem Kind?«

Sie ließ seine Hand los, stand auf, setzte sich wieder und stand nochmals auf.

»Junge oder Mädchen?« versuchte er, ihrem Gedächtnis nachzuhelfen.

Als er sie gespannt anblickte, sah sie ihn plötzlich vor sich – jung, voller Optimismus und Energie. »Du warst dabei!«

»Wo?«

Das Gefühl hatte sich zurückgemeldet. Sie spürte wieder das Gewicht auf ihrem Schoß, sah braune Haare, die an ihrer Uniform klebten, weil sie sich statisch aufluden, roch den Duft eines frisch gewaschenen Nachthemdes. »Es war ein

Mädchen«, erinnerte sie sich. »Ich habe es einem jungen Mädchen gegeben.«

»Ausgezeichnet!«

»Ausgezeichnet?«

»Du hast es verschenkt, und von dem Moment an ging es auf seine große Reise. Verstehst du denn nicht? Du brauchst dir keine Sorgen mehr zu machen.« Felix sprang nun ebenfalls auf, rieb sich die Hände und stampfte mit den Füßen auf. »Jetzt müssen wir noch Mason die Geschichte erzählen, dann kann er ja den weiteren Weg verfolgen und herausfinden, in welche Hände es schließlich gelangt ist.« Er legte seinen Arm um ihre Schultern. »Und jetzt habe ich Hunger! Wie wäre es mit einem Mittagessen?«

»Sie weinte«, dachte Ruth laut.

»Wird immer besser«, frohlockte Felix unbekümmert, der Ruths merkwürdigen, unheilvollen Tonfall nicht bemerkte.

»Du warst auch dabei.« Als würde vor ihren Augen ein Film ablaufen, erschienen Ruth jetzt die Einzelheiten. »Es hatte irgend etwas mit einem Unfall zu tun.«

»Unfall? Wurde das Mädchen vom Bus angefahren? Und du hast mit deinem Taschentuch die Wunde an ihrem Knie sauber gewischt?«

»Tränen.« Sie sah das kleine Gesicht jetzt deutlich vor sich. Die Kleine war ängstlich, aber die Angst galt nicht der Polizei, sondern einer anderen Person – der lauten Stimme von nebenan, der Stimme ihrer Mutter. »Ich habe es einem kleinen Mädchen gegeben. Sie weinte und war total verwirrt.«

»Ich war dabei?«

»Wir alle waren dabei, du, ich, Frank ...«

»Frank? Bist du sicher?«

Ruth nickte.

Felix versuchte nun seinerseits angestrengt, sich die Geschichte ins Gedächtnis zu rufen. »Ein Unfall, sagtest du?«

»Es hatte etwas mit der Mutter des Mädchens zu tun ... und dieses Kind ... es hat ...«

»... seinen Vater getötet.«

Schmerzliche Erinnerungen traten in ihr Bewußtsein. »Ja. Ja!« Es war, als spürte sie noch einmal die feuchten Wangen des kleinen flehentlich dreinblickenden Gesichts und – diese furchterregende Stille in dem vollen Raum. »Ja. Entsinnst du dich? Dieses Mädchen, Felix.«

»Die Websters«, sagte Felix traurig. »Das arme Kind hatte den eigenen Vater getötet.« Stirnrunzelnd strengte er weiter sein Gehirn an. »Gab ihm eine Spritze. Er war Arzt ...«

»Tierarzt«, korrigierte Ruth ihn, und ihr Herz schlug vor Aufregung bis zum Hals, als sie die gesamte Szene vor ihren Augen sah. »Sie hatte solche Angst, war in großer Sorge und ...«

»Sie ›schläferte ihn ein‹, so nannte sie es, glaube ich. Sagte irgend etwas mit ...«

»... im Himmel sein. ›Daddy geht es jetzt gut‹.«

»Die kleine Webster. Ich hatte überhaupt nicht mehr daran gedacht.« Gedankenverloren beobachtete er einen Labrador, der übermütig hinter einem Stock her rannte. »Und ihr hast du dein Taschentuch gegeben?«

»Ja, ganz sicher.«

Irgendwie war ihm der Appetit vergangen. »Und was machen wir jetzt?«

»Wir werden sie finden«, antwortete sie entschlossen, machte kehrt und ging in Richtung Wagen.

»Wir?«

Sie drehte sich zu ihm um. »Bitte, Felix!«

»Wofür? Du brauchst doch nur Mason zu erzählen ...«

Sie lief schnell zur Bank zurück und zog ihn auf die Beine. »Wie hieß sie, Felix?«

»Keine Ahnung.«

Ruth zerrte ihn zielstrebig zu seinem pastellblauen Austin Morris. »Denk nach, Felix! Denk nach!«

»Ich weiß es doch nicht, verdammt noch mal!«

»Felix, bitte!«

»Warum? Warum ist es denn so wichtig? Das steht alles irgendwo in den Polizeiberichten. In Maldon vermutlich. Sie können dir alles erzählen, was du wissen willst. Namen, Adresse, alles.«

»Kannst du mich dorthin bringen, Felix?« Sie rannte jetzt schon fast zum Auto.

»Jetzt?«

»Wenn ich weiß, wer sie ist, kann ich auch herausfinden, was sie mit dem Taschentuch gemacht hat und warum es bei der Studentin aufgetaucht ist.«

»Ich habe Hunger, Ruth. Und würdest du bitte etwas langsamer gehen? Ich rutsche sonst noch aus und breche mir die Beine.«

»Wir werden später essen«, versprach sie aufgeregt. »Ich lade dich ein, versprochen. Aber bitte, bitte, hilf mir.«

Felix schnappte bereits nach Luft, und außerdem war er mit seiner Geduld am Ende. Ruth hatte sie überstrapaziert. Erst erhielt er abends um elf Uhr am Weihnachtstag einen Anruf von seiner betrunkenen Freundin, die ihn um eine Kaution anbettelte, nachdem sie in ihrer Zerstörungswut mit einem Ziegelstein ein Schaufenster eingeworfen hatte. Dann war er ohne Frühstück die knapp fünfzig Kilometer am frühen Morgen gefahren, um sie herauszuholen, anschließend hatte er als Chauffeur fungiert und sie ins Krankenhaus und ins Heim gefahren. Und jetzt nötigte sie ihn, ihren wirren Gedankengängen zu folgen, und zerrte ihn über die gefrorene, spiegelglatte Wiese.

Und gerade, als er seine Schimpfkannonade über ihrem Haupt ausschütten wollte, rutschte er aus und fiel auf den harten, eisigen Boden.

»Felix! Ist alles in Ordnung mit dir?«

Er schaute sie finster an und runzelte die Stirn. »Mir geht es gut, aber um dich mache ich mir Sorgen!« Langsam stand er auf und befühlte ärgerlich das feuchte Hinterteil seiner Hose. »Wir haben heute den zweiten Weihnachtstag, verflixt«, herrschte er sie an. »Es sollte ein Tag der Ruhe sein – Füße hoch vor dem Fernseher, Brote mit kaltem Truthahn, ein Sechserpack Bier, die obligatorische Zigarre ...«

»Oh, Felix, es tut mir so leid!«

»Nein! Mir tut es leid, Ruthie! Mir tut es leid, überhaupt in diese Geschichte verwickelt zu sein. Ich mache dir einen Vorschlag. Was hältst du davon, wenn ich dich sofort nach Hause bringe und du das Revier in Maldon anrufst. Dann hängst du dich an die Strippe und telefonierst mit Frank. Du erzählst ihm alles, was du weißt. Und falls dieses Taschentuch für ihre Ermittlungen wirklich so immens wichtig ist, werden sie schon wissen, wo sie was suchen müssen.«

Überrascht blickte Ruth in sein rotes, verschwitztes Gesicht und war sofort zutiefst zerknirscht. Schon lange hatte sie sich nicht mehr so schuldig gefühlt. Natürlich hatte sie auch ihrer Mutter gegenüber ein schlechtes Gewissen wegen letzter Nacht, und ebenso schämte sie sich ihres Ausrutschers mit dem Ziegelstein, aber diese Gefühle waren nichts im Vergleich zu der tiefen Reue, die sie Felix, ihrem besten Freund, gegenüber empfand.

»Okay«, sagte sie sanft. »Das ist wahrscheinlich das Beste.« Warum wollte er eigentlich unbedingt nach Hause? Da wartete doch sowieso bloß seine Katze auf ihn. »Ich dachte nur, wenn wir jetzt ...«

»Jetzt? Etwa nach Maldon?«

Ruth versperrte ihm den Weg und mußte mit Gewalt das Verlangen unterdrücken, ihn zu umarmen und sich an ihn zu schmiegen. »Ich will, daß diese Sache endlich ein Ende nimmt, Felix. Und ich will herausfinden, was zum Teufel eigentlich mit dem Taschentuch passiert ist. Dazu brauche ich den Namen des Mädchens.«

»Warum?«

»Damit ich ganz sicher sein kann, daß ich nichts mit dem Mord zu tun habe.«

»Das hast du doch auch nicht, Ruthie.«

»Ach Felix, ich weiß nicht. Ich habe das Gefühl, ich werde immer mehr in diese Sache verwickelt, je länger sie dauert.« Sie hakte sich bei ihm ein, und sie gingen langsam weiter in Richtung Wagen. »Da ist Doug, dann seine Affäre, danach stirbt plötzlich eine alte Frau, der mein Mann die Geldbörse stiehlt. Anschließend taucht beim nächsten Mord eines meiner alten Taschentücher auf, und allmählich wird die Polizei mir gegenüber mißtrauisch, weil sie vermutet, ich sei in die ganze Geschichte irgendwie verwickelt.«

»Sprich mit Frank, kann ich dir nur raten.«

»Alles, was Frank im Moment interessiert, ist, ob Doug seinen Mund hält oder nicht«, erwiderte sie resignierend. »Nein, der Polizei kann ich nicht vertrauen. Außerdem, was meinst du wohl, was sie denken, wenn ich plötzlich nach drei Stunden wieder auftauche und meine Geschichte revidiere und ...?«

»Wieso revidieren?« Felix blieb abrupt stehen.

Ruth starrte in den grauen Himmel, als schicke sie ein Stoßgebet nach oben. »Ich habe ihnen erzählt, dieses Taschentuch noch nie gesehen zu haben.«

»Ach, du lieber Gott.«

»Felix, ich war nur schockiert, verwirrt, ich wußte überhaupt nicht, was ich tun sollte.«

»Warum hast du mir das nicht sofort gesagt?«

»Wahrscheinlich, weil ich wußte, daß du so reagieren würdest.«

»Du hast ihnen also nicht gesagt, daß es deines ist? Aha, jetzt verstehe ich – darum kannst du auch jetzt nicht wieder zurückgehen und ihnen erklären, du hättest es doch erkannt. Richtig?«

»Richtig!«

»Verdammt!«

»Felix, was ist?«

»Ich möchte nach Hause, Ruth. Ich will mit der ganzen Sache nichts mehr zu tun haben.«

»Felix.« Sie musterte sein Gesicht und fragte sich, ob noch ein Funken Geduld in ihm zurückgeblieben war. »Bitte, hilf mir! Sobald ich herausgefunden habe, was passiert ist, werde ich auch wieder klar denken können. Aber ich muß es wissen. Das ist alles, was ich möchte: nur Bescheid wissen und ganz sichergehen.«

Felix schwieg.

»Ich habe die schlimmste Woche meines Lebens hinter mir«, fuhr sie fort. »Weiß der Himmel, ich habe wirklich alles verloren, und ich will nicht auch noch dich verlieren, meinen besten Freund. Aber ich brauche deine Hilfe, Felix. Ich will deine Hilfe. Du warst doch dabei. Bei mir und dem Mädchen. Dem Webster-Mädchen. Ich muß einfach wissen, wer sie ist, wo sie sich aufhält. Und vielleicht weiß sie ja tatsächlich etwas über das Taschentuch. Bitte, Felix! Rette mich aus diesem Schlamassel!«

Tief in Gedanken versunken, betrachtete Felix ihr Gesicht.

30. Kapitel

Fünfhundert Pfund?

Was glaubten die wohl, wen sie vor sich hatten?

Fünfhundert Pfund für die beste, exklusivste Geschichte des Jahres? Von wegen! Schweinehunde! Halsabschneider!

Doug knallte bereits zum mindestens dreizehnten Male an diesem Morgen den Hörer auf die Gabel. Ein paar Meter entfernt von ihm schlief sein Mitbewohner in einem wackeligen Sessel den Schlaf des Gerechten. Überall im Zimmer lagen leere Bierdosen herum und verbreiteten zusammen mit den schmutzigen Tellern, auf denen vertrocknete Speisereste vor sich hin gammelten, nebenan in der kleinen Küche einen höllischen Gestank.

Trotz sieben Dosen Bier, einer halben Flasche Wodka und zwei Literflaschen Cider war Doug noch in der Lage, das Leben seines Kumpels Steve nach dessen langumkämpftem Scheidungssieg als recht einsam einzustufen. Der Weg in eine herrliche, langersehnte Freiheit zeigte große Risse. Diese Erkenntnis war wie ein Vorgeschmack dessen, was Doug in der Zukunft erwartete.

Es sei denn, er kam wieder mit Ruth zusammen. Oder einer anderen Frau. Irgendeiner Frau. Wer war schon auf Ruth angewiesen, der Frau, die ihn wie alle anderen mehr oder weniger des Mordes verdächtigt hatte? Nein, nein – ihm wäre jede Frau recht. Er wollte nicht wie Steve enden, der an der Ehe zerbrochen war und nun gute Miene zum bösen Spiel machte. Wie es bei ihm drin aussah, zeigte er nicht.

Aber jetzt galt es erst einmal, sein Leben neu zu ordnen. Die Dinge waren nicht so gelaufen, wie er es sich erhofft hatte. Sicher, die Aufmerksamkeit im Gerichtssaal war ihm gewiß gewesen, was die Journalisten gezeigt hatten, die ihm hinterher scharenweise nachgelaufen waren. Sie hatten mit ihm Telefonnummern ausgetauscht, aber damit war auch Schluß gewesen. Er hatte schon den Großteil von ihnen angerufen, aber keiner dieser Herren war willens, ihm einen anständigen Batzen Geld für seine Version der Ereignisse zu zahlen – und zwar in bar und im voraus. Gut, einerseits konnte Doug sie verstehen. Alle bestanden auf einem Probeauszug dessen, was er so dringend veröffentlichen wollte, bevor sie bereit waren, ihre Schecks zu zücken. Aber dann hätte er zu viel preisgeben müssen. Er verriet immer nur, daß es sich um einen Polizisten handelte, der in den »Weihnachtsmörder-Fall« verwickelt war, um ihnen Appetit zu machen. Aber wenn sie dann seinen Namen erfuhren, den er zu Beginn des Gespräches in weiser Vorahnung immer verschwiegen hatte, verloren sie völlig das Interesse.

»Doug Jenkins?« wiederholten die meisten. »Dieser verdammte Leichenfledderer? Du solltest besser verschwinden, außerdem will von dir doch keiner mehr etwas wissen.«

Das versprach nichts Gutes für Doug. Das höchste der wenigen Angebote stand bei fünfhundert, inakzeptabel für Doug. Also beschloß er, die Sache erst einmal eine Weile ruhen zu lassen. Dieser Verrückte, dieser Weihnachtsmörder, würde wieder tätig werden. Und dann schlug seine große Stunde. Zwei Riesen mußten mindestens dabei rausspringen. Darunter lief bei ihm gar nichts.

Danach würde er mit seiner Lebensgeschichte beginnen, wahrscheinlich, wenn er wegen des Geldbörsendiebstahls im Knast saß. Drei Monate bekäme er dafür, damit rechnete er fest. Die Zeit wollte er nutzen, um einen Kurs in kreativem Schreiben zu absolvieren.

Am Ende wäre er der Gewinner. Die Öffentlichkeit erführe von seinem aussichtslosen Kampf gegen den Zynismus seiner eigenen Frau und gegen die Polizei – der Musterfall einer beispiellosen Vorverurteilung.

Er ging zum Kühlschrank und blickte verloren auf die schimmelnden Lebensmittel. Mein Gott, wann hatte Steve zum letzten Mal eingekauft? Er mußte wohl oder übel wieder mit Brot und Butter vorlieb nehmen.

Gerade wollte er sein vierzehntes Telefonat tätigen, als es an der Haustür klingelte. Ein Blick auf Steve sagte Doug, daß sein Kumpel noch immer friedlich schlief und nichts mitbekam.

Mist! Wer konnte das denn sein?

Doug stöhnte und bahnte sich einen Weg durch die Müllberge. Er öffnete die Tür einen Spalt und erspähte eine aparte, junge Frau auf der Treppe.

Hallo, hallo! Das Blatt wendete sich bereits. Blond, elegant, eine Frau mit Stil. Wer sie wohl war?

Eine der Eroberungen seines Kumpels? Ein Fahrgast ohne Geld, die ihren Fahrpreis im trunkenen Zustand in Steves Bett entrichtete? Und nun nach mehr verlangte? Nicht, daß es ihm je passiert wäre, aber seine Kumpel berichteten andauernd von ihren nächtlichen Erlebnissen, während er mit der alten Hexe Margeret ... bloß nicht daran denken ...

»Ja, bitte?«

»Douglas Jenkins?«

»Woher wissen Sie das? Wer sind Sie?«

31. Kapitel

Felix brauchte knapp eine Stunde, um Ruth davon abzuhalten, die Suche nach dem kleinen Mädchen auf dem Revier in Maldon zu beginnen. Sie waren letztendlich wieder in Ruths Haus gelandet, wo Felix sich während ihrer hitzigen Diskussion Kaffee, Brote mit kaltem Truthahn und *Sainsburys* Weihnachtskuchen schmecken ließ, während Ruth nur etwas Obst zu sich nahm.

»Die Sache sieht doch so aus«, sagte Felix. »Es muß seltsam wirken, wenn jemand um Informationen über einen Fall bittet, der dreißig Jahre zurückliegt. Auch bei ehemaligen Polizeibeamten wie uns. Sie werden wissen wollen, warum, und was sollen wir antworten? Das Taschentuch können wir nicht erwähnen. Jeder verfügbare Beamte in Essex wird nach dem Ding des Weihnachtsmörders suchen.«

Ruth mußte ihm widerwillig recht geben. »Wo sollen wir denn anfangen? Lokalzeitung? Bibliothek? Irgendwo muß doch ein Bericht über diesen Fall existieren. Dann hätten wir wenigstens den Namen.«

»Ruthie«, sagte Felix mit Engelsgeduld, »es ist Feiertag. Welche Geschäfte sind an diesem Tag geöffnet?«

Nervös kaute sie auf ihrer Unterlippe. »Ich muß aber irgend etwas tun. Hier herumzusitzen und dir beim Essen zuzuschauen, bringt mich auch nicht weiter.«

»Kann ich dich etwas fragen?«

Ruth legte die Stirn in Falten.

»Was hast du dabei gefühlt?«

»Wobei?«

»Als du das Glas zertrümmert hast.«

Jetzt kam der Ansatz eines Lächelns zum Vorschein. »Es war toll.«

»Habe ich mir fast gedacht.«

»Dafür haben sie mich verhaftet. Nächsten Monat muß ich deshalb vor Gericht.«

Er nahm überraschend ihre Hand. »Ganz ruhig, Ruthie. Ich werde deine Geldstrafe bis auf den letzten Penny bezahlen. Du hast mich unwahrscheinlich beeindruckt.«

»Jetzt nimmst du mich auf den Arm.«

»Na ja, vielleicht. Aber nur ein bißchen. Und ich meine es ernst. Bis auf den letzten Penny. Das war die Sache schließlich wert.«

Ruth war gerührt und streichelte zärtlich Felix' Hand. »Laß uns bloß kein Aufhebens um die Sache machen. Ich war sternhagelvoll und wußte nicht mehr, was ich tat. Außerdem ist dies keine Sache zum Angewöhnen.«

»Klar, verstehe ich doch, Ruthie. Aber mal ganz ehrlich, hat es nicht gut getan, einmal im Leben so etwas gemacht zu haben?«

»Und wie«, gab Ruth unumwunden zu, »wenigstens einmal im Leben.«

»Okay, laß uns weitermachen. Wo ist dein Telefonbuch?«

»Wie bitte?«

»Dein Türstopper. Du weißt schon, dieses große, kaum zu entziffernde Ungetüm, das sie alle paar Jahre versuchen in den Briefkasten zu quetschen. Wo ist es?«

»Ich weiß nicht . . .«

»Dann finde es, Ruthie.« Er wischte sich die restlichen Krümel von den Lippen und rieb sich voller Elan die Hände. Langsam ging es ihm wieder besser. Der Kaffee hatte seine Lebensgeister geweckt, Sandwiches und Kuchen hatten ihn gestärkt, und eine von Dougs Hosen gab ihm ein wohliges Gefühl der Wärme, während seine eigene feuchte Hose über dem Heizkörper trocknete. »Also, mit Hilfe des Telefonbuches sind wir in der Lage, Adressen herauszufinden. Wir fangen mit allen Websters im gesamten Gebiet von Maldon an.«

»Und dann rufen wir sie an und fragen, in welcher Beziehung sie zu dem kleinen Mädchen standen – wenn wir die richtigen Websters überhaupt finden. Vielleicht erfahren wir ja einen Namen.«

»Genau. Ist doch wenigstens ein Anfang, oder nicht?«

Ruth stand auf und machte sich auf die Suche. Nach ein paar Minuten kam sie mit dem verstaubten Monstrum zurück und begann hastig unter »W« zu blättern. »Und wenn wir sie gefunden haben, gehen wir hin und unterhalten uns mit ihnen?«

»Nun ja, das kann ich jetzt noch nicht sagen, Ruthie«, sagte Felix zögernd. Er hoffte insgeheim, daß ihre ganze Aktion irgendwann im Sande verlaufen würde. »Erst einmal müssen wir sehen, wie wir voran kommen, in Ordnung?«

Eine gute Stunde später saßen ein desillusionierter Felix und eine aufgeregte Ruth in dem Morris Minor und näherten sich dem Stadtrand einer kleinen Stadt in Essex. Nach sechsundzwanzig Jahren Abwesenheit gingen PC Golden und Pengelly wieder in Maldon auf Streife.

»Zweiter Weihnachtstag«, stöhnte Felix. »Was meinst du, wie die Leute sich wundern werden, ein fremdes Pärchen an ihrer Haustür zu sehen.«

»Sie ist doch alt«, beschwichtigte Ruth ihn, »und einsam wahrscheinlich auch. Sie wird sich gerne mit uns unterhalten wollen.«

Dreißig Minuten hatte sie am Telefon verbracht, Hörer in der einen Hand, Bleistift in der anderen und dazwischen vier Marlboro Lights. Wenn Ruth nur ein Familienmitglied ausfindig machen konnte, das sich an die schreckliche Tragödie erinnerte, könnte sie vielleicht den Weg zum Taschentuch zurückverfolgen.

Vielleicht.

Nach weiteren zehn Minuten traf ihr x-tes Telefonat ins Schwarze. Eine Mrs. Enid Webster bestätigte mit äußerster Zurückhaltung, daß sie mit Richard Webster verwandt gewesen sei. Vetter Dicky, so nannte sie ihn, war damals Tierarzt gewesen, bis – jetzt flüsterte die alte Dame fast – eben dieser Unfall geschah, den Ruth gerade beschrieben hatte. Ruths Gedanken überschlugen sich. Konnte sie sich an einen Namen erinnern?

Natürlich. Sie vergaß doch ihr eigenes Fleisch und Blut nicht! Chloe. Die liebe Chloe.

Chloe Webster.

Kurz darauf verließen Felix und Ruth das Haus.

Felix hielt vor einem efeubewachsenen Haus auf einem jäh abfallenden Hügel. Von dort oben konnte man Hythe Key mit den wunderschönen Segelschiffen überblicken, die allerdings jetzt bei Ebbe im dunklen Sand eingekeilt waren. Ein, zwei Familien gingen auf der windigen Strandpromenade spazieren, eingepackt in Mützen, Schals, Handschuhe und dicke Jacken.

Ruth sprang aus dem Wagen, preschte direkt auf das Haus zu und klingelte an der verblichenen Messingglocke. Kurze Zeit später ging die Tür einen Spalt auf, und ein freundliches, altes Gesicht lugte hinter der Sicherheitskette hervor. »Mrs. Webster? Wir haben vorhin miteinander telefoniert. Es geht um Chloe!«

Die Tür schloß sich schnell und wurde ein paar Sekunden wieder weit geöffnet. Ein strahlendes Lächeln empfing Ruth und Felix.

»Man kann heutzutage nicht vorsichtig genug sein. Hätten genausogut diese Steuerfritzen vom Finanzamt sein können, gerade jetzt, nachdem ich Rente beziehe.«

»Aber selbst die haben an diesem Tag frei, Mrs. Webster.«

»Da wäre ich mir nicht so sicher. Sind doch alle verflixte Schmierfinken und Parasiten.«

Ruth errötete leicht. Es war ihr immer unangenehm und peinlich, wenn die ältere Generation fluchte. Irgendwann, so dachte sie, mußten die Menschen doch einmal diesem Alter entwachsen sein. Es war den Menschen in jüngeren und mittleren Jahren vorbehalten, die dann allerdings sofort von den älteren in ihre Schranken verwiesen wurden – normalerweise.

»Stimme völlig mit Ihnen überein«, ließ sich Felix vernehmen, der hinter Ruth die Treppe heraufgekommen war und Mrs. Webster nun die Hand schüttelte. »Sie gehören alle erschossen.«

»Genau. Aber mit rostigen Kugeln.«

»Und wir drücken ab.«

»Wer sind Sie?«

»Felix. Felix Pengelly.«

»Zwei Leute habe ich aber nicht erwartet.«

»Ich werde mich dezent im Hintergrund halten.«

Die alte Dame lächelte Felix an. Offensichtlich mochte sie ihn. »Kommen Sie herein«, lud sie ihre Gäste ein und führte sie in ein Wohnzimmer, dessen Einrichtung gut und gern aus den Vierzigern stammen konnte. Auf dem Sofa saß eine rotbraune Katze, die sorgfältig ihre Pfoten putzte und gleichzeitig die Neuankömmlinge unter die Lupe nahm. Felix setzte sich neben sie und begann, sie sanft zu streicheln. Augenblicklich zog sich die Katze zurück und ließ sich ein wenig entfernt wieder nieder.

Ruth, die auf einem Eßzimmerstuhl mit hoher Rückenlehne Platz genommen hatte, sah sich um und bemerkte die vielen Weihnachtskarten, die auf dem Kaminsims aufgestellt waren.

Schließlich kam Enid Webster mit Tee und Keksen aus der Küche zurück und lächelte die beiden freundlich an. Sie brach das Schweigen. »Am Telefon, Mrs. Jenkins, sagten Sie, daß Chloe vielleicht etwas von Ihnen besitzt?«

»Ja, stimmt. Und es ist mir sehr wichtig, herauszufinden, ob es wirklich so ist.«

»Ist sie eine gute Freundin von Ihnen?« fragte Mrs. Webster.

»Wir haben uns einmal vor langer Zeit kennengelernt.« Das war nicht gelogen, und Ruth lag sehr daran, dieser lieben, netten, alten Frau nicht den wahren Grund ihres Besuches nennen zu müssen.

»Aha.«

Ruth nahm die angebotene Tasse und hoffte, daß sie nichts verschüttete. »Gibt es da ein Problem, Mrs. Webster?«

Die alte Frau setzte sich direkt gegenüber von Ruth, und ein Anflug von Schuld und Traurigkeit huschte über ihr faltiges Gesicht. »Als Sie sagten, daß Sie sie zu finden versuchen, da ...« Sie schaute Felix wie um Verzeihung bittend an. »Ich habe Sie vielleicht ... ein wenig in die Irre geführt.«

Felix lächelte sie aufmunternd an.

»Ich dachte«, fuhr sie verlegen fort, »daß Sie wahrscheinlich viel mehr über Chloe wissen als ich, und da kam mir der Gedanke, wenn ich mich mit Ihnen unterhalte, daß ...«

»... wir Ihnen helfen könnten, sie zu finden«, sagte Ruth aufgeregt.

»Ja«, gab Mrs. Webster zu. »Ich nehme an, ich habe jetzt Ihre kostbare Zeit vertan.«

Aber Ruth und Felix tauschten nur verständnisvolle Blikke, bevor Ruth an ihrem Tee nippte. »Wann haben Sie Chloe denn zum letzten Mal gesehen, Mrs. Webster?«

»Ich habe Ihre Zeit verschwendet, habe ich recht?«

»Kann sein«, sagte Ruth liebevoll. »Aber wenn wir alle gemeinsam scharf nachdenken, haben wir vielleicht doch noch Erfolg.«

Nun war Mrs. Webster beruhigt. »Dicky war mein Cousin, Richard Webster, der Tierarzt, den Chloe ... leider ... dieser Irrtum. Wissen Sie Bescheid darüber?«

»Es war für Ihre gesamte Familie eine grauenvolle Tragödie, Mrs. Webster«, bestätigte Felix, der schon jetzt von diesem Besuch genug hatte.

»Ich war nie verheiratet, Mr. Pengelly. Das ist das Haus meiner Eltern, besser gesagt, war es. Es gehört jetzt mir. Ist viel zu groß. Aber ich kann den Gedanken nicht ertragen, daß ich es abgeben soll.«

»Ist sicher ein immerwährender Kampf.«

»Ja«, bestätigte Mrs. Webster. »Ich hatte mit dem Gedanken an Heirat gespielt, als die Sache mit Dicky passierte. Danach hätte ich es nicht mehr ertragen können.«

»Sie denken an den Unfall?« fragte Ruth vorsichtig nach.

Aber Enid schüttelte traurig den Kopf. »Die Ehe selbst. Sie stritten ständig, Dicky und Melanie. Tag und Nacht. Es wurde immer schlimmer. Als ob sie permanent unzufrieden wäre. Sie war ruhelos, versuchte immer wieder, ihn zu überreden, mit ihr nach London zu gehen. Aber er war glücklich dort, wo er lebte. Er hatte eine kleine Tierarztpraxis in Great

Totham, das war nur ein paar Kilometer entfernt. Das Stadtleben in London war ihm verhaßt. Und dann passierte es. Aus heiterem Himmel. Also war alles andere auch nicht mehr so wichtig.«

»Und Chloe?« wollte Ruth wissen. »Was geschah mit ihr ... nachdem ihr Vater gestorben war?«

Plötzlich war es, als schämte sich Enid. »Melanies Familie nahm Chloe zu sich. Die Schwester führte ein Altersheim in Danbury. Die Zeiten waren damals etwas anders als heute. Die Mütter hatten das große Sagen. Die Schwester war Chloes Patentante, daher hat sie sie auch bekommen.«

Diese Information mußte Ruth erst einmal verarbeiten. »Melanie Webster gab ihre eigene Tochter fort?«

Enid nickte. »Was hätten wir denn dagegen tun sollen? Die Zeiten waren damals anders. Wenn jemand sein Kind nicht wollte und jemanden vorweisen konnte, der bereit war, es zu nehmen, brauchte er nur zum nächsten Richter zu gehen.«

»Aber was geschah dann mit Chloes Mutter, Mrs. Webster?« fragte nun Felix nach.

Die Antwort klang bitter. »Sie war überglücklich, reiste nach London. Kein Ehemann, kein Kind mehr, die sie aufhalten konnten. Später hörte ich, daß sie einen Buchmacher aus Leytonstone geheiratet hatte und von ihm ein Kind bekam. Irgendwann landeten sie dann in einem Hochhaus in Stratford. Am Ende machten die Zigaretten sie fertig. Sie starb vor ein paar Jahren an Krebs.«

In ihren grauen Augen konnte Ruth die Vorwürfe lesen, die Enid Melanie machte, und die Genugtuung, die sie empfand, als Melanies Träume mit ihrem Tod wie Seifenblasen zerplatzten. »Und Chloe?« fragte sie sanft nach.

Enid blinzelte, als müsse sie sich aus der Erinnerung reißen. »Wie ich schon sagte«, seufzte sie, »als Melanie endlich die Behörden davon überzeugt hatte, daß sie nicht mit einem

Kind zusammenleben konnte, das seinen Vater getötet hatte, und es sogar zur Adoption freigeben wollte, trat Melanies Schwester in Erscheinung und nahm Chloe mit zu sich in das Altersheim.«

»Aber Sie glauben, daß Melanie Webster die Behörden angelogen hat, stimmt's?« fragte Felix.

»Sie wollte Chloe loswerden. Es paßte nicht in ihre Lebensvorstellung, mit einem Kind am Rockzipfel durch die Welt zu laufen.«

»Ab dann lebte Chloe also bei Melanies Schwester.«

»Ja«, gestand Enid ein, »mit Jude Farrow in einem Altersheim in Danbury, das *The Maltings* hieß.«

»Und dann?«

Sie zuckte mit den Schultern. »Der Kontakt nahm ab. Am Anfang besuchten wir sie noch häufiger, um zu sehen, wie sich Cousin Dickys Kind entwickelte. Und was wir sahen, gefiel uns überhaupt nicht.«

»Wieso nicht?«

»Das kleine Kind wuchs unter dem Dach des Todes auf, unter lauter alten Menschen, ohne gleichaltrige Freunde.« Die Erinnerung an das kleine Mädchen zauberte ein liebevolles Lächeln auf ihr altes Gesicht. »Sie war ein liebes, freundliches Kind, immer fröhlich und guter Laune. Es war, als hätte sie bewußt die Erinnerung an diese Tat ausgeblockt, einfach weggeschaltet.«

»Sprachen Sie damals viel über den Unfall?«

»Keiner von uns wußte damals, wie er das anfangen sollte.« Sie unterbrach sich und schenkte Ruth Tee nach. »Aber dann wurde getuschelt, daß Jude Farrow tränke. Es passierten kleinere Unfälle, und es starben auffällig viele Leute lange vor ihrer Zeit – so erzählte man sich. Daher war es für alle keine Überraschung, als irgendwann ein Feuer ausbrach und das ganze Gebäude bis auf die Grundmauern niederbrannte.

So viel ich weiß, kamen etwa zwanzig Menschen bei dem Feuer um.«

Ruth fühlte sich plötzlich müde, erschöpft und zugleich tief enttäuscht, da sie annahm, Chloe Webster sei bei dem Brand ebenfalls gestorben. Das hätte das Ende ihrer so hoffnungsvoll begonnenen Reise bedeutet. Doch dann fiel ihr ein, daß Enid Webster ja genauso wie sie selbst darauf aus war, Chloe wiederzufinden, also mußte sie noch leben!

»Und dann?«

»Sind Sie nachtragend und rachsüchtig, Mrs. Jenkins?«

Mit dieser Frage hatte Ruth nicht gerechnet. »Ich glaube nicht ...«

»Ich aber. Wenn es um meine Familie geht.« Damit stand Enid Webster auf und verließ den Raum. Zurück blieben ein gespannter Felix, eine neugierige Ruth und zwischen ihnen ein aufmerksames Kätzchen, das mit großen Augen von einem zum anderen schaute.

Nach ein paar Sekunden kam Mrs. Webster mit einem großen Umschlag zurück. »Alles könnte man mir stehlen, wenn Einbrecher kämen, aber nicht das hier«, sagte sie bedeutungsvoll und legte den braunen Umschlag auf den Tisch. »Das hier beweist, daß es noch Gerechtigkeit gibt. Manchmal gibt es ihn eben doch, den lieben Gott.« Sie schob den Umschlag zu Ruth.

Ruth öffnete den unverschlossenen Umschlag und zog einen Zeitungsartikel heraus, der über Pläne zur Erweiterung des lokalen Angelplatzes berichtete.

»Andere Seite«, half ihr Felix.

Sie drehte das verblaßte Papier um und entdeckte einen Artikel mit den Fotos eines älteren Paares, das händchenhaltend vor einem Bungalow stand und zufrieden lächelte.

Unter dem Titel »Fürsorgliches Ehepaar findet endlich nach Hause« setzte die Zeitung offensichtlich eine Serie fort unter dem großen Thema »Nagelneue Bungalows für Ruheständler ab sechzig Jahre«, die ein angenehmes Zuhause in gewohntem Wohlstand, aber unter Berücksichtigung altersbedingter, körperlicher Gebrechen haben wollten.

Im dritten Abschnitt wurde klar, warum die alte Dame diesen Artikel aufbewahrt hatte.

> Die beiden Personen oben auf dem Bild sind Mr. und Mrs. William und Jude Farrow, zwei der letzten sehr zufriedenen Kunden. Die Farrows, die sich für diese Anlage entschieden haben, sind mit der Altenfürsorge sehr vertraut und leiteten vor dem Ruhestand viele Jahre ein Altenheim.
>
> »Dieses Heim gibt uns die Unabhängigkeit, die wir brauchen, um ein normales Leben zu führen«, gab Jude Farrow gestern bekannt.

»Seit acht Jahren hebe ich den Artikel schon auf. Jetzt haben die beiden endlich bekommen, was sie verdient haben. Leben nun selbst in einem dieser beschissenen Altenheime. Wie ich schon sagte – das ist ausgleichende Gerechtigkeit.«

Ruth gab Felix den Artikel. »Nachdem das Heim abgebrannt war, was passierte mit Chloe?«

»Sie sind fortgezogen, die Farrows und Chloe. Da muß sie ungefähr zwölf oder dreizehn Jahre alt gewesen sein. Wir wollten ein Wiedersehen arrangieren, als wir ihre Adresse endlich herausfanden, haben etliche Male miteinander telefoniert, aber sie rührten sich nicht. Hin und wieder schickte Chloe uns eine Postkarte. Wir antworteten ihr und baten sie immer wieder, uns zu besuchen, sie war jederzeit willkommen. Aber sie ließ sich nie sehen. Dann starben Dickys Eltern, und wir hofften, ihr bei der Beerdigung zu begegnen, aber sie da tauchte sie auch nicht auf.«

»Vielleicht wußte sie nichts davon?« wandte Ruth ein, die über sich selbst verwundert war, daß sie Partei für einen Menschen ergriff, dem sie erst einmal vor so vielen Jahren begegnet war.

»Aber sagen Sie, Mrs. Jenkins, als wir heute morgen miteinander telefonierten, nahm ich an, daß Sie Ihrerseits über einige Informationen von Chloes weiterem Leben verfügen?«

Doch Ruth mußte den Kopf schütteln. »Ich habe sie nur kurz nach dem Tode ihres Vaters getroffen«, erklärte sie wahrheitsgemäß. »Seitdem habe ich sie nie wiedergesehen.«

»Aber was haben Sie ihr denn gegeben, das so wichtig für Sie ist?«

Ruth zögerte einen Moment mit ihrer Antwort. »Wie soll ich es ausdrücken, es hat unbezahlbaren Wert.« Bevor Enid noch antworten konnte, steckte Ruth den Artikel wieder zurück in den Umschlag und bedeutete Felix, daß es Zeit war zu gehen. Sie erhob sich und reichte Enid den Umschlag. »Vielen Dank, Mrs. Webster, daß Sie so freundlich zu uns waren.«

Diese war etwas verwirrt. »Aber ich war Ihnen doch bestimmt keine Hilfe. Sollten Sie sie finden, würden Sie ...«

»Natürlich«, versicherte Ruth. Ihr tat die alte Frau plötzlich leid, die nichts anderes im Kopf hatte als ihre Rache und den Wunsch, das ehemals kleine Mädchen wiederzusehen. »Ich werde ihr sagen, daß sie sich bei Ihnen melden soll.«

»Wenn Sie mich nicht persönlich sehen will, soll sie mir schreiben. Ich kann sie verstehen.«

»Wenn ich sie finde, Mrs. Webster, werde ich ihr das ausrichten.«

32. Kapitel

»Maria Styles, Mr. Jenkins.«

Doug kam sich plötzlich furchtbar dumm vor. Hatte er das wirklich gerade gesagt? »Woher wissen Sie das? Wer sind Sie?« Scheiße! Dank der verdammten Gazetten wußte wohl jeder in dieser dämlichen Stadt, wer er war. Praktisch ganz Chelmsford kannte ihn.

»Passen Sie auf, Kleine«, herrschte er die Frau an, »wenn Sie mir irgendwie dumm kommen wollen, werde ich sauer. Dann tun Sie mir jetzt schon leid. Wir haben heute den zweiten Weihnachtstag, wissen Sie, nur für den Fall, daß ...«

»Dumm kommen, Mr. Jenkins?«

»Wahrscheinlich spuken in Ihrem Kopf irgendwelche verrückten Ideen ...«

»Ich bin hier, weil ich Sie reich machen will, Mr. Jenkins.«

Aber Doug hörte ihr nicht zu. »Ich weiß nicht, welcher blöden Gruppe Sie angehören, wahrscheinlich irgendeiner Sekte oder Kirche, aber da sollten Sie sich zu den anderen gesellen, die bei mir schon Schlange stehen und ...«

»Sehr reich, Mr. Jenkins.«

»Sie ... was?«

»Es geht um Geld. Das ist es doch, was Sie wollen, oder nicht?«

Mißtrauisch blinzelte er sie an. »Ich weiß nicht, was ...?«

»Ich bin Journalistin, Mr. Jenkins.«

Nicht schon wieder. So also ging das Spielchen. Aber hatte sie nicht von Geld gesprochen? »Und? Miss ...«

»Styles. Maria Styles.« Sie reichte ihm ihre schwarz behandschuhte Hand. »Sie haben ein paar schlimme Tage hinter sich, Mr. Jenkins. Muß eine harte Zeit für Sie gewesen sein.«

»Da haben Ihre Kollegen ganz kräftig dran mitgearbeitet, Mädchen. Haben mich völlig aus der Bahn geworfen.«

»Ich weiß«, stimmte sie ihm sofort zu. »Aber Sie haben ja auch mit den falschen Leuten gesprochen. Zwar mit Journalisten, aber das waren feste Mitarbeiter. Denen ist doch egal, was sie schreiben, solange das Blatt verkauft wird.«

Das konnte er nicht abstreiten. Obwohl – er hatte allmählich die Nase voll von Reportern und Konsorten. Aber war nicht die Rede von Geld gewesen? Damit hatte sie ihn natürlich so neugierig gemacht, daß er ihr nicht die Tür vor der Nase zuschlagen konnte. »Wie haben Sie mich eigentlich gefunden?«

»Die Adresse wurde wegen der Kaution vor Gericht genannt. Es war nicht weiter schwierig.«

»Stimmt.« Wieder stieg ihm die Röte in die Wangen. Die Frau war nicht dumm, vielleicht sogar schlauer als er. Und das schätzte Doug schon lange nicht mehr. Was hatten ihm schließlich weibliche kluge Köpfe gebracht? Was hatten ihm Ruth und Margeret gegeben? Nichts, außer diese verdammte Situation! Und nun kam auch noch diese Frau hier! »Herzlichen Glückwunsch, Sherlock Holmes, daß Sie mich gefunden haben. Und wenn Sie sich für Ihre Geschichte auf eine Quelle beziehen möchten, schreiben Sie folgendes: Mr. Jenkins gibt bekannt, daß er, sobald die ganze Wahrheit ans

Tageslicht gekommen ist, von seinen Einnahmen einen Flug nach Rio buchen wird und damit der Welt, die ihm keinen Glauben schenkte, ›Auf Wiedersehen‹ sagt.«

»Fünftausend, Mr. Jenkins«, sagte sie, als wären seine Worte gar nicht in ihr Bewußtsein gedrungen, »für Ihre Geschichte.«

»Fünf Riesen?«

»Bar auf die Hand.«

Verdammt, was ging hier vor?

Sie bemerkte seine offensichtliche Verwirrung. »Ich bin freiberuflich tätig, Mr. Jenkins, und ausschließlich an der Wahrheit interessiert. Ihrer Wahrheit. Ich kann mir vorstellen, daß eine Menge dazu gehört, zu tun, was Sie getan haben und zu sagen, was Sie gesagt haben. Ganz bestimmt sind viele Menschen an der tatsächlichen Wahrheit interessiert. Enttäuschen Sie mich nicht, Mr. Jenkins. Sagen Sie mir lieber, daß Sie irgendwo einen Vierseitenbericht über Ihre Haft, die Geldbörse der alten Dame, den Mord an der Studentin, in der Schublade haben. Verstehen Sie denn nicht, Sie sind unschuldig in die ganze Misere hineingeraten.«

Endlich verstand er sie. Jetzt sprach sie seine Sprache, außerdem war die Rede von Geld, von viel Geld, zehnmal so viel wie heute morgen. Halt! Vielleicht gab es ja einen Haken! »Fünf Riesen, sagten Sie?«

»Sie erzählen mir, was wirklich geschah, und ich mache Sie zu einem reichen Mann.«

War die Frau überhaupt ehrlich? Oder gehörte sie vielleicht zu Ruths Freundinnen, die nur abkassieren wollten? Und wenn sie doch echt war? Dann hatte er seine Chance vertan. Das Ganze war ein Spiel, er mußte es einfach riskieren. »Wann?«

»Jederzeit, Mr. Jenkins. Geben Sie mir Ihre Geschichte, und ich werde unverzüglich mit den Verhandlungen für die

Veröffentlichung beginnen, die Medien alle gegeneinander ausspielen und dem Meistbietenden den Zuschlag erteilen.«

»Aber die Presse mag mich nicht, die halten mich für einen Spinner.«

»So sind die Gazetten nun einmal, die einen reden so, die anderen bezahlen dafür dickes Geld.«

Danach erzählte sie Doug von ihren Plänen. Und während Doug noch versuchte, sich auf ihre Worte zu konzentrieren, schweiften seine Gedanken ab. Er träumte schon von Las Vegas, in jedem Arm ein Mädchen, im Mund eine dicke Havanna, vor sich einen Jim Beam auf dem blauen Samt des Roulettetisches, auf dem sich seine Chips stapelten. Fünf Riesen und die Möglichkeit der Rechtfertigung! Er hätte sie küssen können, diesen Weihnachtsengel auf seiner Türschwelle. Sie war süß, so süß!

»Das war schon eine schlimme Geschichte«, begann er plötzlich, jede Vorsicht außer acht lassend. »Mein ganzes Leben lang bin ich gejagt worden, nur weil ich in meiner Jugend mal etwas über die Stränge geschlagen bin. Immer war die Polizei hinter mir her, bis ich schließlich eine aus ihren Reihen heiratete. Alle waren dagegen, besonders Davies, der mich eingelocht hat. Er ...«

»Nicht hier an der Tür, Mr. Jenkins.«

»Stimmt. Natürlich. Entschuldigung ... äh ... Miss Styles. Bin es eben nicht gewöhnt, so behandelt zu werden. Bin manchmal etwas langsam.« Verlegen biß er sich auf die Unterlippe. »Fünf große Scheine? Bar?«

»Hab' ich doch versprochen. Kostet uns maximal zwei Stunden. Kommen Sie doch mit. Ich habe in der Stadt ein Zimmer, dort wartet sogar schon der Fotograf mitsamt dem Geld. Sobald wir mit Ihrer Geschichte fertig sind, schießen wir noch ein paar eindrucksvolle Fotos. Dann bekommen Sie das Geld, und wir sind quitt. So einfach ist das.«

»Ich kann es noch immer nicht glauben. Es hört sich alles so unwirklich an.«

»Glauben Sie mir, Mr. Jenkins. Nach der Veröffentlichung werden alle Menschen im Land auf Ihrer Seite sein. Haben Sie einen Mantel?«

»Mantel?«

»Ja, wir müssen etwa zehn Minuten bis zu mir laufen, Mr. Jenkins.«

»O ja. Natürlich. Dann wollen wir mal.«

Zwei Minuten später verließen die beiden das Haus.

Drei Minuten später wunderte sich Doug Jenkins, warum sie kein Auto fuhr.

Und fünf Minuten später glaubte er eine braune Haarsträhne unter ihrer blonden Perücke entdeckt zu haben.

Aber er sagte nichts, der Gedanke an das viele Bargeld raubte ihm jeden realistischen Gedanken. Und wenn er Maria so betrachtete, hatte sie eigentlich eine tolle Figur. Vielleicht hatte sie ja sogar Lust, mit ihm eine Woche in Vegas zu verbringen.

Sieben Minuten später betraten sie ein Haus, und sie führte ihn durch einen dämmrigen Korridor, an einem rostigen Fahrrad vorbei zur Treppe. Sie ging vor ihm her und wippte aufreizend mit den Hüften. Er konnte sich so richtig ihren herrlichen Hintern unter der Winterkleidung vorstellen, der nur darauf wartete ...

Zwölf Sekunden später betrat er den Raum.

Wo, zum Teufel, war der Foto ...?

Zwei Sekunden später blitzte es weiß – er war geblendet.

Dann wurde alles um ihn herum schwarz.

33. Kapitel

»Was ich damit nur sagen will«, erklärte Felix genervt, nachdem der Morris innerhalb von zehn Minuten viermal seinen Geist aufgegeben hatte, »muß das wirklich jetzt sein? Ich meine heute? Es ist lausig kalt, der Wagen stottert, und ich bin auch gleich sauer, wenn nicht bald ein Bier vor mir steht.« Er wußte, daß sein Anliegen albern war, denn am zweiten Weihnachtstag hatte nachmittags um drei Uhr kein Pub weit und breit geöffnet.

»Bitte, Felix«, bat Ruth, »nur noch zehn Minuten, es muß doch hier irgendwo sein.«

Knapp eine Stunde waren sie nun schon auf der Suche nach der Oakwood Park Street in Danbury, dem Haus der Farrows, und langsam gab auch Ruth auf. Vielleicht hätten sie doch nicht so überhastet nach den Farrows suchen sollen, obwohl eine innere Stimme Ruth Eile gebot. Sie spürte eine unterschwellige, bedrohliche Angst. Falls dieses Taschentuch aus dem Zimmer der Studentin wirklich ihres war – und daran zweifelte sie eigentlich nicht –, gab es nur zwei Möglichkeiten: Entweder gehörte es dem Opfer oder dem Mörder. Und wenn es dem letzteren gehörte, dann …

»Das war unser erster, stimmt's?« fragte Felix plötzlich aus heiterem Himmel und brachte Ruth damit zurück in die Realität. Gott sei Dank ist er nicht mehr verärgert, dachte sie.

»Unser erster was?«

»Das kleine Mädchen. Chloe Webster. Es war unser erster richtiger Fall mit Todesfolge, glaube ich.«

»Du hast nicht Mord gesagt, wie nett.«

»Tödlicher Unglücksfall, wollte ich eigentlich sagen. Es ist schon so lange her, daß ich die Uniform getragen und Polizistenlatein gesprochen habe. Obwohl – hört sich nicht alles gleich an? Unfall, Mord, Unglücksfall mit tödlichem Ausgang, Selbstmord – hat alles mit Tod zu tun.«

»Was ist los, Felix? Ich mag es gar nicht, wenn du so redest.« Felix schien inzwischen nicht mehr zornig, sondern bedrückt.

»Sie hat ihm eine Spritze gegeben, nicht? Dachte, er würde an der Grippe sterben oder so ein Quatsch.«

»Ja«, bekräftigte Ruth. »Ein grauenhafter Unfall. Sonst nichts.«

»Ich habe damals Fehler gemacht, Ruthie.«

»Wieso?«

»Mit dem kleinen Mädchen. Ich war fix und fertig!«

Ruth betrachtete Felix aufmerksam. Sie hoffte, daß er scherzte und bald wieder sein charmantes Grinsen aufsetzte. Aber nichts geschah. »Es ist lange her, Felix«, begann sie vorsichtig. »Und es war doch unser erster ...«

»Erster oder letzter, ist doch egal. Jedenfalls hatte ich zu der Zeit meine Augen und Ohren überall, Klatsch und Tratsch waren Balsam für mich. Ich war einmal dort, Ruthie. Bei den Websters, mit einem Hund oder einer Katze, spät an einem Abend, lange nachdem die Praxis schon geschlossen hatte. Ich konnte ihn und seine Frau hören. Sie stritten und zankten sich wie Hund und Katze. War das ein Gekeife! Als sie mich bemerkten, hörten sie auf. Ich ließ mein Tier da, ich weiß nicht mehr, was er gemacht hat, und ging wieder.«

»Felix«, versuchte Ruth ihn zu beschwichtigen. »Du

kannst dir aber doch unmöglich Vorwürfe wegen ihrer problematischen Ehe machen! Es wußte doch jeder, daß sie sich nicht verstanden.«

»Die Ehefrau«, fuhr Felix unbeirrt fort, »Melanie Webster, hatte einen Geliebten. Und ein paar Leute in den Pubs wußten davon. Verstehst du, was ich dir damit sagen will, Ruthie?«

»Nein ... eigentlich nicht ...«

»Ich kannte die ganze Geschichte bereits in der Nacht, als der Vater starb. Die Mutter war auch da, kannst du dich erinnern?«

»Soll das heißen, daß Melanie Webster ein Motiv hatte, ihren Ehemann zu ermorden?«

»Nein«, sagte er leise. »Damit will ich nur sagen, daß ich mich irgend jemandem hätte mitteilen sollen. Was das Mädchen uns schilderte, nahmen wir für bare Münze und stellten keinerlei Fragen. Aber frag dich doch selbst, Ruth. Wer hatte das größte Motiv, Mr. Webster umzubringen? Die Kleine, die ihn tötete, obwohl sie gar nicht verstand, warum und wie? Oder ihre Mutter, die nicht schnell genug ihren Mann loswerden konnte?«

Ruth hatte Schwierigkeiten, ihm zu folgen. »Ich weiß es nicht, Felix. Du erschlägst mich fast damit. Fragst mich nach Motiven, wenn ich nur herausfinden will, wie mein Taschentuch in das Zimmer dieser Studentin gelangt ist. Was immer auch geschehen ist, ist geschehen.« Sie blickte ihn von der Seite an und merkte, daß er nicht überzeugt war. »Felix, es war doch nur Gerede, was du gehört hast«, versuchte sie es noch einmal.

»Aus sehr zuverlässigen Quellen«, gab er ihr zu verstehen.

»Und?«

»Was und?«

»Der Liebhaber? Wer war er? Der Buchmacher, mit dem sie dann fortgegangen ist?«

»Vielleicht. Vielleicht auch nicht. Keiner hat ihn jemals gesehen. Es hieß nur, daß sie jemanden hätte, und mehr weiß ich nicht ...« Er bremste plötzlich ab, so daß Ruth im Beifahrersitz nach vorn geschleudert wurde. »Da, sieh mal!« sagte er und deutete auf etwas.

Sie folgte seinem Blick und entdeckte ein Schild am Anfang einer kleinen Seitenstraße zu ihrer Linken.

JAMES DRIVE
(Richtung Crowtorpe Gardens und Oakwood Park)

Sie waren schon zweimal daran vorbeigefahren.

»Meinst du wirklich, ihnen wäre heute Besuch angenehm?« fragte Felix.

»Ich möchte es wenigstens versuchen, Felix.«

»Und wenn keiner zu Hause ist?«

»Dann versuche ich es eben morgen wieder. Keine Angst«, beeilte sie sich zu sagen, als sie sein besorgtes Gesicht sah. »Ich nehme den Bus.«

»Es bedeutet dir wirklich so viel?«

»Ja, Felix, sehr viel.« Zum zweiten Mal an diesem Tag fragte sie sich, was für sie wichtiger war: daß sie endlich herausbekam, was mit dem Taschentuch passiert war oder daß es jemanden in ihrem Leben gab, der nachsichtig und fair mit ihr und ihren vielfach unrealistischen und wunderlichen Einfällen umging. Eines war sicher: Doug wäre längst ausfallend geworden und hätte sie allein gelassen.

Schweigend fuhren sie die letzten Meter auf die halbmondförmig angelegte Bungalowsiedlung aus etwa zwei Dutzend Häuschen zu. In allen Vorgärten war der Rasen sauber gepflegt und von zurückgeschnittenen Rosenbüschen umrahmt.

Ein hilfreicher Nachbar zeigte den beiden das Haus der Farrows, das den übrigen glich wie ein Ei dem anderen, einfach im Stil, praktisch, unauffällig.

»Du lieber Himmel, sieht ja aus wie eine Geisterstadt.«

»Schsch, Felix.«

»Warum ›schsch‹? Hier muß mal jemand etwas Lärm machen!«

Inzwischen standen sie an der Tür. Ruth nahm ihren ganzen Mut zusammen und klingelte. »Nun macht schon«, murmelte sie, als ihr die Kälte an den Beinen hochkroch.

»Sie sind nicht da«, entschied Felix nach ein paar Sekunden. »Laß uns wieder gehen.«

Aber Ruth blieb hartnäckig, und endlich hörte sie Schritte hinter der geschlossenen Tür.

Die Tür wurde ein wenig geöffnet, und ein älterer, zerbrechlich wirkender Mann schaute vorsichtig durch den Spalt.

»Mr. Farrow? Mr. William Farrow?« fragte Ruth und wunderte sich, wie profimäßig sie auch noch nach all den Jahren sprach und handelte. Aber vielleicht kaschierte sie mit ihrem Auftreten auch nur ihre innere Erregung.

Der alte Mann musterte sie schweigsam und blinzelte in die untergehende Sonne, die ein orangerotes Licht auf sein faltiges, hohlwangiges Gesicht warf. Er sah richtig krank aus, fand Ruth. Die Augen lagen tief unter müden schweren Lidern. Bei seinem Anblick zweifelte sie plötzlich an der Richtigkeit ihres Handelns und wünschte sich ans Ende der Welt.

Aber sie mußte sich Sicherheit verschaffen, es wenigstens versuchen. »Es hört sich vielleicht sehr seltsam an«, begann sie, »aber ...«

»Seltsam?« unterbrach er sie. Ruth bemerkte, daß er barfuß war und Schlafanzughosen trug.

Felix räusperte sich verlegen ob dieser merkwürdigen Szene. »Falls wir ungelegen kommen, Mr. Farrow, dann ...«

William Farrow studierte die beiden Gesichter vor ihm sorgfältig. »Sie hat mir schon gesagt, daß Sie kommen würden. Ich habe Sie nur nicht so ... bald erwartet.«

Hinter dem verwirrten Mann erschien eine Frau mit munterem Gesichtsausdruck und lebhaften Augen. »Sie sind hier«, sagte er zu ihr. »Wie du vorhergesagt hast.«

»Mrs. Farrow?« erkundigte sich Ruth. »Es tut mir leid, wenn wir Sie stören, aber ...«

Jude Farrow schüttelte den Kopf. »Sie müssen William entschuldigen. Er hat gerade einen gewaltigen Schock erlitten. Aber wir haben uns schon darüber ausgesprochen, nicht wahr, William?« Sie sah ihn liebevoll an und nahm ihn am Arm. »Komm mit mir, Schatz, und bitte die Leute herein. Sonst geht die ganze Wärme nach draußen. Setz schon mal den Wasserkessel auf. Wir trinken jetzt alle eine schöne Tasse Tee. Kommen Sie doch herein«, forderte sie Ruth und Felix auf.

Sie folgten Jude Farrow durch eine enge Diele in das Wohnzimmer. »Sie haben uns erwartet, Mrs. Farrow?« fragte Ruth und ließ sich in dem Sessel nieder, den ihr die Dame des Hauses zugewiesen hatte. »Hat Mrs. Webster uns telefonisch angekündigt?« Irgendwie hatte Ruth das Gefühl, daß die Farrows Bescheid wußten.

»Mrs. Webster?«

»Enid«, mischte sich Felix ein und nahm auf dem geblümten Sofa Platz. »Aus Maldon. Wir kommen gerade daher.«

Jude Farrow warf den beiden einen bewundernden Blick zu und setzte sich zu Felix auf das Sofa. »Sie haben aber gründlich recherchiert. Tja, unsere Chloe, undefinierbar und unbegreiflich, finden Sie nicht auch?«

»Also wissen Sie etwas über Chloe? Und Sie wissen auch, daß wir nach ihr suchen?«

»Warum wären Sie sonst hier?« fragte Jude zurück. »Aber

das geht schon in Ordnung. Ich hatte ein langes Gespräch mit William, und wir haben entschieden, alles so zu nehmen, wie es kommt.« Sie schaute Felix unsicher an und versuchte ein schüchternes Lächeln. »Die Wahrheit muß heraus. Aber das wissen Sie ja selbst am besten. Ihr seid schon clevere Leute, ihr Polizisten, mit euren Röntgenapparaten und versteckten Mikrofonen!«

»Mrs. Farrow, ich glaube nicht, daß ...«

Aber Jude gebot Felix mit erhobener Hand zu schweigen. »Keine Spielchen mehr, bitte. Ich habe darüber fast den Verstand verloren. Jetzt halte ich es einfach nicht mehr aus.« Und mit einem gewinnenden Lächeln sah sie Ruth direkt in die Augen. »Ihr habt gewonnen. Ich bitte euch nur inständig, William aus der Sache herauszuhalten. Er hatte in den letzten Tagen genug damit zu tun, die Wahrheit zu verarbeiten, nachdem ich ihm alles erzählt habe. Das möchte ich besonders betonen: Er wußte von gar nichts. Und das werde ich auch im Prozeß aussagen.«

Ruths und Felix' Blicke kreuzten sich. Beide sahen einander fragend an. Was war hier eigentlich los? Waren beide verrückt? Ruth fiel ihre Mutter ein, deren Äußerungen oft genauso lächerlich klangen. Hatte es überhaupt Sinn, Mrs. Farrow Fragen zu stellen? Dieser Fall war eigentlich von Anfang an ein verlorener Kampf gewesen, egoistisch, erbärmlich und lächerlich. Sie fühlte sich plötzlich schuldig, einfach in das Leben dieser Leute hereingeplatzt zu sein und sie zu verwirren. Ihr Platz war an der Seite ihrer Mutter, dort gehörte sie hin.

Aber sie konnte sich nicht aufraffen, zur Tür zu gehen. Sie hätte den Zerfall ihrer Mutter im Augenblick nicht ertragen können.

Felix durchbrach schließlich die angespannte Stille. »Prozeß, Mrs. Farrow?«

»Natürlich, sobald Sie mich verhaftet haben.«

»Verhaftet?«

»Deshalb sind Sie doch hier, oder nicht?«

»Nein, nein, nein ...«

Da nahm sie seine Hand in ihre. »Aber ihr seid doch alle so schlau.« Sie drohte ihm verschmitzt mit dem Zeigefinger. »Wie gesagt, keine Spielchen mehr. Dreißig Jahre habe ich die Schuld mit mir herum getragen, und das ist weiß Gott genug. William alles zu erzählen, war am schwierigsten. Ihnen alles noch einmal zu sagen, wird daher etwas leichter sein. Zum ersten Mal seit Jahrzehnten fühle ich mich, als wäre eine Zentnerlast von meinen Schultern genommen. Womit möchten Sie anfangen?«

Erwartungsvoll saß Jude auf dem Sofa und schaute von einem zum anderen. Die Situation war untragbar. Sie glaubte wirklich, sie beide wären Polizisten, denen sie etwas erzählen mußte. Doch das abzustreiten, würde ihrer Phantasie nur größere Flügel verleihen. Langsam entzog Felix ihr seine Hand und rieb sich sorgenvoll die Schläfen. Vielleicht konnte sie Ruth ja ein paar wichtige Dinge mitteilen? Gemeinsam hatten sie bisher so viel erreicht, wem schadete es, wenn sie einige Fragen stellen würden? Und wenn die alte Dame wirklich glaubte, zwei leibhaftige Polizisten vor sich zu haben, warum sollte er ihren Glauben zerstören und sie erneut durcheinanderbringen?

Wenn sie Informationen hätte, die für Ruth von Bedeutung wären, um so besser.

Wenn nicht, verließen sie nach einer Weile das Haus und ließen die armen, alten Leute in Frieden. Sie führen zurück nach Chelmsford und verlebten den Rest des Tages bei ein paar Bier und einem guten Essen. Sie würden über ihr gemeinsames heutiges Abenteuer sprechen und lachen, er nähme Ruths Hand und ...

Nun, da er seine Gedanken sortiert hatte, räusperte Felix sich. Ruths warnende Blicke ignorierte er vorsorglich.

34. Kapitel

»Chef?«

»Boot-sale? Sie?«

»Tut mir leid, Sie zu Hause stören zu müssen.«

»Was gibt's?«

»Hab' hier etwas für Sie. Dachte, Sie wollten es lieber jetzt gleich hören als morgen früh im Büro.«

»Sagen Sie schon! Was ist los?«

»Es ist so«, er hüstelte verlegen, »geht um einen Ihrer alten Kumpel, Chef.«

»Nicht schon wieder Jenkins?«

»Nein. Nicht er. Seine Frau.«

»Ruth Jenkins?«

»Fürchte ja, Chef.«

»Boot-sale, was ist los mit Ruth? Spucken Sie's doch endlich aus, Mann.«

»Ist etwas schwierig, ehrlich, Chef. Besonders, weil sie doch mal Ihre Kollegin war und so.«

»Und warum rufen Sie mich dann überhaupt an? Menschenskind, Boot-sale, in den letzten Tagen hatte ich genau vier Stunden Schlaf. Und jetzt komme ich endlich mal dazu, mich hinzulegen und zu schlafen, da rufen Sie mich an, wekken mich wieder auf, nur um mir idiotischen Blödsinn ...«

»Sie wurde gestern abend verhaftet.«

Schweigen. »Ruth? Verhaftet?«

»Hat Schaufenster eingeworfen.«

»Sind Sie besoffen, Sergeant? Oder haben wir den ersten April?«

»Die Videoüberwachung hat alles aufgenommen. Die Streife hat sie gestern abend festgenommen, als sie die Tierbefreierin von Chelmsford spielte vor einer unserer örtlichen Tierhandlungen.«

»Ruth Jenkins? Am Weihnachtsabend? Sind Sie sicher?«

»Sie war vollkommen blau. Zwei unserer Jungs waren nötig, um sie festzunehmen und aufs Revier zu bringen, wo sie die Nacht in einer Zelle verbrachte.«

»Das glaube ich nicht!«

»Stimmt aber, Chef. Sie war hier ... in Ihrem Büro, Chef ... heute morgen. War ganz schön zerknirscht. Das Schlimmste ist aber, daß sie ihre verrückte ... ähm ... geistig verwirrte Mutter ganz allein im Haus zurückgelassen hat. Man fand sie, wie sie im Vorgarten splitternackt ihr eigenes Grab schaufelte.«

»Boot-sale, das ist ein Traum, stimmt's? Wir haben den zweiten Weihnachtstag, und es ist heller Nachmittag. Gleich wache ich in meinem weichen, warmen, gemütlichen Bett auf.«

»Schlimmer als ein Alptraum, Chef. Es kommt noch ärger.«

»Ich hab's – dic alte Frau hat sich zu den Weihnachtsmorden bekannt.«

»Bitte, Chef. Die Sache ist bitterernst.«

Ein Seufzer erklang am anderen Ende der Leitung. »Klären Sie mich auf, Sergeant.«

»Also, während unsere Mrs. Jenkins uns als Gast beehrte, habe ich sie ein wenig unter die Lupe genommen und dabei herausgefunden, daß ihr Mädchenname Golden war.«

»Ist das alles? Mein Gott, Boot-sale, das hätte ich Ihnen auch erzählen können. Ruth Golden. Woman Police Constable Golden. In den Sechzigern war ich in Maldon mit ihr auf Streife.«

»Okay, aber ich habe noch mehr.«

»Um Himmels willen, nein.«

»Heute morgen habe ich aus dem pathologischen Labor des Präsidiums eine Menge Unterlagen zum Ablegen und Abheften bekommen. Darunter war auch das Taschentuch. Das blaue, das wir bei der Vietnamesin im Zimmer gefunden haben, mit Blut besudelt.«

»Und?«

»Haben darauf keine Fingerabdrücke finden können.«

»Weiter?«

»Daher muß es doch dem Mörder gehören. Er hat es dort fallenlassen, hat vielleicht sogar damit versucht, die Kleine zu erdrosseln. Jedenfalls war es mit dem vielen Blut irgendwie in den Kampf verwickelt. Sollte es der Studentin gehören, müßten doch überall ihre Fingerabdrücke drauf sein.«

»Sie könnte es aber auch gerade gewaschen haben. Boot-sale, es beweist nicht das Geringste. Das Taschentuch ging wegen der Blutproben ins Labor, soweit ich mich erinnere. Es hätte schon etwas Besonderes aufweisen müssen, wenn ...

»Initialen sind doch etwas Besonderes, oder nicht? ›R. G.‹ steht in der linken unteren Ecke.«

»Ich kann mich erinnern, Sergeant, sehr gut sogar. Aber sie könnten alles Mögliche bedeuten ...«

»Ruth Golden.«

»Ruth Golden?«

»Also eben unsere Mrs. Ruth Jenkins.«

»Moment, Moment, Boot-sale. Wollen Sie damit sagen, daß ihr das Taschentuch gehört?«

»Das Labor hat einen Fasertest durchgeführt und dabei

festgestellt, daß das Tuch mindestens zwanzig Jahre alt ist.«

»Und Sie haben Mrs. Jenkins damit konfrontiert?« fragte Davies.

»Gleich als erstes heute morgen. Sie bekam fast einen Herzschlag, als sie das Tuch sah, hat aber sofort abgestritten, es zu kennen und ...«

»Alles abgestritten?«

»Damit will ich sagen«, sammelte Mason seine Gedanken sorgfältig für seinen Chef zusammen, »es könnte doch sein, daß sie die Studentin ermordet hat? Sie ist eine Frau und kennt sich mit Make-up aus. Und im Präsidium nehmen sie auch an, daß eine Frau dahintersteckt. Sie hat es getan, um ihren Alten aus dem Knast zu kriegen. Vielleicht sind auch alle beide in die Morde verwickelt. Irgendwie mußte er aus der Sharansky-Nummer wieder herauskommen, deshalb ist sie auf der Bildfläche erschienen.«

»Boot-sale«, wies Davies ihn zurecht. »Soweit ich weiß, hat Ruth Jenkins für den Nachmittag, an dem Miss Xang starb, ein Alibi. Sie brachte uns das Band, das ihren Mann entlastete. Und sie war nicht allein. Sie kam zusammen mit Jenkins' Freundin, wissen Sie noch?«

»Stimmt. Wenn wir ihnen Glauben schenken wollen. Für mich hört sich das alles ein wenig weit hergeholt an. Zwei Frauen, die mit ein und demselben Mann zusammen sind, gehen gemeinsam zur Polizei, um ihn zu entlasten? Je länger ich darüber nachdenke, desto mehr glaube ich an die Schuld von Mrs. Jenkins. Sie hatte ein Motiv, die Gelegenheit und die körperliche Kraft.«

»Alles nur Vermutungen, Sergeant.«

»Wie auch immer.« Mason schien enttäuscht. »Ich dachte nur, Sie sollten es wissen.«

»Okay«, gähnte Davies. »Danke.«

»Jedenfalls macht meine Theorie mehr Sinn als der ganze Blödsinn aus dem Präsidium. Bestätigt außerdem, daß die Tat von einer Frau begangen wurde.«

Davies kannte Mason. Er hatte sicher noch mehr in petto. »Weiß noch jemand von Ihrer ›Theorie‹? Butler, Knowles?«

»Hab' ihnen kein Sterbenswörtchen verraten. Nur Hassloff und Morgan – weil wir ja zusammen arbeiten. Hab' sie auf Mrs. Jenkins angesetzt, zur Überwachung. Und stellen Sie sich vor, Chef. Sie ist schon fast den ganzen Tag unterwegs. Und immer in Begleitung eines Kerls namens Felix Pengelly. Geht mit ihm weg, kommt mit ihm um die Mittagszeit für etwa eine Stunde zurück und ...«

»Felix Pengelly?«

»Hab' ihn überprüft. Es stellte sich raus ...«

»Ich weiß, wer er ist, Sergeant.«

»Auch jemand aus der Zeit in Maldon. Hat in den frühen Siebzigern die Polizei verlassen.«

»Sind Sie sicher mit Felix Pengelly?«

»Ich hab' ihn doch überprüft, ist alles in Ordnung. Aber doch zu komisch, oder nicht? Kommt in aller Herrgottsfrühe hierher, dann gehen sie im Hylands Park fast eine Stunde Hand in Hand spazieren.«

»Und wo sind sie jetzt?« seufzte Davies.

»Sind nach dem Mittagessen wieder weggefahren. Hab' den Jungs gesagt, daß sie vor dem Haus bleiben sollen, falls ich sie hier wieder eilig brauche. Irgend etwas Komisches geht da vor.«

»Ich weiß nicht, Boot-sale. Nun bin ich mal einen Tag nicht da, und schon ist der Teufel los. Was habt ihr als Nächstes vor?«

Auch das hatte Mason schon geplant. »Falls da was Seltsames läuft, Chef, zwischen Jenkins und seiner Frau, dann sollten wir ihr Telefon anzapfen. Ich werde gleich morgen früh dafür die Erlaubnis beantragen. Sonst sind uns im Moment die Hände gebunden. Wir können sie ja schlecht hierherzerren, nach all dem Ärger mit ihrem Mann.«

»In Ordnung, Boot-sale. Hassloff und Morgan sollen erst einmal bleiben, wo sie sind. Aber heuern Sie keine weiteren Mitarbeiter mehr an. Und sie sollen bloß nicht die Helden spielen. Vielleicht brauchen wir auch einen Hausdurchsuchungsbefehl, wegen der blutigen Kleidung, aber das hat Zeit bis morgen. Ich bin mir noch nicht über alles im Klaren. Seh da noch keine Verbindung.«

»Aber Sie müssen doch zugeben, daß es etwas merkwürdig ist, oder?«

»Vielleicht, Sergeant.«

»Gut, bis morgen früh dann, Chef. Ich bin auch gleich weg. Die Nachtschicht muß sich hier noch durch die Papiere arbeiten für Knowles.«

»Immer noch bei den Berichten?«

»Blödsinniger Idiotenquatsch! Geht um die Selbstmorde! Sie sind immer noch der Meinung, daß ihre mysteriöse Mörderin eine Art Serienkiller ist. Aber wir leben in Chelmsford! Und wenn wir beide davon überzeugt sind, daß Jenkins und seine Frau ...«

»Ist ja schon gut, Sergeant«, unterbrach ihn Davies. »Sie haben sich klar genug ausgedrückt. Behalten Sie es aber gefälligst für sich. Ich will nicht von anderen hören, daß Sie Hinz und Kunz Ihre Theorie erzählen. Die anderen sollen weiter an den Akten arbeiten. Wir sehen uns morgen früh.«

»Verstanden«, antwortete Mason. »Chef?«

»Was ist?«

»Kollegen haben mich gerade darüber informiert, daß Jenkins sich nicht auf dem Revier gemeldet hat, wie es die Kautionsbedingung verlangt. Er sollte sich hier zwischen drei und vier Uhr sehen lassen.«

»Liegt wahrscheinlich besoffen in der Ecke. Schicken Sie ein paar Leute zu ihm, die sollen ihn aufs Revier zerren. Falls er Schwierigkeiten macht, ab in die Zelle.«

»Wird mir eine Freude sein, Chef.«

»Sperrt ihn aber nur mit triftigem Grund ein.«

»Klar. Den werden wir schon finden.«

»Vorsicht! Ihr spielt nur nach den Regeln der Polizei! Haltet euch daran!«

»Wollte Ihnen ja auch nur sagen, daß wir alle auf Ihrer Seite stehen.«

»Okay, das haben Sie damit getan, Sergeant. Gute Nacht.«

»Nacht, Chef.«

35. Kapitel

Ruth beobachtete mit einiger Besorgnis, wie William Farrow mit zittrigen Händen versuchte, den Tee einzuschenken, was ihm nicht ganz gelang. Seine Frau blickte ihn mißbilligend an, half ihm aber letzten Endes freundlich. Die ganze Zeit über rieb Felix seine Hände und rutschte nervös hin und her. Er mied Ruths Blick.

»Haben Sie Kinder?« fragte Jude plötzlich, nachdem sie ihren Mann unter einem Vorwand hinausgeschickt hatte, so als wäre er ein seniler Butler – und senil schien er ja auch tatsächlich zu sein.

»Eins«, gab Ruth zur Antwort und wünschte sich plötzlich sehnlichst Marie an ihrer Seite. Was wollte sie überhaupt noch hier? Es war alles Felix' Schuld. Hätte er nicht nach Chloe gefragt, wären sie bereits auf dem Rückweg nach Chelmsford.

»William und ich konnten nie eigene Kinder bekommen«, sagte Jude traurig. »Wir haben es Jahre versucht, aber damals war die Wissenschaft noch nicht so weit wie heute.« Je mehr intime Einzelheiten Jude erzählte, desto mehr wurde Ruth sich bewußt, daß sie sich eigentlich gar nicht richtig vorgestellt hatten und einander kaum kannten. Vier Fremde, verbunden durch einen Namen.

»Das tut mir sehr leid, Mrs. Farrow«, antwortete Ruth

und dachte dabei an die erfolglosen Bemühungen ihrer eigenen Tochter. Sie musterte das Gesicht der alten Frau nach Spuren dessen, was hinter ihr lag, aber aus den traurigen, grünen Augen sprach nur Lethargie. Sie glaubte, daß die aufgesetzte heitere Gelassenheit der älteren Dame inzwischen tatsächlich ihrem Charakter entsprach – Leere und Emotionslosigkeit.

»Die alten Leute im *The Maltings* waren unsere Kinder, Inspector«, sagte Jude an Felix gewandt.

»Felix für Sie, Mrs. Farrow, bitte«, forderte er sie auf. »Und das ist Ruth, Ruth Jenkins, eine sehr gute Freundin.«

»Wie Sie möchten, Inspector«, sagte Jude nickend. »Felix und Ruth meine ich.« Sie nippte an ihrem Tee. »Das Problem bei den alten Leuten ist nur, daß sie irgendwann alle sterben. Wir versuchen natürlich, ihnen das Leben so angenehm wie möglich zu gestalten, aber sie sterben.«

Fast erwartete Ruth, daß Jude in Tränen ausbrach, aber diese blieb regungslos. Lieferte sie vielleicht nur eine perfekte Vorstellung? Wie hypnotisiert lauschte Ruth Judes Erzählungen.

»Dann änderte sich für uns die Situation«, fuhr Jude fort. »Wie Sie ja wissen, nahmen wir Chloe bei uns auf, nachdem ihr Vater ...«

»... gestorben war?« fiel Felix ein.

»Er wurde ermordet. Treiben Sie keine faulen Spielchen mit mir. Ich bin nicht dumm, Inspector, und ich ...«

»Mrs. Farrow, bitte ...«

Jude warf Ruth einen eiskalten Blick zu. »Sie wollten die Wahrheit hören, und jetzt werde ich sie Ihnen erzählen.«

Es entstand eine peinliche Stille, in der Jude Farrow ihre Bluse glatt strich und imaginäre Fusseln von der Couch zupfte.

Felix trank seine Tasse leer und machte Anstalten zu gehen,

indem er sich erhob. »Vielen Dank, Mrs. Farrow, Sie haben uns sehr geholfen. Wir werden ...«

»Sie werden sich augenblicklich wieder hinsetzen und mir zuhören, Inspector Felix!«

Vergeblich suchte Felix Ruths Blick, so als erwarte er von ihr Unterstützung. Irgendwie war die Sache aus dem Ruder geraten. Jude Farrow war offensichtlich bedrückt und gab sich der Illusion hin, ihr könne geholfen werden, wenn sie sich öffnete. Wie sollten sie hier nur wieder herauskommen? Es schien unmöglich, außer sie benähmen sich unhöflich. Doch Jude war fest entschlossen, sie nicht gehen zu lassen, und so setzte sich Felix Pengelly wieder hin.

Jude schien zufrieden. »Wie wir alle wissen, Inspector, wurde Richard Webster ermordet. Von meiner Schwester Melanie. Sie hat ihm eine Spritze gegeben.« Jude zeigte mit dem Zeigefinger an ihren Hals. »Nur Luftblasen, genau hier. Sie wandern sofort zum Gehirn. Melanie hatte eine Menge darüber gelesen und sagte, das wäre die beste Stelle.«

Inzwischen wurde auch Ruth die Sache zu brenzlig. Sie hatte Gewissensbisse und wollte die alte Frau keinen Augenblick länger unter diesem fatalen Mißverständnis leiden lassen. Das hatte sie vom Pflegepersonal im Heim ihrer Mutter gelernt. Immer wieder mußten die alten Leute nach ihren bizarren Äußerungen in die Realität zurückgebracht werden, ungeachtet dessen, wie wenig oder stark verwirrt sie waren. »Mrs. Farrow, Chloe hat ihren Vater getötet. Nicht Melanie. Wir waren in der Nacht doch bei ihr. Die Polizeibeamten des Reviers von Maldon. Es war Chloe. Und es war ein grauenhafter Unfall. Ganz bestimmt war es Chloe, nicht Melanie.«

Jude sah Ruth an, als könne sie nicht fassen, daß manche Leute so begriffsstutzig wären. »Chloe dachte nur, sie hätte es getan. Das war ja unsere Absicht. Sie glauben zu machen, sie wäre die Täterin.«

»Wir?« fragte Ruth verständnislos.

»Melanie und ich.«

»Weshalb?«

»Wegen Chloe natürlich.«

»Tut mir leid, aber das verstehe ich nicht.«

»Damit ich sie zu mir nehmen konnte. Sie wollte sie los sein, wie Dick. Melanie hatte ihn schon lange satt. Fühlte sich in dieser Ehe gefangen, war die Praxis und all das leid. Meinte, etwas im Leben zu verpassen.«

»Jude«, fuhr Ruth etwas durcheinander dazwischen, »woran wir besonders interessiert sind, ist ein altes Andenken von mir. Ein blaues Taschentuch. Ich habe es Chloe in dieser bewußten Nacht gegeben. Jetzt tauchte es plötzlich wieder auf, und wir wollen einfach wissen, wie es dahinkam. Ich hatte gehofft, daß Chloe uns weiterhelfen könnte. Wenn Sie wissen, wo sie wohnt, können Felix und ich ...«

»Wüßte ich die Adresse, hätte ich sie Ihnen doch wohl sofort mitgeteilt, meinen Sie nicht auch?«

Ruth bemerkte den scharfen, ärgerlichen Unterton, verstand allerdings nicht den Grund dafür. »Wie bitte?«

»Ob ich weiß, wo sie wohnt!« bemerkte Jude entrüstet. »Es ist doch schließlich Ihre Aufgabe, das herauszufinden, nicht meine. Und Sie wissen verdammt gut, wo sich das arme Kind aufhalten könnte. Wie viele Morde müssen denn noch geschehen, bevor Sie sie stoppen können? Bevor Sie Melanies schauderhaftem Roboter Einhalt gebieten?«

»Morde?« warf Felix ein.

»Die letzten zwei«, zischte Jude. »Die alte Frau und das ausländische Mädchen in Chelmsford.« Sie warf den beiden vernichtende Blicke zu. »Wir wissen jedenfalls, daß Chloe wieder in Aktion ist. Also hören Sie endlich mit der Veralberei auf. Langsam habe ich wirklich genug davon!«

Felix legte die Handflächen gegeneinander, als ob er betete, und dachte nach. »Wollen Sie damit sagen, daß Chloe Webster diese beiden Frauen getötet hat? Daß sie der Weihnachtsmörder ist?«

Jude rutschte unruhig auf dem Sofa hin und her. Sie schien mühsam um ihre Beherrschung und Gelassenheit zu ringen. »Traurig war«, ging sie wieder zurück in die Vergangenheit, »daß Melanie und ich immer beide das wollten, was der anderen bereits gehörte. Ich hatte Geld, viel Freizeit, ein erfolgreiches Geschäft und einen Ehemann, der mir zutiefst ergeben alle drei Dinge auf einem Silbertablett präsentierte.«

»Dennoch hatte sie ein Kind, das Sie sich immer gewünscht hatten«, bemerkte Ruth, erleichtert, daß der Gesprächston sich wieder normalisiert hatte. Aber wie glaubwürdig war Jude Farrow? Sie wirkte äußerst verängstigt, warum, konnte Ruth im Moment nicht deuten. War es die Angst vor der Vergangenheit, die bald ans Licht der Öffentlichkeit gezerrt wurde? Oder war es die Angst vor der ungewissen Zukunft, an der Seite eines Ehemannes, der zusehends verfiel?

»Dumm, nicht wahr?« sagte Jude leise. »Jede wünschte sich verzweifelt, was die andere besaß. Also beschlossen wir zu tauschen. Nein, anders. Melanie beschloß es. Ich war immer die Schwächere, folgte ihr ständig, hing an ihr wie eine Klette. Sie bekam immer, was sie wollte. Ein herzerweichender Blick aus ihren großen, grünen Augen, und unsere Eltern erfüllten ihre jeden Wunsch. Ich wünschte mir so sehr, wie sie zu sein«, sagte sie zu Felix.

»Ich verstehe«, bestätigte er mit unsicherem Lächeln.

Jude bot ihm einen weiteren Keks an. »Ich war ja bereits Chloes Patentante, und Melanie ... Sie müssen wissen, Inspector, damals schrieben wir die sechziger Jahre. Die Zeiten begannen sich langsam für die Frauen zu ändern. Ihnen wurde von einer Karrierewelt vorgeschwärmt, fern der

Küche, und damit lag mir Melanie ständig in den Ohren. So ein Leben hätte sie am liebsten geführt, wenn da nicht Richard und Chloe gewesen wären.«

»Warum ließ sie sich nicht einfach scheiden?« fragte Felix nach.

»Hätte viel zu lange gedauert, war ihr außerdem zu unsicher. Sie brauchte schließlich Geld. Aus der Lebensversicherung. Außerdem wäre Chloe dann immer noch bei ihr gewesen. Melanie wollte immer entweder alles oder nichts, Inspector.«

»Die perfekte Mutter!« stellte Felix zynisch fest.

»Es steht uns nicht zu, sie zu richten, Inspector. Sie hatte ihre Gründe und ich meine. Nach Richards Tod, so versprach mir Melanie, würde ich die Vormundschaft für Chloe erhalten. Dann wäre sie endlich frei und könnte ihre Träume Wirklichkeit werden lassen. Nun brauchten wir nur noch einen Plan, der glaubwürdig vermittelte, daß Melanie ihre eigene Tochter nicht mehr länger behalten konnte. Eines Tages hatte Melanie die Idee: Wenn die Polizei und das Gericht davon überzeugt wären, daß Chloe ihren eigenen Vater getötet hatte, konnte sie einen einleuchtenden Grund vorbringen, ihre Tochter zurückzuweisen. Ganz klar, daß ich mich dann der Tochter annehmen würde.«

»Und Sie haben mitgemacht?«

»Zuerst habe ich sie nicht ernst genommen. Aber mit der Zeit stellte ich fest, daß Melanie von diesem Gedanken wie besessen war, bereits Pläne machte und mich damit ansteckte. Bedenken Sie, ich wünschte mir nichts sehnlicher, als Chloe bei mir zu haben.« Sie schüttelte plötzlich traurig den Kopf. »Und dann bekam ich zufällig heraus, daß sie eine Affäre hatte. Aber das brauche ich Ihnen ja wohl nicht weiter zu erzählen.«

»Nein, lassen Sie nur, Mrs. Farrow. Wir wußten, daß sie einen Geliebten hatte.«

»Ich habe es zuerst überhaupt nicht verstanden. Es war ja nicht nur dumm, sondern auch gefährlich. Und dazu auch noch einen Polizisten, ausgerechnet.«

Ruth schaute Jude entsetzt an. »Einen Polizisten?«

Jude nickte. »Ja, einer von Ihnen, aus Maldon. Nie habe ich verstanden, warum. Bis es dann passierte. Bis zu dem Abend, als sie Dickie ermordete. Da begriff ich endlich. Sie hatte es wirklich clever eingefädelt.«

Verunsichert versuchte Ruth, Felix in die Augen zu sehen. Es vergrößerte ihre Verwirrung, als er ihrem Blick auswich.

»Weil«, erklärte Jude den beiden, »er die Affäre nicht erwähnen durfte, das wäre dann das Ende seiner Karriere gewesen. Melanie hatte wirklich alles bis ins kleinste Detail durchdacht. Sie wußte genau, daß sie zu den Hauptverdächtigen gehörte. Ihr war ebenfalls klar, daß sich die Polizei Informationen über ihre Person, ihren Charakter und ihren Ruf beschaffen würde. Und daß der junge Polizist, nämlich ihr Geliebter, jede Lüge über sie verbreitet hätte, nur um nicht als ihr Geliebter entdeckt zu werden.«

Wieder warf Ruth Felix einen Blick zu. Er bewegte lautlos seine Lippen, um ihr etwas mitzuteilen, das sie jedoch nicht verstand. Schnell senkte sie den Blick. Sie konnte es plötzlich nicht ertragen, ihm in die Augen zu sehen. War es das, was er ihr im Auto erzählen wollte? Daß er Melanies heimlicher Geliebter war, zu dem Zeitpunkt, als sie gerade ihren Ehemann loswerden wollte?

Sie war erleichtert, als Felix Jude ansprach. »Aber warum haben Sie nicht mit Richard Webster über Melanies Komplott gesprochen? Oder mit Ihrem Mann? Oder mit irgendeiner anderen Person?«

»Weil ich endlich meinen Traum erfüllt sah. Den Traum von einem Kind. Meinem eigenen kleinen Mädchen. Das nicht wie die alten Leute im Heim bald sterben würde. Das Farbe, Leben, Fröhlichkeit in mein Leben bringen würde. Die große Erfüllung, Inspector. Um die Wahrheit zu sagen, wünschte ich mir Chloe mehr, als ich Richards Leben retten wollte.«

»Was geschah dann, Jude?«

»Meine Aufgabe bestand darin, Auto zu fahren.« Sie hatte ihre Stimme zu einem kaum hörbaren Flüstern gesenkt, und eine Träne rann ihr verstohlen zum Kinn hinunter. Ihre Augen schweiften ziellos in die Ferne und fixierten schließlich einen Punkt an der Wand. »Melanie hatte bemerkt, daß Chloe von der Arbeit ihres Vaters völlig fasziniert war. Eine Sache hatte es ihr besonders angetan. Und das war sein ›Schlafinstrument‹ wie er es nannte. Ihre erste wirkliche Begegnung mit dem Tod, vermute ich, und diese Tatsache beschäftigte sie tagein, tagaus. Während Dicky immer gezögert hatte, ihr dieses Instrument in allen Einzelheiten zu erklären, fand Chloe in ihrer Mutter eine bemühte Lehrerin.

Aber die Lehrstunden der Mutter bestanden nicht nur aus Gesprächen, nein, sie vermittelte ihrer Tochter das Wissen auch im praktischen Spiel. An jedem Mittwochnachmittag holte ich Melanie zu ihrem wöchentlichen Einkaufstag ab. Dicky gab den gemeinsamen Wagen nicht gern her, da er in einem Notfall beweglich sein mußte. Und so war Melanie unweigerlich ans Haus gebunden. Daß ich etwas mit ihr unternahm, schien Dicky aber ganz recht. Sie hatte ein aufbrausendes Temperament, und ich glaube, er war oft froh, sie los zu sein. Wir kauften ein, holten Chloe von der Schule ab und fuhren dann zurück nach *The Maltings*, wo wir dann noch ein bis zwei Stunden verbrachten.«

»In Ihrem Altenheim?« fragte Ruth, die ein eigenartiges Gefühl in der Magengegend spürte. Was wäre, wenn die alte

Frau recht hätte? Wenn Chloe nun tatsächlich der »Weihnachtsmörder« war? Wenn sie die ganze Zeit über dieses Taschentuch aufbewahrt und es nur zufällig während des Mordes verloren hatte? Wenn …?

»Ja«, bestätigte Jude. »Da fingen auch die Spielchen an.«

»Spielchen?«

»Sie nannte es ›Teddy Krankenhaus‹. Ich war zutiefst entsetzt darüber. Melanie stand oben auf der Treppe und schubste Chloes Lieblingsteddys die Treppe hinab. Danach sahen sich die beiden die Teddys an und bestimmten, welche der Teddys nicht mehr gerettet werden konnten und daher zum Himmel geschickt werden mußten. Chloe liebte dieses Spiel, aber besonders gefiel ihr, daß ihre Mutter sich mit ihr beschäftigte und sie die erwachsene Krankenschwester spielen durfte. Melanie besaß eine alte Plastikspritze, eine Art Attrappe, so daß sie ihrem Spiel einen wirklichkeitsnahen Charakter geben konnten. Chloe durfte die verwundeten Teddys, mit einer, natürlich vorgetäuschten, Injektion in den Hals einschläfern. Danach kamen Puppen an die Reihe. Doch das Spiel war immer das gleiche. Melanie schubste sie die Stufen hinunter, und Chloe schläferte sie ein.«

»Sie meinen, daß Melanie ihrer Tochter beigebracht hat, ihren eigenen Vater zu ermorden?« erkundigte sich Ruth erschüttert.

»Kann man so sagen. Das war ja auch das Ziel. So lange Chloe davon überzeugt war, ihren eigenen Vater getötet zu haben, so lange konnte Melanie sich in Sicherheit wiegen. Schließlich hatte sie den perfekten Unfall und dessen unschuldigen Verursacher geschaffen.«

»Wie grauenvoll!«

Doch Jude schien Ruth gar nicht wahrzunehmen.

»Melanie beschrieb den Himmel als etwas Wunderschönes, Mystisches, als etwas ganz anderes als das Leben auf Erden. Und Chloe saugte natürlich jedes Wort auf wie ein Schwamm. Das ist wahrscheinlich das Traurigste an der ganzen Geschichte.«

»Wie meinen Sie das?«

»Chloe wollte den Menschen immer alles recht machen. Sie freute sich, wenn alle zufrieden und gutgelaunt waren. Und Melanie nutzte diese Tatsache für ihr widerliches Unterfangen aus. Chloe war von Natur aus ein liebenswürdiges, freizügiges Kind, das gerne gab. Schon im Alter von sieben Jahren.«

Ruth nickte und erinnerte sich an das Kind auf ihrem Schoß, das sie unschuldig mit großen Augen angesehen hatte, davon überzeugt, nichts Falsches getan zu haben. Daß Daddy im Himmel, daß er glücklich war. »Und in der Nacht des Mordes?«

»Dickie hatte eine schlimme Erkältung, fast schon eine Grippe. Er mußte seine Praxis zwei Tage schließen und sich ins Bett legen.« Scheinbar belustigt betrachtete Jude Felix. »Wie Männer so sind, Inspector.«

Schulterzuckend hielt Felix ihrem Blick stand.

»Wie immer fuhr ich am Mittwoch zu Melanie. Meine Schwester war überglücklich und wie aufgedreht. Als wir dann Chloe von der Schule abholten, verstand ich auch warum. Als erstes fragte Chloe, ob denn jetzt der richtige Zeitpunkt gekommen wäre, ihren Daddy in den Himmel zu schicken. Sicher fühlte er sich bei Jesus und den vielen Engeln im Himmel viel wohler als bei uns. Und das war der springende Punkt. Die Idee sollte von Chloe selbst kommen, von ihr persönlich stammen. Es war wie Teddy-Krankenhaus-Spielen, nur mit Daddy.«

Ruth glaubte allmählich, daß Jude, bis auf wenige Details, die Wahrheit erzählte. Die Frage war nur, warum tat sie es?

Sie ging doch davon aus, daß sie zwei Polizisten gegenüber saß.

»Um etwa sieben Uhr fuhren wir an dem betreffenden Abend zurück zur Praxis«, fuhr Jude leise fort. »Dick lag noch immer leidend im Bett. Melanie stellte sicher, daß die Tür zum Behandlungsraum unverschlossen war. Vorher hatte sie unter verschiedenen Vorwänden Chloe die richtige Spritze gezeigt und sie so hingelegt, daß ein siebenjähriges Kind sie mühelos erreichen konnte. Dann brachten wir Chloe zu Bett und ... warteten.«

»Warteten?« wollte Ruth wissen, doch wußte sie insgeheim schon die Antwort – daß das kleine Mädchen sich wahrscheinlich schlaflos im Bett wälzte, den Vater stöhnen hörte und an die Spiele mit ihrer Mummy dachte, an die Gespräche über den Himmel und die Engelein ...

»Chloe mußte nun entscheiden, sie mußte den nächsten Schritt tun«, klärte Jude sie auf. »Wir konnten nichts mehr machen, nur noch in der Küche sitzen und warten. Eine halbe Stunde später hörten wir ein Geräusch. Chloe schlich sich die Treppe hinunter, in die Praxisräume und wieder nach oben. Ich fühlte mich schrecklich, denn ich wußte, das war meine letzte Gelegenheit, sie aufzuhalten. Doch ich rührte mich nicht.«

»Und Chloe nahm die Spritze«, führte Felix die Geschichte fort, »und stach sie ihrem Vater in den Hals, wie bei den Teddys.«

»Es passierte alles wahnsinnig schnell. Ich hörte Dicky laut schreien. Dann raste Melanie nach oben und brachte Chloe zu mir nach unten in die Küche. Die Kleine war so glücklich, so zufrieden, daß sie ihren Daddy von den Schmerzen befreit hatte.«

»Aber er war noch nicht tot, stimmt's Jude?« fragte Felix nach. »Melanie war bei ihm und vollendete, was Chloe begonnen hatte.«

Es hörte sich so an, als schluchzte die alte Frau. »Wie Melanie geahnt hatte, konnte Chloe die Haut mit der Spritze nur anstechen, bevor Dick vor Schmerzen erwachte. Aber Melanie gelang es, ihn zu beschwichtigen und zu beruhigen. Danach vollendete sie, wie Sie, Herr Inspector, so schön formulierten, die Tat, wie geplant.«

»Dann eilte sie nach unten und erzählte Chloe, daß ihr Daddy tot sei, richtig? Und das Kind war fest überzeugt, es getan zu haben?«

»Stimmt. Ich rief den Notarzt und einen Krankenwagen, während Melanie sich darauf vorbereitete, die Rolle einer Mutter zu spielen, deren eigene Tochter ihr den über alles geliebten Ehemann genommen hatte. Schließlich mußte sie alle Leute davon überzeugen. Wir hatten nur Angst vor der Autopsie. Wenn sie zwei Einstiche entdeckten, wären wir dran, aber dem war nicht so. Jeder glaubte Chloe und hegte nicht den leisesten Zweifel an ihrer Glaubwürdigkeit. Melanie war erfolgreich am Ziel angelangt.«

»Und davon haben Sie Ihrem Mann nie auch nur ein Sterbenswörtchen erzählt, Mrs. Farrow?« wollte Felix wissen.

»Nein, bis gerade eben. Wie hätte ich das tun sollen? Ich steckte doch viel zu tief in der Geschichte drin. Es war eine üble Sache, die aber reichlich belohnt wurde. Jedenfalls eine Zeit lang.«

»Was ging schief?«

»Zuerst nichts. Nachdem über die Sache Gras gewachsen war, verschwand Melanie mit einem anderen Mann, und Chloe kam wie versprochen zu uns. Zuvor hatte Melanie noch eine glanzvolle Vorstellung vor dem Adoptionskomitee geliefert, wo sie unter Tränen erklärte, nicht mehr mit dem kleinen Mädchen zusammenleben zu können, das ihren lieben Mann umgebracht hatte.«

»Und Sie erhielten dann das Sorgerecht?«

Jude nickte, wischte sich über die Augen und setzte sich aufrecht hin. »Aber je länger sie bei uns blieb, desto schlimmer entwickelte sich die Lage. Ihre Augen, ihr Blick, wie sie manchmal sprach, all das erinnerte mich immer an meine Schwester. Ich würde zeitlebens nur Tante Jude bleiben. Damit wurde ich nicht fertig. Ich begann zu trinken. Viel zu oft, viel zu viel. Dann begann das Morden.«

»Das Morden?«

»Die alten Leute in unserem Heim. Chloe hatte sich nicht mehr weiterentwickelt. Sie war stehengeblieben, gefangen in einer eigenen Welt. Sie hatte begonnen, die alten Menschen in den Himmel zu schicken.«

»War Ihnen das bewußt?«

Jude zuckte mit den Schultern. »Ich war einfach zu bequem. Tut mir leid, ich fürchte, es hört sich schrecklich abgestumpft und gefühllos an, aber es war tatsächlich so. Alles war schief gelaufen. Ich fing sogar an, die alten Leute zu hassen, ihre täglichen Bedürfnisse wurden mir lästig. Und Chloe? Sie war immer zur Stelle, sobald Schwierigkeiten auftauchten, die ich nicht bewältigen konnte, weil ich mal wieder zu betrunken war. Sie ... beseitigte die ... Probleme für mich. Mir war alles egal. Ich hatte auf das Kind gesetzt, aber verloren. Ein Mann hatte bereits das Zeitliche gesegnet, die anderen kümmerten mich schon nicht mehr.«

Entsetzt schloß Felix die Augen. »Wie viele, Jude? Wie viele Menschen hat sie ermordet?«

»Neun, vielleicht auch zehn. Ich weiß es nicht mehr so genau. Zu der Zeit war ich nicht mehr ich selbst. Alles entglitt mir, und mir war es einerlei. Melanies Werk, die Erschaffung eines wirksamen Euthanasieapparates, lief perfekt. Chloe bereicherte den Himmel mit so vielen armen Seelen, wie sie nur hinaufsenden konnte. Und kann«, sagte sie zu Felix.

Plötzlich schoß Ruth ein Gedanke durch den Kopf, der alle Vermutungen bezüglich einer möglichen Beziehung zwischen Melanie und Felix aus dem Weg räumte. Lächelnd suchte sie Felix' Blick, doch ihr ehemaliger Kollege blickte nur zornig und zugleich verwirrt ins Leere.

»Die Weihnachtsmorde«, flüsterte Felix kaum hörbar. »Chloe?«

Jude Farrow nickte.

»Und Sie haben keine Ahnung, wo wir sie finden können?«

Jude schüttelte den Kopf. »Eines Abends, es war schon spät, brach ein Feuer aus. Im Heim. Viele kamen in den Flammen um. Das Feuer bewirkte, daß ich zu mir kam, aus meiner Lethargie erwachte. William und ich verloren alles, wir kamen fast ums Leben. Das Geschäft war zerstört, und wir mußten neu beginnen. Dann habe ich Chloe fortgeschickt, da war sie etwa sechzehn Jahre alt. Ich gab ihr etwas Geld und bat sie, für immer zu verschwinden. Danach sah ich sie nie wieder.«

»Hat sie das Feuer gelegt?« wollte Felix wissen.

Nach einem kurzen bedeutungsvollen Schweigen sagte Jude. »Ich war's!«

»Sie?«

»Ich wollte ihren Tod, wollte, daß alles ein Ende nimmt, mit Chloe, dem Heim, einfach alles. Ich konnte nicht mehr klar denken – wie sollte ich auch mit betrunkenem Kopf? Hab's einfach getan.«

Jude Farrow mußte jahrzehntelang mit der Schuld leben, schlafende Menschen durch ein Feuer in den Tod getrieben zu haben, ging es Ruth durch den Kopf. Kein Wunder, daß diese Frau einen geistig verwirrten Eindruck machte. Die Sünde hatte an ihr genagt wie ein Krebsgeschwür und dabei die Wahrheit ans Tageslicht gebracht. Ob Felix genauso dachte? Eigentlich sollten sie nun die Polizei rufen, die wirklichen Fachleute, Detective Chief Inspector Davies und seine Kollegen. Nein, Davies vielleicht noch nicht. Nicht bis ...

»Aber es hat nicht funktioniert«, rief Jude und lehnte sich zurück. »Chloe überlebte das Feuer. Da schickte ich sie mit etwas Geld fort, wie ich schon sagte. William litt sehr unter Chloes Weggang. Er dachte, sie wäre einfach weggerannt. Das verletzte ihn zutiefst, er hatte sie geliebt wie eine eigene Tochter. Und damit wiederum mußte ich leben, mit seiner Traurigkeit, seinem Leiden – all die Jahre.«

Ruth blickte schweigend vor sich hin.

Felix stützte die Ellbogen auf seine Oberschenkel und legte die Handflächen aneinander. »Und Sie haben seitdem nichts mehr von ihr gehört?«

»Hier und da bekomme ich Post, mal ein Brief, meistens Karten. Ich habe ihr immer zurückgeschrieben und ihr auch diese Adresse gegeben. Weiß der Himmel warum – vielleicht weil ich einfach wissen wollte, daß es ihr gut ging. Na ja, jedenfalls mußte ich immer die Post abfangen, damit William nicht erfuhr, daß sie uns schrieb. Die Karten kamen aus Yarmouth, Southend, Clacton und verschiedenen Badeorten. Früher oder später las ich von einem Mord in diesen Orten, und ich wußte, daß sie es war, daß sie immer noch Seelen zum Himmel schickte. Die Polizei hatte nie auch nur die geringste Spur und stufte die Todesfälle als mögliche Selbstmorde ein.«

»Warum taten Sie so, als gingen diese Taten Sie nichts an?«

»Das tue ich ja nicht mehr. Wegen der letzten beiden. ›Weihnachtsmorde‹ werden sie genannt, richtig?«

Felix neigte leicht den Kopf.

»Sie hat mir Anfang Dezember eine Weihnachtskarte geschickt. Der Poststempel ist aus Chelmsford, Inspector.«

»Nun hören Sie mir gut zu, Mrs. Farrow, ich meine Jude«, richtete Felix jetzt sein Wort an sie. »Ruth und ich, wir beide sind heute keine Polizeibeamten mehr. Es wäre sicher besser, wenn Sie der richtigen Polizei erzählten, was Sie uns berichtet haben. Sie werden Sie mit Höflichkeit und Respekt behandeln, da bin ich mir ganz sicher. Und wer weiß? Vielleicht sehen Sie ja alles falsch, und Chloe lebt irgendwo mit einem Mann und zwei Kindern in einem ganz normalen Reihenhaus.«

Ruth nutzte die Situation und sprang auf. Das war ein ausgezeichneter Moment, diese Geisterhöhle zu verlassen. »Wir müssen jetzt gehen, Jude«, sagte sie rasch. »Nur eins noch. Erinnern Sie sich, ob Chloe je ein blaues Baumwolltaschentuch besessen hat?«

Aber Jude war wieder eingetaucht in die Welt ihrer Erinnerungen und hörte nichts mehr.

36. Kapitel

Im Austin Morris herrschte betretenes Schweigen, als sie sich langsam den ersten Lichtern von Chelmsford näherten. Die Straßen waren wie ausgestorben. Die Menschen machten es sich bei dem frostigen Wetter für den Rest des Feiertages auf ihren Sofas und Sesseln vor dem Fernseher gemütlich und ließen sich von alten Hollywoodfilmen, die zum x-ten Male wiederholt wurden, berieseln.

Zigarettenrauch von zwei Marlboro Light kräuselte sich an der Wagendecke. Ruth nahm einen tiefen Zug und brach als erste das Schweigen. Seitdem sie sich so überhastet von Jude Farrow verabschiedet hatten, war zwischen den beiden Freunden kein Wort mehr gefallen. »Am Anfang dachte ich, du wärst der Polizeibeamte gewesen.«

»Das habe ich gemerkt, Ruthie.«

Sie lachte in sich hinein. »Dumm, nicht wahr? Ich fühlte sogar so etwas wie Eifersucht!«

»Eifersucht?«

»Aber dann gewann meine Logik die Oberhand, und ich überlegte realistisch, welche vernünftige Frau damals eine Beziehung mit Police Constable Pengelly angefangen hätte?«

»Reizend.«

»Ich will damit doch nur sagen, na ja ... ähm ... umwerfend warst du gerade nicht.«

Felix umgriff fest das Lenkrad. »Zumindest du hast das anscheinend so empfunden.«

»Ja, stimmt«, gab sie zu. »Was sagst du denn zu dem Ganzen?«

»Um ehrlich zu sein«, seufzte er, »ich weiß es nicht. Da haben wir auf der einen Seite Jude Farrow, die uns diese gespenstische Geschichte über das Kind erzählt, und auf der anderen Seite ihre Schwester. Und die spukt mir fortwährend im Kopf herum.«

»Melanie Webster?«

»Ja. Was ist das für eine Frau, die ihren Ehemann, ihr Leben und ihr eigenes Kind so haßt, daß sie kaltblütig ihre Tochter einer Gehirnwäsche unterzieht, damit diese ihren Mann eiskalt ermordet. Das ist doch – teuflisch.«

»Vielleicht. Vielleicht auch nicht.«

»Nicht?«

»Vielleicht war ja Melanie Webster gar nicht diese böse Schwester, als die Jude Farrow sie beschrieben hat.«

»Du meinst, Jude Farrow hat uns belogen? Jetzt hör aber auf, Ruth. Ich weiß auch, daß sie vielleicht hier und da nicht ganz richtig im Kopf ist, aber trotzdem hat diese Geschichte für mich einen tiefen Wahrheitsgehalt. Damals haben wir jedes Wort des Kindes für bare Münze genommen. Nie haben wir versucht, vielleicht einmal einen Blick hinter die Kulissen zu werfen. Und damals wußte ich genau, daß Melanie Webster herumflirtete und ...«

»Felix, das ist doch Blödsinn. Nichts als Kneipentratsch. Außerdem führten wir damals die Untersuchungen nicht bis zum Ende durch. Wir warteten nur auf die Detectives aus Colchester, die die Ermittlungen übernehmen sollten, das weißt du doch ganz genau.«

Felix drehte das Fenster herunter, um seine Kippe hinauszuwerfen. Der stickige Zigarettenqualm zog ab, und wohltuend frische Luft füllte sofort das Wageninnere. »Ich nehme an, daß du, clever, wie du nun einmal bist, bereits herausgefunden hast, warum ich damals nichts über die junge Melanie zu Protokoll gegeben habe.«

»Du meinst, bezüglich des mysteriösen Mannes in ihrem Leben?«

»Frank Davies.«

Das fehlende Stück im Puzzle war gefunden. Ruth zog zufrieden an ihrer Zigarette und ließ das Gespräch mit Jude Farrow Revue passieren. Eigene Erinnerungen mischten sich darunter und rundeten das Bild ab. Frank Davies war also Melanies geheimnisvoller Geliebter gewesen. Langsam schloß sich der Kreis. »Ich vermute, du fandest heraus, daß ein Polizist irgendwie in den Fall verwickelt war und sprachst daraufhin mit Frank Davies.«

»Genau. Und er befahl mir, mich um meine eigenen Sachen zu kümmern.«

»Was du dann auch getan hast, weil du eben so ein smarter, netter Kerl bist, richtig?«

»Deine Ironie ist vollkommen überflüssig, Ruth. Zu der Zeit war Davies ein herausragender Mann, ein Star. Er hatte eine Riesenzukunft vor sich. Und ich, ich glaubte wirklich, daß das nicht meine Angelegenheit wäre und hielt mich raus. Ich war jung und hoffte, daß er sich irgendwann für meine Loyalität erkenntlich zeigen würde. Außerdem wäre es sinnlos gewesen, jemandem von dieser Sache zu berichten. Frank hätte alles abgestritten, und niemand hätte mir geglaubt. Also ließ ich die Finger davon.«

»Hör doch endlich damit auf, dich zu entschuldigen. Dir gibt doch niemand auch nur die geringste Schuld.« Jetzt öffnete Ruth das Fenster und warf ihre Kippe hinaus. Dann legte sie die Hände in den Schoß. »Willst du gar nichts wissen?«

»Wieso? Was denn?«

»Woher ich weiß, daß es Frank war und nicht du?«

»Ach, Ruthie«, entgegnete Felix ziemlich ermattet. »Langsam habe ich das Gefühl, neben mir sitzt Miss Marple. Je früher ich dich zu Hause absetze ...«

»Wir fahren aber nicht nach Hause.«

Felix begann zu strahlen. »Kneipe, hab' ich recht?«

»Noch nicht.«

»Scheiße.«

»Glaubst du eigentlich, was uns Jude Farrow über Melanies Dominanz erzählt hat?«

»Wie meinst du das?«

»Es paßt doch nicht ganz mit dem zusammen, was uns Enid Webster heute morgen gesagt hat.«

»Doch, schon«, erwiderte Felix. »Zum Beispiel, daß sie das Landleben leid war, haben beide bestätigt.«

»Aber das war nicht alles, Felix«, beharrte Ruth. »Dieser ganze Mist über Melanies brillant angelegten Plan für den großen Augenblick. Und dann rennt sie mit einem Buchmacher weg und endet als vereinsamte alte Frau in einem Hochhaus in Ostlondon? Das paßt doch hinten und vorne nicht.«

»Wahrscheinlich hat es das Leben dann nicht mehr gut mit ihr gemeint. Schuldgefühle und ein schlechtes Gewissen haben bestimmt dazu beigetragen. Was weiß ich!«

»Denk doch einmal nach! Jude wollte uns doch glauben machen, daß Melanie der Polizei eine Riesenshow gegeben hat, damit sie ihr die Empörung und das Entsetzen abnehmen. Ich kann mich daran erinnern, daß die Vorstellung tatsächlich einzigartig gewesen ist. Damit hätte sie einen Oscar gewinnen können. Und das ist der springende Punkt. Wie kann jemand so echt wirken? Doch nur, wenn ... wenn sie wirklich glaubte, ihre Tochter sei die Mörderin.«

»Ruth ...«

»Wenn sie wirklich so schlau war, warum nahm sie dann das Risiko auf sich, Chloe überhaupt mit einzubeziehen? Dieses Gerede von der Gehirnwäsche – ist das nicht ein wenig zu kompliziert für jemanden, der mit einem dämlichen Buchmacher verschwindet?«

»Du hast doch noch mehr in petto, oder nicht?«

Sie näherten sich inzwischen in rascher Geschwindigkeit dem Stadtrand von Chelmsford. Kein Mensch war in den Straßen zu sehen. »Da ist noch etwas, das Jude erwähnte. Als wir noch alle drei in Maldon unseren Dienst schoben, Frank, du und ich.«

»Ich weiß nicht, was du meinst.«

»Unsere Nachtschicht. Erinnerst du dich?«

»Ja, wir mußten immer drei pro Woche schieben, du und ich, Frank und ich, Frank und du.«

»Und am nächsten Tag?«

»Frei bis abends, zur nächsten Schicht.«

»Und Frank und ich machten die Dienstagsschicht zusammen. Das heißt, er hatte an den Mittwochnachmittagen frei.«

»Und?« fragte Felix verständnislos.

»Felix, die Mittwochnachmittage waren genau die Nachmittage, die Jude, Melanie und Chloe angeblich immer gemeinsam verbrachten – laut Jude.«

»Ruthie, ich bin wirklich müde ...«

»Hör mir zu, es ist wirklich furchtbar wichtig. Wir wissen, daß Frank sich mit Melanie Webster traf. Eine unerlaubte, unzulässige Affäre. Nimm einmal an, Jude mußte an diesem Mittwochnachmittag Melanie zu ihrem Geliebten bringen und derweil auf Chloe aufpassen. Es ist also durchaus möglich, daß nicht Melanie diejenige war, die Chloe auf den Mord trainiert hat, sondern Jude selbst. Sie hat uns gegenüber geäußert, sie hätte alles getan, um an ein Kind zu kommen.«

Felix ordnete sich in den Kreisverkehr ein, nahm die Ausfahrt in den Parkway und hielt dann an einer roten Ampel. Auf der anderen Seite der Schnellstraße sah Felix zahlreiche Polizisten in gelb gestreiften Jacken, die den Verkehr über einen Platz umleiteten. Das war keine normale Verkehrskontrolle. Der gesamte Platz war in gleißendes Scheinwerferlicht getaucht, und über ihnen kreiste ein Hubschrauber. Wenn Felix nicht alles täuschte, hatte diese Aktion etwas mit dem Weihnachtsmörder zu tun. Widerwillig dachte er über Ruths Theorie nach. »Demnach spielte Chloe ihre Spielchen mit Tante Jude im Altenheim, während Melanie ihre mit Frank trieb?«

»Genau!«

Beide waren so in ihren Gedanken versunken, daß sie nicht merkten, wie die Ampel von rot zu grün wechselte. Erst das laute Hupen hinter ihnen ließ Felix vor Schreck einen Satz nach vorn machen. »Aber warum hat sie uns dann überhaupt etwas erzählt? Sie hätte doch gar nichts erwähnen müssen! Diese ganze Geschichte ist jetzt dreißig Jahre alt. Warum dann heute ein falsches Geständnis?«

Ruth ließ sich mit der Antwort Zeit. Während sie nachdachte, beobachtete sie eine Streife, die gerade eine Horde lärmender Jugendlicher anhielt. »Weil sie wahrscheinlich glaubt, daß Chloe der Weihnachtsmörder ist.«

»Aber die Frau war doch am Schluß völlig übergeschnappt. Das hast du doch auch gemerkt.«

»Trotzdem glaube ich, Jude ist davon überzeugt, daß Chloe diese beiden Leute ermordet hat. Sie hat Angst, daß sie bald geschnappt wird und dann auspackt. Vielleicht will sie ihr nur zuvorkommen, damit sie ihre Version loswerden kann – eine verfälschte Darstellung der Ereignisse, in die sie ihre tote Schwester mit einbezieht, die sich ja nicht mehr wehren kann.«

»Dann gehen wir am besten sofort zur Polizei und berichten ihnen, was wir wissen.«

»Klar, Felix, damit sie uns auslachen. Besonders Mason würde sich freuen. Der denkt doch jetzt schon, daß ich die Studentin ermordet habe.«

»Stimmt, Ruth, du hast recht«, pflichtete Felix ihr bei. Langsam konnte auch er nicht mehr klar denken, es war ein langer Tag gewesen, und zuviel war geschehen. Er fühlte sich erschöpft. »Und jetzt? Sind wir in einer Sackgasse gelandet? Was haben wir denn? Halbwahrheiten und Fakten, die nicht zu beweisen sind. Was denkst du?« Er merkte, daß Ärger in ihm aufstieg. »Glaubst du Judes Quatsch bezüglich der letzten beiden Morde? Ich habe meine Zweifel, weil wir nämlich beide wissen, daß die Geschichte genausogut Judes verrücktem Kopf entsprungen sein kann. Wollen wir nicht langsam einmal der Realität ins Auge sehen? Schließlich hat diese Frau frank und frei zugegeben, ein paar alte Leute verbrannt zu haben.«

»Mach dir mal keine Sorgen, Felix, wir können mehr tun, als du denkst.«

Felix schluckte dreimal, bevor er antwortete. »Wer macht sich denn hier Sorgen?« Irgendwie spürte er, daß Ruth ihren letzten Trumpf noch nicht gespielt hatte.

»Also, wir müssen unbedingt herausbekommen, was Melanie tatsächlich an den Mittwochnachmittagen getrieben hat.«

»Sie ist tot, Ruth«, teilte er ihr gelassen mit, Er hoffte insgeheim, daß sie ihn nicht wieder zu einem Geisterhaus schleppte, in dem Verwirrte bei Kerzenlicht Teufelsgeschichten verbreiteten.

»Ich weiß. Aber dafür soll Frank noch sehr lebendig sein.«

37. Kapitel

Dreizehn Minuten und siebenundvierzig Sekunden später hielten sie vor Frank Davies eindrucksvollem, großem Einfamilienhaus im gregorianischen Stil.

Nachdem Ruth sich Franks Wohnort wieder ins Gedächtnis gerufen hatte, war es nicht schwer gewesen, sich an den Weg aus der Stadt heraus durch die flachen Ebenen von Essex bis zum malerischen Dörfchen Writtle zu erinnern. Das Haus befand sich inmitten einer Gruppe ähnlicher Häuschen, die mit ihren efeubewachsenen Außenmauern den Rand des Dorfes grün säumten.

Es war noch gar nicht so lange her, dachte Ruth, als sie aus dem Wagen stieg, daß sie und Doug Franks Einladung zu seinem jährlichen Grillfest gefolgt waren. Im vergangenen Juli erst waren sie in Dougs Taxi hier vorgefahren, das heißt, sie hatten etwas weiter entfernt geparkt, nicht zwischen den feudalen Karossen der Marken Mercedes, BMW und Jaguar. Außerdem sollte bei ihrem Ausstieg aus dem Auto niemand sofort ihre Schuhe in Augenschein nehmen, die sie bei einer Wohltätigkeitsveranstaltung billig erstanden hatte. Wie hatte sie damals heimlich gebetet, daß Doug sich nicht wieder betrinken möge! Schließlich befand er sich in einer Runde von gesetzlichen Ordnungshütern! Und wie peinlich ihr Franks höfliches, aber blasiertes Grinsen beim Anblick ihres

Präsentes, einer Einliterflasche billigen Weines zusammen mit einem Sparpack von zwanzig Hamburgern aus dem Supermarkt, gewesen war!

Doch der protzig zur Schau gestellte Reichtum war keineswegs Franks Verdienst. Von seinem schmalen Polizistengehalt hätte er monatlich nicht einmal ein Zehntel der Hypothek aufbringen können. Nein, Frank hatte reich geheiratet und davon in den letzten zwanzig Jahren nicht schlecht gelebt.

Felix, der zum ersten Mal vor Frank Davies Haus stand, stieß einen anerkennenden Pfiff aus. »Das hat er aber nie an die große Glocke gehängt. Du lieber Gott, wen hat er denn bloß geheiratet, Ruthie? Eine aus der Getty-Sippschaft?« Felix wünschte sich im Moment nichts sehnlicher, als in seinem Sessel vor dem Fernseher in seiner bescheidenen, aber gemütlichen Wohnung zu sitzen. Beim Anblick dieses Prunks fühlte er sich jedenfalls sichtlich unwohl. Aber schließlich kam es im Leben nicht aufs Geld an, sondern wie wohl man sich fühlte. Mit diesem beruhigenden Gedanken folgte er Ruth, die schnurstracks zur Haustür ging.

Davies machte ihnen auf.

»Fröhliche Weihnachten, Frank«, sagte Ruth hastig und schlüpfte schnell ins Innere.

»Ruth ... ich ...«

»Ich verstehe schon. Natürlich hast du uns nicht erwartet. Aber bitte glaub mir, es ist ungeheuer wichtig.«

»Uns?« wiederholte Davies, offensichtlich völlig verwirrt.

Da erschien Felix im Türrahmen und folgte Ruth in die geräumige Diele. »Lange her, daß wir uns gesehen haben, Frank«, sagte er und reichte seinem Gegenüber die Hand.

Davies ignorierte den ihm angebotenen Gruß. Er sah ein wenig abgekämpft aus, als wäre er gerade aus einem kurzen

Schläfchen hochgeschreckt. Man merkte ihm an, daß er sich den überraschenden Besuch nicht erklären konnte.

»Wenn ihr wegen Hassloff und Morgan kommt«, polterte er los und hob abwehrend die Hände hoch, »dann wasche ich meine Hände in Unschuld. Ich habe zwar eure Beschattung angeordnet, aber doch nur, um meinen Sergeant zu besänftigen. Er ist von der fixen Idee besessen, daß du in diese beiden Morde verwickelt bist, Ruth. Er sprach von einem Taschentuch, das am Tatort gefunden wurde ... aber das weißt du ja sicher alles schon, stimmt's, Ruth?«

»Mit diesem Idioten habe ich mich tatsächlich heute morgen noch unterhalten, Frank«, bestätigte Ruth. »Seitdem gehen mir ein paar Gedanken nicht mehr aus dem Kopf.«

Ein kleiner Junge steckte plötzlich seinen Kopf durch eine Tür. Er kaute gelangweilt Kaugummi. »Was 'n los, Dad?«

»Geh auf dein Zimmer, Gareth. Sofort. Und sag deiner Mutter, daß ich in der nächsten Stunde im Arbeitszimmer zu tun habe.«

Felix und Ruth warfen einander bedeutungsvolle Blicke zu und folgten Davies die Treppe hinauf und einen Flur entlang. An dessen Ende betraten sie ein Arbeitszimmer, das eine exakte Kopie von Franks Büro im Revier in der New Street zu sein schien – kleiner Schreibtisch, Klappstuhl, Telefon, Fax und die unvermeidlichen gerahmten Fotografien des Besitzers auf den einzelnen Karrierestufen seiner erfolgreichen Laufbahn.

Davies bedeutete Ruth, auf dem Klappstuhl Platz zu nehmen, während er selbst es sich auf einer Ecke seines Schreibtisches bequem machte. Felix lehnte sich salopp an die Wand und wartete.

Ruth musterte die Gesichter ihrer beiden ehemaligen Kollegen. »Das erinnert mich«, sagte sie lächelnd, »an eine ähnliche Situation vor dreißig Jahren. Wir drei, zusammengepfercht in einer winzigen Zelle. Du hattest große Angst, wir würden abgehört, Frank.«

Frank ging gar nicht auf Ruths Bemerkung ein. »Wie ich schon sagte, Ruth, Mason erzählte mir erst heute mittag am Telefon davon, vorher hatte ich keine Ahnung, was los war. Ich mußte mir einfach mal einen Tag frei nehmen, nach diesem Desaster mit Doug. Er hat mich dann auch über deinen Auftritt vor der Tierhandlung informiert und wie er über die Initialen »R. G.« auf dem Taschentuch stolperte, das man ...«

»... am zweiten Tatort fand«, unterbrach Ruth ihn hastig. »Du brauchst mir davon nichts zu erzählen, Frank.«

»Richtig.« Nervös fuhr sich Davies mit der Hand durch sein ergrautes Haar. »Ich wollte dir ja auch nur erklären, warum ich der Beschattung zugestimmt habe. Es ... ähm ... handelt sich ... um eine reine Vorsichtsmaßnahme. Um zu beweisen ... um zu beweisen, daß du nichts damit zu tun hast, Ruth.«

»Du läßt uns beobachten?« fragte Felix ungläubig. Er und Ruth wurden überwacht? Und Davies hatte das organisiert? Junge, Junge, der Bursche mußte wohl unter enormem Druck stehen. Eigentlich war Felix schon im Fernsehen aufgefallen, daß Davies während der Pressekonferenzen nervös, fahrig und gestreßt wirkte. »Was ist der wahre Grund, Frank?«

Frank Davies wich Felix' Blick aus, er konnte ihm nicht in die fragenden Augen sehen. Er versuchte, irgendeinen Punkt an der gegenüberliegenden nackten Wand zu fixieren, aber es war ein zielloses, konfuses Unterfangen. »Um zu beweisen, daß Mason sich in bezug auf dich irrt, Ruth«, versuchte er zerfahren zu erklären. »Daß alles bloß ein unglückliches, bedeutungsloses Zusammentreffen verschiedener Ereignisse ist.« Er drehte sich zu ihr. »Glaub mir, Ruth, ich habe nie auch nur eine Minute ...«

»Es ist aber kein bedeutungsloses Zusammentreffen, Frank. Das Taschentuch gehört mir. Ich habe es sofort wiedererkannt.«

»Blödsinn, Ruth. Du hast doch ein Alibi. Mason hat die Aussage der Besitzerin von Whizzcabs überprüft. Und die besagt ganz klar, daß du und Felix zu dem Zeitpunkt, als die Studentin ermordet wurde, mit ihr zusammen wart. Du hast also mit der Sache nicht das geringste zu tun. Es tut mir wirklich furchtbar leid, daß ich ...«

»Frank«, unterbrach Ruth ihn schroff, »wir haben alle damit zu tun. Ich, Felix ... und du.«

»Besonders du, Frank«, bekräftigte Felix.

»Wovon redet ihr?«

»Melanie Webster, Frank ... und ein Police Constable Davies in jungen Jahren.« Ruth sah ihrem ehemaligen Kollegen mit festem Blick in die Augen. Sie bemerkte Franks unsicheres Augenflackern, als er erst zu Ruth, dann zu Felix und wieder zurück zu Ruth schaute. Ein dünner Schweißfilm bildete sich auf der Oberlippe des offensichtlich verwirrten Detective Chief Inspectors. »Was wir hier besprechen, bleibt unter uns, Frank. Aber wir müssen ein paar Dinge klarstellen.«

»Dinge? Welche Dinge?« erwiderte Davies hastig. »Etwa über Melanie Webster? Glaubt ihr vielleicht, ich habe Lust und Zeit, in der verstaubten Vergangenheit herumzuwühlen, nur um euch damit zufriedenzustellen?« Er gestikulierte wild mit ausgestrecktem Arm und zeigte auf Felix. »Das war seine Idee, stimmt's? Das kann nur er gewesen sein. Hat sich wohl sein Maul über mich zerrissen, was?«

»Frank, es ist nicht so, wie du ...«

Doch Frank war nicht zu stoppen. Immer noch deutete er auf Felix.

»Er weiß alles, was du wissen mußt. Warum fragst du ausgerechnet mich? Gibt dir wohl den besonderen Kick, oder?

Schließlich macht es ja auch Spaß, auf dem verdammten Frank Davies herumzutrampeln. Aber nun ist Schluß! Ich habe es satt, satt, satt! Die ganze Woche geht das schon so! Erst der Mist mit deinem Alten, dann die blöde Presse – laßt mich bloß in Ruhe mit dem ganzen verdammten Kram!«

Ruth ließ sich jedoch nicht aus der Ruhe bringen. So gelassen wie möglich versuchte sie, Franks Blick festzuhalten. »Frank, ich gab das bewußte Taschentuch einem kleinen Mädchen namens Chloe Webster, und zwar in der Nacht, als ihr Vater starb. Kannst du dich an sie erinnern? Du warst zu jener Zeit mit ihrer Mutter befreundet.«

»Natürlich erinnere ich mich«, log Frank und ließ die damalige Zeit in Windeseile Revue passieren. Melanie Webster geisterte nach wie vor durch seine Gedanken, besonders dann, wenn er keine Lust hatte, Mrs. Davies unappetitliche, gefräßige Gier nach Sex zu befriedigen. Aber ein kleines Kind ...? Ein Mädchen ...? Und plötzlich brach alles über ihm zusammen. Die Tochter ... du lieber Gott ... Melanies Kind ... jene Nacht ... o verdammt!

»Das Kind hat ihm eine Spritze gegeben oder so ähnlich«, bemerkte er betont salopp. »Und?«

»Das dachten wir damals alle«, führte Felix das Gespräch fort. »Und hauptsächlich deshalb, weil jemand sich mit den Kollegen von der Kriminalpolizei unterhalten hatte und glaubwürdig versicherte, daß Melanie als Verdächtige ausgeschlossen werden könne. Weil sie für jeden sichtbar mit dem jungen Tierarzt die wohl glücklichste Ehe in Maldon führte.«

»Und dieser Jemand warst du, Frank«, ergriff Ruth wieder das Wort. »Du sprachst mit den Detectives, oder etwa nicht? Du warst derjenige, der ihnen unbedingt erzählen mußte, welch eine wundervolle Mutter und treuergebene Ehefrau sie war. Und nur, weil du eine Heidenangst davor hattest, daß diese Affäre deinem Aufstieg schaden könnte. So ist es doch gewesen, oder nicht?«

Davies schwieg.

»Es bleibt alles unter uns, Frank«, versicherte ihm nun auch Felix.

»Wo fand alles statt? Bei dir?« fragte Ruth.

Davies runzelte verärgert die Stirn. »Was?«

»Eure Treffen! Eure Beziehung!«

»Ich verstehe nicht, was ...?«

»Bitte, Frank. Es ist immens wichtig. Kam Melanie Webster immer an den Mittwochnachmittagen zu dir?«

Verunsichert und beschämt sah Frank Davies zu Boden. Inzwischen war alle Farbe aus seinem Gesicht gewichen. Er fühlte sich gedemütigt. »Es ist doch Jahre her«, begann er leise.

»Aber jetzt ist jetzt. Denk mal an den Weihnachtsmörder. Ich bin überzeugt davon, daß damals das Unheil seinen Anfang nahm.« Sie deutete mit dem Kopf zu Felix. »Wir glauben, daß die Kleine danach in einem völlig fehlgeleiteten Bewußtsein aufgewachsen ist, Frank.«

»Die Tochter«, sagte er leise wie zu sich selbst und mußte zu seinem Entsetzen feststellen, daß wie aus dem Nichts wieder die alten Zweifel aufgetaucht waren – die Zweifel, die ihn bereits damals beschlichen hatten und die er schon damals nicht wahrhaben wollte. Dieses Kind mußte mit einer Kindheitstragödie fertig werden und leben. Hatte damit tatsächlich alles begonnen? Lebte zu jener Zeit der Mörder schon unter ihnen? Hatte er, Frank Davies, durch sein Vertuschen den Fall ins Rollen gebracht? Und damit den schrecklichsten Fehler seines Lebens begangen, den einzigen in seiner gesamten Laufbahn? Er fühlte sich furchtbar leer und ausgelaugt. Was blieb, waren nur noch Furcht, Scham und Bedauern. Er nickte ergeben. »Sie wurde von ihrer Schwester gebracht.«

Ruths Augen begannen zu leuchten. »Mittwochs nachmittags?«

Wieder ein Nicken. Schuldig, Euer Ehren.

»Wie hast du sie kennengelernt, Frank?«

»Durch die Schwester. Ob zufällig oder beabsichtigt, kann ich nicht beurteilen.«

»Es war Absicht.«

»Sie war etwas älter als Melanie und führte damals ein Altenheim in Danbury. Kam immer zum Einkaufen nach Maldon. Sie fragte mich eines Tages nach irgendeinem Weg, und wir kamen ins Gespräch. Da meine Schicht sowieso gerade zu Ende war, tranken wir einen Kaffee zusammen. Wahrscheinlich habe ich ihr viel zu viel erzählt, aber ich war ...«

»Jung«, ergänzte Felix. »Waren wir damals ja alle.«

»Na ja, jedenfalls brachte sie das nächste Mal ihre Schwester mit. Wir tranken ein paar Tassen Kaffee und kamen ins Erzählen. Irgendwie fühlte ich mich ... geschmeichelt. Melanie war zu dem Zeitpunkt genau das, was ich brauchte.«

»Ohne jede Bedingungen?« fragte Ruth nach. Wie simpel Frank in die Sache hineingerutscht war, arrangiert von einer Frau, die sich verzweifelt das Kind ihrer Schwester wünschte.

»Später ließen wir den Kaffee weg. Jude ... ähm ... Farrow, ja, so hieß sie, glaube ich, brachte ihre Schwester immer zu mir und holte sie später wieder ab.« Verzweifelt massierte er seine Stirn. »Dann ... in jener Nacht ... was hätte ich den Kollegen aus der Kriminalabteilung denn sagen sollen? Sie wollten doch eine allgemeine Meinung über Melanie hören ...« Seine Stimme war immer leiser geworden.

»Also hast du gelogen, um deine eigene Haut zu retten?«

Nun wandte sich Frank Davies wieder Ruth zu und blickte ihr geradewegs in die Augen. »Ich weiß nicht, was ich tat.

Das ist die Wahrheit. Sie haben mir Fragen gestellt, und die ganze Zeit mußte ich denken, daß sie niemals ihren Mann hätte töten können. Es wäre so sinnlos gewesen. Schließlich kannte ich sie inzwischen so gut, um das von ihr behaupten zu können. Sie wäre niemals dazu imstande gewesen, sie hätte es auch nicht gewollt. Also zwang ich mich dazu zu glauben, was alle annahmen, daß nämlich das Kind seinen Vater aus Versehen getötet hatte.« Achselzuckend ging er langsam zum Fenster hinüber und schaute in die dunkle Nacht. »Allerdings verstehe ich nicht, was das alles mit deinem Taschentuch ...«

»Du hast recht«, redete Ruth ihm dazwischen. »Melanie Webster hat ihren Mann nicht ermordet. Aber auch nicht die kleine Chloe. Man hat dich benutzt, Frank. Hast du dich denn nicht einmal gefragt, warum Jude Farrow ihre Schwester regelmäßig mittwochs nachmittags bei dir abgeliefert hat? Wahrscheinlich doch, denn eine Antwort hast du uns ja schon gegeben – du warst jung und naiv, und sie war eben zur Stelle, als du sie brauchtest. Warum also weiter darüber nachdenken?«

»Ja, so ungefähr. Ich bin schließlich nicht der einzige Bulle, dem ein Fehler unterlaufen ist. Ich könnte dir jede Menge ...«

Wieder unterbrach ihn Ruth. »Frank, laß uns nicht abschweifen. Jude Farrow hat eindeutig mit dir gespielt. Sie wußte ganz genau, daß du es niemals riskieren würdest, den Namen ihrer Schwester zu verunglimpfen. Also unterstützte sie Chloe in ihrem Glauben, den eigenen Vater getötet zu haben.«

»Aber genau davon sprach das Kind ständig. Es sagte, es hätte ihn in den Himmel geschickt oder so ähnlich – immer wieder. Daran kann ich mich noch gut erinnern.«

»Das Kind war manipuliert«, schaltete sich jetzt Felix wieder ein. »Trainiert darauf, im richtigen Augenblick erwartungsgemäß zu agieren.«

»Jude Farrow ermordete Richard Webster«, erklärte Ruth so ruhig wie möglich. »Und nur, damit sie an ein Kind kam, das sie selbst nie haben konnte. Und wahrscheinlich war Melanie bis zu ihrem letzten Tag wirklich davon überzeugt, daß ihre geliebte Tochter den eigenen Vater ermordet hatte.«

»Ihr letzter Tag?« fragte Davies stirnrunzelnd nach.

»Tut mir leid, Frank.«

Davies machte eine abwehrende Geste. »Nicht so wichtig. Gehört ja der Vergangenheit an, trotzdem – irgendwie doch erschütternd.«

»Felix und ich haben erst heute alles heraus gefunden. Dein Sergeant hat in mir so etwas wie Panik ausgelöst. Ich mußte irgend etwas unternehmen. Und als ich mich daran erinnerte, daß ich dieses Taschentuch damals Chloe Webster gegeben hatte, machten wir uns auf die Socken. Und jetzt«, sagte Ruth lächelnd zu Frank und Felix, »möchten Felix und ich dir eine Geschichte erzählen. Sie heißt ›Was wurde aus dem kleinen Mädchen namens Chloe Webster?‹ Sitzt du bequem? Dann kann ich ja anfangen.«

38. Kapitel

27. Dezember. Sieben Uhr vierunddreißig morgens.

Chloe Webster drehte den Revolver in ihren Händen. Sie war zugleich verwundert und erschrocken über dessen Gewicht. Sie versuchte, die Waffe mit einer Hand hochzuheben, mit der anderen stützte sie den schwankenden Lauf, der auf ihr fassungsloses Ziel zeigte. Das erste schwache Schimmern der Dämmerung tauchte Fängerin und Beute in ein gespenstisches Licht.

»Guten Morgen, Mr. Jenkins«, sagte sie und weidete sich an seinem Entsetzen. Die Versuchung, auf den rostigen Abzug zu drücken und die verdammte Angelegenheit jetzt und hier zu beenden, war immens groß. Aber sie hatte mit diesem Schwein, diesem heuchlerischen Mistkerl, andere Pläne. Sie hatte sich in der letzten Nacht alles genau ausgedacht, während er schlummerte, nachdem sie ihn mit dem Revolverknauf niedergestreckt hatte.

Haha! Sie hatte sich halbtot gelacht. Man mußte sich nur mal vorstellen – am zweiten Weihnachtstag hatte sie den größten K.-o.-Schlag des Jahres gelandet!

Mit Mr. Fabians Revolver. Der liebe Mr. Fabian aus Southend. Der ihr als letzten Dienst dieses Geschenk überlassen hatte – unwissend natürlich –, nachdem sie ihn von allem Übel dieser Welt erlöst hatte.

Sie ging zu Doug hinüber und riß ihm brutal das Pflaster von den blutleeren Lippen. Ein feines Blutrinnsal, inzwischen dunkel und verkrustet, war ihm aus einer inzwischen blau und grün angelaufenen Beule auf dem Oberkopf über die Stirn gelaufen.

War doch ein schönes Geräusch gewesen, Metall auf Knochen – herrlich! Und dann krachte der Verräter auf den Boden, fiel einfach um, als wären Fleisch, Muskeln und Knochen nur Watte gewesen.

Fast hätte sie die Kontrolle verloren, als sie in ihrem grenzenlosen Haß auf diesen am Boden liegenden Fleischklumpen einschlug und eintrat. Sie mußte sich gewaltsam zur Ordnung mahnen und sich ins Gedächtnis rufen, daß sie ihn ja zu einem bestimmten Zweck benötigte. Und dafür brauchte sie ihn lebend. Unter Aufbietung all ihrer Kräfte hatte sie ihn schließlich auf den Stuhl gehievt.

Das vietnamesische Mädchen hatte leider schrecklich leiden müssen. Doch die Tat war nötig gewesen. Wegen dieses verdammten Judas mußte sie die Öffentlichkeit für ihr Handeln um Verständnis bitten, sie aufmerksam machen auf die Opfer, die sie gebracht hatte, und ihnen ihre Vision von einer Zukunft für die Unglücklichen erklären. Die Zeit war gekommen, da sie handeln mußte. Jetzt wurde ihr die Chance gegeben, das Interesse der Menschen auf sich zu ziehen. Man mußte sie einfach anhören. Die Öffentlichkeit sollte darüber entscheiden, ob ihr Weg nicht doch der bessere war.

Doug kauerte noch immer in der derselben Stellung, in der er schon die ganze Nacht verbracht hatte. Er saß gefesselt auf dem Stuhl, den Körper vornüber geneigt und den Kopf auf dem rostigen Kamingitter. Eigentlich hatte er aufrecht sitzen sollen, aber es bereitete ihr Genugtuung, ihn in dieser gebeugten Haltung vor sich zu sehen.

Jetzt verrenkte Doug den Hals, um sie zu sehen. Es bedeutete für ihn sichtlich eine enorme Anstrengung, und die Adern an seinen Schläfen traten bläulich hervor. Gleichzeitig riß seine Kopfwunde wieder auf, und Blut rann über seine Stirn. Da erblickte er die Waffe.

»Mein Gott«, keuchte er bestürzt. »Was ist ...?«

Schnell überprüfte sie, ob die Fesseln sich nicht gelockert hatten, und zog den Knoten des Elektrokabels fester an. »Nun wach schon auf, du Judas. Ich habe einen Revolver, und geladen ist er auch. War gar nicht so einfach, die Kugeln hineinzubekommen. He! Paß mal auf!« Damit drückte sie die Waffe in quälender Manier an seinen Kopf, spielte am Abzughebel und ließ die Kugeltrommel aufreizend kreisen. »Achtunddreißiger! Steht zumindest auf der Schachtel. Ist allerdings schon ziemlich alt, sieht auch ganz schön gefährlich aus. Hab' ihn ein bißchen geölt!«

Wieder drehte Doug den Kopf und spürte den Schmerz in seinem Schädel. Krampfhaft versuchte er, sich zu erinnern, wie er in diesen Raum gelangt war und warum er gefesselt und blutend auf diesem Stuhl saß, vor sich eine verrückte Frau mit einem Revolver. In was war er da bloß hineingeraten? Und was sollten all diese Puppen im Raum bedeuten?!

Das kann doch nicht diese Styles sein, sagte er sich. Soweit er sich erinnerte, war die Journalistin blond gewesen und hatte eine kultivierte Eleganz ausgestrahlt. Aber dann fiel sein Blick auf eine lebensgroße Puppe, die auf dem Bett saß, ein Auge von einer gelblichen Haarlocke verdeckt. Eine Perücke! Sie hatte eine dämliche Perücke getragen! Himmel!

»Wer sind Sie eigentlich, verdammt noch mal?«

Sie antwortete nicht.

»Nun sagen Sie schon«, stöhnte er, »ich habe wahnsinnige Kopfschmerzen!«

»Halt die Klappe, und hör auf zu plärren!«

Doug versuchte, den beißenden Schmerz zu ignorieren und ruhig zu bleiben. Diese Frau ließ keinen Zweifel aufkommen, daß sie es ernst meinte. Natürlich war auch ihre Waffe keine Spielzeugpistole, soweit er das beurteilen konnte, denn Erfahrung mit Schußwaffen hatte er nicht. Sie spielte ihre Rolle gut. Sehr glaubwürdig und überzeugend. Schließlich hatte sie es fertig gebracht, ihn hierher zu lotsen, bewußtlos zu schlagen, ihn zu fesseln und über Nacht in Schach zu halten.

Er drehte den Kopf hin und her, um seine Nackenmuskeln zu entspannen. Sie setzte sich währenddessen auf das Bett, warf mit einer Kopfbewegung ihre Haare aus dem Gesicht, richtete den Lauf auf ihn und zielte ...

»Um Gottes willen, niiicht!« schrie er in nackter Angst. Dann machte er in die Hose.

»Du fragst dich sicher, warum ich das alles tue?«

»Legen Sie den Revolver weg, bitte.«

»Du hast einer meiner Bekannten viel Schmerz und Leid zugefügt. Und die schönen Erinnerungen an eine andere hast du besudelt.«

»Bitte!« flehte Doug inständig. »Miss Styles, ich beschwöre Sie. Lassen Sie mich doch gehen, ja? Ich werde niemandem auch nur ein Sterbenswörtchen erzählen.«

»Halt dein Maul, du Judas!«

Plötzlich schoß ihm ein Gedanke durch den Kopf. Das war die Lösung! Er war gerettet. »Meine Kaution!« rief er nervös. »Jeden Morgen um acht Uhr muß ich auf dem Revier meine Unterschrift leisten. Ich muß unbedingt dahin, sonst fragen sie bei meinem Kumpel nach, wo ich bin. Dessen Adresse mußte ich ihnen geben. Und wenn sie mich nicht finden, werden sie nach mir suchen. So läuft das!«

Aber Chloe zuckte nicht einmal mit der Wimper. Sie blieb

völlig ruhig und starrte ihn ausdruckslos an. »Mach dich doch nicht lächerlich, Judas. Bis nach neun Uhr wird sich bei deinem Freund niemand melden. Die Polizei wird noch nicht einmal zum Telefon greifen. Um zehn Uhr herum schicken sie dann vielleicht einen Wagen bei deinem Freund vorbei, um mit ihm zu sprechen, und um Viertel nach zehn werden sie dich bereits übers Radio suchen. Aber dann wissen sie sowieso, wo sie dich finden können.«

»Ich verstehe das nicht«, stöhnte er, aller Hoffnung beraubt.

»Mein lieber Mr. Jenkins«, erklärte sie und kicherte vor sich hin. »Ich habe nicht gelogen. Du wirst tatsächlich die Titelseiten beherrschen. ›Großbritanniens traurigster Mann‹ – so hat man dich doch genannt, nicht wahr? Dem werde ich ein Ende setzen, so wie ich es versprochen habe. Einzig die Sache mit dem Geld war ein Schwindel.« Mit dem Lauf des Revolvers zielte sie in langsamer Bewegung erst auf seinen Kopf, dann auf seine Füße. »Aber im Gegenzug wirst du etwas viel Wertvolleres erhalten, Judas. Ich werde dir Unsterblichkeit verleihen.«

»Bitte«, flehte er. »Ich muß zur Toilette.«

»Hast du doch gerade erledigt.«

»Ja ... aber ... anders.«

»Ich werde dich nicht losbinden, von mir aus mach dir die Hosen voll. Wir können jederzeit das Fenster öffnen.« Die Sache lief besser als erwartet, dachte sie. Die ganze Nacht hatte sie sich Sorgen darüber gemacht, wie wohl die erste halbe Stunde verlaufen würde, aber daß es so leicht werden würde, hatte sie nicht gedacht. Und doch waren da noch einige Fragen offen.

»Warum hast du es ihnen nicht erzählt?« blaffte Chloe ihn plötzlich an.

»Wem was erzählt?« fragte Doug zurück, der überhaupt

nichts mehr begriff. Er verstand weder diese Frau noch ihre Fragen, noch die ganze Situation. Von einer Minute zur anderen hatte er die Kontrolle über sein Leben verloren.

»Der Polizei. Und lüg mich bloß nicht an, verdammter Scheißkerl! Warum hast du ihnen nicht sofort erzählt, daß sie schon tot war? Antworte!«

Doug erinnerte sich an den gestrigen Abend. Eine ähnliche Situation hatte er bereits einmal erlebt. Im Fernsehen. Eine Komödie mit einer kichernden Frau, die vorgab, ein kleines Mädchen mit verdreckten Knien zu sein. Aber das hier war die Wirklichkeit. Und es war nicht im geringsten komisch. Im Gegenteil, er beobachtete angsterfüllt, wie ihre Finger sich um den Abzug krallten.

»Wer?« jammerte er.

»Ida! Ida Sharansky!«

Die alte Frau! Mußte wohl aus dem Grab auferstanden sein, um ihn zu quälen. Wieder kam ihm eine Idee. »Okay, okay«, seufzte er und verlegte sich auf die freundliche Tour. »Du hast das Spiel gewonnen, Maria. Paß auf, Kleine. Du bindest mich jetzt los, und ich erzähle dir alles. Ich verspreche dir, ich sage alles, was ich weiß und was du wissen willst. Aber hier kann ich mich nicht konzentrieren und ...«

»Zu spät!« schrie Chloe ihn an. »Du hast bereits verloren. Und deine Antwort kenne ich jetzt schon, Judas. Du wolltest die Achtung und den Respekt für dich allein genießen. Du hast mir meine Idee, meinen Ruhm weggenommen, um sie für dich auszukosten. War es nicht so?« Sie kam langsam auf ihn zu und drückte ihm den Lauf in den Bauch. »Du hast sie da sitzen sehen, in ihrer ganzen Schönheit, so wie ich sie verlassen hatte. Und da dachtest du, ich will auch meinen Teil haben. Aber du bist einfach zu gierig und zu blöde. Du warst nicht nur hinter den dreißig Silberlingen her, nein, du mußtest auch noch Idas Geldbörse stehlen, stimmt's?«

»Maria«, bat Doug zitternd, »ich weiß wirklich nicht ...«

Doch da beendete ein großer Klebestreifen sein verzweifeltes Flehen. Sie sah auf die Uhr. Fast acht, allmählich sollte sie anfangen. Es galt, sich an Reden zu erinnern und die Predigten aufzufrischen, um die jetzt noch schlafende Gemeinde später zu befriedigen.

Chloe zog ihm erneut eins über den Schädel. Diesmal wollte sie ihn nicht in die Bewußtlosigkeit befördern, sondern sie mußte sich abreagieren. Er stöhnte laut auf.

Manchmal mußte Gewalt sein, manche Lage erforderte sogar Gewalt, besonders bei diesem Judas, beschwichtigte sie ihre aufsteigende Erregung.

39. Kapitel

Frank Davies und sein Sergeant saßen an diesem Morgen bereits bei ihrer dritten Tasse Kaffee, und der Detective Chief Inspector studierte die Mimik seines getreuen Untergebenen. Hätte Boot-sale jemals Ambitionen gehegt, eine Schauspielkarriere ins Auge zu fassen, so dachte er, wäre ihm wohl nur eine Statistenrolle zugeteilt worden. Der Sergeant konnte einfach seine Gedanken und Gefühle nicht verbergen. In seinem Gesicht konnte man lesen wie in einem Buch. Und darin stand im Augenblick »Was will mein Chef mir bloß damit sagen, verdammt noch mal?«

Frank konnte ihn verstehen. Er nahm es ihm auch nicht übel. Ihm selbst erschien die ganze Situation ja ebenso lächerlich und absurd. Er hatte in der letzten halben Stunde seinem Mitarbeiter sorgfältig und gewissenhaft vom gestrigen Gespräch mit Ruth und Felix erzählt. Gut, seinen eigenen Anteil an der Geschichte um Chloe Webster hatte er vorsichtshalber ausgespart. Mason mußte nicht unbedingt jede Einzelheit kennen. Dennoch hatte er die Geschichte wahrheitsgetreu wiedergegeben. Warum nur erschien sie ihm dann so wenig einleuchtend, so unwahrscheinlich? Und warum hatte er das kleine Mädchen damals nicht ernster genommen und war damit das Risiko eingegangen, seine Karriere zu gefährden?

Wenn er ehrlich war, mußte er zugeben, daß der Gedanke an diesen Vorfall – seinen großen, wenn auch einzigen Fehler – jedes Mal in seinem Kopf herumspukte, wenn er auf seiner Karriereleiter wieder eine Stufe nach oben kletterte. Er nahm Gestalt an, saß auf seiner Schulter und flüsterte ihm ins Ohr »Was wäre gewesen, Frank, wenn sie von dir gewußt hätten? Oder von dir und Melanie? Wie hoch wärst du dann gekommen, Frank?« Nachdem Ruth und Felix gestern abend gegangen waren, hatte er noch lange bei einem Glas zehn Jahre alten Malts gesessen und nachgedacht. Er hatte seine Karriereleiter hinabgeblickt und festgestellt, daß er nicht besonders tief fallen würde, wenn er weiterhin seiner gewohnten professionellen Aufrichtigkeit treu bliebe. Also bereitete er sich innerlich auf einen Sprung in die Tiefe vor und ging ins Bett.

»Auch wenn es unglaubwürdig klingt, Alan«, sagte er schließlich, »nehmen Sie es halt so hin. Und sollte es Ihnen so vorkommen, als wäre ich reif fürs Irrenhaus, dann möchte ich mich dafür entschuldigen. Aber wir haben nicht viel in der Hand, nur eine Menge heißer Luft und zwei Leichen.« Er schaute zur Wanduhr, zwanzig vor neun. »Um zehn Uhr habe ich eine Einsatzbesprechung mit Knowles und der Mannschaft aus dem Präsidium. Ich möchte ihnen unbedingt etwas an die Hand geben, ich will ihnen Chloe Webster liefern.«

Unruhig rutschte Mason auf seinem Stuhl hin und her. »Bei allem Respekt, Chef«, sagte er leise, »aber das kommt alles ein wenig plötzlich, aus heiterem Himmel. Ich muß das erst einmal verarbeiten.«

Davies las die herbe Enttäuschung in Masons Gesichtszügen. Aber seinem Mitarbeiter blieb aufgrund seiner beruflichen Stellung gar nichts anderes übrig, als die Launen und krausen Ideen seines Vorgesetzten zu akzeptieren, ungeachtet seiner eigenen Wünsche. Das wußten beide, und es machte die

Situation nicht gerade einfacher. »Ein Königreich für Ihre Gedanken!« forderte Frank seinen Mitarbeiter heraus. »Bleibt auch unter uns, okay?«

Mason war dies offensichtlich gar nicht recht, und es dauerte eine Weile, bis er sich durchringen konnte, den Mund aufzumachen. »Es ist nur ... es ist, als wären Sie ... als hätten Sie in der Jenkins-Sache einfach nachgegeben und sich dem Geschwafel dieser Computeridioten angeschlossen. Mißhandelte, gestörte, verwirrte Kinder und was weiß ich noch alles. Serienmörder – die nie erwachsen gewordenen Kleinkinder. Ich bin fest davon überzeugt, daß mehr dabei herauskommt, wenn wir diese Jenkins mal so richtig in die Zange nehmen. Sie sitzen hier und denken über eine Sache nach, die vielleicht so passiert ist, wie Sie schildern, oder auch anders – und zwar vor dreißig Jahren. Ich habe das dumpfe Gefühl, daß die beiden uns einen Bären aufbinden, und wir können uns nun wirklich keinen Mist mehr leisten. Tut mir leid, Chef, aber Sie haben mich gefragt.«

Davies hatte Mason konzentriert zugehört. Er hätte Wort für Wort dasselbe gesagt. »Alan«, bat er ihn, »ich möchte trotzdem, daß wir heute morgen in meinem Sinn arbeiten. Dafür brauche ich Ihre Hilfe. Was ich Ihnen erzählt habe, muß ich auch den Leuten vom Präsidium berichten, in aller Kürze. Stehen Sie mir jetzt zur Seite, und bereiten Sie die Unterlagen vor, damit ich etwas in der Hand habe. Bitte!«

Mason nickte und bemühte sich darum, überzeugt auszusehen. Er war ein schlechter Schauspieler und hatte nicht die leiseste Ahnung, welcher Part ihm zugedacht war. »Wie lautet Ihr Plan?« fragte er vorsichtig.

»Wir müssen sie finden«, informierte Davies ihn rasch. »Krempeln Sie die Akten um, prüfen Sie die Berichte und verfolgen Sie genau, was sie gemacht hat, wohin sie gegangen ist, einfach alles. Stellen Sie ihren Lebenslauf auf den Kopf.«

Dann lächelte er Mason an. »Sollte sich unsere Nachforschung als kompletter Blödsinn herausstellen, nehme ich alle Schuld auf mich und erkläre, daß ich der Dummkopf war. Einverstanden?«

»Es ist nur ein Verdacht, habe ich recht?« fragte Mason vorsichtig nach. »Es gibt keinen einzigen Beweis, oder?«

»Nicht, bis wir einen finden – nein.«

»Sie nehmen also an«, sagte Mason skeptisch, »daß Ihre ehemalige Kollegin Mrs. Jenkins der kleinen Chloe Webster damals dieses Taschentuch gab, vor etwa dreißig Jahren. Und die verlor es wiederum, als sie die Vietnamesin ermordete.«

»Ich weiß, daß Ihnen die Geschichte nicht ganz geheuer ist, mir geht es nicht anders. Aber hier geht es um einen Mörder, der seine Opfer mit Lippenstift bemalt. Der außer sich gerät, als wir Doug Jenkins für den Sharansky-Mord verantwortlich machen wollen. Und der weiter mordet und uns wissen läßt, daß er oder sie noch immer frei herumläuft. Und das macht sie wütend. Alan, ob Sie es mögen oder nicht, aber das Täterprofil unserer Experten aus dem Präsidium paßt haargenau auf Chloe Webster.« Davies merkte an Masons zweifelndem Blick, daß dieser ihm noch immer nicht glaubte. »Sie müssen Chloe Webster finden. Versuchen Sie es über die Wahllisten, die Steuerbehörde, den Führerschein. Aber finden Sie sie.«

Mason erhob sich schließlich und ging zur Tür. Dort drehte er sich noch einmal um. »Dann sage ich den anderen, daß Sie sie in fünf Minuten sprechen möchten, in Ordnung, Chef?«

»Ja, sehr gut, Boot-sale«, sagte Frank langsam und hielt Masons Blick einige Sekunden fest. »Ich ... ähm ... schätze sehr, daß Sie ... Sie wissen schon ...«

Aber Mason war schon verschwunden. Davies nahm den

Telefonhörer ab und ließ sich von der Zentrale eine Nummer geben. Anschließend wählte er die angegebenen Ziffern.

Am anderen Ende meldete sich eine ältere Stimme. Sie klang nach all der Zeit zwar ein wenig verändert, aber immer noch so vertraut, daß Davies sie erkannte. »Hallo?« Es war unverkennbar Jude Farrow.

»Erinnern Sie sich? Hier ist Police Constable Davies mit dem morgendlichen Weckruf.«

Schweigen. Das hatte er vorausgesehen. »Entschuldigen Sie, aber ich glaube ...«

»Es ist Ihre Nummer, Mrs. Farrow, ich habe mich nicht verwählt. Und wagen Sie es nicht aufzulegen. Ich bin jetzt Detective Chief Inspector. Innerhalb von Sekunden kann ich die halbe Polizei von Essex mobilisieren und zu Ihnen schikken.«

»Was wollen Sie?« sagte sie zögernd.

»Sie waren vorlaut, Jude, und haben mit meinen Freunden geplaudert.«

»Ich habe nichts gesagt.«

»Sie haben Melanie des Mordes an Dick Webster beschuldigt.«

»So etwas habe ich nie behauptet.« Panik und Furcht lagen in ihrer Stimme.

Davies erinnerte sich daran, daß laut Ruths Schilderung Jude Farrow nicht von der fixen Idee abzubringen war, sie hätte zwei aktive Polizeibeamte vor sich. Daher beschloß er zu bluffen. »Wir haben alles auf Band, Jude. Die Frau, die vor Ihnen saß, war verkabelt.«

Schweigen. Dieses Mal dauerte es etwas länger. »Jedes Wort stimmt. Melanie hat ihn ermordet. Ich war mit Chloe unten. Ich habe nur die Wahrheit erzählt.«

»Blödsinn! Melanie hätte dieses bösartige Komplott niemals schmieden können. Sie haben uns alle benutzt. Mich,

Ihre Schwester und Chloe, die Sie ganz für sich allein haben wollten. Es ist doch Chloe, oder? Chloe Webster?«

Er hörte sie kurz und schwer atmen.

»War's nicht so?«

»Sie können nichts beweisen.«

»Oh, das brauche ich auch nicht.«

»Ich bleibe bei dem, was ich gesagt habe. Und ich werde Ihren Namen nennen, Detective Chief Inspector. Verlassen Sie sich drauf.«

Davies lachte. »Das ist es doch, worauf Sie bauen, nicht wahr? Daß ich meinen Mund halte?«

»Sie haben mit einer Mörderin geschlafen.«

»Und genau das stimmt nicht. Inzwischen weiß ich, daß die Mörderin es darauf angelegt hat, mich mit ihrer Schwester zu verkuppeln.«

»Sie können nichts beweisen. Melanie ist tot.«

»Deshalb sind im Moment auch neun Beamte auf der Suche nach Chloe Webster. Und deshalb bin ich auch gerade dabei, das Dezernat für Schwerverbrechen über Ihr mieses kleines Leben in Kenntnis zu setzen. Wir werden Chloe schon finden, und wir werden auch herausbekommen, wer mit ihr Teddy-Krankenhaus gespielt hat. Wissen Sie noch, Jude? Sie haben doch allen möglichen Leuten Ihre Lügen darüber erzählt.«

»Das würden Sie nicht wagen!«

»Warum denn nicht, Jude? Ich bin jetzt seit dreißig Jahren bei der Polizei und habe immer gut gearbeitet. Die Wahrheit ist, liebe Jude, daß ich aus dieser Sache so sauber heraussteige wie immer.«

»Es würde das Ende Ihrer Karriere bedeuten«, zischte sie.

»Machen Sie sich um mich keine Sorgen«, lachte Davies sie aus. »Unsere Pensionskasse ist reich bestückt.«

»Versuchen Sie es nur und Sie werden sehen, daß ...«

»Was ich sehen werde«, unterbrach er sie rasch, »sind Ihre Fotos auf den Titelseiten der Boulevardpresse.« Damit knallte er den Hörer auf die Gabel. So, das hätte er auch erledigt. Doch das Gefühl der Euphorie, das er erwartet hatte, kam nicht auf. Er hörte, wie draußen seine Mitarbeiter miteinander tuschelten, während sie ihrer Arbeit nachgingen. Mason hatte sie offensichtlich über die neue Situation informiert und ihnen mitgeteilt, daß ihnen die Details auf der anstehenden Konferenz dargelegt würden.

Die Reaktion war wie erwartet, und Davies konnte es ihnen nicht verübeln. Als er aus seinem Büro sah, schaute er in zweifelnde, amüsierte, ungläubige und ausdruckslose Gesichter. Sie alle wollten nur, daß der Fall endlich ad acta gelegt werden konnte – keine Mörder mehr, keine irrtümlichen Verhaftungen und vor allem kein Druck aus dem Präsidium. Diebstähle, harmlose Einbrüche – okay. Aber bitte keine Morddelikte, davon hatten sie alle mehr als genug.

Ungefähr eine Stunde später erschien Mason bei seinem Vorgesetzten. Ohne auf Franks Reaktion zu warten, begann er, einen Computerausdruck vorzulesen. »Chloe Charlotte Webster. Geboren 1958 als Tochter von Richard und Melanie Webster aus Great Totham, Essex. Verschiedene Adressen, hauptsächlich jedoch die der Tierarztpraxis der genannten Stadt. Gesetzmäßig adoptiert von Mr. und Mrs. William Farrow, Leiter des Altenheims *The Maltings Residential home for the elderly*, Corely Way, Danbury. Eingetragen in den zwei örtlichen Schulen, der *Primary* und *Secondary School*.«

Mason machte eine Pause und blickte abwartend zu Davies, der ihm bedeutete, weiterzulesen.

»Wie Sie schon vorausgesagt hatten, Chef, gab es folgenden Grund für die Adoption: ›Mutter ist unfähig, mit dem

Druck und der persönlichen Belastung fertig zu werden, die durch den von der Tochter versehentlich herbeigeführten Tod des Ehemannes und Vaters Richard Webster ausgelöst wurden! In Danbury ist sie bis 1976 aufgeführt, als das Heim durch ein Feuer zerstört wurde.«

»Und?«

Mason zuckte mit den Schultern. »Nichts, das war's.«

»Das war's?«

»Mehr gibt es nicht über sie. Chloe Webster ist seitdem vom Erdboden verschluckt.«

»Im Feuer umgekommen, meinen Sie?«

»Sie stand nicht auf der Liste der toten Opfer.«

»Brandstiftung?«

»Die zuständigen Inspektoren der Feuerwehr sind in ihren Berichten damals zu keinem eindeutigen Befund gekommen. Tatsache ist, daß es sich um ein altes Gebäude handelte, das bis unters Dach vollgestopft war mit Betten, Holz, Möbeln. Das Zeug hat natürlich gebrannt wie Zunder. Es war furchtbar tragisch. Die alten Menschen sind regelrecht geröstet worden. Danach zogen die Farrows ein paarmal um, landeten schließlich aber doch wieder in Danbury. Ob sie das Mädchen immer bei sich hatten, weiß niemand so genau.«

»Irgendwelche Akten, Aufzeichnungen, Berichte oder Zeugnisse aus den Schulen?«

»Wir haben vier Dokumente aus sechs Jahren. Zwei davon berichten von merkwürdigem Verhalten.«

»Inwiefern?«

»Das wird nicht erwähnt, es werden keine Einzelheiten genannt.«

»Und danach?«

»Nichts«, seufzte Mason, »kein Bankkonto, Kreditantrag, Führerschein, polizeiliches Führungszeugnis oder etwas ähnliches. Entweder ist sie tot oder in Amerika, Afrika, Australien oder sonstwo, oder sie hat in den letzten zwanzig Jahren immer nur von dem gelebt, was sie bar auf der Hand hatte und war per Bus oder Fahrrad unterwegs. Tut mir leid, Chef, aber mehr können wir nicht tun. Niemand weiß, ob diese Frau noch lebt oder bereits tot ist – außer dem lieben Gott.«

Doch Davies schien nicht aufgeben zu wollen. Er rieb seine brennenden Augen. »Wir müssen sie finden, Boot-sale. Sollte sie tatsächlich etwas damit zu tun haben, dann hat sie wahrscheinlich in Chelmsford gewohnt, als die Morde geschahen. Vielleicht hat sie irgendwo eine Unterkunft gemietet. Überprüfen Sie die örtlichen Wirtsleute und Zimmervermieter.«

»Wie Sie wollen«, gab Mason aus Loyalität nach, obwohl er keinen Sinn darin sah, nach einer Nadel im Heuhaufen zu suchen. Unruhig verlagerte er sein Gewicht von einem auf den anderen Fuß. »Da ist noch etwas.«

»So?«

»Es geht um Ihren alten Kumpel Jenkins.«

Gequält stöhnte Davies auf. Dieser Name war der letzte, den er hören wollte.

»Er hat sich jetzt bereits zum zweiten Mal nicht auf dem Revier gemeldet, weder gestern nachmittag noch heute morgen. Ein Kollege war gestern abend bei dem Freund, dessen Adresse er angegeben hatte, ein komischer Kauz. Aber der sagte nur, daß er ihn seit dem Mittagessen nicht mehr gesehen hatte. Offensichtlich hatten sie beide einen gesoffen, der Alte ist eingepennt, und als er aufwachte, war Jenkins weg.«

In diesem Moment wünschte sich Davies weit fort, am liebsten auf ein Schiff auf dem Nil, aber allein. Nach der Arbeit würde er einen schönen Spaziergang machen, und ein Reisebüro war doch immerhin ein gutes Ziel.

»Schicken Sie die Streife noch einmal zu dieser Adresse, Boot-sale. Dieser Mistkerl schläft wahrscheinlich gerade seinen Rausch aus. Und dieses Mal, Boot-sale, machen Sie der Streife klar, daß sie ja nicht ohne ihn zurückkommen soll. Und wenn er dann hier ist, buchten Sie ihn ein.«

40. Kapitel

Eigentlich fand Chloe die Reaktion der Menschen unglaublich. Die Leute konnten sie doch immer wieder in fassungsloses Erstaunen versetzen.

Verblüfft nahm sie zur Kenntnis, daß es ein Leichtes war, Doug mit dem Revolver im Kreuz durch die belebten Straßen vor sich her zu scheuchen. Es waren jede Menge fleißige Käufer unterwegs, die schon nach Billigangeboten vor dem wirklichen Winterschlußverkauf Ausschau hielten.

Da sie zuletzt unter Zeitdruck gestanden hatte, war es ihr nicht mehr möglich gewesen, wie vorgesehen einen perfekten Plan auszuarbeiten. Deshalb mußte sie eilig eine passende Verkleidung finden, um mögliches Interesse von ihr selbst und vor allem von Doug abzulenken.

Chloe trug eine Kapuzenmütze und Doug, der mit den Händen auf dem Rücken vor ihr herschlurfte, vervollständigte dieses absurde Szenarium durch eine Gorillamaske, die ihm seine Anonymität sicherte. So konnte Chloe gewiß sein, daß ihn niemand erkannte. Um seinen Hals trug er ein Schild mit der Aufschrift, daß sie beide zu einer Kostümparade gehörten und mit ihrem Spaziergang für Werbung sorgten. Um Dougs Taille hing ein kleiner roter Eimer, in dem ein paar Münzen aus ihrer Geldbörse klimperten.

Tatsächlich konnten sie auf diese Weise ungehindert fast

zwanzig Minuten lang durch die High Street und die Market Street bis zur eindrucksvollen County Hall, dem Verwaltungsgebäude der Grafschaft Essex, gehen. Am Ende hatten sie sogar zwei Pfund und neunundvierzig Pence mehr in ihrem kleinen roten Eimer.

Am Ziel angelangt, nahm sie ihm das Schild ab und zwang ihn, die breite Treppe vor dem riesigen gläsernen Eingang hochzugehen, den großen Vorhof zu überqueren und anschließend das eigentliche Gebäude zu betreten. Für einen Augenblick erhoffte sich Doug die klitzekleine Chance, während des Eintritts durch die sich automatisch öffnenden Türen seiner Peinigerin entgehen zu können. Doch diese klebte an ihm, immer den Revolver in seinem Rücken, als sie die weitläufige Eingangshalle mit den unzähligen Grünpflanzen betraten.

»Ich muß mich hinsetzen«, stöhnte Doug hinter seiner Maske. »Mein Kopf dröhnt, und mir ist entsetzlich schlecht.«

»Geh weiter«, war ihre barsche Antwort, dann dirigierte sie ihn zu einem Zimmer, über dem ein Schild mit der Aufschrift »Pförtnerbüro« leuchtete. In der Mitte der Halle befanden sich zwei gläserne Aufzüge, die in die vier Etagen führten. Rund um die Aufzüge lagen hinter stählernen Geländern sternförmig angelegte Büros.

Angesichts dieser Pracht erinnerte sich Doug an seine zahlreichen Diskussionen mit den anderen Taxikollegen darüber, daß die Stadt im Vergleich für ihre eigenen Zwecke wesentlich mehr Geld ausgab als für die Bedürfnisse ihrer Bewohner.

»Seien Sie bitte vorsichtig«, warnte Doug die vorbeigehenden Menschen. »Sie ist bewaffnet. Verschwinden Sie.« Ungläubig lächelten die Passanten ihn an, und die Kinder winkten dem sprechenden Gorilla zu.

In der Halle wimmelte es von Menschen, denn sie bot gleichzeitig Zugang zur Stadtbibliothek und für Bedienstete die Möglichkeit, auf den Steinbänken dem Laster des Rauchens zu frönen.

Chloe rückte ihre Kapuzenmütze zurecht und steuerte auf das Büro des Pförtners zu. Darin saßen zwei uniformierte Sicherheitsbeamte vor einer Reihe von Fernsehmonitoren und beobachteten jede einzelne Szene. Sie ging zu dem geöffneten Fenster, warf einen Blick in das Büro und hielt den Revolver sichtbar an Dougs Hals. »Entschuldigen Sie«, sagte sie höflich. »Ich bin bewaffnet, also hören Sie mir genau zu.«

Der jüngere der beiden Männer schaute genervt zum Fenster und bequemte sich dann herüber. Kaugummikauend sah er sie abschätzig von oben bis unten an.

»Verschwinde, Mädchen, und nimm deinen Gorilla mit. Er erschreckt ja unsere Fische im Aquarium.«

Ihr blieb gar nichts anderes übrig, als einen Schuß in die Luft abzugeben.

Bumm!

Der Lärm war ohrenbetäubend, als eine ungeheure Explosion die Glaswände erschütterte. Dann ertönte ein schriller, fast kaum wahrnehmbarer hoher Ton, und unzählige messerscharfe Glasscherben fielen klirrend auf den blank gebohnerten Boden. Im Glasdach klaffte ein riesiges Loch.

Dann schrien die Leute plötzlich durcheinander. »Eine Pistole! Sie hat eine Pistole!« kreischten sie, suchten ihre Familien und rasten panisch auf die Ausgänge zu. Die einzigen, die erstarrt auf ihren Plätzen standen, waren die Männer an der Pforte.

»Entschuldigen Sie?« fragte sie noch einmal und genoß die Macht, die ihr die Waffe verlieh. Der Geruch von verbranntem Schießpulver war so süß wie ihr zu erwartender Sieg selbst. »Haben Sie vielleicht ein Handy? Ich wäre Ihnen sehr dankbar.« Eine Sekunde später nahm sie dem zitternden Mann das Telefon aus der Hand. »Ich leihe es mir nur aus, keine Sorge«, sagte sie scherzhaft und sonnte sich in ihrem nervenaufreibenden Spiel. »Noch etwas, in Kürze begebe ich mich zusammen mit meinem Freund in einen der Aufzüge. Dort möchte ich unter keinen Umständen gestört werden. Also, in Ihrem eigenen Interesse, evakuieren Sie unverzüglich das Gebäude oder ...«, sie winkte ihn näher und flüsterte dann in sein Ohr, »... ich schieß dir dein verdammtes Hirn weg.«

Er nickte eilig und rannte dann zu seinem Kollegen, um mit ihm gemeinsam in größter Hast und Angst dafür zu sorgen, daß auch die letzten Leute in Anbetracht der drohenden Gefahr das Gebäude verließen.

Zufrieden darüber, daß sie bald allein wären, scheuchte Chloe Doug zum Aufzug. »Gleich kommt dein großer Auftritt, Judas«, flüsterte sie ihm zu. »Eine Viertelstunde lang wirst du deinen Ruhm auskosten können. Bist du bereit?«

»Mir ist schwindlig und schlecht.«

»Hör endlich auf zu jammern. Du verdirbst ja die ganze Stimmung.«

»Ich bekomme aber kaum Luft.«

Schließlich gab sie seufzend nach und zog die Gummimaske von seinem verschwitzten Kopf. Er japste nach Luft und atmete tief durch. »Und was ist mit meinen Händen? Mir tun die Handgelenke entsetzlich weh, die Schmerzen bringen mich noch um.«

»*Ich* werde dich gleich umbringen, wenn du nicht endlich aufhörst zu greinen. Nun geh schon weiter, du Mörder.«

»Ich habe noch nie jemanden ermordet«, beharrte er. Er hatte versucht zu ergründen, ob diese irre Frau vielleicht in den Fall mit dieser Sharansky verwickelt war. Vielleicht eine

Verwandte? Eine wahnsinnige Enkeltochter, die ... ja, was? Und was machten sie bloß in diesem blöden Verwaltungsgebäude? »Die Polizei hat mich doch bereits dafür in Untersuchungshaft genommen, Maria. Ich hab doch erzählt, daß da so ein Detective Chief Inspector mir irgendein Ding andrehen will.«

»Es ist mir egal! Scheißegal, du Lügner! Gleich bist du dran, Judas!«

Sie hielt ihn grob am Arm fest, den Revolver in seinem Rücken und wartete, bis auch die letzten das Gebäude verlassen hatten. Aus der angrenzenden Bibliothek hörte sie die Trillerpfeife eines Beamten, der eben im Begriff war, auch diesen Raum zu evakuieren. Sie überlegte, ob sie noch ein paar Schüsse in die Luft feuern sollte, um die Sache zu beschleunigen, entschied sich dann aber dagegen. Kugeln waren schließlich gefährlich und auch kostbar.

Dann griff sie in den roten Eimer, der immer noch um den Hals des zitternden Doug hing, holte einen Zettel mit Telefonnummern heraus und wählte die erste Nummer. Dabei sang sie die ganze Zeit fröhlich.

»Nachrichtenabteilung bitte«, sprach sie in den Hörer. »Den zuständigen Reporter für Kriminalfälle, wenn möglich. Danke.« Sie hielt Doug das Handy ans Ohr und das Blatt Papier vor seine Augen. »Du kannst doch lesen oder?« zischte sie auf einmal.

Doch bevor er etwas sagen konnte, meldete sich eine männliche Stimme. Der Mann fragte, was er tun könne.

Chloe nickte Doug auffordernd zu, und er begann laut vom Blatt abzulesen, während ihm der Schweiß in die Augen lief. »Hallo«, stammelte er. »Und guten ... Morgen. Mein Name ist Doug Jenkins, der Judasmann ... und ich habe etwas sehr Wichtiges ... zu berichten.«

»Jenkins?« fragte die Stimme nach. »Der Arsch, der die

tote Frau in Essex bestohlen hat? Was wollen Sie denn diesmal?«

Doug schluckte und zwang sich zum Sprechen, nachdem Chloe ihm wiederholt auffordernd zugenickt hatte. »Ich bin der kranke ... selbstsüchtige Mann, der aufgrund seiner mitleiderregenden Taten beschlossen hat, sich als Mörder von Ida Sharansky auszugeben, um ... um den Ruhm eines anderen ... für mich allein in Anspruch zu nehmen. Dadurch ... dadurch ...«

»Bist du eigentlich ganz klar im Kopf, Kumpel?«

»Dadurch ...«, schrie Doug, der nicht mehr in der Lage war, die Handschrift vor ihm zu entziffern.

Chloe nahm ihm das Handy aus der Hand und fluchte ob seiner Unfähigkeit. »Jetzt hör mir mal gut zu, Fettwanst«, keifte sie in die Muschel. »Trommel sofort deine sogenannten Journalistenfreunde zusammen und bring sie alle nach Chelmsford, in die County Hall. Die wirst du mit Sicherheit finden, denn wenn du ankommst, wird schon die ganze Polizei das Gebäude umstellt haben. Dann wimmelt es hier nur so von Bullen, weil ich ihnen nämlich erzählen werde, was es mit den sogenannten Weihnachtsmorden auf sich hat. Und merk dir eins: Ich hab' den Irren in meiner Gewalt, der mir alles vermasselt hat, außerdem einen Revolver und sehr wenig Geduld.« Damit beendete sie das Telefonat und wandte sich an Doug. »War das so schwer? Ein bißchen Feingefühl, das ist alles. Sollen wir jetzt mit dem Aufzug fahren? Ich würde sagen, ja. Aber vorher wollen wir noch unseren Spaß haben.«

Sie führte ihn durch die nun gespenstisch leer wirkende Halle zurück zu den verglasten Eingangstüren, wo sich eine riesige Menge Schaulustiger die Nase platt drückte.

Bumm! Wieder prasselte Glas hinunter und ließ die kreischende Menschenmenge verschwinden. Im Nu waren der Vorplatz und die Treppe leer.

»So ist es schon besser«, meinte Chloe zufrieden, zog Doug mit sich und schubste ihn in den Aufzug, der sie unverzüglich in die dritte Etage brachte. Oben angekommen, versagten Doug die Beine. Er sackte im Lift in sich zusammen und rutschte am kühlen Glas entlang zu Boden. Ungläubig und angsterfüllt starrte er hinunter in die menschenleere Halle.

»Ich nehme an«, sagte Chloe und sah zur Uhr, »wir haben noch etwa fünf Minuten, bis die Polizei kommt. Schweinebande, so nennst du sie doch, stimmt's?«

»Manchmal«, flüsterte er undeutlich.

»Dann genieß die Zeit, Doug. Es ist die besagte Ruhe vor dem Sturm.«

»Ich versteh' das alles nicht, ich versteh' gar nichts.«

Wieder atmete sie tief durch, ging in die Hocke und fuchtelte mit der Waffe vor seiner Nase herum. »Falls du es noch nicht bemerkt haben solltest, Doug, das hier ist ein Revolver. Und den habe ich in einem öffentlichen Gebäude abgefeuert. Das war sehr ungezogen von mir, und deshalb schickt jetzt die Polizei bewaffnete Männer, um der Sache ein Ende zu bereiten. Notfalls töten sie.«

»Sie werden uns beide töten«, protestierte er schwach. »Hier drinnen sitzen wir doch auf dem Präsentierteller, wie lebende Zielscheiben.«

»Nur du«, korrigierte sie ihn, »weil du nämlich viel größer bist. Und so einen dicken Brocken werden sie bestimmt nicht verfehlen.«

»Laß uns abhauen, bevor sie hier eintreffen. Ich bin doch Taxifahrer, ich kenne alle Straßen und Wege. Wir könnten durch den Hinterausgang verschwinden und ...«

»Eigentlich komisch, wenn du stirbst, Doug«, grübelte sie. »Ich meine, gibt es etwas Besonderes, das man von dir in Erinnerung behalten wird? Worin, Doug Jenkins, liegt dein positiver Beitrag in dieser schlimmen Welt? Was hast du geleistet?«

»Bitte«, flehte er, »noch ist Zeit.«

»Wahrscheinlich bleibst du nur als kleine Nummer in einer endlos langen Reihe zurück. Ein Niemand. Ich habe übrigens deinen kleinen Auftritt vor Gericht gehört. Dachtest wohl, die ganze Welt würde sich über deine Geschichte kaputt lachen, was?«

»Wie ich schon sagte, sie wußten gar nichts von mir. Ich habe noch nie jemanden umgebracht, nur ihr Geld gestohlen, das war alles.«

»Ich war ihre gute Freundin.«

»Was soll ich dazu sagen?«

»Es geht darum, was du nicht hättest sagen sollen.«

»Was denn?«

»Daß du Ida ermordet hast.« Langsam wurde sie ärgerlich, seine Begriffsstutzigkeit nervte sie gewaltig. Was ging bloß in seinem Kopf vor?

»Maria, ich schwöre ...«

»Und warum haben sie dich dann so lange festgehalten? Du hast dich doch für den Mörder ausgegeben, war es nicht so?«

»Nein, ich habe nichts dergleichen ausgesagt. Sie nahmen nur an, ich hätte es getan. Nun glaub mir doch, mein Gott!«

Ein zufriedenes Lächeln huschte plötzlich über ihr Gesicht. »Du wirst nur als Mistkerl in Erinnerung bleiben«, stellte sie klar. »Und ich? Als die Retterin.« Hart drückte sie den Lauf des Revolvers gegen seine unrasierte Wange, wodurch er seinen Kopf an das Glas pressen mußte. In der Ferne konnte sie die Sirenen der herannahenden Polizeiwagen hören.

»Und wenn ich mich nicht irre, ist das unsere Truppe«, flüsterte sie. »In nur drei Minuten. Ich bin beeindruckt. Die Jungs sind pünktlich.«

41. Kapitel

Für ihre fünfzehn Zeilen brauchte Jude Farrow eine geschlagene Stunde. Während sie schrieb, klingelte zweimal das Telefon. Doch sie ging nicht ran. Wahrscheinlich war es sowieso nur William, der wissen wollte, ob er für sie etwas Besonderes zum Abendessen mitbringen sollte. Es tat ihr in der Seele weh, wenn sie sich vorstellte, wie er ahnungslos im Supermarkt den Einkaufswagen vor sich her schob, an den Ständen mit frischem Gemüse, Gewürzen und Dosen entlangschlenderte und überall die Preise verglich.

An ihn war ihr Brief gerichtet, von dem er nicht die geringste Ahnung hatte. Sie wollte unter keinen Umständen gestört werden und ging daher nicht ans Telefon.

William verdiente sie nicht, er war zu gut für sie. Und was hatte sie getan? Sie hatte ihn belogen! Belogen, belogen, belogen! All die Jahre! Und auch jetzt brachte sie es nicht übers Herz, ihm reinen Wein einzuschenken. Sie hatte ihm schon genug gesagt und ihn damit zutiefst erschüttert – der liebe, liebe William. Die ganze schreckliche Wahrheit würde ihn auf der Stelle umbringen. Er brauchte nicht zu wissen, daß seine eigene Frau ...

Immer wieder hoffte sie, endlich weinen zu können. Der Kloß saß im Hals, aber die Tränen wollten nicht kommen. Sie fühlte wider Erwarten auch keine Erleichterung. Wie oft hatte sie sich diese Situation im Geiste vorgestellt und immer geglaubt, eine riesige Last würde von ihren Schultern genommen, wäre der Moment erst einmal da. Seelenfrieden war ihr größter Wunsch – nach einem Leben voller Alpträume.

Es war ein Leben, das von der Natur benachteiligt war. Ein Leben, das nie neues Leben schenken, nie gebären konnte. Damals war die Wissenschaft noch nicht so weit entwickelt wie heute, konnte keinen unfruchtbaren Frauen helfen. Wie oft wachte sie noch heute nachts schweißgebadet auf, nachdem sie mal wieder einen entsetzlichen Alptraum durchlebt hatte. Dann spürte sie nur noch den Wunsch, sich ein scharfes Messer in ihren infertilen Leib zu stoßen. Einzig der Gedanke an William ließ sie immer wieder davor zurückschrecken.

Jude steckte den Brief in einen Umschlag, klebte ihn zu und lehnte ihn gut sichtbar an die Vase auf dem Küchentisch. Nun war der richtige Augenblick gekommen. Sie mußte es tun, bevor William zurückkam, und das konnte jede Minute sein. Auch der Detective Chief Inspector Davies war schon so merkwürdig neugierig geworden.

Erinnerungsfetzen zogen an ihr im Zeitraffer vorbei. Der Brand ... die Flammen ... die gellenden Schreie ... die glühende Hitze, die ihre Wangen fast verbrannt hatte, ... und der quälende Wunsch, sie nie mehr sehen zu müssen, diese unselige Kreatur ... die Hoffnung, daß sie tot war, wie alle anderen ... Und dann sah sie plötzlich eine lächelnde Chloe ... wußte, es war alles vergebens gewesen ... wieder würden Menschen sterben, es war kein Ende abzusehen.

Zum letzten Mal ging Jude in ihr fliederfarbenes Schlafzimmer, holte ein Kopfkissen, ging zurück in die Küche und nahm die Kuchenbleche aus dem blitzblanken Backofen. Dann legte sie das Kissen in den Ofen, setzte sich auf den Fußboden und legte ihren Kopf auf die kühle Baumwolle des Kissens.

Wie lange es wohl dauerte, bis sie Melanie und Dick begegnete? Sie erinnerte sich an Erzählungen von einem großen, hellen Licht am Ende eines Tunnels, das die Menschen in sich aufnahm und sie von allen Sorgen und Nöten befreite. Sie freute sich darauf.

Mit dem linken Arm reichte sie an die Schalter hoch und drehte an dem großen Knopf. Sofort spürte sie das leise zischende Gas an ihrem Ohr. Sie setzte sich in die beste Position, um das Gas in ihre Lungen aufnehmen zu können.

William würde weiterleben. Und wenn nicht, sähen sie sich bald wieder. Vielleicht würde ihnen ein neues Leben im Himmel vergönnt, und sie könnten noch einmal ihr Leben beginnen. Dann würden sie in ihrer himmlischen Familie alles tun, was ihnen auf Erden versagt geblieben war.

Innerhalb von Sekunden wurden Judes Augenlider schwer, und ihr wurde schlecht. Sie mußte sich übergeben. Sie sah Chloes Teddy vor sich, wie er zum letzten Mal die Treppe hinabpurzelte – und endlich spürte sie ein Gefühl der Erleichterung in ihrem dahinschwindenden Geist.

42. Kapitel

»Ist ja gut! Ist ja gut! Ich komme schon!« rief Ruth gereizt, als sie im Nachthemd die Treppe hinunter zur Haustür eilte, an der es wild und aufgeregt klopfte.

Mason fiel ihr fast entgegen, als sie die Tür aufriß. »Mrs. Jenkins, schnell, der Chief Inspector Davies sagt, Sie sollen sofort kommen, der Teufel ist los!«

Noch halb verschlafen und dazu mitten in der Nacht, begriff Ruth kein Wort. Verständnislos starrte sie den atemlosen Mann an. »Haben Sie nichts Besseres zu tun, Sergeant? Sie wollen mich wegen der Morde festnehmen, stimmt's? Haben Sie endlich erreicht, was Sie wollten?«

»Werden Sie bitte nicht gleich so ärgerlich, Sie wissen doch noch gar nicht, um was es geht«, bestürmte er sie. »Draußen wartet bereits der Wagen. Es sieht so aus, als hätte eine Frau namens Chloe Webster beschlossen, sich in der Öffentlichkeit zu offenbaren.«

»Chloe?« fragte Ruth bestürzt zurück.

»Eine Frau spielt in der County Hall verrückt. Sie hat eine Waffe und hält eine Geisel. Sie ruft ständig bei der Lokalredaktion an und sagt, sie sei die Weihnachtsmörderin.«

»Ich brauche nur eine Minute«, erwiderte Ruth und raste die Treppe hinauf.

Mason hörte oben verhaltenes Gemurmel und sah dann zu

seiner Überraschung Felix in Dougs Morgenmantel die Treppe hinunterkommen. »Meine Güte«, stieß er verwundert aus. »Sie haben aber nicht viel Zeit verschwendet. Schließlich ist Jenkins doch erst seit ein paar Tagen fort?«

»Da bin ich anderer Ansicht, Sergeant«, sagte Felix leise, als er zum Sofa ging, seine Sachen herunternahm und sich schnell anzog. »Ich habe dreißig Jahre meines Lebens verschwendet.«

In dem Moment erschien Ruth in Jeans, einem weitem Pullover und Turnschuhen. »Dann laßt uns gehen.«

Die drei liefen durch die bittere Kälte der Nacht zum Auto. Felix und Ruth setzten sich auf den Rücksitz, und schon raste der Streifenwagen mit Sirenengeheul in Richtung Innenstadt.

Innerhalb weniger Minuten erreichten sie das Gebäude und hielten hinter einer Reihe von vergitterten dunkelblauen Transportern, aus denen ein paar Scharfschützen auf die Straße sprangen. Über dem Gebäude kreiste ein einsamer Hubschrauber, und davor hatte die Polizei alle Mühe, per Megaphon eine neugierig gaffende Menschenmenge zurückzudrängen.

»Folgen Sie mir!« wies Mason Ruth an und rannte zu einem der blauen Transporter, der von bewaffneten Beamten umstellt war. Ruth, die kurz hinter Mason ging, beobachtete, wie mehr und mehr bewaffnete Polizisten in das Haus rannten. Mason half ihr in den Wagen, und Felix kletterte atemlos hinterher, dann wurde die schwere Tür zugeschoben.

In der Dunkelheit des Wagens hörten sie sogleich eine vertraute Stimme. Es war Davies, der nervös und aufgeregt auf einen Monitor starrte. »Wir sind uns noch nicht hundertprozentig sicher, erst müssen wir eine Leitung nach drinnen legen, aber wir vermuten, daß sie es ist.«

»Chloe?« fragte Ruth unruhig.

Da ertönte eine andere Stimme direkt neben dem Monitor. Sie kam von einem Mann, der Kopfhörer mit einem Mikrophon vor seinem Mund trug. »Wir haben jetzt die Bilder, Sir.«

Gespannt blickten alle zu den Aufnahmen, die aber nur unscharf und wackelig flackerten.

»Geht das nicht ein bißchen schärfer?«

»Es braucht etwas Zeit«, erwiderte der Beamte und erteilte hektische Instruktionen über das Mikrophon.

Die Seitentür wurde geöffnet, und ein bärtiger großer Mann in Zivilkleidung drängte sich in das Innere des Wagens. »Ashe«, stellte er sich vor, »ich bin der Mittelsmann vom Dezernat für Schwerverbrechen. Sind Sie Detective Chief Inspector Davies?«

Davies nickte.

»Die anderen vom Überfallkommando sind bereits unterwegs. Detective Chief Inspector Knowles ordnet an, daß Sie bleiben sollen, wo Sie sind und die Situation in Schach halten, bis er hier aufkreuzt. Verstanden?«

Aber Davies schüttelte den Kopf. »Bis Ihre Leute ankommen, trage ich die Verantwortung. Ich gebe hier die verdammten Befehle. Und nur ich!«

»Die Kollegen aus dem Dezernat für Schwerverbrechen sind aber ...«

»Sind nicht hier!« herrschte Davies ihn an und wandte sich wieder dem Monitor zu. »Wir haben eine Frau, eine Geisel und wahrscheinlich einen Revolver ... Scheiße!«

Alle konnten es sehen, und alle außer Ashe und dem Polizeitechniker wußten Bescheid. Ruth schnappte nach Luft. Felix gefror das Blut in den Adern, und Davies ließ verzweifelt den Kopf hängen. Jeder konnte ihn klar und deutlich sehen – es war Doug, der im Aufzug mit erhobenen Händen auf dem Boden kauerte. Hinter ihm kniete eine Person und hielt ihm eine Knarre in den Nacken.

»Kennen Sie die Frau?« fragte Ashe.

»Beide«, antwortete Ruth leise, den Blick auf die bemitleidenswerte Gestalt auf dem Monitor geheftet. »Mein Mann«, stöhnte sie. »Und die Frau ist Chloe Webster.«

»Das wissen wir noch nicht sicher«, gab Davies barsch zurück.

»Irgendwelche Forderungen?« wollte Ashe wissen.

»Das herauszufinden ist ihr verdammter Job, oder nicht?«

Ashe nickte. »Sind Ihre Leute in Position?«

»Seit zwei Minuten. Acht auf jeder Etage. Aber nur siebzig Prozent Sichtmöglichkeit auf die Frau.«

Ashe atmete tief durch. »Na, dann wollen wir mal sehen, was diese verrückte Hexe eigentlich will. Ich brauche fünf Minuten.« Er drehte sich zu Ruth, die den scharfen Knoblauchgeruch im Atem des Mannes wahrnahm. »Ihr Mann ...?«

»Doug. Doug Jenkins«, flüsterte sie, während sie die traurige, gebrochene Gestalt auf dem Monitor betrachtete. Er kam ihr vor wie die aufgeschreckten, scheuen Tiere in der Zoohandlung, deren Fenster sie neulich eingeworfen hatte. Komischerweise spürte sie nicht das Bedürfnis, ihn aus dieser Situation zu befreien, so wie sie das bei den Tieren empfunden hatte. Die Lage hatte etwas Unvermeidliches, Erbarmungsloses an sich und ... Wohlverdientes.

»Gut«, sagte Ashe beruhigend und legte einen Arm um Ruths Schulter. »Machen Sie sich keine Sorgen. Neunzig Prozent dieser Fälle gehen friedlich aus.«

»Und die anderen zehn?«

Aber da war Ashe schon nach draußen gesprungen und zog sich eine kugelsichere Weste über.

43. Kapitel

Entsetzt bemerkte Doug, daß Dutzende von hoch technisierten Sturmgewehren auf sein Glasgefängnis gerichtet waren. Sein Atem ging stoßweise und beschlug das Glas. Die Kehle war ihm zugeschnürt und ausgedörrt, er konnte nicht sprechen, nicht einmal um Gnade winseln, und der Schweiß lief ihm in Bächen am Körper hinunter.

Er dachte nach. Wenn er nur einen Weg fände, um dieser Hölle zu entkommen! Immer wieder mahnte er sich, ruhig zu bleiben und diese Leute ihren Job machen zu lassen. Dann wäre er bald wieder in Sicherheit. Sie wäre tot, und er ginge als Held in die Geschichte ein, könnte sich als Held verkaufen! Er verstand nur nicht, warum sie diese Verrückte nicht endlich niederschossen? Sie hatten doch genug Leute und Waffen. Schießt endlich, dachte er, macht, daß es bald zu Ende ist!

Eine unheimliche Stille herrschte in der Halle. Die bewaffneten Beamten knieten oder standen verteilt auf allen Stockwerken, entlang der Geländer und hinter geöffneten Bürofenstern, das Gewehr im Anschlag – schußbereit.

»Sie werden uns noch umbringen, wenn wir nicht hinuntergehen«, krächzte Doug angsterfüllt. Es war ein letzter Versuch.

Aber sie ließ sich nicht beirren. Ihren Kopf dicht an seinem, flüsterte sie ihm ins Ohr: »Jetzt noch nicht. Das werden sie auch nicht tun. So etwas habe ich schon in der Glotze gesehen. Zuerst müssen sie herausfinden, wer wir sind und was wir wollen.«

»Ich will nur leben.«

»Wir alle müssen irgendwann sterben, Judas. So ist das!«

»Aber nicht so, Maria, bitte.«

»Chloe, nicht Maria«, berichtigte sie. »Kannst du dir einen besseren Abschied aus dem Leben vorstellen als diesen? Sieh doch nur, die Medien liegen dir zu Füßen. Wolltest du nicht den großen Knall zur rechten Zeit? Bitte schön, hier ist er. Also entspann dich und genieß den Moment.«

»Ich will aber nicht erschossen werden.«

»Ach was, davon spürst du gar nichts. Ehrlich. Wenn die Kugeln deinen Körper durchschlagen, hast du noch nicht einmal den Schuß gehört.«

Da kam plötzlich ein einzelner Mensch durch die riesige Drehtür, ging auf die Mitte zu, blieb dann abrupt stehen, sah nach oben zum Lift und hob ein Megaphon an seine Lippen.

»Es geht los«, sagte Chloe aufgeregt. »Beginn der Vorstellung!«

Die Stimme hallte laut in der stillen Halle. »Mein Name ist Paul Ashe, ich bin der Mittelsmann der Polizei von Essex.«

»Scheint ein netter Mann zu sein«, kicherte sie. »Ein sehr netter Mann.«

»Können Sie mich da oben verstehen?«

»Wie wäre es mit ein paar Höflichkeiten? Lehrt man Sie keine Manieren auf der Polizeischule?« schrie Chloe hinunter.

»Die Lage ist wohl zu ernst, um kleine Spielchen zu spielen.«

Sie fuchtelte mit dem Revolver. »Wer spielt denn hier?«

»Wir sind bereit zu verhandeln«, gab Ashe zurück. »Was bezwecken Sie mit Ihrem Auftritt? Was wollen Sie? Lassen Sie es mich wissen, und ich werde mein Bestes tun, bevor irgend jemand verletzt wird.«

»Die Zeitungen!« zeterte Chloe. »Ich weiß, daß sie da draußen sind. Holen Sie die Reporter herein. Ich habe ihnen etwas zu erzählen.«

Ashe schüttelte den Kopf. »Das geht nicht, Chloe. Sie sind doch Chloe, nicht wahr? Chloe Webster?«

Bei der Nennung ihres Namens wurde sie zornig. »Dann stirbt dieser Dreckskerl, Mr. Megaphon!«

»Und Sie vielleicht auch, Chloe. Ich warne Sie, sollten Sie mit der Waffe herumhantieren, haben die Beamten den Befehl, unverzüglich das Feuer zu eröffnen.«

»Na und?« rief Chloe. »Das ist Ihre Sache. Lassen Sie endlich die Journalisten herein, sonst gehen zwei Leichen auf Ihre Kappe.«

»Und dann? Werden Sie dann Mr. Jenkins frei lassen?«

Chloe runzelte die Stirn. Woher wußte dieser Kerl so viel? Er kannte nicht nur ihren Namen, sondern auch die Identität ihrer Geisel. »Wir werden nachher darüber sprechen.«

»So können wir nicht verhandeln, Chloe. Warum kommen Sie nicht herunter, und wir sprechen gemeinsam mit den Zeitungen? Wir wollen doch nicht, daß jemand verletzt wird.«

In diesem Moment wurde Chloe klar, daß sie Ashe aufs tiefste verachtete. Blasierter Kerl! dachte sie. Dann holte sie aus und schlug mit neu erwachter Energie den Knauf der Waffe auf Dougs Hinterkopf. »Die Zeitungen! Sofort! Es sei denn, Sie wollen, daß sein Gehirn auf Ihrem neuen Pullover verspritzt wird.«

Doug schrie auf und verdrehte die Augen. Zwei Polizisten machten sich zum Schuß bereit.

»Geben Sie mir fünf Minuten«, rief Ashe und bewegte sich langsam rückwärts auf die Drehtür zu.

»Sehr gut!« schrie Chloe hinter ihm her. »Sie können auch zehn haben. Wir werden nämlich nirgendwo hingehen!«

44. Kapitel

Frank Davies hatte ein Problem, ein über zwei Zentner schweres, vor Schreck wie gelähmtes, im Aufzug hockendes Problem. Doug Jenkins, der zwar verletzt, aber noch relativ gesund unter den Lebenden weilte, schien auf dem Weg zum absoluten Star zu sein.

Wie konnte er, Detective Chief Inspector Davies, nur so gestraft werden? Diese Ungerechtigkeit machte ihn nervös und wütend. Hinter seiner Stirn arbeitete es wild. Sollte er diese Angelegenheit erfolgreich zum Abschluß bringen und Doug käme unbeschädigt aus der Sache heraus, würde diesem die Pressemeute bis auf die Toilette folgen, da war er sich ganz sicher. Er kannte Doug. Dieser würde seine Nächte dann sicher besoffen im Hotel verbringen, sein verdammtes Maul nicht halten und sich bitter über seine unglückselige Inhaftierung als Mordverdächtiger beklagen und über den Detective Chief Inspector, der ihn schon seit dreißig Jahren verfolgte.

Ginge es nur nach ihm, hätte er schon längst den Schießbefehl erteilt. Damit wäre Dougs Leben, das dieser Frau und die unsägliche Geschichte mit einem Schlag ausgelöscht. Aber für solch einen Befehl mußte er leider auf Knowles warten, der jeden Moment eintreffen würde.

Ruth und Felix schraken überrascht auf, als plötzlich

jemand die Wagentür aufschob und Ashe ins Innere sprang. Die Tür wurde hinter ihm wieder geschlossen.

»Wie sieht es aus?« wollte Davies wissen. »Meint sie es ernst?«

Nervös strich Ashe sich mit gespreizten Fingern durchs Haar. »Ich weiß es nicht. Sie will unbedingt die Reporter sehen. Das können wir vielleicht für uns als Druckmittel benutzen. Was hatten Sie für ein Gefühl, als ich Chloe Websters Namen nannte? Sie hat irgendwie reagiert, finde ich.«

Ruth konnte den Blick nicht vom Bildschirm wenden, auf dem sie eine kühl berechnende, ruhige und selbstbewußte Frau sah, die ihre Aktion offensichtlich wohl überlegt hatte.

Da erschien Mason an der Tür. »Chef? Hab' hier einen ganzen Schwarm von der Zeitung. Die können gar nicht erwarten loszulegen. Die Frau hat wohl vor 'ner halben Stunde bei denen angerufen und ihnen erzählt, daß sie große Neuigkeiten für sie hätte, betreffs der Morde.«

Davies drehte sich wütend um. »Verdammt noch mal, Boot-sale! Halten Sie sie bloß in Schach und schicken Sie die Leute weg, weit weg. Wir haben bereits unseren Journalisten.«

Mason starrte verwirrt in das dämmrige Wageninnere und sah, wie sich aller Augen auf ihn richteten. »Was? Ich?« jammerte er. »Da rein? Zu all den Scharfschützen?«

Davies lächelte ihn an. »Mason! Reagan und Carter hätten sich ohne zu zögern in die Höhle des Löwen begeben. Also, keine falschen Ausreden!«

»Wollen Sie mich verarschen? Das hier ist die Wirklichkeit, kein Krimi im Fernsehen.«

»Stellen Sie sich einfach vor, Sie arbeiteten undercover, Mann!«

»Sie sind verrückt!«

»Sie will mit einem Journalisten sprechen, Boot-sale. Jetzt ziehen Sie sich eine kugelsichere Weste über und holen Sie sich einen Notizblock und einen Kugelschreiber. Sofort!«

Mason wurde kalkweiß. »Ich soll mir was vorstellen? Ich? Bei all den Kanonen?«

Hilfesuchend blickte Davies zu Ashe.

»Wenn Sie die Rolle spielen«, erklärte Ashe dem Sergeant, »wird sie den Unterschied gar nicht feststellen. Außerdem bin ich an Ihrer Seite. Wir müssen einfach etwas Zeit gewinnen, bis Knowles eintrifft. Sie kann nicht auf Sie schießen, weil sie im Aufzug sitzt.«

»Niemals!«

Ruth räusperte sich leise. »Ich werde es tun!«

»Großartige Idee«, sagte Mason ironisch. »Geniale Lösung.«

Davies schüttelte den Kopf. »Auf keinen Fall, Ruth. Ausgeschlossen.«

»Aber ihr habt doch gerade selbst gesagt, daß das Risiko minimal sei?«

»Das ist Polizeiarbeit«, widersprach nun auch Ashe.

Ruth hockte sich neben Davies und sprach auf ihn ein. »Ich muß es tun, Frank. Mir wird sie am ehesten vertrauen. Ich bin schließlich eine der wenigen, die die ganze Geschichte kennt. Von Anfang an. In Ordnung?«

»Ruthie, nicht«, flehte jetzt auch Felix.

»Es hat seinerzeit mit mir begonnen, und mit mir wird es auch enden.«

Da durchschnitt plötzlich Chloes Stimme die nachdenkliche Ruhe im Wagen. Sie klang schneidend und nervös.

Der verantwortliche Beamte für die Scharfschützen stand auf einmal in der Tür. »Worauf warten wir? Die Frau wird langsam ärgerlich.«

»Wir warten auf Knowles«, wandte Ashe gereizt ein, »so

lauten unsere Befehle. Wir können nicht irgendeinen hineinschicken und ihn als Journalisten ausgeben.«

»Bitte«, drängte Ruth. »Du bist doch im Augenblick verantwortlich, Frank, laß mich zu ihr. Sie kann mich nicht erschießen. Es besteht keine Gefahr.«

»Wenn einer geht, dann er«, brüllte nun Davies und zeigte auf Mason.

»Nur über meine Leiche.«

Fünf Augenpaare waren auf Davies gerichtet und warteten auf seine Entscheidung. Ruth hat recht, dachte er, noch ist das hier mein Ding. »Sie geht hinein«, verkündete er. »Zieh dir eine kugelsichere Weste an, Ruth.«

»Ich kann nicht dulden, daß ein Mitglied ...« begann Ashe erzürnt.

»Und ich sagte, sie geht hinein«, unterbrach ihn Davies.

»Geben Sie mir den Sprechfunk«, befahl Ashe, »ich muß meine Leute informieren.«

Auch der Leiter der Scharfschützen hatte seine Bedenken.

»Sie begibt sich in Lebensgefahr, Sir. Ich muß Ihre Entscheidungsfähigkeit wirklich in Frage stellen.«

Davies atmete tief durch. »Da drinnen befindet sich eine potentielle Verbrecherin, sie hält eine Geisel und zielt mit einem Revolver auf den Kopf dieser Geisel. Sie fordert, mit einem Journalisten zu sprechen. Sie wird langsam ungeduldig. Wir haben jemanden, die sich bereit erklärt, die Rolle der Reporterin für uns zu spielen. Sie kennt die Person. Ich habe meine Entscheidung getroffen, und ich allein bin dafür verantwortlich. Sie wird hineingehen. Und zwar jetzt. Nicht erst, nachdem die Lage mit Knowles durchdiskutiert wurde.« Er sah Ruth ernst an. »Bist du bereit?«

»Detective Chief Inspector Davies!« herrschte Ashe ihn an. »Das ist der reinste Irrsinn!«

»Bringen Sie sie einfach hinein, Ashe«, erwiderte Davies ruhig.

»Ich kann das einfach nicht gutheißen.«

»Schreiben Sie es in Ihren Bericht, Ashe. Ihre Einwände wurden zur Kenntnis genommen.«

Wutentbrannt drehte Ashe sich um. Ruth wollte ihm folgen, aber Felix hielt sie zurück. »Ich komme mit.«

»Felix, dies ist meine Chance, meine große Chance, die meine Rettung bedeutet. Erst dann kann ich mit der Vergangenheit abschließen. Ich muß es tun – aber allein«, flüsterte sie und legte ihre Hände auf seine Schultern. Dann küßte sie ihn auf die Wange.

Sein Herz wurde schwer. »Bis bald, Ruthie«, sagte er leise und drehte sich um, als sie schließlich ausstieg.

Zwei Minuten später stand Ruth am Eingang des Gebäudes, in einem Kreis bewaffneter Polizisten. Die kugelsichere Weste drückte schwerer als erwartet auf ihre Schultern und schnitt unangenehm in ihre Achselhöhlen. Ashe gab ihr mit grimmigem Gesichtsausdruck Notizblock und Kugelschreiber, steckte ein Mikrophon an ihren Pullover und stülpte ihr die Kopfhörer über. Damit war sie direkt mit Frank Davies persönlich verbunden. Sie drehte sich um und nahm die riesige Menschenmenge wahr, die sich inzwischen auf der anderen Straßenseite drängte.

»Kümmern Sie sich nicht um die«, sagte Ashe. »Machen wir, daß wir endlich mit diesem elenden Mist fertig werden.«

»Mein Mann ist da drin«, wies Ruth ihn zurecht. »Ich habe wohl das Recht, hier zu sein.«

»Aber keinerlei Praxis im Umgang mit gefährlichen Situationen dieser Art. Das ist das Problem.«

»Hat Ihnen aber auch nicht viel genützt, stimmt's? Chloe hat Sie doch ausgelacht.«

Ashe tat so, als hätte er sie nicht verstanden. »Weiß sie, daß sie Ihren Mann als Geisel hält?«

»Keine Ahnung«, gab Ruth mit rauher Stimme zurück. »Ich hab ihn schließlich fast die ganze Woche nicht gesehen und sie seit dreißig Jahren nicht mehr.«

»Ich finde das nicht komisch.«

»Es ist aber die Wahrheit.«

Er sah sie kopfschüttelnd an und verkabelte sich ebenfalls. »Ich nehme an, sie weiß nicht, daß er Ihr Mann ist. Versuchen Sie, sich so normal wie möglich zu verhalten. Wir gehen hinein, Sie spielen ihr die Journalistin vor. Hoffen wir, daß sie eine Aussage machen will. Die nehmen Sie dann auf und versichern ihr, daß sie auf die Titelseite der morgigen Ausgaben kommt. Ich erledige den Rest. Alles verstanden?«

Sie nickte und fragte sich, ob wohl noch Zeit war, zur Toilette zu gehen.

»Der reine Wahnsinn«, murmelte Ashe vor sich hin.

In Ruths Kopfhörer knackte es. »Ruth, hier ist Frank. Ich bin immer bei dir, überwache jeden Schritt.«

»Quatsch nicht«, gab sie burschikos zurück. »Du sitzt gemütlich in deinem Transporter und trinkst Kaffee.«

»Wenn du sie dazu bewegen kannst, den Aufzug zu verlassen, können unsere Scharfschützen sie mit einem Schuß ins Bein außer Gefecht setzen«, fuhr Frank fort. »Sei vorsichtig und handle einfach so, wie du es für richtig hältst. Ashe spielt nur auf Zeit. Vielleicht können wir dieses unwürdige Spiel beenden.«

Es wurde Zeit. Die Polizisten traten beiseite, um Ruth und Ashe durchzulassen. Ashe ging als erster durch die Drehtür, Ruth folgte ihm mit weichen Knien.

Sie erstarrte. Absolute Stille erfüllte die riesige leere Halle. Die ganze Situation wirkte irreal und ließ das Blut in ihren Adern gefrieren. Wie oft war sie schon hier gewesen, hatte die Bibliothek besucht oder sich auf eine der Bänke gesetzt und eine Marlboro geraucht? Als sie hochschaute, überlief sie ein Schauer. Bestürzt nahm sie die Scharfschützen mit ihren Gewehren wahr, deren Läufe alle auf die Frau im Aufzug gerichtet waren. Sie konnte die beiden Gestalten erkennen, bezweifelte aber, ob sie bereits erkannt worden war.

Ashe hob das Megaphon an den Mund. »Wir haben Ihren Wunsch erfüllt, Chloe. Hier ist Josephine Bell von *News of The World.*«

Versteinert beobachtete Ruth, wie Chloe jetzt hinter Doug auftauchte. Dann ertönte ein lauter, barscher Befehl.

»Beweisen Sie es!«

Ashe gab das Megaphon an Ruth weiter und lächelte ihr aufmunternd zu. Zitternd nahm sie es in beide Hände, drückte den Einschaltknopf und hob es nach oben. »Das kann ich nicht, Chloe. Weil ich keine Reporterin bin. Aber vielleicht erinnern Sie sich an mich unter meinem alten Namen Golden, Woman Police Constable Golden.«

Zornig wollte Ashe ihr das Megaphon wegreißen, doch Ruth hielt es mit beiden Händen fest. »Ich kannte Sie schon als Kind, Chloe. In der Nacht, als Ihr Vater starb, war ich bei Ihnen.«

Frank zischte ihr über die Kopfhörer zu: »Vorsichtig, Ruth. Verpatz nicht alles. Es ist noch zu früh.«

Aber Ruth hörte gar nicht zu. Sie konzentrierte sich verzweifelt auf die Gestalt hoch oben über ihr. »Sie haben auf meinem Schoß gesessen.«

»Schicken Sie mir endlich die Journalisten!«

»Ich habe Ihnen mein Taschentuch gegeben, Chloe. Damit Sie sich die Tränen abwischen konnten. Erinnern Sie sich? Woman Police Constable Golden. Ruth Golden. R. G.«

Ruth spürte, wie ihr der Schweiß den Rücken hinunterlief. Keiner sagte ein Wort. Ashe packte sie am Arm und wollte sie zwingen, nach draußen zu gehen.

Dann durchbrach Chloes schrille Stimme die unwirkliche Stille. »Kommen Sie rauf!« schrie sie. »Dritter Stock: Revolver, Heilige und Mörder. Irgendeine verdächtige Bewegung und ich knall den Idioten ab!«

Ruth hörte über Kopfhörer, wie Davies draußen hektische Anweisungen gab. Er schien sich um Gelassenheit zu bemühen, doch der leicht vibrierende Unterton verriet seine Erregung. »Tu genau, was sie von dir verlangt, Ruth. Ganz ruhig! Überhaste nichts! Wir geben dir volle Deckung!«

Widerwillig lockerte Ashe seinen Griff, nickte Ruth zu und zeigte auf die Stahltreppe neben dem Aufzug. Ruth schluckte, ihr Mund war trocken. Zögernd bewegte sie sich auf die Stufen zu und stieg sie dann langsam hinauf. Ihr Herz klopfte bis zum Hals. Die Männer um sie ringsherum nickten ihr aufmunternd zu, als wollten sie ihr zu verstehen geben, sollte auch nur ein Schuß losgehen, würde die Attentäterin sterben.

Während Ruth die Treppen weiter erklomm, wünschte sie sich irgendwohin, Hauptsache weit weg. Ihr wurde plötzlich bewußt, welch wundervolle Zielscheibe ihr Kopf für Chloe abgeben mußte.

Dann war sie am Ziel angelangt. Sie stand genau in der Mitte zwischen drei Scharfschützen, die bewundernswert ruhig waren, und dem Aufzug. Sie atmete tief durch und nahm all ihren Mut zusammen. »Chloe«, brachte sie gepreßt heraus. »Ich bin hier. Machen Sie die Tür auf.«

Ruth spürte, wie ihre Knie unkontrolliert zu zittern begannen, während sie auf Chloes Reaktion wartete. Gerade, als sie dachte, ihre Beine würden nachgeben, gingen die Aufzugtüren auf.

Sie wich überrascht zurück. Nach dreißig Jahren stand Chloe Webster lächelnd vor ihr.

»Es ist sehr lange her, Woman Police Constable Golden«, waren ihre Worte.

Ruth stand wie gelähmt vor ihr. Dieses unschuldige lächelnde Gesicht mit den haselnußbraunen Augen, dem zierlichen Mund und dem glänzenden braunen Haar im Bobschnitt faszinierte sie. Es war eines der freundlichsten Gesichter, die sie je gesehen hatte. »Hallo, Chloe«, stammelte sie. »Ich war mir nicht sicher, ob Sie sich an mich erinnern.«

»Wie könnte ich Sie vergessen? Dieses Taschentuch hat mir sehr viel bedeutet. Es hat mich immer an die nette Polizistin erinnert. Es ist wunderbar, anderen Menschen Glück und Zufriedenheit zu bringen. Finden Sie nicht auch?«

Ruth versuchte, einen Blick in das Innere des Aufzugs zu erhaschen. Doch sie konnte nur Dougs Rücken und seine Schultern erkennen. Es war unmöglich, dieses zitternde Häufchen Elend mit dem kräftigen, muskulösen Mann, mit dem sie dreißig Jahre ihres Lebens geteilt hatte, in Einklang zu bringen. Nun teilte er ihr Leben nicht mehr, aber er allein hatte dafür mit seiner eigenen Dummheit gesorgt. Und Ruth erkannte in diesem Moment, daß die Vergangenheit, ihre gemeinsame Zeit mit Doug, durch seine Affäre ein Ende gefunden hatte. Ihr Vertrauen war unwiderruflich zerstört worden. Wenn das hier zu Ende war und sie und Doug sich in aller Ruhe ausgesprochen hatten, würde es keinen gemeinsamen Anfang mehr geben. Es war aus. Irgendwie mußte es anders weitergehen.

Daher klang ihre Stimme auch nicht allzu besorgt, als sie fragte: »Geht es ihm gut?«

»Dem Judas hier?« fragte Chloe strahlend nach. »Ihm geht es gut. Er riecht allerdings ein bißchen streng, um nicht zu sagen, er stinkt. Wissen Sie, er wollte nämlich berühmt werden, alles allein auskosten, den ganzen Ruhm für sich haben.«

»Chloe«, sagte Ruth in sachlichem Ton. »Sie wollen, daß

Sie herauskommen und daß Sie ihnen die Waffe geben. Geben Sie sie mir, wenn Sie wollen. Einverstanden?«

Doch Chloe schüttelte den Kopf. »Noch nicht. Tut mir leid. Vielleicht später. Erst muß ich allen erzählen, was wirklich passiert ist. Und von meinen Plänen, den Armen und Leidenden zu helfen. Es tut gut, daß Sie hier sind. Hat Daddy Sie zu mir geschickt? Sie müssen denen alles über mich erklären. Sie verstehen mich doch, nicht wahr, Woman Police Constable Golden? Sie waren doch dabei, als alles angefangen hat. Sie kennen die Wahrheit. Haben mir zugestimmt. Haben mich verstanden. Daddy war schon im Himmel, bei den Engeln. Wissen Sie noch?«

Ruth dachte angestrengt über eine diplomatische Antwort nach. »Ich kann nicht tun, was Sie von mir verlangen, Chloe.«

»Warum nicht?«

»Wie viele? Wie viele Menschen haben Sie ermordet?«

Chloe wurde böse. »Befreit! Niemand versteht mich! Ich befreie sie. Schicke sie dorthin, wo es ihnen besser geht. Und wo die anderen schon auf sie warten. Sie kennen doch die Bibel, oder nicht?«

»Wie viele, Chloe?«

»Bedräng sie doch nicht, verdammt!« drang Franks zischende Stimme an Ruths Ohr.

Chloe stellte fest, daß sie doch wohl einiges näher erklären mußte. Vielleicht war diese Golden ein wenig dumm. Wie die andern. Also entschied sie, deutlicher zu werden. »Das ist doch egal. Zahlen sind so unwichtig. Was einzig und allein zählt, ist, daß sie jetzt glücklich sind, wie Daddy. Alle sind dort oben bei den Engeln und leben friedlich bis in alle Ewigkeit. Und das haben sie nur mir zu verdanken. Zahlen sind unwichtig.«

Über Kopfhörer wurde Ruth plötzlich Zeugin eines Streits

zwischen dem Scharfschützenkommandeur, der Ruth eindringlich bat, sich von der Tür zu entfernen, damit seine Männer Gelegenheit bekämen, die Frau mit gezieltem Schuß zu Fall zu bringen, während Davies sie beredete zu bleiben, wo sie war, und Chloe am Sprechen zu halten.

»Außerdem«, schloß Chloe, »zählt ein Arzt etwa alle Leben, die er rettet?«

»Sie ermorden sie, Chloe«, rückte Ruth die Fakten zurecht. Dann blickte sie bestürzt auf den Revolver, der auf Dougs Kopf gerichtet war.

»Ich befreie sie!« schrie Chloe. »Warum hören Sie mir denn nicht zu?«

Ruth versuchte, den Kloß in ihrem Hals hinunterzuschlukken. »Weil Sie nicht recht haben. Menschen sind keine Tiere. Sie können sie nicht einfach einschläfern. Wir sagen dazu Mord, Chloe.«

Langsam richtete Chloe den Revolver von Dougs Kopf auf Ruth. Sie mußte die Waffe mit beiden Händen halten, denn sie zitterte fürchterlich. Ihre Stimme schnappte über. »Gleich versuchen Sie auch noch, mir weiszumachen, daß es keinen Himmel gibt.«

»Was wollen Sie eigentlich, Chloe?« Zu ihrem Erstaunen empfand Ruth keine Angst, als der Lauf des Revolvers auf sie gerichtet wurde. Ihr Adrenalinspiegel war sowieso auf dem höchsten Level und trieb sie weiter.

»Nur ein wenig Aufmerksamkeit. Und Geld. Jede Menge Geld.«

»Ist das alles?«

Chloe lächelte. »Doch nicht für mich, Dummerchen. Für die anderen. Geld wird ihnen das Leben erleichtern. Damit kann man einen Ort für sie schaffen, an den sie sich zurückziehen können, wenn sie in den Himmel möchten. Wie ein Hotel, wissen Sie. Freundliche Zimmer, schöne Teppiche und

Bilder. Die Menschen erkaufen sich mit dem Geld Größe und Würde. Es ist doch schön, sein Leben im Kreise von Gleichgesinnten zu beschließen. Oder ist das falsch?«

Ruth mußte an ihre Mutter denken, die sich nach dem Tod sehnte und gezwungen war, ein unwürdiges Dasein im Heim zu fristen. »Ida Sharansky?« hörte sie sich plötzlich fragen.

»Genau. Sie wollte gehen, Woman Police Constable Golden. Ich wußte es. Ihre Freunde, ihr Mann, alle waren schon gestorben. Nun wollte auch sie fort – zu ihnen.«

Ruth machte einen Schritt auf den Aufzug zu. Jetzt mußt du aufs Ganze gehen, dachte sie. »Chloe, hören Sie mir zu. Bitte. Ich habe etwas herausgefunden. Über Ihren Vater. Sie sind reingelegt worden. Sie haben ihn nicht ermor ... befreit.«

Aber Chloe grinste nur. »Er war der erste!«

»Wir haben mit Ihrer Tante Jude gesprochen, Chloe. Wir wissen jetzt, was in der Nacht damals wirklich passiert ist.«

Ungläubig, zweifelnd sah Chloe Ruth in die Augen. »Meine Tante Jude?«

»Sie hat ihn ermordet.«

Chloe lachte schrill, senkte den Revolver und hielt sich mit der anderen den Mund zu.

»Sie tötete ihn, um Sie ganz für sich zu bekommen.«

»Hören Sie endlich auf mit dem Blödsinn. Das ist doch lächerlich.«

»Chloe, Sie erinnern sich doch noch an den Abend? Was passierte, nachdem Sie Ihrem Vater eine Spritze gegeben hatten?« beharrte Ruth.

»Er ging in den Himmel. Er wollte es so.«

Ruth zwang sich zur Ruhe. Sie hörte Doug wimmern wie ein verwundetes Tier. Zum Glück, dachte sie, hatte er Chloe nicht erzählt, daß vor ihr seine angetraute Frau stand – wahrscheinlich die vernünftigste Entscheidung seines Lebens. Vielleicht hatte der Kontakt mit dem Tod endlich sein Gehirn freigelegt.

»Sie waren noch so jung, Chloe. Ein Kind. Sie wurden einfach ausgetrickst. Er hatte eine Grippe. Eine schwere Grippe. Aber daran wäre er nie gestorben.«

Nervös kaute Chloe an ihrer Unterlippe. »Aber ich habe ihn auf den Weg in den Himmel geschickt.«

»Was geschah, nachdem Sie ihm die Injektion verpaßt hatten?«

Sie legte die Stirn in Falten und dachte angestrengt nach. »Mummy kam und brachte mich nach unten. Ich erzählte ihr, was ich getan hatte. Tante Jude ging, glaube ich, nach oben, um nach Daddy zu sehen. Dann hörte ich Lärm. Es dauerte wohl eine ganze Weile, bis er endlich eingeschlafen war.« Chloe wurde unsicher, und ihre Augen flackerten. »Aber Sie sagten ja selbst, ich war noch ein Kind. Ich benutzte zwar diese Spritze, aber da war nichts drin. Glücklicherweise konnte ich ihm damit aber Luft in den Kopf pumpen.«

»Und Sie waren die ganze Zeit mit Ihrer Mutter unten?« fragte Ruth nach.

Chloe nickte. »Ich meine mich zu erinnern, daß Tante Jude uns irgendwann hinaufgerufen hat. Da war er natürlich schon tot. Muß etwa zehn Minuten gedauert haben.« Ihre Stimme verlor sich. »Tut mir leid, Daddy«, flüsterte sie.

Ruth konnte ihrc Erregung kaum unter Kontrolle halten. »Hören Sie jetzt gut zu, Chloe. Ihre Tante Jude hat ihn in dieser Zeit getötet. Als Sie zusammen mit Ihrer Mutter unten waren. Schließlich hatte sie Erfahrung im medizinischen Bereich. Sie erzählte ja sogar Ihrer Mutter, daß Sie die Täterin waren. Doch in Wirklichkeit war sie es gewesen. Ihre Tante Jude.«

»Quatsch«, entgegnete Chloe. »Sogar Sie, Ruth Golden, sogar Sie erzählten mir damals, daß er im Himmel sei und daß ich nichts Schlimmes getan hätte. Das Taschentuch, wissen Sie noch?«

»Damals wußte ich auch noch nichts!« gab Ruth zurück.

»Was?«

Ruth fühlte sich völlig ausgelaugt. Die Anspannung zehrte an ihren Kräften. Fast konnte sie nicht mehr. »Von Ihrem besonderen Hobby, zum Beispiel. Erinnern Sie sich daran? Teddy-Krankenhaus haben Tante Jude und Sie doch immer gespielt, nachdem ihr Mummy an dem einen Haus abgesetzt hattet.«

Chloe sah Ruth wie erstarrt an. »Das war doch unser Geheimnis!« rief sie schockiert. »Das hätte sie Ihnen niemals erzählt! Es war unser großes Geheimnis! Und nie, nie, nie hätte sie irgend jemandem davon erzählt!«

»Sie wurden getäuscht, Chloe. Mies getäuscht. Und nur, weil Jude Farrow Sie ganz für sich allein haben wollte.«

Inzwischen war Chloes Stimmung umgeschlagen. Sie reagierte nicht mehr weinerlich und schockiert, sondern zusehend ärgerlich, ja fast zornig. »Ich habe immer nur helfen wollen. Reingelegt wurde ich nie. Aber Sie versuchen es gerade mit Ihren dreckigen Lügen.«

Da schaltete sich plötzlich Davies wieder ein. »Die Waffe! Versuch, an die Waffe zu kommen!«

»Chloe, bitte geben Sie mir jetzt Ihre Waffe! Geben Sie sie mir!« Ruth streckte Chloe die zitternde Hand hin.

»Sie Lügnerin! Sie haben mich angelogen!«

In Ruths Kopfhörer knackte und zischte es. Im Hintergrund war aufgeregtes Stimmengewirr zu hören. Doch der Einzige, der direkt zu ihr sprach, war Davies. Er bat sie, zu bleiben, wo sie war, und Chloe vom Aufzug wegzulocken.

»Dann kommen Sie doch mit mir!« sagte Ruth freundlich zu Chloe. Zwischenzeitlich hatte sie ihre innere Sicherheit wiedergefunden. »Wir gehen in die Kathedrale. Zeigen Sie mir, wo der Himmel ist. Beweisen Sie, daß es ihn tatsächlich gibt. Und vor allen Dingen, beweisen Sie mir, daß ich im Unrecht bin. Mein Gott, wie ich mir wünsche, nicht recht zu haben! Ich habe eine schreckliche Woche hinter mir«, Ruth lachte schrill auf. »Und glauben Sie, wüßte ich ganz sicher, daß ich abtreten und auf einer wunderschönen Wolke wieder aufwachen würde, bekämen Sie sofort von mir einen Auftrag.«

»Machen Sie sich nicht über mich lustig«, warnte Chloe sie drohend.

»Vorsichtig, Ruth!« zischte Davies an Ruths Ohr. »Reiz sie nicht!«

»Aus der Schußlinie!« gellte plötzlich ein Befehl durch den Kopfhörer. »Gehen Sie weg da! Schnell!«

Ruth sah sich um und bemerkte die bewaffneten Männer, die, ungesehen von Chloe, auf sie zu robbten und ihr schon gefährlich nahe waren. »Bitte, Chloe. Beweisen Sie es mir. Lassen Sie uns in das Haus Gottes gehen. Mal sehen, wer sich zeigt.« Ruth reichte ihr die Hand. Ihr fiel auf, daß diese Frau, die sie auf riskante Art und Weise herausforderte, noch immer unreife und kindliche Züge trug. Nur dem Alter nach ging sie als Erwachsene durch. »Kommen Sie, Chloe. Wir wollen gehen.«

Auch Chloe studierte Ruths Gesichtszüge. Und sie mußte leider feststellen, daß die Frau vor ihr nicht mehr die liebe, nette Polizistin war, die sie damals getröstet hatte. Sie beobachtete, wie Ruth sich umdrehte und zwei kleine Schritte auf die Treppen zuging.

Es gab nur eine Möglichkeit zu beweisen, daß sie richtig handelte. Nur eine Möglichkeit, der Polizistin die Wahrheit zu offenbaren und die Selbstlosigkeit ihres Handelns darzustellen.

Sie entfernte sich einen Schrift vom Lift und hob den Revolver.

»Weg! Jetzt!« wurde Ruth über Kopfhörer befohlen. »Aus dem Weg!«

Aber Ruth drehte sich wieder zu Chloe um. Sie stand genau zwischen ihr und den Schußwaffen der Polizei.

»Verschwinden Sie aus der Schußlinie! Weg! Weg! Weg!« brüllte es wieder an ihrem Ohr. »Sie ist raus aus dem verdammten Lift. Hauen Sie ab! Dann kriegen unsere Schützen sie!«

Aber Ruth stand da wie angewurzelt, als sie mit ansehen mußte, wie Chloe den Revolver wieder in das Aufzuginnere hielt.

»Es ist doch ganz einfach, Woman Police Constable Golden«, prahlte sie, »jemanden ins Jenseits zu befördern!«

»Chloe! Warten ...«

»Verschwinden Sie endlich! Wir können sie kriegen! Aber hauen Sie ab!«

»Hier ist der Beweis«, lächelte Chloe. »In der einen Minute ist der Mörder noch unter uns, dann plötzlich ...«

Ruth sah, wie Doug panikartig versuchte, auf die Beine zu kommen. »Nein!« rief er flehend. »Nein! Nein!«

»Mit welchem Recht sollte er noch leben?« sagte Chloe mit eiskalter Stimme. »Er ist ein kompletter Idiot. Ein Dieb und Wüstling, getrieben von seiner unermeßlichen Gier. Die reinste Katastrophe. Er hat keine Daseinsberechtigung.«

Wieder ließ sich Davies hören. »Die Waffe, Ruth! Reiß ihr die Waffe weg!«

»Lassen Sie ihn in Ruhe, Chloe, bitte!« beschwor Ruth sie. »Die werden Sie töten! Legen Sie die Waffe weg!« Sie blickte fassungslos in Dougs entsetzte Augen. Er formte mit den Lippen noch das Wort »Hilfe« – doch seine irdische Zeit war bereits abgelaufen.

»Wiedersehen, Judasmann!«

Dann explodierte der Revolver in der angespannten Stille.

Chloe schrie vor Begeisterung, als Dougs ungläubiges Gesicht in Trümmer zerfiel, nachdem ihn ihre Kugel getroffen hatte. Der Schuß fällte den baumstarken Mann wie eine Riesenaxt. Er flog rückwärts gegen das zersplitternde Glas der Aufzugswand.

Ruth brach bewußtlos zusammen und gab damit den Polizisten zum ersten Mal freie Sicht auf ihr lange anvisiertes Ziel.

Prompt ergoß sich eine Schußsalve auf Chloe, die grauenvoll schrie, ihre Beine umklammerte und hinfiel.

Im abgedunkelten Transporter setzte Davies seine Kopfhörer ab und barg sein Gesicht in den Händen. Das war das Ende, es war vorbei. Und während Felix draußen nach Ruth suchte, weinte Davies, weil Schuld und Erleichterung ihn überwältigten.

Seine Karriere wäre beinahe mit dem finalen Schuß beendet gewesen. Aber Jenkins war tot, und das war gleichzeitig das Aus für jeden Exklusivbericht. Natürlich würde man ihm die Schuld geben, aber niemand würde ihn verurteilen oder verachten. Sie hatten schließlich den Weihnachtsmörder. Vielleicht gab es ja doch den lieben Gott im Himmel?

45. Kapitel

Im darauffolgenden Februar

Zum zweiten Mal innerhalb weniger Monate war Ruths kleines Reihenhaus unfreiwillig Treffpunkt für eine Trauergemeinde, die aus Verwandten und engen Freunden bestand. Während die Gäste in dunkler Kleidung erschienen, hatte Ruth sich für ein langes, rotes Kleid entschieden. Sie war sicher, ihre Mutter hätte sich darüber gefreut.

Felix stand an ihrer Seite, als Frank Davies auf sie zusteuerte.

»Jetzt ist es offiziell«, informierte er seine ehemaligen Kollegen. »Hab' die Neuigkeiten schon letzte Woche erfahren. Die obersten Herren hielten es für richtig, mich auf ein kleines Revier in Suffolk zu versetzen. Ein verschlafenes Plätzchen, ideal zur Vorbereitung auf den Ruhestand. Was hätten sie auch anderes tun sollen? Konnten mich alten Einzelgänger doch nicht mehr in der New Street belassen. Die Verantwortung wäre zu groß gewesen.«

»Aber dich traf doch überhaupt keine Schuld, Frank«, beruhigte Ruth Frank. »Das Schreckliche ist nur, daß ich das unbestimmte Gefühl habe, es war haargenau der Abgang, den Doug sich insgeheim immer gewünscht hatte. Niedergeschossen vor den Augen der Boulevardpresse. Und falls

Chloe wirklich recht hat mit ihrem Leben danach, dann befindet sich Doug jetzt auch dort und verflucht ganz entsetzlich, daß er bei dem ganzen Theater leer ausgegangen und kein Geld für ihn herausgesprungen ist. Aber wahrscheinlich versucht er schon in der nächsten Zeit, mit dem himmlischen Boten einen Deal abzuschließen.«

Davies blickte Ruth direkt an. »Du hast ja recht, Ruth, aber du weißt auch, daß ich jedes Gesetz gebrochen habe. Ashe meinte, ich hätte nur das Opferlamm in dem ganzen Durcheinander gespielt.«

»Siehst du, Frank«, erklärte Ruth, »das war einer der Gründe, warum ich der Polizei den Rücken kehrte. Niemand darf und kann es sich erlauben, einmal etwas zu riskieren. Und außerdem hättest du gar nicht wissen können, daß Chloe vorhatte, ihn zu erschießen. Ich war ja in einer viel gefährlicheren Situation, als du mich angewiesen hast, zu bleiben, wo ich war.«

Felix meinte, eine Spur von Unsicherheit und Beschämung in Franks Gesicht erkennen zu können. Auch ihm blieb schleierhaft, warum Frank sich entschieden hatte, Ruth so lange zwischen Chloe und den Scharfschützen stehenzulassen. Doch das war Franks Maßnahme gewesen, eine törichte, die er auch zu verantworten hatte.

»Na ja«, gab Frank zu, »vielleicht bin ich ja sogar noch glimpflich davon gekommen.« Er nahm Ruths Hand. »Es tut mir wirklich leid um Doug. Und auch um deine Mutter.«

»Ja, ich habe eine harte und unangenehme Zeit hinter mir. Irgendwie fehlt Doug mir. Und auch meine Mutter. Wir wissen, daß es den Tod gibt. Aber wenn er dann tatsächlich in Erscheinung tritt, sind wir meist so schrecklich hilflos. Aber jetzt geht es wieder aufwärts«, lächelte Ruth Frank an.

»Wir müssen uns unbedingt wieder einmal treffen und über die alten Zeiten plaudern. Irgendwann, einverstanden?«

»Wie wäre es denn mit der heutigen Zeit? Wäre doch einmal etwas anderes, oder nicht?« schlug Felix vor.

Frank nickte, küßte Ruth auf beide Wangen, schüttelte Felix die Hand und verließ das Haus.

Da löste sich aus der hinteren Ecke im Wohnzimmer eine junge, schüchterne Gestalt. Sie war im Hintergrund geblieben, bis die vielen trauernden Gäste Ruth ihre Aufwartung gemacht hatten. Als Krankenschwester hatte sie Rene Golden bis zum Schluß betreut und besuchte jetzt Ruth, um Renes letzten Wunsch zu erfüllen. Sie nahm all ihren Mut zusammen und ging auf Ruth zu, unter dem Arm einen alten Schuhkarton.

»Mrs. Jenkins?« fragte sie nervös. »Es tut mir so leid. Ihre Mutter war eine wirklich starke Persönlichkeit. Ich mochte sie sehr.«

Ruth lächelte sie freundlich an. »Sie kommen vom Heim, nicht wahr? Das ist aber nett von Ihnen. Beerdigungen sind immer schrecklich, finden Sie nicht auch?«

»Ich bin aber gern gekommen, ehrlich«, bekräftigte die junge Frau und lächelte zurück. »Allerdings kann ich mir denken, daß Sie von Beerdigungen langsam genug haben. Erst Ihr Mann ....« Errötend hielt sie inne, als sie merkte, daß sie sich gerade als begeisterte Leserin der Klatschpresse zu erkennen gegeben hatte. Tatsächlich war Dougs Tod über mehrere Tage Thema der Titelseiten gewesen, zwischen Weihnachten und Neujahr und sogar darüber hinaus.

Froh, das Thema wechseln zu können, reichte sie Ruth die Schachtel. »Bevor Rene starb«, sagte sie, »bat sie mich, Ihnen das zu geben.«

Überrascht nahm Ruth den Karton an sich. »Sind Sie ganz sicher?«

»Sie hat darauf bestanden. Ich wäre Ihnen unendlich dankbar«, flüsterte ihr die Krankenschwester plötzlich ins Ohr,

»wenn Sie niemandem davon erzählten. Wir werden nämlich dazu angehalten, keine Wetten für unsere Patienten zu plazieren.«

Ruth öffnete die Schachtel und hielt den Atem an. Felix war sprachlos.

»Sie hatte vier richtige Zahlen«, erklärte die Schwester aufgeregt. »Auf zweihundert Tickets. Das macht achtundzwanzigtausendvierhundertundsechzig Pfund. Die Leute an der Kasse brauchten fast eine Stunde, um alle Gewinnabschnitte zu bearbeiten. Und als ich Rene die Kiste zurückbrachte, ließ sie sie einfach darin liegen. Ihr kleines, goldenes Ei, sagte sie immer.«

Ruth war wie gelähmt und starrte nur auf die sauber abgepackten Scheine.

»Unter dem Geld liegt noch eine Nachricht«, erklärte die Schwester erleichtert. Sie war über alle Maßen froh, das Geld der richtigen Empfängerin ausgehändigt zu haben. »Sie ist an Sie adressiert. Ich habe sie nicht geöffnet.«

Ruth wühlte sich durch das Geld und fand auf dem Boden der Schachtel einen blauen Umschlag mit der simplen Aufschrift »Ruth«. Sie spürte den langsam wachsenden Kloß in ihrem Hals, als sie den Umschlag öffnete und einen kurzen Brief in der Handschrift ihrer Mutter in den Händen hielt. Sie las ihn erst einmal, dann zum zweiten Mal, kam aber nicht mehr bis zum Schluß, da Tränen ihren Blick verschleierten.

Liebe Ruth,
leider bekam ich nicht so viel, wie ich erhofft hatte, aber das wird dich eine Weile über Wasser halten. Ich halte es unter Verschluß, bis mein Ende naht. Danach gehört es dir.

Behalte mich in guter Erinnerung, denk nicht zu schlecht von mir, aber wenn die Zeit einmal gekommen ist, hat es keinen Sinn, sinnlos die Stunden totzuschlagen. Das habe ich Weihnachten ganz klar erkannt.

Sie werden dir erzählen, daß ich die Treppe hinuntergefallen bin, aber du sollst wissen, daß ich nicht an einem dummen Unfall gestorben bin.

Ort und Zeit meines Todes sollten meine Entscheidung bleiben. Nun hoffe ich, daß das nächste Leben dich am Ende deines Weges in vielen, vielen Jahren dem jetzigen so leicht entführen wird wie mich.

Deine Dich liebende Mutter,
Rene Golden

P. S. Vergiß nicht, Dir für das nächste Trimester neue Blusen zu kaufen.

Renes Brief versetzte Ruth in tiefe Zufriedenheit.

46. Kapitel

Juli

Sie lehnte sich an eine der weiß gestrichenen Wände in der Aufnahme. Sie hatte starke Schmerzen und mußte sich auf zwei Krücken stützen.

Die Metallstifte in beiden Beinen bereiteten ihr Höllenqualen, aber die Ärzte hatten ihr versichert, daß sie irgendwann wieder einigermaßen würde laufen können. Sie war ja eine Kämpfernatur. Immer schon hatte sie kämpfen können. Mußte sie ja auch – schließlich hingen andere Menschen von ihr ab.

Ihr stieg der Geruch von Desinfektionsmittel in die Nase, während sie auf die Leibesvisitation wartete. Diese intime Untersuchung wurde immer von einer grobschlächtigen Frau durchgeführt. Aber nach sechs Monaten Untersuchungshaft hatte sie sich schon fast daran gewöhnt.

Sie konnte es kaum erwarten, sich unter die anderen zu mischen, ihren Schmerz und ihr Leid zu teilen – und ihnen letztendlich die Rettung von den irdischen Qualen anzubieten. Dann verständen sie endlich. Und konnten erkennen, wer am Ende recht behielt. Sogar die Richter, diese lächerlichen Männer, ließen sie auf die Bibel schwören, bevor sie ihre Aussage machen durfte. Sie freute sich noch im nachhinein